청년 이순신, 미래를 만들다

청년 이순신, 미래를 만들다

김헌식 지음

평민사

청년 이순신, 미래를 만들다

초　판 1쇄 인쇄일　2019년 12월 24일
초　판 1쇄 발행일　2019년 12월 31일

지 은 이　　김헌식
펴 낸 이　　이정옥
펴 낸 곳　　평민사
　　　　　　서울시 은평구 수색동 317-9 동일빌딩 202호
　　　　　　전　　화 · (02) 375-8571(代)
　　　　　　팩　　스 · (02) 375-8573
　　　　　　http://blog.naver.com/pyung1976
　　　　　　이 메 일 · pyung1976@naver.com

등록번호　　제251-2015-000102호

　ISBN　　978-89-7115-716-9　03800

　값　　　15,600원

청년
이순신,
미래를 만들다

차례

들어가며 : 청년 이순신은
어떻게 성장했을까

    그날 피난하는 사람들이 높은 산 위에 올라가 바라보면서 적선이 들어오는 것을 삼백까지 헤아렸으나 그 나머지는 얼마인지 몰랐다. 그 큰 바다가 꽉 차서 바닷물이 안 보일 지경인데 우리 배는 다만 10여 척이라 마치 바윗돌이 계란을 누르는 것 같을 뿐만 아니라 여러 장수들이 막 패전한 뒤에 갑자기 큰 적을 만난 것이라 기운이 죽고 혼이 빠져 모두들 달아나려고만 할 뿐이었다.

    다만, 공만이 죽겠다는 결심으로 바다 복판에 닻을 내리자 적에게 포위를 당하니 마치 구름과 안개 속에 파묻힘과 같을 뿐이요, 시퍼런 칼날이 공중에 번뜩이고 대포와 우레가 바다를 진동하였다. 피난하는 이들이 서로 보고 통곡하며,

    "우리들이 여기 온 것이 다만 통제사 대감만 믿고 온 것인데 이제

이렇게 되니 우린 이제 어디로 가야 하오" 하였다. 얼마 있다가 다시 보니 적선이 차츰 물러나는데 공이 탄 배는 아무 탈 없이 우뚝 서 있었다. 그러자 적도 다시 패를 갈라 번차례로 싸우는데 이렇게 하기를 종일토록, 필경은 적이 크게 패하여 달아났다. 이로부터 남쪽 백성들의 공을 의지하는 마음이 더욱 더 두터워졌다.

　　— 이분(李芬) 「이충무공행장(行狀)」

　명량, 다시 살아난 이순신. 모함과 흉계에도 견디고 다시 떠오를 수 있었던 것은 청춘의 힘, 무엇보다 청춘의 정신 때문이었다. 누구나 거치는 청춘은 질풍노도의 시기로 미래가 암묵하고 불투명하지만 설레임이 있고 꿈을 믿고 가야 할 때이다. 비록 당장 이룬 것이 없어도 희망으로 나가는 가운데 빚어지는 것이 청춘의 정신이다. 청춘의 시기에 어떤 태도를 갖는가에 따라 화려하게 일찍 핀 꽃이 악의 꽃도 될 수가 있고, 화려하지도 않고 채 피지 않은 것 같아도 선의 꽃으로 갈 수 있다.

　대부분의 사람에게 있어 청춘의 시기는 가진 것이 없는 때이다. 그래서 갑자기 닥칠지도 모르는 대박이 행복을 가져다 줄 것으로 생각하지만 쉽게 얻고 들어온 것은 쉽게 나가고 없어진다. 그런 삶의 현장과 경험 속에서 남는 것은 사람들이다. 그 사람들이 점차 삶의 후반부에 좋은 결과를 빚어주기도 하고 삶을 편안하게도 한다. 그러나 성공만을 위해 달려가는 이들에게는 당장 가시적인 경력은 쌓이는 것 같아도 점차 주위에서 사람들이 없어진다.

　무엇보다 젊은 날의 괴로움과 고통 속에 역량을 쌓아가다 보면 위기 때에 빛을 발하게 한다. 갈수록 위기감이 도래하는 현대사회에서 이순신을 주목하게 만드는 점이다. 이순신이 연전연승의 결과를 만들어낼 수 있었던 것은 어느 날 갑자기 천재 능력을 가지게 된 것이 아니라 소년기와 청년기의 경험과 학습 그리고 그에 따른 체화의 통찰력 그리고 지혜가 형성되었기 때문이다. 그가 불우한 상황에서 혼자 나서야 할 때, 처음에 지지하는 사람은 없었지만 굳건하게 소신과 심지를 지켜 점차 그 진정성으로 사람들의 지지를 넓혀갔다. 무엇보다 자신이 스스로 실천하고 능동적으로 문제를 해결하거나 결과를 만들려고 노력했다.

그는 임금에게 충성하기 위해 존립했던 것이 아니라 백성들을 살릴 수 있는 옳은 방법이라 생각하고 바다 위에 서 있었다. 그는 임금의 위협도 마다하지 않고 진리이며 진실이라고 여겼던 일을 지켜나갔다. 비록 고초는 있었지만 결국 이순신이 옳았음을 만천하에 드러나게 되면서 왕까지 이순신에게 울며 무릎을 꿇었다.

현대인의 평균 수명의 증가로 인생의 후반부가 더 길어지면서 청춘의 시기가 더 길어지게 되어, 청춘을 어떻게 보내는가에 따라 인생의 후반부가 더욱 크게 영향을 받을 상황이 되었다. 그간 이순신에 대한 평가에서는 임진왜란 전투만 분석되면서 소설 같은 연전연승의 실화만이 부각되었고 거기에 따라 영웅의 평가를 받았으나 그의 청춘 시기는 잘 알려지지 않았다. 그러나 이순신이 힘든 청춘의 시기를 보냈기 때문에 자신만이 아니라 조선의 승전도 이끌어냈는데, 그 승리의 전투들은 오랜 시간 쌓아온 역량과 토대 때문에 가능했다. 바로 그것은 청춘의 힘이었다.

이 책은 이순신의 청춘을 40세 즈음으로 봤다. 오늘날 100세 시대에서 보면 40대도 젊다 못해 어리다. 갈수록 10~20대의 시험성적으로 삶이 좌우되는 일이 줄어들고 있지만, 이순신만 해도 40세

즈음까지 겪고 쌓은 경험과 지식, 지켜낸 가치, 정신이 미래를 좌우했음을 알 수 있다. 그 미래는 혼자만의 미래가 아니라 타인과 공동체, 나라의 운명이었다.

이순신을 좋아하는 이유는 여러 가지가 있을 수 있다. 이순신의 삶이 마치 기가 막힌 감동을 주는 소설을 보는 듯 하고, 연전연승의 실력이 놀랍기 때문일 수도 있다. 무엇보다 이순신은 말을 앞세우지 않고 온몸으로 직접 모든 것을 실천하고 참여하여 모든 이들을 위험에서 구했기 때문이다. 그런 사람을 우리는 영웅이라고 부르기도 한다. 더구나 난세에는 이런 사람을 필요로 하고 또 그런 관점으로 평가한다. 그런데 신화 속의 이야기와 달리 영웅의 탄생이란 어느 날 갑자기 천재의 재능만 가지고 이뤄질 수는 없다. 타고난 재능은 말할 것도 없이 중요하지만, 나고 자란 환경도 그에 못지않게 중요한 영향을 미친다. 재능을 타고 나도 환경이 뒷받침되지 않는다면, 그 재능을 올바로 살릴 수도 없다.

나고 자라는 환경에는 자연지리적 환경과 역사인문적 환경이 있다. 자연지리적 환경은 말 그대로 자연환경과 지리 환경을 말한다. 산이 많은지, 바닷가인지 아니면 섬이거나 사막, 초원 지대인지가 중요하다. 장소에 따라서 그 속에 있는 사람들의 삶도 달라지는 법이다. 살아가는 방식이나 생존법이 달라지고 그에 따라 경험이 좌우되기 때문이다. 역사인문적 환경은 그곳의 역사와 선례가 미치는 영향이다. 사람이 사는 공간에는 앞선 사람들의 이야기가 있고 그들의 이야기는 역사가 되어 후세대에 영향을 미쳐 아이들이 성장하게 될 때, 그들을 중요하게 좌우할 수 있다. 특히 성장기에 접하게 되는 자연환경과 역사인문 환경은 성인이 되어 의사결정을 하거나 삶을 영위하는 데 매우 중요하게 작용한다.

이 책에서는 이순신의 청년기를 중심으로 청년기의 정신과 경험이 그의 일생을 어떻게 좌우했는지 중점적으로 다루어 가면서, 이순신의 나고 자란 자연환경과 역사 인문 환경을 살피고 그에 따른 경험과 지식 그리고 삶의 철학이 어떻게 형성되어 갔는지 추적하고자 한다. 그동안 이런 작업들은 별로 없었다. 대개 이순신의 전투승리에 초점이 맞춰져 있기 때문이다. 위대한 업적 그리고 그 가치가 얼마나 독보적인지를 부가하는 데 집중하다보니 지나친 영웅화만 일어났다.

사람은 경험과 학습 그것의 내재화로 완성되어 간다. 그 완성되어감이 사회적으로 긍정의 결과를 내는데 우리는 나중에 그 결과에만 주목할 뿐이다. 장년 노년기의 업적은 결국 청년기에 어떻게 살았고 겪어냈는가에 따라 달라진다. 이순신도 마찬가지라고 할 수 있다. 그 가운데 어떤 가치와 정신을 견지하는 심지가 일관되고 관통해야 한다.

이순신이 부유한 집안에서 여유롭게 과거준비를 했다면 결과가 많이 달랐을 것이고, 서울에만 살았다면, 임진왜란의 전투를 이끌 위치가 되지도 못했고 연전연승의 승리를 이끌어내지도 못했을 것이다. 그렇기 때문에 어린이와 청소년이 한 개체로 성장하여 가는 과정은 교육이나 사회활동의 목적과 지향점 측면에서 중요하다. 젊은 날에는 빛을 보지 못해도 그 과정을 통해 마침내 온전히 삶의 가치와 사회적 기여를 드러내고 높은 평가를 받을 날이 올 수 있기 때문이다. 특히 위기 상황에서는 자신의 분야에서 실력과 역량을 축적하고 갈고 닦은 이들이 제 역할을 할 수 있고 남들을 위해 도움이 되는 존재가 될 수 있다.

이순신의 삶을 보면 그러한 점이 그대로 담겨 있다. 지방에 내려가서 자신만의 길에 과감하게 도전하고, 변방일지라도 그 맡은 바 직무에 충실하며 기초와 원칙을 쌓고 지키며 자신의 상황에 맞게 최선을 다하며 일을 완수하는 적극적인 실현 활동을 하면서, 그는 쓸데없는 공명심이나 과시보다는 무엇이 본질이며 진실인지 그 가치에 우선하려 했다. 당장에는 소신이 외면 받아도 시간이 지나면 그것을 인식하고 인정하며 지지를 보내는 이들이 점차 늘어나게 되어, 그것이 결국 자신의 토대가 되며 버틸 힘을 주었다. 혼자 할 수 있는 일은 많지 않다. 혼자 중뿔난 천재, 용장, 영웅이 되려 할수록 그 반대가 되며 대표적인 사람이 원균이다.

이순신이 보여준 이러한 일련의 과정은 어려운 시기를 버텨내야 할 청소년, 청년들에게 교훈이 될 것이다. 내가 처한 부족함 없는 환경이 당장에는 내 울타리와 발판이 될 것 같아도 그것이 오히려 덫이 될지도 모른다. 위기 속에서 역량의 근육을 키워야 생존은 물론 존재의 가치를 찾을 수 있는 시대로 더 구조화되는 것이 대한민국 사회의 운명이기에 이제 이순신이 젊어서 겪은 지난한 삶의 과정에서 차곡차곡 쌓은 젊은 날의 정신 경험의 과정을 살피고 곱씹어 보는 것이 필요하겠다.

1부
서울을 떠난다고 죽으랴

1) 기우는 가문, 태어난 것이 다행이라
– 복잡한 가문 그러나 이름을 붙들다

　　같은 사람이라도 가정이나 성장환경에 따라 다른 인재가 된다. 그렇기 때문에 집안 환경을 살피는 것이 중요하다. 아니 집안 환경이 나쁘면 태어났어야 할 위인이 아예 태어나지 않았을지도 모른다. 사람들은 상황이 어려우면 자녀를 낳지 않으려는 경향이 있다. 이러한 생각은 오늘날 참으로 광범위하게 퍼져 있는 생각이기도 하다. 이순신의 집안을 생각한다면 충분히 그럴 수도 있었다.

　　이순신이 태어나 성장할 당시, 대단했던 가문은 쇠락의 기운이 역력했다. 어떻게 보면 희망이 없어 보이기도 했다. 그렇게 몰락의 길을 가게 된 이유에 대해 알려진 바로는 이순신의 할아버지 이백록(李百祿)이 조광조(趙光祖, 1482~1519)에 연관되어 있었기 때문이다. 그렇다면 이순신 집안의 문제를 살피려면 이 할아버지의 조광조 연루설을 살펴야 할 것이다.

　　우선 질문을 던질 필요가 있다. '왜 이백록이 조광조에 연관되어 있는 것이 문제가 되는 것일까.' 대답은 단순하다. 조광조가 역모를 꾀했다는 혐의를 받았기 때문에 그와 연관된 자들은 반역을 한 죄인이 되는 셈이었다. 역모를 꾀한 집안 출신의 자제들은 벼슬길이 막힐 수밖에 없다.

우선 과거 응시가 불가능한 경우를 보면, 영구히 임용할 수 없는 죄를 범한 자(罪犯永不敍用者), 역모죄를 범한 죄인의 아들이나 장리(贓吏, 뇌물을 받은 관리)의 자손, 재가(再嫁)한 여자의 아들과 자손, 그리고 서얼은 과거의 응시가 불가능했다. 장리의 아들 및 손자에게 의정부·육조·한성부·사헌부·개성부(開城府)·승정원·장예원(掌隷院)·사간원(司諫院)·경연(經筵)·세자시강원(世子侍講院)·춘추관·지제교(知製敎)·종부시(宗簿寺)·관찰사·도사(都事)·수령의 직을 주지 못했다. 예컨대, 어떤 행사를 할 때 부당으로 재물을 받는다면 그것은 뇌물이 될 것이다.

조선시대 사대부들에게 과거길이 아예 막힌다는 것은 치명적인 일이었다. 『이충무공전서』(1795)의 덕수 이씨 세보와 문중 족보에는 이백록이 '기묘사적에 들어감(入己卯士籍)'라는 기록이 있다. 기묘는 기묘사화(己卯士禍, 1519년 중종 14)를 말한다. '기묘사적' 외에 '기묘당적(己卯黨籍)', '기묘명현(己卯名賢)'이라는 말이 있는데 이는 기묘년사화의 당사자인 조광조 등과 직간접적으로 연관되거나, 기묘사림 세력을 옹호하거나 조광조 추모 등에 연루되어 화를 당했음을 의미한다. 일부에서는 이백록이 기묘사화에서 화를 입어 사약을 받았다고도 한다.

사실관계를 위해 우선 조광조가 왜 모반을 꾀한 자가 되는지 살필 필요가 있겠다. 중종은 기묘사화를 통해 조광조를 사사(賜死) 즉, 사약을 내려 목숨을 끊게 하는데, 겉으로 드러난 죄목의 원인은 '주초위왕(走肖爲王)' 사건이었다. 궁 안의 나뭇잎에 '주초위왕'이라는 글자가 나타난다. 이는 말 그대로 조씨가 왕이 된다는 말이다. 여기에서 조씨는 조광조를 말한다. 이런 글자가 나뭇잎에 생겼다는 이유로 중종이 총애하던 조광조를 사사시키는 일이 일어난 것이다.

애초에 중종은 반정으로 왕이 되었고, 연산군 시기의 잘못된 적폐를 바로잡고자 했다. 이를 위해 당대 기득권 세력이었던 훈구세력을 견제 · 개혁하려 했다. 이때 견제세력으로 선택한 이들이 사림파였고 그 대표주자가 조광조로 그를 발탁하여 본격적인 개혁 정책을 추진하기에 이른다. 그러나 중종에게 그들은 점점 부담스러운 세력이 되고 마침내 큰 정치 세력으로 성장하게 되어 중종이 제어하기 힘든 지경에 이른다.

조광조는 도학(道學)정치를 구현하려 했다. 도학정치는 말 그대로 도덕학에 기반을 둔 정치 실현이었다. 이를 위해 왕이 먼저 사심을 없애고 도덕적 윤리적인 엄정한 존재가 되어야 한다고 역설했다. 왕이 수신(修身)을 통해 치국을 해야 한다는 논리를 강화했다. 왕이 그러하니 당연히 대신들은 말할 것도 없었다. 이를 따르지 않는 이들은 군자가 아닌 소인으로 규정했다.

왕도 정치의 구체적 실현 방법으로 왕이나 관직에 있는 이들이 도학을 실천해 요순(堯舜)시대와 같은 태평성대의 대동 세상을 이뤄야 한다고 주장했는데, 이런 주장을 '지치주의(至治主義)'라고 이름 붙였다. 지치란 『서경』의 「군진편」(軍陳篇) '지치형향(至治馨香) 감우신명(感于神明)'에서 나온 말이다. 이는 잘 다스려진 인간세계의 향기는 신명(神明)을 감명시킬 수 있다는 뜻이다.

지치주의는 '천리불리인사(天理不離人事)'라는 말에서 잘 드러나는데 하늘의 뜻이 인간의 일과 분리되지 아니한다는 의미인데, 인간이 다스리는 세상이 바로 하늘의 뜻이 펼쳐진 이상세계가 되도록 해야 한다는 말이다. 하늘의 이치를 스스로 닦아 하늘과 같이 인간

세상을 만든다는 성리학적인 가치의 본격적인 실현이었다.

이런 도학정치의 지치주의에서는 시문학이나 학술적인 활동은 중요하지 않고 유학 경전 속의 원칙을 일상은 물론 정치에서 실현하는 것이 중요하다. 따라서 조광조는 인재 선발 방식을 새롭게 도입해야 한다고 주장한다. 그것이 바로 현량과(賢良科)다. 당시 과거 시험은 경서의 내용을 강론하는 강경(講經)과 글짓기인 제술(製述) 과목이 중심이었는데, 조광조는 이러한 과목 시험으로는 경서에 밝고 덕행이 있는 이들을 선발할 수 없다고 주장했다.

조광조는 "문학은 선비의 참된 도리가 아니며 경전공부에 치중해야 한다"고 한 바 있었다. 중종은 1519년 이를 받아들여 현량과를 실시했는데 추천을 받은 인재에 조정의 시무(時務)에 대한 책문(策問)만 시험하게 하여 합격시켰다. 시무는 지금 힘써야 할 국정과제들에 해당한다. 책문은 본래 과거에서 최종 선발자들의 등수를 가리는 과정으로 왕과 대상자들이 특정 주제에 대해 대화를 나누는 것이다. 시무는 당연히 사림파들이 강조하는 내용들이고 책문은 이에 대한 그런 왕과 추천인들의 대화일 수밖에 없었다. 우선 120명의 인재를 추천하게 하고 이 가운데 김식(金湜), 박훈(朴薰) 등 28인을 최종 선발시켰다.

그런데 이 최종 선발된 이들은 사림파들이었고 대부분 조광조와 인연이 있을 수밖에 없었다. 더구나 기본 시험이 없이 천거만으로 인재를 뽑는 것에 대해서 반대가 심했다. 그런데 이들은 홍문관·사간원·시종 등 중요 보직에 배치되었다. 이들을 통해 사림파는 도학정치의 구현을 위해 왕에게 끊임없는 간언을 하도록 했다. 또한 성균관 정원을 늘려 강독을 중요하게 더 교육하도록 했고, 이를 사림파의 교두보로 삼았다.

이들은 모두 중종에게 군주의 도덕적 엄정함을 요구하는 간언을 끊이지 않는데, 당연히 중종에게는 점점 부담이 되었다. 그 도덕적 엄정함이나 수신이라는 개념이 끝이 없을 수밖에 없었다. 하늘의 뜻을 인간이 세상에 실현한다는 것은 근본적으로 어려운 이상적인 측면이 강하기 때문이다. 무엇보다 그들은 큰 하나의 세력이 되었다. 중종은 훈구파를 견제하고 연산대의 적폐를 청산하기 위해 그들을 중용했을 뿐이라, 중종에게 필요한 것은 자기를 중심으로 한 왕권의 강화와 치세의 확립이었는데 조광조 등의 사림파는 여기에 관심이 없었다. 오히려 왕을 견제하여 자신들의 명분을 내세우고 자신들의 기반을 다지는데 초점을 두었다.

　　이런 가운데 조광조는 '위훈삭제'를 일으켜 훈구파들의 분노를 일으키고 원한을 사게 된다. 그것이 기묘 사회가 일어나 조광조 등을 제거하는 직접적인 원인이 된다. 중종반정(中宗反正)은 1506년(연산 12) 연산군을 폐위하고 진성대군 이역(李懌)을 옹립하여 왕으로 세운 사건이다. 당연히 이때 공신들이 있을 것이고 이들에 대해 보상이 주어졌다. 그런데 조광조 등은 이들 가운데 자격이 없는 자들이 있다며 대거 명단을 삭제한다. 105명의 공신 가운데 2등 공신 76명을 가짜라고 주장했다. 심정·홍경주(洪景舟) 등 전체 공신 가운데 4분의 3에 해당하는 이들의 공신 녹훈이 감해진다. 이는 사실 여부와 관계없이 당연히 당사자들의 분노를 사게 만든다. 이른바 줬다가 뺏은 상황이 되었기 때문이다.

　　앞서 언급한 주초위왕은 이런 공신 위훈삭제 등에 분노한 훈구 대신들이 궁인들을 시켜 조작한 사건이었다. 그러나 중요한 것은 중종이 그러한 사건을 지나치지 않고 사림파를 제거하는 데 활용했다는 점이다. 물론 주초위왕 사건은 조작되었으므로 나중에 조광조 등의 사림파를 복권시키는 명분이 될 수밖에 없었다.

그런데 여기에서 이순신의 할아버지인 이백록이 기묘사화 때문에 직접적인 처벌을 받았다는 기록은 없다. 더구나 사약을 받고 세상을 떠났다는 것은 사실이 아니며, 아니 이후에도 이백록은 살아서 활동을 했다. 류성룡은 『징비록』에서 '이순신의 조부 이백록은 가문의 음덕에 힘입어 작은 벼슬이라도 했지만 부친 이정은 벼슬에 오르지 않았다' 라고 했다.

『조선왕조실록』에 따르면 1540년 이백록의 벼슬은 평시서봉사(平市署奉事)였다. 평시서봉사는 도량형과 시장, 유통, 물가를 조절하는 등 시세의 조절을 맡던 관청이었다. 그런데 봉사는 종8품으로 낮은 등급이었다. 6년 전인 1534년(중종 29)에 이백록은 성균관 유생이었다. 그는 소과에 합격하여 성균관에서 대과를 준비하고 있었다. 다음의 내용을 보자.

성균관 생원 이백록 등이, 상께서 친히 문묘에 제향한 다음 대사례를 행하고, 쌀 2백 석을 하사하고 또 궐정에서 특별히 술과 음악을 하사하신 데 대해 전(箋)을 올려 감사했다. 그 대략은 다음과 같다.

'소왕(素王)을 배알하고 웅후(熊侯)를 쏘시니, 흔연히 삼대(三代)의 의례를 보겠습니다. 유생들을 모아 놓고 녹명(鹿鳴)을 노래하게 하니, 구중궁궐의 은택을 다시 받았습니다. 신들은 문장의 조그만 기교나 학습하고 입으로만 외는 무리들로 유자(儒者)란 이름만 도둑질하고 있습니다. 정곡(正鵠)을 못 맞히면 몸을 돌이켜 생각하는 군자의 덕이 없음이 부끄럽기만 합니다. 성균관에 오시던 날 활 쏘시는 광경을 보게 된 것이 얼마나 행운입니까.

활을 쏘는 데는 힘이 아닌 덕을 주로 하시니, 덕성을 양성하심을 우러러보겠습니다. 선비들이 다 사예(射禮)를 익히니, 사를 고무시키는 인덕(仁德)에 모두들 감동하셨습니다. 이것만 해도 저희들의 영광인 것을, 하물며 성대히 대접해주기를 어찌 감히 바라겠습니다.

구온(九醞)이 많기도 하고 감칠맛 나니 정중히 술자리를 마련해 주신 은혜에 진하게 젖어듭니다. 오음(五音)이 계속해서 흐르고 음식맛도 잊게 하는 음악이 번갈아 연주되었습니다. 즐거움은 녹명의 화락한 정경과 같고 덕화는 문왕(文王)의 시절과 같습니다. 천고에 일찍이 없었던 오늘의 대례 행사, 교문(橋門)에서 보고 듣는 것만도 다행입니다. 크나큰 은혜 궁중에서 베푸시니, 더욱 천지와 같은 자애로움을 느낍니다.'

　　─『중종실록』(77권) 1534년(중종 29) 8월 18일

기묘사화(1519)가 있은 15년 후의 기록이다. 여러 하사에 대한 고마움을 성균관 유생 대표로 감사의 글을 올리고 있는 모습이 담겨 있다. 실력이 우수해서 대표로 글을 올렸던 것일까, 아니면 나이가 가장 연장자이기 때문이었을까. 일단 이백록의 당시 나이를 추정해봐야 한다. 이백록의 아들이자 이순신의 아버지인 이정(李貞, 1511~1583)은 1511년에 태어난다. 이정이 태어난 지 23년이 지난 시점에 이정의 아버지 이백록은 성균관 유생이었다. 이백록이 이정을 스무 살 정도에 낳았다고 해도 그의 나이는 마흔세 살이었다. 십대 후반에 결혼하는 것이 통상적이라면 이미 마흔 살을 넘었을 가능성이 크다. 늦은 나이에 유생에 불과한 것은 기묘사화 때문일 수도 있다. 성균관 유생이었던 이백록이 대과에 급제했다는 기록은 없다. 그러나 그는 평시서봉사를 한 것으로『조선왕조실록』에 기재되어 있고 이것이 류성룡이『징비록』에서 말한 작은 벼슬에 해당한다.

50에 가까울 나이에 그는 종 8품에 해당하는 봉사직에 있었다. 그런데 파직을 당해 이마저도 없어진다.

> 평시서 봉사 이백록은, 성품이 본래 광패하여 날마다 무뢰배들과 어울려 거리낌 없이 멋대로 술을 마시는가 하면 외람된 짓으로 폐단을 일으킨 일이 많으니, 파직시키소서.
> ─『중종실록』(93권) 1540년(중종 35) 6월 27일

여기에서 나온 말들을 구분해서 살펴 볼 필요가 있다. 『조선왕조실록』에 실릴 정도의 내용이라면 분명 사적인 것이 아니라 공적인 말과 행동에 관한 사항일 가능성이 높다. '성품이 본래 광패하다' 라는 문장이 있다. 광패(狂悖)하다는 '미친 사람처럼 말과 행동이 사납고 막되다' 라는 말이다. '날마다 무뢰배들과 멋대로 술을 마신다' 에서 무뢰(無賴)는 성품이 막되어 예의와 염치를 모르며 함부로 행동하는 사람을 말하고, 무뢰배는 그러한 무리를 말한다.

그렇다면 이백록은 어떤 이들과 어울려 술을 먹고 말과 행동을 했을 가능성이 높다. 그런데 이런 말과 행동이 정치 분위기와 맞지 않기 때문에 광패하다는 단어를 썼을 가능성이 높다. 무뢰배들이라는 단어도 대개 정치적인 언행이 다른 이들에게 적용되는 말이다. 결국 이백록은 정치적으로 당시 인정을 받지 못했던 이들과 어울려 술을 마시고 어떤 언행을 했을 것인데 그것은 용인될 수 없었던 것이겠다. 또한 마지막에 "외람된 짓으로 폐단을 일으킨 일이 많다"라고 해서 결국 탄핵의 대상이 되었음을 적고 있는 것이다. 도대체 어떤 언행을 하고 어떤 폐단을 일으켰기에 이백록은 파직이 되었던 것일까? 이는 나중에 이백록의 아들이자 이순신의 아버지인 이정의

진소(陳訴) 즉 사정을 말하고 하소연 하는 내용에서 드러난다.

> "의정부의 의득(議得)을 승정원에 내리면서 이에 의해 시행하라고
> 일렀다. 의정부의 의득 내용은 다음과 같다. 윤인경 등이 의논드리
> 기를, '내가 이정의 진소를 보니, 그 아비 백록이 중종 대왕의 국휼
> (國恤) 때 주육을 갖추어 베풀고는 아들을 성혼시켰다고 잘못 녹안(錄
> 案)되었다. 그런데 이는 그때 경상감사(慶尙監司)의 계본(啓本)에는 주
> 육을 갖추어 베풀었다는 말이 없었는데 형조에서 함문(緘問)할 때 주
> 육 설판(酒肉設辦)이란 네 글자를 첨가하여 아뢰어서 의금부로 옮기
> 고는 곤장을 쳐서 복초(服招, 자백)한 것이라고 합니다. 그 계본을 상
> 고해 보건대 주육을 설판하였다는 말은 다만 여부(女父)인 이준(李俊)
> 에게만 언급되었고 백록에게는 언급된 바 없는데 필경 이것으로 중
> 한 죄목이 씌워져 녹안까지 되었으니 과연 억울하다 하겠습니다. 성
> 종께서 승하하시던 날 밤 조사(朝士)로서 그 자녀의 혼례를 치른 자
> 가 죄는 입은 바 있으나 다 녹안까지는 가지 않았습니다. 위에서 재
> 결(裁決)하소서.'"
> ― 『명종실록』(3권) 1546년(명종 1) 4월 6일

억울한 모함을 당한 셈이니 바로 잡아야 한다. 더구나 파직을 당
한 관리의 자손이 벼슬길에서 성공한다는 것은 쉬운 일이 아니기
때문에 이정이 진소하게 되었을 것이다. 녹안은 처벌받은 관리의
이름과 그 죄상을 기록한 책이다. 이백록은 가뭄으로 국가에 걸친
구휼기간에 금령을 어기고 술과 고기를 갖추어 아들의 결혼식을 연
것이 죄가 되어 처벌받았다. 그런데 아들 이정은 약 6년 뒤에 그러
한 죄목과 처벌이 잘못된 것이라고 호소하며 진정하고 있는 것이

다. 주육은 이백록이 아니라 다른 사람이 한 것이라는 주장이다.

　이순신은 1545년에 태어난다. 그러므로 아버지 이정이 할아버지 이백록에 대해서 상소를 올린 것은 이순신이 두 살 때이다. 한국 나이로는 세 살이다. 어쨌든 최종적으로는 이 녹안에서 이백록의 이름이 빠진 것으로 알려지고 있다. 그런데 이렇게 파직의 명분이 되었던 주육설판은 겉으로 드러난 명분이었다는 것이다. 당시 경상감사의 보고서에는 주육설판이라는 내용이 없고 형조에서 그 네 글자가 첨가되어 조작되었다는 것이다. 그렇다면 왜 이런 조작이 일어났는가에 대해서 생각해보아야 한다.

　이백록의 아버지인 이거(李琚, ?~1502)는 정3품 당상관인 통정대부 순천도호부사, 병조참의여서 아버지의 음덕으로 참봉(종9품)으로 시작해 평시서봉사에 이르렀다는 말이 있다. 일부에서는 이 관직은 명예직이었다는 주장도 있다. 『이충무공전서』에는 벼슬에 나가지 않았다고 기록하고 있기 때문이다. 그런데 분명 조상의 음덕 때문에 추천을 받았던 것은 분명해 보인다. 「기묘록속집」(己卯錄續集)은 기묘사화로 화를 입은 사람들의 이야기를 담은 책인데 여기에서 이백록에 대한 기록이 보인다. '별과시 천거인(별과에서 천거를 받은 사람들의 명단)' 부분에 이백록이 있는데 "진사 이백록은 배우기를 좋아하고 검소했으며, 별과에서 추천을 받았다"라고 되어 있다.

　후대의 기록인 『용호한록』(龍湖閒錄)에도 기록이 단편적으로 나오는데, 이백록이 기묘사화에 대한 처벌을 받았음이 언급되어 있다. 『용호한록』은 19세기, 고종 때 좌의정 등을 지낸 송근수(宋近洙, 1818~1902)가 집필한 사서로 추정되는데 『용호한록』 2권의 제 6책(冊) 319면의 「동국문헌명신편」(東國文獻名臣篇)에 보면, 이백록이 기묘사화에 연관되어 처벌을 받았다고 했다. 그 내용은 벼슬을 내놓고 낙향하는 것이었다. 이것이 반드시 옳은 것인지는 좀 따져야 한다. 시간 차이가 있기 때문이다.

다만 이러한 기록들을 바탕으로 추정을 해볼 수 있다. 이백록은 늦은 나이까지 성균관 유생이었고, 비록 음덕 추천에 따라 벼슬이 주어져도 낮은 직급이었다. 이백록은 조광조 등의 사림에 동조했을 수 있고, 이 때문에 관직의 길이 막혀 뒤늦게 성균관에 있었을 수도 있으나 완전히 조광조가 복권된 것은 아니기 때문에 본격적인 관리 생활을 못했을 수도 있다. 1522년(중종 17) 생원시에서 2등으로 입격(入格)했다는 사실은 이를 더 추정하게 한다. 그는 10여 년 이상을 성균관에 머물러야 했던 것이다. 조광조의 묘는 경기도 용인 심곡리에 있는데, 이백록은 이곳에서 멀지 않은 용인군 고기리에 은거하다 세상을 떠났다고 한다.

그는 평소에 당시에 정치적으로 주류가 아니었던 이들과 몰려다니면서 거친 언사를 하던 중에 주육설판을 조작당해서 그나마 있던 벼슬을 버려야 하는 상황이 되었을 수 있다. 아마도 이렇게 된 이유에는 적어도 그가 조광조 계열의 사람들과 어울리거나 그에 찬동하고 있었던 것으로 보인다. 더구나 조광조에 대해서 복권하려는 움직임은 언제나 물밑으로 흐르고 있었다.

조광조의 복권은 한참 뒤에 이뤄지지만, 1545년(인종 1) 이백록이 주육설판으로 조작당해 처벌받은 것이 다시 신원회복 되어도 기울어진 가세를 회복하기는 쉽지 않았을 것이다. 물론 이정은 벼슬이 있었던 것으로 보인다. 이요신(1542~1580) 소과 생원시 입격자료(1573년, 선조 6)에서 병절교위(종6품)에 있었고, 이순신의 무과 급제 방목인 1576년(선조 9)의 병자식년무과방목(丙子式年文武科榜目)에는 창신교위(종

5품)에 있었다. 그러나 이런 관직은 모두 명예직 혹은 임시직 무관 벼슬이었다. 이정이 무과시험에 합격할 리도 없으며 무관직에 나갈 일도 없었다. 1576년은 이순신이 식년 무과에 합격한 해였다. 덕수 이씨 가문에서 발행한 「증보덕수이씨열전」(增補德水李氏列傳)에는 이백 록은 '생원에 오르고 기묘사화를 입었으며 천거로 참봉과 봉사를 받았으나 모두 나가지 않았다'라고 기재하고 있지만 파직 자체를 언급하지 않았다.

이런 어려운 상황 속에서도 이순신의 아버지 이정은 초계 변씨(草溪 卞氏) 사이에서 아들을 네 명 낳았다. 그 아들도 그냥 되는대로 낳은 것이 아니라 일관된 의미를 부여했다. 나름의 철학과 정신이 아이의 출생에도 적용했던 것이다. 이순신의 출생에서 잘 알려진 태몽이 있다. 이순신의 조카 이분(李芬)이 지은 「행장」(行狀)에는 이순신의 출생과 관련된 이야기다. 어머니 초계 변씨가 이순신을 낳을 때 시아버지인 백록이 꿈에 나타나 "그 아이는 반드시 귀하게 될 것이니 이름을 순신이라고 하라"고 일렀다고 했다.

그런데 이런 꿈과 별개로 4형제는 하나의 일관된 흐름이 있었던 것이다. 복희, 요 임금, 순 임금, 우 임금의 이름자를 붙여 아이들의 이름을 지었기 때문이다. 복희는 삼황 중 하나이며 햇볕이 쨍쨍 내려 쪼이는 모습이며 본래 성씨가 풍(風)이었다. 복희가 손에 든 것은 태양이고 그 안에는 신성한 태양의 새가 있다. 요순시대는 태평성대와 같은 의미의 관용 표현이고 이상적인 군주로 두 사람을 꼽는다. 순임금 다음으로 하왕조를 연 우임금 순으로 아이들의 이름을 지은 것이다. 고대 최고의 제왕으로 불린 이들을 아들의 이름에 넣었으니 대단한 일이다.

사람은 그 이름이 인생을 결정하기도 한다. 하늘에는 태양이 있다면 땅에는 물이 있다. 요순시대에는 치수 즉 관리가 국가의 최대 국정과제였다. 요임금 때 곤(鯀)을 임명하여 물 관리를 맡겼으나 효과가 없었다. 요임금이 연로하게 되어 후계자로 순임금을 선택했다. 순임금은 곤이 물 관리 능력이 없다고 생각하여 그의 아들 우(禹)에게 맡겼다. 우는 다른 방법을 써서 결국 치수를 잘 관리한다. 우는 바로 우임금이 되었다.

이순신은 물-바다를 잘 관리를 잘했기 때문에 임진왜란에서 승리할 수 있었다. 이순신의 창의성은 흔히 치수-물 관리라고 하면 강물만 생각하는데 바다의 수로 관리도 물관리라고 생각한 점일 것이다. 이순신이 바다의 물 관리에 능한 이들을 널리 불러 모아 전쟁에 이겼으니 조선의 계통이 끊어지지 않고 이어질 수 있었다. 그만큼 바다의 중요성을 강조하는 이는 없었고 그것을 잘 관리하는 수군의 중요성을 부각시킨 이도 없었다. 바다의 중요성을 인식하지 못했던 조선은 개항이 늦어져 바다의 길을 일찍 열었던 일제에 식민강점을 당하게 된다.

어려운 상황이라도 아이는 미래의 희망이다. 아이가 미래에 큰일을 할 수 있도록 희망을 버릴 수는 없는 일이다. 그 이름도 단편적으로 짓지 않았던 이순신 아버지 이정, 그리고 어머니 초계 변씨가 희망을 놓지 않았기 이순신의 미래는 물론 나라의 미래를 만든 것은 아닐까. 그러니 이순신 아버지 이정은 관직이 높지 않았다지만 실패한 인생은 아니었다. 자신이 못하면 자신의 자식을 통해 미래를 열고 꿈을 열어가는 것이 인간의 삶이고 사람의 길이기도 하니 말이다.

2) 서울에서 떠난다고 세상이 무너질까
– 사람은 서울로 말은 제주도로 가야 하나

　이순신 고향은 어디일까. 다 알다시피 이순신은 한양의 건천동(乾川洞)에서 태어난 것으로 알려져 있다. 건천동은 오늘날 서울시 중구 인현동으로 충무로 못 미쳐 을지로 4가 인근이고 창덕궁에서 나온 길로 직진하면 남산골에 닿는다. 건천동이라는 이름은 남산 제1호 터널에서 필동을 가로질러 성모 병원 앞 교차로에서 인현동을 관통하는 마른내(건천, 乾川)가 흘렀기 때문에 붙여진 이름이다. 평소에는 말라서 통행로이지만 비가 내리면 물이 차 흐르는 천이다.

　옛 지도를 보면 주거지 좌우로 건천이 흐르는 동네이다. 그런데 이순신은 건천동에 대한 기억이 많을까. 적어도 이순신은 한양 건천동 이야기를 하지 않는다. 『난중일기』에는 아산 이야기만 많이 적혀 있을 뿐이다. 건천동 이야기를 하는 것은 류성룡이다. 그런데 류성룡은 건천동에서 태어나지 않았다. 이순신이 어린 시절만 한양에서 보냈다면 기억이 없을 수도 있다. 이순신은 8살 정도에 아산으로 내려간 것으로 알려져 왔다. 이 나잇대는 어떤 생물학적인 인지 기능을 할 수 있을까. 사람이 태어난 곳도 중요하지만 성장하는 환경도 매우 중요하기 때문이다.

인지심리학에서 '아동기 기억상실(infantile amnesia)'이란 6~8세에 초기 기억을 잃는 현상을 말한다. 에모리 대학교의 심리학자 패트리샤 바우어는 8세 이전의 기억을 전혀 기억하지 못하는 사람들도 있다고 밝힌 바 있다. 캐나다 뉴파운드랜드 메모리얼 대학(Memorial University of Canada)의 심리학자 캐롤 피터슨(Carole Peterson)은 「아동발달 저널」(Child Development, 2011)에서 "10세 즈음에는 기억이 결정화된다. 그때부터의 기억은 유지되는 것이다. 반면 매우 어린 시절의 기억은 잊어버리게 된다"고 한 바가 있다. 조기 추억이 결정화되고 이것이 아이들이 지키는 추억이 된다는 것이다. 10세쯤의 아동들은 6~7년 전 친구들을 기억하지 못한다.

이순신은 어린 시절에 아산으로 이주했기 때문에 한양 건천동에 관한 기억이 없을 수 있다. 건천동의 이순신을 기억하는 류성룡은 다음과 같이 『징비록』에 적었다.

> "이순신은 어린 시절 영특하고 활달했다. 아이들과 놀 때도 나무를 깎아 화살을 만들어 놀았는데, 마음에 들지 않는 사람을 보면 눈을 쏘려 하므로 어른들조차도 그를 꺼려서 그의 집 문 앞을 함부로 지나지 못했다."

이순신이 어린 시절부터 남달랐다는 점을 강조하고 있다. 이 기록을 보면 류성룡이 이순신의 어린 시절을 본 것으로 알 수 있다. 그런데 같이 놀았다는 내용은 아니다. 또한 류성룡이 스스로 건천동에서 태어나 자랐다고 기술하고 있지도 않다.

류성룡은 1542년 10월 1일(음력) 경상도 의성에서 태어났고, 이순신은 1545년 4월 28일에 태어났다. 즉 세 살 차이가 난다. 세 살이 많기 때문에 이순신이 기억하지 못하는 것을 더 많이 기억할 수 있다. 류성룡은 이순신이 아산으로 내려갈 때 11살이었다. 거꾸로 이순신은 류성룡에 대한 기억이 없을 가능성이 많다. 더구나 류성룡의 본가는 안동이다. 류성룡의 호는 서애(西厓)인데, 이는 안동 하회마을의 자연 환경을 견준 것이다. 본가가 안동 하회이고 서울의 집은 류성룡이 과거 때문에 서울에 유학을 가서 살았던 장소이다. 건천동은 서울 진출과 활동을 위한 일종의 베이스캠프인 셈이다. 당시 지방에 기반을 둔 사대부들은 이런 두 집 살림을 하고 있었던 것이다. 류성룡을 서울 사람이라고 할 수 있을까. 아마 본인 스스로는 그렇게 말하지 못하고 한양에 살고 있다는 점을 말할 뿐이겠다. 그것이 이상한 것은 아니다. 지방 출신 사대부 자제들의 한 단면의 모습이기 때문이다.

한양의 건천동을 중요하게 생각하는 서울의 연구자와 저술자들은 이순신이 서울에 16년 동안 살다가 아산으로 이주했음을 강조한다. 그런데 류성룡의 기록을 보면 이에 대해서 이상하게 생각할 점이 있다. 어린 시절에 전쟁놀이를 한 기록밖에 없는 것이다. 16살 때까지 나무를 깎아 화살놀이나 하고 있었다는 것은 생각할 수 없는 일이다. 양반집 자제들이라면 과거 공부가 아니어도 글공부를 열심히 하고 교육기관에 다녀야 할 때이다. 또한 이순신의 문과 학습은 상당했던 것으로 이미 알려져 있다.

문과 과거시험을 보려면 이런 시절에는 서당을 다니더라도 늦어도 15~6세에 서울에서는 사학(四學) 즉, 중학(中學)·동학(東學)·서학(西學)·남학(南學), 지방에서는 향교에 다녀야 한다. 이순신도 처음에는 문과 공부를 했으니 이런 교육 기관에 다녀야 한다. 만약 이순신이 문과 과거 시험을 보기 위해 서울에 있었다면, 류성룡과 같은 인근에 있을 동학에 다녀야 한다. 하지만 그런 기록은 보이지 않는다. 서당에 다닌 기록조차 없고 어떤 교육기관도 언급되지 않는다.

『징비록』에서 이순신에 대한 기록은 어린 시절 서울과 안동을 오고가던 류성룡이 잠시 본 인상을 기록하고 있을 뿐이다. 당시 건천동은 34채밖에 안 되는 작은 동네로 많은 집이 있었던 것도 아니고 집이 붙어 있었으며 무엇보다 이순신의 집은 뼈대 있는 가문이었으니 어차피 사대부들은 서로 알 수밖에 없었을 텐데, 이순신에 대한 기억이 어린 시절의 한정된 기억에 머물러 있는 것은 일찍이 이순신이 류성룡과 떨어져 있음을 말하는 것이겠다.

류성룡은 집안의 지원을 받으며 일찍부터 과거 시험 준비에 매진하고 있었다. 1554년(명종 9) 13세에 동학에서 중용(中庸)과 대학(大學)을 강독(講讀)했다. 동학은 한양에 설립한 국립 유학기관인 서학·남학·중학 등 네 개의 교육기관 가운데 하나이고 건천동에서 가까웠다. 1555년(명종 10) 14세에 향시(鄕試) 합격했고, 1558년(명종 13) 17세에 부인 전주 이씨(李氏)를 맞이했다. 이순신은 21세에 한양이 아닌 아산에서 혼인한다.

류성룡은 17살 때 아버지를 따라 의주에 갔다가 심통원이 두고 간 『양명집』(陽明集)을 접하고 양명학 공부에 매진한다. 이렇게 아버지를 따라 다니는 과정에서 한양에서 떨어져 있기도 했다. 1560년(명종 15) 10월, 19세에 관악산 암자에 들어가 『맹자』(孟子)를 공부했고, 1561년(명종 16) 20살에 안동 하회에서 『춘추』(春秋)를 읽었다고 한다. 1562년(명종 17) 21세에 안동 도산(陶山)에 수 개월간 머물며 퇴계 이황의 『근사록』(近思錄) 등을 전수받았다. 이런 류성룡의 청소년기 행적을 보면 어린 시절 이후에 이순신이 어떻게 성장했는지 잘 알 수 없는 상황이었을 것으로 보이는 대목이다.

> "신의 집이 이순신과 같은 동네에 있기 때문에 이순신의 사람됨
> 을 깊이 알고 있습니다."
> ―『선조실록』 1597년(선조 30) 1월 27일

이 당시에는 이순신이 한산도 통제영에 머물러 있었는데 아무리 재촉을 해도 부산을 공격하지 않고 있는 것에 대한 선조의 불신이 높아가고 조정의 불만이 컸던 때라 류성룡은 이를 풀어주어야 했다. 류성룡은 자신이 같은 동네에 있기 때문에 이순신의 됨됨이를 잘 안다고 하는 것이다. 이때는 적어도 선조가 류성룡을 신임하고 있었다. 마치 이 문장을 보면 서울 건천동에 같이 살았던 것으로 보이지만, 이순신은 서울에 달리 거처가 없었던 것으로 보인다. 이는 이순신이 삼도수군통제사의 지위를 박탈당하고 옥에 갇혀 고문을 받다가 나왔을 때 상황을 보면 살필 수 있다.

> 1597년 (정유년) 4월 초1일 「신유」 맑음
> 옥문을 나왔다. 남문(숭례문) 밖 윤간의 종의 집에 이르러, 조카 봉·분(芬)과 아들 울(蔚)이 윤사행(尹士行)·원경(遠卿)과 더불어 대청에 같이 앉아 오래도록 이야기했다. 지사 윤자신(尹自新)이 와서 위로하고 비변랑 이순지(李純智)가 와서 봤다. 더해지는 슬픈 마음을 이길 길이 없다.
> 지사가 돌아갔다가 저녁밥을 먹은 뒤에 술을 가지고 다시 왔다. 윤기헌(尹耆獻)도 왔다.
> 정으로 권하며 위로하기로 사양할 수 없어 억지로 마시고서 몹시

취했다.

이순신(李純信)이 술병 채로 가지고 와서 함께 취하며 위로해 주었다. 영의정(류성룡)이 종을 보내고 판부사 정탁(鄭琢)·판서 심희수(沈禧壽)·우의정 김명원(金命元)·참판 이정형(李廷馨)·대사헌 노직(盧稷)·동지 최원(崔遠)·동지 곽영(郭嶸)이 사람을 보내어 문안했다. 취하여 땀이 몸을 적셨다.

4월 2일 「임술」 종일 비가 내렸다

여러 조카들과 이야기했다. 방업(方業)이 음식을 매우 풍성하게 차려왔다. 필공을 불러 붓을 매게 했다.

어두울 무렵 성으로 들어가 영의정과 밤 깊도록 이야기하다가 헤어져 나왔다.

백의종군의 명령을 받고 옥에서 나온 이순신은 서울 건천동에 있을 법한 집에서 묵은 것이 아니다. 선비 윤간(尹侃)의 집도 아닌 그의 하인 집에서 하룻밤을 묵었다. 하인 집에 있으니 각 대신들이 안부를 물어왔다. 또한 다음 날에는 남대문 앞으로 들어가 영의정 류성룡 집에 갔다. 류성룡 집에서 숙박은 하지 않았는데 나와서 자신의 집으로 갔다는 말은 없다. 친구나 친척 집에도 들르지 않았다. 무엇보다 자신의 집이 있었다면 윤간의 하인 집에서 머물 이유는 없었을 것이다. 따라서 류성룡이 같은 동네라고 한 것은 옛날에 이순신의 집이 건천동에 있었음을 의미한다. 역시 이러한 류성룡의 말은 같이 나고 자랐다는 말이 아니다. 『징비록』에서 류성룡은 다음과 같이 말한다.

"순신의 사람됨이 말과 웃음이 적고 얼굴이 단아하고 정갈하게 생겨서 마치 수양하고 있는 선비와 같았으나 속에는 담기가 있었다."

　대개 이순신의 외모를 말할 때 자주 인용되는 문장이다. 이 표현에 의하면 소년의 모습이 아니라 어른의 모습이다. 물론 류성룡만이 그렇게 언급한 것은 아니다. 예조판서 이민서(李敏敍)가 1686년(숙종 12) 쓴 '명량대첩비'에도 '단아한 선비' 같다고 했다. 단아하다는 표현은 상투적인 표현이라는 말도 있다. 선비들이라면 으레 그렇게 묘사한다는 것이다. 어쨌든 무장이라는 이미지와 다른 문과 사대부를 말하는 것인데 여하간 이는 성인이 된 이순신을 말하는 것이지 소년이나 좀 더 나아가 청춘의 모습을 말하는 것은 아니다. 류성룡이 소년기 청년기의 모습을 잘 모를 수 있다는 사실은 허균의 저술에서도 짐작할 수 있다. 교산 허균은 그의 문집 『성옹지소록』(惺所覆瓿藁)에서 이렇게 적었다.

　　"자신의 친가는 건천동에 있고 청녕공주 저택의 뒤로 본방교까지 서른네 집인데 이곳에서 명인이 많이 나왔다. 김종서, 정인지, 이계동이 같은 때였고 양성지, 김수온, 이병정이 한 시대였으며 유순정, 권민수, 유담년이 같은 시대였다. 그 후에도 노정승 노수신과 나의 선친 및 지사(知事) 변협이 같은 때이며 근세에는 류서애, 가형(허균의 형) 및 덕풍군 이순신, 원성군 원균이 한 시대이다. 서애는 나라를 중흥시킨 공이 있었고, 원균과 이순신 두 장수는 나라를 구한 공이 있었으니 이때에 와서 더욱 성하였다."

　여기에서 허균은 류성룡, 이순신, 원균이 건천동에 살았음을 기술하고 있다. 그러나 이 세 사람이 어린 시절부터 같이 나고 자란 사이라고 볼 수는 없는 노릇이다. 우선 일부에서는 원균이나 이순신이나 훈련원 근무를 했기 때문에 이때 훈련원에서 가까운 건천동에 머물렀을 것이라는 주장도 한다.

을지로 6가 방산동 18번지 일대에는 훈련원(訓練院)이 있었는데 훈련원은 크게 무과시험을 주관하는 시취라는 업무에 무예를 훈련하고 병서와 진법 등을 교육하는 연무를 하던 기관이었다. 요컨대, 군사들의 선발, 군사 교육 및 훈련을 담당하던 관청이었는데, 이순신이 훈련원에 머문 것은 잠깐이었다. 원균도 건천동에서 살았기 때문에 어린 시절과 연관 짓는 이들도 있다. 하지만 원균도 이순신처럼 건천동에서 난 것도 또 그곳에서 자란 것은 아니다.

원균은 이순신보다 다섯 살이나 많은데 이 허균의 기록만으로 어린 시절 친구였다는 설정의 드라마〈불멸의 이순신〉도 등장했다. 그러나 본래 고향이 평택인 원균은 1540년 1월 5일(음력) 충청도 진위군(현 경기도 평택시 평택읍 도일동)에서 경상도 병마절도사를 지낸 원준량(元俊良)과 남원 양씨 사이에서 태어났다. 고조부 원몽(元蒙)은 처가가 있는 진위로 이주해 세가를 이루었다 그곳에 원균 묘(가묘)와 사당이 있다. 그러므로 원래 원균도 서울 사람이 아니고, 서울은 활동과 진출을 위한 교두보 즉 베이스캠프였다.

그런데 과연 이순신도 서울에서 태어난 게 맞는 것일까? 당시 사대부들은 서울이 아니라 지방의 외가에서 출생하는 경우가 많았기 때문이다. 허균은 1569년(선조 3) 11월 3일(음력)에 동지중추부사를 지낸 허엽(許曄)과 그의 부인 강릉 김씨(江陵金氏) 사이에서 외가가 있는 강릉 초당동에서, 누이 허난설헌(1563~1589)도 1563년 강릉 초당동에서 셋째 딸로 태어났다. 율곡 이이도 강릉 출신이다. 1536년 강릉

죽헌동 외가인 오죽헌(烏竹軒)에서, 덕수 이씨 통덕랑 사헌부감찰 이 원수와 평산 신씨 신사임당의 셋째 아들로 태어났다.

류성룡은 황해도 관찰사 류중영과 안동 김씨 김소강(金小姜)의 아들로 외가가 있던 경북 의성에서 태어났다. 구체적으로는 의성현(義城縣) 사촌리(沙村里) 서림이었다. 앞서 사육신의 핵심인 성삼문은 1418년 충남 홍주(洪州, 현재의 홍성군) 홍북면 노은동(魯恩洞) 상리마을 외가에서 태어났다. 우암 송시열(1607~1689)은 옥천군 구룡촌의 외가에서 출생하여 26세까지 성장했다. 어사로 유명한 박문수는 1691년(숙종 15) 충청 진위현(현재 경기 평택시 진위면)의 외가에서 태어났다. 유득공도 1748년(영조 24), 경기도 남양(화성군 백곡白谷) 외가에서 출생했다.

당시에는 외가에서 출생하는 경우가 많았는데 이는 안정적인 출산과 산후조리 때문이었을 것이다. 사대부 아이들은 자라면서 한양에서 수학을 했다. 사람은 태어나면 서울로, 말은 제주도로 보내라는 말은 괜한 것이 아니다. 류성룡도 그러했지만 율곡 이이도 6세에 어머니 신사임당과 함께 서울 본가로 올라와 학문을 배웠다.

그런데 이순신은 서울에서 자라서 아산으로 이주한 셈이니 당시 사대부들의 선택과는 달랐다. 통상적인 예에 따른다면 초계 변씨의 외가에서 출생했어야 한다. 아산은 강릉이나 의성처럼 서울에서 멀지도 않다. 그러니 아산에서 출생할 수도 있다. 그러나 일찍 서울을 떠나야 했기 때문에 오히려 서울 출신임을 강조했을지도 모른다. 『선조실록』(84권) 1597년 1월을 보면 다음과 같은 대목이 있다.

선조가 이르기를, "경성(京城) 사람인가?" 하니, 류성룡이 아뢰기를, "그렇습니다. 성종(成宗) 때 사람 이거(李琚)의 자손입니다."

이순신의 조상 가운데 이거를 언급했다는 것은 그가 그래도 내세울 만한 사람이라는 것을 뜻하는 말이다. 이순신의 증조할아버지인 이거는 문과 급제로 홍문관 박사였고, 이조정랑, 병조참의(정3품 당상관)를 지냈다. 이순신의 경우에는 그의 조상을 포함해 오랫동안 한양에서 뿌리를 내린 집안이다. 이 때문에 류성룡과는 다른 집안 배경을 가지고 있다. 이순신이 아산에 내려가 있어도 이순신은 서울 사람이다. 당연히 류성룡은 서울 사람이라는 것을 중요하게 생각할 수밖에 없으며 서울에 대대로 산 자손과의 연관성을 부각하는 것이 필요할 것이다.

지방 사람인 류성룡으로서는 개인보다는 가문과 연을 맺는 사회에서 지휘 고하를 막론하고 서울 사대부들을 많이 알아야 자신도 그 반열에 올릴 수 있는 것이 중요하기 때문에 이순신이 서울 사람임을 강조했을 것이다.

조선 후기 성대중(成大中, 1732~1812)이 저술한 『청성잡기』(靑城雜記)에는 31세의 류성룡과 27세의 이순신이 처음 만난다. 즉 류성룡이 홍문관에 있다가 안동으로 내려가는 중에 배를 타고 한강을 건넌 후에 처음 만났다고 했다. 배에서 술 취한 권세가의 하인이 행패를 부렸는데 조용히 지켜보던 이순신이 강을 건넌 뒤에야 그를 제압하고 목을 베었다는 것이다. 이를 지켜본 류성룡이 그를 대장감이라고 생각했다는 것. 5년 뒤 이순신이 무과에 급제했고 어느 날 류성룡이 군문(軍門)에서 이순신을 보고 한강가의 대장감이었다는 것을 알았다. 42세의 류성룡은 1583년(선조 16) 1월에 홍문관 부제학에 재임명되었던 상황이었다. 실제로 1586년 류성룡은 42세의 종6품 사복시 주부 이순신을 종4품 함경도 조산보 만호(종 4품)로 추천했다. 종4품부터는 장군으로 호칭되었다.

이러한 기록이 있는 이유는 류성룡이 항상 이순신과 어울려 지낸 것은 아니고 이순신이 무과를 준비하고 합격했는지도 잘 몰랐다는 맥락을 반영한 것으로 보인다. 물론 어린 시절의 모습을 알고는 있지만 서로 가는 길이 달랐으니 말이다. 어떤 이들은 건천동이 훈련원 근처라서 무과시험을 당연히 보게 되었을 것이라고 말한다. 서울이 그렇게 넓은 것도 아니고, 서울 동쪽은 모두 훈련원 근처가 된다. 다른 이들은 모두 문과를 준비하는데 자신은 무과를 준비하는 일이 아마 상당히 눈치 보이고 자존감 상하는 일이었을 수도 있어서 서울을 떠나는 것이 좋지 않을까라는 생각을 할 수도 있다.

또 한 가지 생각할 점이 있는데 이순신이 말하고 있는 친구들이다. 1597년 4월 옥문을 나왔을 때 이순신은 서울에서 친구들을 만나지 않았다. 적어도 친구들이라는 표현을 사용하지 않았고 머문 곳도 건천동이나 사대문 안이 아니라 남대문 밖 윤간의 하인 집에 머문다. 윤간은 풍덕군수(황해도 개풍군)를 지낸 인물로 추정되고 있는

건천동을 나타내는 표지석

데 그가 나중에 선산이 있는 곳에 안치된 곳이 건원(乾原)이다. 건원은 함경도이므로 이순신이 함경도 건원보 권관으로 있을 때 알게 된 사람이 아닌가 싶다. 그런데 『난중일기』 1597년 4월 6일에 아산에 도착한 이순신은 "멀고 가까운 친구들이 모두 와서 모였다. 오랫동안 막혔던 정을 푹 풀고 갔다"라고 되어 있다. 한양에

이순신의 출생지 건천동은 비가 내릴 때만 물이 흘렀다. 건천동 고지도

서는 이런 풍경이 펼쳐지지 않았다. 서울에는 친구가 없던 것을 알 수가 있다.

이순신의 친구들을 보면 초야에 있는 이들이 많았던 것 같다. 『난중일기』 1597년 6월 10일에는 죽마고우가 등장한다. "어려서 죽마고우 서철(徐徹)이 합천 땅 동면 율진에 사는데, 내가 왔다는 소식을 듣고 와서 봤다. 아이 때 이름은 서갈박지(徐乫朴只)인데 밥을 먹여 보냈다"라고 했다.

서철이 등장하는데 그 서철의 원래 이름이 독특하다. 서갈박지 성씨가 서씨인데 이름이 갈박지이다. 이는 사대부가의 이름이라고 볼 수가 없다. 사대부들이 주로 모여 사는 건천동에서 죽마고우로 지낸 친구라고 보기에는 한계가 있어 보인다. 지방에서는 이런 친구를 사귀기가 더 용이하지 않을까 싶다. 서갈박지라는 이름을 서철이라고 바꾸었으니 글을 잘 하는 사람일 수도 있겠다. 성대중의 『청성잡기』 「성언」(醒言)에는 이순신의 친구에 대한 언급이 있다.

"이순신은 세상을 등지고 은거한 절친한 벗이 있었다. 왜적이 침입하자 공은 인편으로 편지를 보내 국사를 함께 도모하고자 불렀다. 그러나 그는 늙은 부모가 있어 갈 수 없었기에 다만 나관중이 지은 「삼국지연의」를 보내왔다. 공은 이 책에서 도움을 받은 것이 많았다."

은둔한 친구가 준 나관중의 「삼국지연의」를 보고 전투를 하는데 도움을 받았다고 하는데 이 은둔한 친구가 서철인지는 알 수가 없다. 어쨌든 이순신의 집안은 전부 아산으로 이사를 했다. 『난중일기』 1597년 4월 5일의 내용을 보면 알 수 있다. 억울하게 누명을 쓰고 고문을 당한 뒤 나온 이순신이 백의종군하여 남쪽까지 내려가는데, 이순신은 아산 염치읍 백암마을(현충사 인근)에 들렀다.

4월 5일 「을축」 맑다

해가 뜨자, 길을 떠나 바로 선산(아산시 염치읍 백암리)에 이르렀다. 나무들은 두 번이나 들불이 나서 불에 탄 꼴을 차마 볼 수 없었다. 무덤 아래에서 절하며 곡하는데 한참동안 일어나지 않았다. 저녁이 되어 내려와 외가에 와서 사당에 절했다. 그 길로 조카 뇌의 집에 이르러, 조상의 사당에 곡하며 절했다. 남양 아저씨가 별세하였다는 소식을 들었다.

저물 무렵 우리집에 이르러 장인·장모님의 신위 앞에 절하고 곧 작은 형님[堯臣]과 동생 여필[禹臣]의 처 제수의 사당에 다녀와서 잠자리에 들었다. 마음이 좋지 않았다.

4월 19일 「기묘」 맑다

일찍 길을 떠나며 어머니 영전에 하직을 고하며 울부짖었다. 천지에 나 같은 사정이 어디 또 있으랴! 일찍 죽느니만 못하다. 조카 뇌의 집에 이르러 조상의 사당 앞에서 아뢰었다.

조카 뇌(蕾)는 큰 형의 아들로 이순신에게는 장조카이다. 장조카는 종손이라 조상의 사당을 관리해야 한다. 이순신은 선산에 있는 선조들의 무덤, 외가의 사당, 맏형 이희신의 장남 조카 뇌의 집과 사당, 작은형 이요신의 사당, 그리고 동생 여필(이우신) 부인 사당도 찾았다고 했다. 선산은 물론이고 외가 그리고 처가 겸 본가 그리고 큰형과 작은형 동생 집이 모두 아산에 있었다. 남들은 서울을 떠나는 것이 세상 무너지는 것으로 생각되겠지만 적어도 이순신에게는 그렇지 않았다. 오히려 성공을 위한 1보 후퇴가 될 수도 있는 것이다.

반드시 큰 성공을 바랐던 것이 아닐 수도 있다. 당시 사대부들의 역할이자 의무는 과거를 통해 출사를 하는 것이었지만, 일단 변화한 한양에서 이순신에게는 기회가 없었다. 하지만 서울에서는 생각할 수도 없는 기회들을 아산에서는 맞게 되고 이순신은 그것을 잘 살려서 자신의 앞날은 물론 가정과 집안 가문에게 도움이 될 수 있는 길을 열었던 것이다. 원균의 경우에 오히려 고향의 환경적 조건을 잘 살리는 무장이 되었다면 칠천량의 패전이라는 비극을 막을 수 있었을지도 모른다. 2009년에 새로 발견된 시를 보면 이순신이 서울과 시골을 비교하는 관점이 드러나 있다.

> 시골에 산다 해서 어찌 호화로운 서울과 다르랴!
> 자연히 집집마다 평화로움 깃들어 있거늘.
> 만나는 곳곳마다 마음의 불길이 일어나니,
> 그 모양새가 마치 귀에 바람 스치듯 고요하구나!

악한 관리를 숙청함에는 풀 베듯 아니할 수 없고,

어진 이를 등용하여 대접한다면 훗날 모든 것이 바로 세워지고 꽃이 피어나리라.

옛 곡조 높게 산과 바다와 강 먼 곳까지 퍼지도록,

거대한 파도와 같은 한 곡조 그대들을 위해 부르노라!

시골에 살아도 화려한 한양과 다를 바 없으며, 집집마다 평화로움과 한가로움이 있다고 말한다. 어진 이들이야 한양에만 있는 것은 아닐 것이다. 당연히 이순신이 성장한 곳은 서울이 아니었지만 인재는 아산에도 있었다. 비록 한양이 아니라고 해도 이순신이 살던 곳은 완전 벽지는 아니었다. 오히려 적절한 거리를 유지하면서 발판을 마련하는 것은 개인으로나 사회, 나라에도 좋은 일이다. 여기에서 아산이 속한 충청조가 가지는 지정학적 위치 그리고 그 가치를 한 번쯤 생각해 볼 필요가 있다.

이중환 「택리지」 충청도 편을 보면, "지대가 높지 않고 아름다우며 서울 남쪽과 가까워서 사대부들이 모여 사는 곳이다. 그리고 대대로 서울에 살면서 이 도에 논밭과 집을 마련해 놓고 생활의 근거지로 삼지 않는 이가 별로 없다. 또 서울과 가까워서 풍속도 서울과 별 차이가 없기 때문에, 터만 잘 고르면 가장 살 만한 곳이다"라고 했다.

당시에는 평택도 충청도에 속했는데 경기도는 왕의 땅이라서 사대부들이 쉽게 근거지를 마련할 수 없었다. 아산의 경우에는 사대부들이 많이 기거를 하고 있었다. 한양에서 밀려났다고 해서 우울해할 필요는 없었다. 적어도 이순신에게는 말이다.

3) 셋째라서 서러워할 수만은 없다

_무제(無題)

병서도 못 읽고 반생을 지내느라

위급한 때 해바라기 같은 충정 바칠 길 없네.

일찍이 높은 갓 쓰고 글을 배우다가

지금은 큰 칼 들고 전쟁터로 나왔구나.

조선시대는 가문의 사회이고 사대부는 가문을 지키는 것이 최고의 목표였다. 가문을 지킬 뿐만 아니라 번성시키는 것은 장자 중심으로 부계를 계승하는 것에서 비롯한다. 장유유서의 원칙에 따라 첫째 아들부터 우선했고 그에게 모든 재산과 권한이 주어졌다. 사대부의 사회활동의 최고 목표는 과거 시험에 합격해 관직에 나서는 것이었다. 그러므로 장자에게는 과거 시험에 합격할 수 있는 교육의 기회가 우선 주어졌다.

이순신은 덕수 이씨 가문 태생으로 대대로 문신 집안이었다. 7대조 이변(李邊, 1391~1473)은 문과급제 후 정 2품 예문관 홍문관 양관 대제학과 정1품 영중추부사에 이르렀다. 증조부 9대조 이거는 식년시(式年試) 문과에 6등으로 급제 후 사간원 정언, 사헌부 장령, 이조 좌랑 등을 지냈는데 홍문관 대제학이나 이조 좌랑은 청요직(淸要職)으로 불렸다. 정승이나 판서를 지낸 것보다도 더 높이 평가되는 경향도 있었다.

청요직은 청직(淸職)과 요직(要職)을 합한 말인데, 글자 그대로 깨끗하고 중요한 직책이라는 뜻이다. 특히 삼사, 즉 사헌부, 사간원, 홍문관이 이에 들었다. 청직은 홍문관처럼 청정한 관직을, 요직은 사간원이나 사헌부처럼 중요한 관직을 의미했다. 홍문관은 원래 왕실 서적을 관리하고 경전을 연구하는 정책자문연구기관이었는데 주요 업무인 자문 활동, 학술 외에도 국왕이 그릇된 일을 한다고 여겨지면 간쟁에도 나설 수 있었기 때문에 홍문관 관리들은 청요직에서도 가장 중심으로 여겨졌다.

사간원과 사헌부는 비리를 적발하고 탄핵할 수 있었으므로 그 관리들은 객관적이고 엄정해야 했다. 성종대 이래로 청요직은 국왕, 정승(의정부, 6조)과 함께 조선의 국정을 움직인 3대 축 가운데 하나였다. 이런 자리에 이변이나 이거가 임명될 수 있었던 것은 공사를 엄격하게 구분하여 직무를 봐서였고 특히 이거는 사헌부 장령이었을 때 '호랑이 장령'으로 불렸던 문신 가운데에서 엄격한 선비였다. 문신이라면 이런 관리를 꿈꿔볼 만하다. 이런 문신 집안의 부모라면 자신의 아이를 이런 관리로 만들고 싶을 것이다.

이거에게는 두 명의 아들이 있었다. 바로 이백복(李百福)과 이백록이었다. 이백복은 장자였고, 이백록은 차남이었다. 따라서 이백복에게 집안의 지원이 집중하는 것은 당연했을 것이다. 1534년(중종 29)에 이백록은 생원이었고, 형 이백복은 종7품의 벼슬인 직장(直長)

이었다. 2년 뒤에 이백복은 형조 좌랑이 된다. '직장 이백복'이『중종실록』(75권) 1533년(중종 28) 8월 18일의 기사에 등장한다.

『중종실록』(79권) 1535년(중종 30) 1월 13일에도 나오는데 "간원이 아뢰기를, '형조 좌랑 이백복은 6품이 되자마자 낭관(郞官)이 되었으므로 뒤 폐단이 작지 않을 것이니, 체직시키소서"라는 대목이 있다. 좌랑이 5품의 벼슬이기는 했지만, 6품의 품계에 오르자마자 낭관이 되었으니 이는 전례에 맞지 않으니 물리라는 간언이었다. 여기에서 낭관은 조선시대 육조에 설치한 각 사(司)의 실무책임을 맡은 정랑(正郞)과 좌랑(佐郞)의 통칭이다. 조선시대 정5품 통덕랑(通德郞) 이하의 당하관(堂下官)을 통칭하는 말이다. 좌랑은 정랑을 도와 실무적인 일을 도맡았다. 이백복은 나중에 최고 품계가 종3품 통훈대부, 최종 관직이 종5품 함종현령에 이르렀다.

19세기 해남 윤선도 종가에서 만든「만가보」(萬家譜)는 270여 가문의 족보가 간출하게 담겨 있다. 이백복 왼쪽에는 생현령(生縣令)이라고 기재되어 있다. 생원시에 합격하고 벼슬이 현령에 이르렀음을 실제로 볼 수 있는 것이다. 아버지의 음덕으로 관직에 진출할 경우, 장자부터 그 해당자에 되는 것이 통례일 수밖에 없다. 상대적으로 이백록에 비해서 그의 형 이백복은 더 높은 품계의 벼슬을 지냈던 것을 알 수가 있다. 물론 이백복이 매우 지체 높은 고관대작은 아니었다.

그런데 여기에서 생각할 수 있는 것은 이백록과 이백복의 아버지 이거가 연산조 마지막 시절에 관직 생활을 했다는 것이다. 연산은 왕의 자리에서 쫓겨났다. 그를 쫓아내고 왕위를 이은 것이 중종이었다. 비록 음서로 관직에 나서는 것이 원칙이기는 했지만 어느 시기에 관직 생활을 했는지도 중요할 것이다. 사실 성종대를 거쳐 연

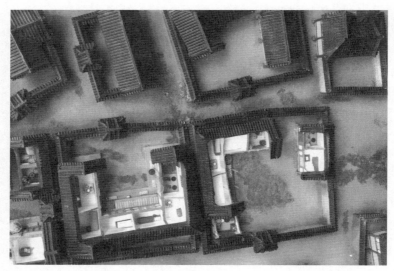

조선시대 사대부 가옥 구조(서울 종로구 예시), 이순신 가문은 이런 문신 집안이었다.

산조 말에 관직에 있었다는 것은 그 후손들에게는 상당히 부담이
되었을 것이다. 이거가 연산의 세자 시절에 스승이었다는 사실도
자랑스럽게 말할 수 있는 것은 아니었다. 따라서 이백복이나 이백
록이 관직 생활이 탄탄대로일 수 없었을 가문의 환경 조건이 있었
던 셈이다. 이거가 몇 년 더 생존하여 중종반정에 참여했다면 이백
복과 이백록에 도움이 되었을지 모른다. 그러나 그것은 도리상 힘
든 일일 수 있었다.

　이거의 둘째 이백록의 아들로 이순신의 아버지 이정이 태어났지
만, 비록 맏아들이기는 해도 이미 집안이 기울고 있었다. 어려운 살
림살이일수록 더욱 첫째 아들에게 선택과 집중이 모아질 수밖에 없
으니 이순신 집안에서도 첫째 아들인 이희신에게 집중되었고 그나
마 여력이 남으면 그 다음인 이요신에게 돌아가는 것은 당연했고,

두 아들을 문신으로 만들려 했던 것은 1차적인 목표가 될 수밖에 없었다. 장자는 부러움의 대상이기도 하지만 기대감이 크기 때문에 오히려 그것이 한계점이 되기도 한다. 이순신의 형 이희신은 기대를 한 몸에 받고 집중된 지원을 받기도 했을 것이다. 그것이 오히려 고통을 줬을 수 있고 결과를 좋지 않게 했을 수도 있다.

이러한 점은 조선의 왕위 계승을 통해서 짐작해 볼 수도 있다. 조선에서 왕의 자격 요건은 당연했다. 조선시대 왕위 계승의 원칙은 적장자(嫡長子) 계승이었다. 적자, 즉 정실 왕비가 낳은 아들 가운데 장자, 맏아들에게 왕위를 잇게 하는 것이었다. 조선의 왕들이 적장자 계승의 원칙을 지향했지만 결과는 그렇게 만족스럽지 않았다. 조선 500년의 역사에서 장자가 왕위를 계승한 것은 7명에 불과하다. 27명의 왕 중에서 정상적으로 장자가 왕위를 계승한 경우는 문종, 단종, 연산군, 인종, 현종, 숙종, 경종 7명이다. 그런데 왕위를 계승했어도 불행한 경우가 많았다.

양녕대군은 형제를 죽이고 정권을 찬탈한 아버지 태종 이방원이 물려주는 왕위가 괴로워 방황해야 했고 온갖 기행을 벌였다. 사람들은 양녕이 태종과 부딪히는 성격이라는 점만 강조할 뿐 그의 내적 고민은 보지 않으려 했다. 양녕이 외면한 왕위는 셋째인 충녕대군에게 이어졌다. 세종의 첫째 아들인 문종은 적장자였다. 어린 시절부터 성군을 만들기 위해 대신과 세종이 많은 노력을 기울였고, 문종도 그러한 노력에 부응했다. 문종은 매우 잘생긴 외모에 풍채가 좋으며 관우 같은 인상을 갖고 있었다고 한다. 이는 그가 매우 건장한 체구였음을 말한다.

『연려실기술』과 『하담록』(荷潭錄)에 따르면 병자호란 이후 궁에서 불타다 남은 어진이 하나 발견되었는데 잘 생기고 풍채가 좋으며 수염이 매우 긴 왕의 어진이었다. 사람들은 인종의 어진이라고 했지만 뒤에 문종 어진이라고 기재되어 있었다고 한다. 하지만 세종 말기부터 병이 많았던 문종은 왕위에 오른 지 2년 2개월 만인 39세에 종기(등창)를 앓다 세상을 떠난다. 종기는 당시 치료법이 없었기도 했지만 실내에서 운동 부족으로 일어나는 경향이 있는데 이는 방안에서 공부를 열심히 하고 스트레스를 받아 몸의 순환이 제대로 안 되어 악화되었던 것으로 보인다.

문종의 아들이자 적장자였던 어린 단종은 삼촌이었던 세조가 방 안에 가두어 태워 죽인다. 단종이 적장자가 아니었다면 그런 비극 적인 최후를 맞지 않았을 것이다. 세상은 잘 기억을 못하지만 연산 군도 적장자였으니, 세간의 기대감이 컸던 그는 어린 시절부터 총 명하여 성군이 될 것이라 예측된 인물이었다. 그러나 그가 적장자 라는 완벽함은 오히려 그를 부족함이나 결격사유가 없게 만들어 힘을 스스로 통제 혹은 주체하지 못하게 만든 면이 있다. 오히려 사람 은 자신이 부족함을 느껴야 겸손하고 선한 의지를 발현하려 하기도 하기 때문이다.

인종(仁宗, 1515~1545)은 중종과 장경왕후 윤씨의 장자이다. 1520년 (중종 15) 세자로 책봉되었고, 25년 간 세자에 있었다. 중종 39년(1544) 11월 15일에 중종이 승하하자 다음날 즉위하였지만 7개월 만인 이 듬해(1545년) 7월 1일에 세상을 떠났다. 재위 기간이 짧아 치적은 기 록할 만한 것이 적다.

현종(1641~1674)은 효종과 인선 왕후 사이에서 태어난 장자였다. 그는 효종이 청나라에 볼모로 잡혀 가 있을 때 외국에서 태어난 유 일한 왕이었다. 그는 왕비 외에는 후궁을 한 명도 두지 않았고 검소 하고 소박한 생활을 했다는 평가를 받았다. 그러나 19살에 즉위해서 많은 일들을 했던 현종이 결국 34세의 나이에 갑자기 병이 생겨 세상을 떠나자 과로사라는 진단을 받았다. 현종과 명성왕후 김씨의 외아들이었던 숙종은 60세에 세상을 떠나 비교적 적장자 가운데 장수한 사례에 해당했다. 그런데 그의 아들 경종(1688~1724)도 37세에 수명을 달리 했다. 숙종이 장수한 데에는 자신이 스스로 할 수 있는 통제력이 보장되어 덜 스트레스를 받았기 때문일 수도 있었다. 그는 13세에 왕위에 올라 자신이 하고 싶은 대로 통치했다. 그런데 당시는 어느 때보다 붕당정치가 심했다. 그런 가운데 그가 선택한 전략은 정치세력을 자주 교체하는 방식을 사용했다. 즉 1당의 정치 독재를 자주 교체하게 했는데 이를 일컬어 환국정치라고 한다. 그것이 가능했던 것은 왕권이 매우 강했기 때문이고 왕권이 강할 수 있었던 것은 그가 오로지 한 명 뿐인 적장자였기 때문이다. 하지만 그도 말년에는 대립과 갈등의 정치에서 스트레스를 많이 받아 병에 악영향을 주었던 것으로 보인다.

조선시대 최고의 성군으로 꼽히는 세종은 셋째 아들로, 그는 어린 시절 자신이 왕이 되리라고 생각하지 않았고 왕위를 잇지 않아도 되었기 때문에, 오히려 자유롭게 공부할 수 있었고, 다방면에 걸쳐 소양을 쌓을 수 있었다. 그것이 나중에 다양한 분야에서 업적을 쌓는 결과를 낳게 되었다고 봐야 할 것이다. 태종이 양녕은 미워하고, 세종을 편애했다는 지적이 있는데, 양녕과 세종은 세 살 차이였다. 세자는 왕이 될 후계자였기 때문에 더욱 절도와 품격을 요구할 수밖에 없었다. 더구나 왕위 계승에 대해 불안한 마음이 있었던 태종은 양녕을 왕다운 왕으로 세워야 했기 때문에 당연히 양녕에 대해서 꾸지람이 많을 수밖에 없었다. 더구나 조선 초기에는 아직 국가나 정권의 체계가 덜 잡혀있었기 때문에 혼란기였다. 따라서 양녕에게 지워진 부담은 클 수밖에 없었다. 그러나 장자가 아닌 세종은 그런 부담감이 없었기 때문에 겸손한 태도로 다양한 분야의 인재들과 공부하면서 그들의 말을 경청하며 숙의하는 과정을 일상화할 수 있었다.

정황이나 기록으로 미루어보면 이순신은 류성룡처럼 사학(四學)에 들어가 본격적인 과거 시험 과정에 들어가지 않았고, 만일 들어갔다면 첫째 형이나 둘째 형에게 해당하는 것이라, 이순신에게 가문을 다시 일으켜야 한다는 중압감은 덜했을 것이다. 오히려 그는 즐거운 마음이나 학문 탐구의 마음으로 유학 경전을 읽고 글을 썼을 것이다. 세종처럼 다방면에 걸쳐 자유롭게 탐구하고 공부했을 가능성이 높기 때문에 나중에 임진왜란에서 혁혁한 전공을 세웠을지 모른다.

전쟁이란 단순히 병법서나 열심히 공부한다고 승리하는 것이 아니라 다방면에 관한 소양과 지식이 있어야 가능하기 때문이다. 특히 바다에서 싸우는 수전(水戰)은 더욱 그러했다. 큰형 이희신(李羲臣)은 이순신보다 나이가 열 살이나 많았고, 둘째 형 이요신(李堯臣)은 이순신보다 세 살 많았다. 우선 이희신에게 집안의 기대가 모두 모아질 수밖에 없었는데 희신은 과거에 급제하지 못했다. 빨리 관직에 진출하는 것이 여러모로 가정 경제에 도움이 될 터인데 그렇지 못한 점은 이순신에게 부담감을 주게 되었을 것이다.

알프레드 아들러(Alfred Adler)는 막내들이 독립심이 적고 다른 사람들이 자신의 생활을 만들어주기를 기대하는 경향이 있다고 한다. 한마디로 막내들은 어린 시절부터 귀여움을 받고 자라기 때문이다. 물론 자기보다 힘이 센 형들에게 짓눌려 항상 위축되어 있을 수도 있다. 둘째는 첫째의 지위를 이겨 쟁취하려 하기 때문에 경쟁적이고 승부욕과 야망이 있다. 첫째들은 자기 위에 다른 이가 없기 때문에 그 위치에 맞는 타인의 기대에 부응하기 위해 노력을 한다. 장자들은 새로운 것을 시도하기보다는 이미 주어진 것에서 기대하는 바를 달성 충족하는 데 초점을 둔다. 둘째는 그러한 첫째들의 태도나 지위에 대해서 비판을 하고 자신의 역량을 드러내는 데 초점을 맞출 수 있다. 막내는 두 형제의 빈틈을 파고들기가 힘들기 때문에 제3의 다른 길을 찾을 가능성이 높다.

어린 시절 남자아이들은 흔히 전쟁놀이를 한다. 오히려 이순신은 문과 소양과 재질이 많은 사람이었다.

그런데 이순신은 셋째이기는 하지만 밑으로 동생인 이우신(李禹臣)이 있었기 때문에 막내라고 할 수는 없었다. 그래서 막내처럼 귀여움만을 차지하기 위해 노력하거나 다른 사람이 자신의 생활을 챙겨만 주기를 기대하는 소극적인 성격을 가질 수만은 없었고, 누군가 보듬어 주기를 바랄 수만은 없기 때문에 스스로 자신의 꿈을 갖고 그것을 위해 노력을 해야 했다. 그것이 어쩌면 문신의 길이 아니라 무신의 길에 들어서게 만든 생물학적인 배경이 된 것인지 모른다. 이미 나이 차이가 많이 나는 큰형 이희신은 오랫동안 문과 공부를 하고 있었고 자신보다 나이가 세 살 많은 둘째 형 이요신도 문과 공부를 하고 있으니 말이다. 이순신이 무과시험에서 떨어진다고 해서 그에게 비난을 가할 사람은 많지 않았을 것이다. 또한 무과시험을 준비한다고 했을 때 철저히 문신 집안에서 지원을 해준다고 약속하는 사람이 집안에 있었을지 의문이다. 결국 이순신이 알아서 해야할 일이었고 외부에서 방법을 찾아야 했을 것이다.

승지 최유해(崔有海)의 「이충무공행장」에 "무과 급제 후 성묘 갔을 때 여러 하인들이 묘 앞의 쓰러진 석인(石人)을 세우지 못하자 혼자서 일으켜 세웠다"라는 글은 무인의 기질이 남다르다는 점을 지적하는 글인데 이런 기록만 보면 그가 무장 자질만 있는 것으로 생각하기 쉽다. 이순신이 문과 재질이 많았다는 점은 여러 기록을 통해서 드러난다. 「이충무공행장」에도 '형들을 따라 시와 글을 배웠으나 탐탁하게 여기지 않아 그만두고 무예를 닦기 시작했다' 라는 대목이 있다. 여기에서도 형들을 따라서 했다고 적었는데 집안의 가용자원이 두 형에게 우선 집중되었던 점을 짐작할 수 있다. 또한 글 자체를 마음에 들어 하지 않았던 점을 말한다.

그렇다면 이순신은 글 자체에는 재능이 없고 싸움만 좋아했던 것일까. 형조좌랑·병조정랑을 역임한 조카 이분(李芬, 1566~1619)이 쓴 『이충무공 행록』에는 "이순신이 어려서 반드시 전쟁놀이를 하며 놀았는데, 여러 아이들이 공을 장수로 떠받들었다. 처음에 두 형들을 따라서 유학(儒學)을 공부했는데, 그 길로 성공할 수 있었으나 매번 붓을 던지고 싶어 했으며, 22세 되던 1566년(명종 21) 겨울 처음으로 무예를 배웠다"라는 말이 나온다.

형님들을 따라 유학 공부를 했다는 것은 이미 첫째 둘째 형들처럼 공부를 많이 했고 글 공부로 성공할 수 있었는데 무신의 길로 들어섰다는 점을 말한다. 『선조실록』(84권) 1597년(선조 30) 1월 27일의 기록을 보면 선조가 "글을 잘하는 사람인가?" 물으니, 류성룡이 "그렇습니다"라고 대답한다. 문신이라면 선조가 이를 물어볼 일도 없으며, 글을 잘한다면 일단 신뢰를 보였다는 점에서 보면 글은 이순신의 장점이었던 것 같다. 거꾸로 무신들이 왜 그들에게 백안시 되는 것일지 생각해 본다면 전장에서 이순신이 뛰어난 능력을 보이고 성과를 낼 수 있었는지 알 수 있다. 비록 무신이라고 해도 오히려 문과 학습에 대한 소양이 남과 다른 것이 차별의 경쟁력을 가질 수 있는 점이겠다.

애초에 무과시험에서도 경서를 많이 읽어 소양이 깊다는 것이 드러난 바가 있다. 특히 이순신이 무과 시험을 치를 때 『황석공소서』 강독과 연관된 일화가 있는데 뒤에서 자세히 풀어보도록 하겠다. 보통의 무과 준비생들이 이렇게 깊이까지 공부할 필요가 없었고 할 여력이 없기 때문에 어느 날 갑자기 할 수 있는 대답은 아니라는 것은 시험관들이 잘 알고 있는 것이다. 양반 가운데 평생 문과만을 고집하는 이들은 아예 처사적인 삶에 머물렀고 한량 같이 살지언정 무반은 쳐다보지 않았다. 집안에 재산이 있는 경우는 말할 것도 없었다. 그러나 이순신은 그럴 처지도 아니고 그러지도 않았다. 무신의 길을 통해 자신의 인생을 열어야 했을 뿐만 아니라 집안을 책임져야 했다.

앞서 이순신이 직접 지은 시에 '일찍이 높은 갓 쓰고 글을 배우다가, 지금은 큰 칼 들고 전쟁터로 나왔구나' 라는 대목이 있다.

스스로 글 공부를 하다가 무장으로 전투를 벌이고 있는 자신을 말하고 있다. 이러한 대목은 어린 시절부터 무장의 재능이 뛰어났어도 그것만을 목표로 매진해오지 않았다는 것을 드러내주는 것이다. 천재 무장으로서의 재질이 아니라 가정이나 대외적인 이유로 그가 그 선택을 하게 되었던 점을 미뤄 짐작하게 된다.

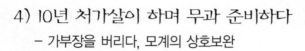

4) 10년 처가살이 하며 무과 준비하다
– 가부장을 버리다, 모계의 상호보완

"내 일찍이 이순신의 『난중일기』를 보니, 어머니를 그리워해서
밤낮으로 고심하며 지성으로 슬퍼함이 사람을 감동시킬 만하다."
— 정약용, 『경세유표』(經世遺表) 무과(武科)조

　　이순신과 어머니의 관계가 주는 감정은 이루 말할 수 없을 정도다.
『난중일기』에는 90세가 넘은 어머니를 염려하고 보살피는 이순신의
마음과 행동이 절절하다. 그만큼 어머니가 아들에게 정성을 쏟았다.
첫째 아들과 둘째 아들이 해야 할 일을 그가 해온 것으로 미루어 보
면, 집안 상황은 물론 이순신의 가장으로서의 위치를 짐작하게 만든
다. 또한 빠질 수 없는 이가 부인 온양 방씨다. 『난중일기』에도 자신
의 부인을 염려하는 내용이 곧잘 등장한다. 여하간 어머니나 부인,
이순신에게 모계가 없었다면 이순신의 성장은 물론 임진왜란에서 존
망을 기약할 수 없었을 것이다. 당시를 가부장제 사회라고 했지만 적
어도 이순신 집은 모계 사회였다. 이는 좀처럼 볼 수 없는 점이기도
하고, 오늘날에 봐도 함의점이 명확해지고 있다.

이순신에게 외가의 역할은 중요했다. 이는 신모계의 현대사회에도 유효하다.(이순신과 초계 변씨의 모습 재현, 전남 여수시 소재)

　이순신의 아버지 이정이 아산으로 이사한 것은 부인 초계 변씨의 처갓집으로 들어간 것을 말한다. 물론 이순신도 혼인과 함께 온양 방씨의 집으로 들어간다. 부자가 모두 처가에 들어간 셈이다. 이순신의 증조할아버지 이백록은 이거의 첫째 아들이 아니라 둘째 아들이었다. 이백록은 1522년(중종 17)에 생원 2등으로 초시(初試)에 합격하여 성균관 유생인 적은 있었지만 집안을 잘 일으키지는 못했다는 것이 대체적인 평가다. 만약 이거의 집이 있다면 그 집은 첫째 아들인 이백복에게 돌아갔을 가능성이 크다. 이백록은 스스로 서울에서 세가를 이뤄야 했지만 가세는 기울고 관직 진출도 실패했고 아이는 네 명이었다. 따라서 상황이 여의치 않았을 것이다. 이순신도 아버지 이정의 셋째 아들이었기 때문에 스스로 세가를 이뤄야 했다. 이정과 이순신이 모두 처가에 들어갔다는 것은 어떤 의미가 있을까.

그것은 모계가 갖는 의미이고 이 시대에도 중요한 문제로 부각되고 있는 화두이다.

이순신 가문을 말할 때는 주로 남성들의 관직 이름이 나온다. 가령 이순신은 고려 중랑장(中郞將)을 지낸 이돈수(李敦守) 12대손이고 5대조인 이변은 홍문관 대제학, 공조 형조판서를 거쳐 정1품 영중추부사에 오른 사람이라는 식이다. 이런 방식으로 부각되는 이유는 부계의 계통으로 가정과 가문을 잇기 때문이다. 이는 가부장(家父長制, patriarchy) 사회의 특징이다.

가부장제는 남성을 중심으로 의사결정이 이뤄지는 제도를 말한다. 의사결정이 남성을 중심으로 이뤄진다는 것은 당연히 그 권력이 남성에게 있음을 말한다. 남성의 관직이 우선 부각되는 이유는 전통 사회에서 중심 세력은 관직에서 부와 명예가 나왔기 때문이다. 단순히 집안만이 아니라 공동체 사회 국가도 남성 중심주의로 구성, 운영, 유지되는 경향을 보인다. 도덕 윤리는 물론이고 정치 사회 나아가 종교에서도 남성의 역할과 기능이 중심이다. 이런 과정에서 여성은 약자가 되거나 불리한 상황에 처하게 된다. 그러나 인류가 처음부터 가부장제의 형태였는지에 대해서는 논란이 있어왔다.

조선 초기만 해도 문과 급제하여 나서는 것이 가정과 가문이 번창할 수 있는 기회였다. 이순신이 과거를 봐야 했던 시기는 1392년 조선이 건국되고 나서 약 170여 년 가까이 흐르고 있던 시점이었다. 과거를 통해 부와 명예를 얻는다는 것은 갈수록 힘든 상황이었다. 과거 급제자는 한정되었지만 사대부와 왕족들의 숫자도 폭증하고 있었다. 어느 시대보다 과거 응시자는 많았다. 더구나 큰 변란이 없었기 때문에 인구가 감소하지도 않았다. 이 때문에 사대부들 사이에서도 치열한 경쟁이 격화되고 관직을 둘러싸고 다툼이 일어나게 되는데 그 가운데 하나가 사화(士禍)이다. 권력을 둘러싼 쟁투이기도 했지만 나눠줄 관직이 부족했던 상황과도 맞물려 있다. 그렇기 때문에 남성이 과거에 급제하고 관직의 승진에 따라서 집안을 영위하고 번창하게 하는 것은 힘들었다. 즉 기회가 갈수록 적어지고 있었던 것이다.

사회가 안정되고 균일해지며 저성장사회의 시대로 갈수록 여성의 역할이 중요해진다. 임진왜란이 일어나기 전에 중앙 정부만이 아니라 일반 백성들까지도 설마 전쟁이 일어나겠는가 하는 회의적인 시각이 많았던 것은 조선이 그동안 큰 난리와 변고가 없었던 단선적이고 균일했던 시기를 보내왔기 때문이다. 외부의 갈등이 없을수록 내부의 갈등과 다툼이 많아지고 그것은 훈구파와 사림파 그리고 사림파 내부의 붕당과 당파 싸움으로 닿았던 것이다. 한쪽을 쓸어내야 다른 한쪽이 차지할 수 있기 때문에 음모와 배신, 모함이 횡행했으므로, 소신을 지키고 실력을 다지는 이들은 배제될 수 있었다. 물론 이순신은 소신과 실력을 다지고 원칙을 더 중요하게 생각했다.

가부장제 사회에서는 남성의 지위와 명예를 중요하게 생각했기 때문에 형식주의와 체면주의에 빠질 수 있었다. 왕족, 사대부, 양반 출신의 가문이라는 의식으로 과시와 경직성을 보이는 태도는 이 때문에 일어난다. 서울에 근거지를 마련하거나 서울을 떠나지 않는 것도 이와 밀접하다. 체면과 위신을 따지는 세상에서 자신이 가난하고 내실이 없음을 드러내는 것은 수치스러운 일이기 때문에 버텨야 하는 것이다. 그러나 사실 버틴다고 해서 문제 해결이 이뤄지는 것은 없다.

가부장제가 안 되면 가모장이라도 해야 하며 모계제 가정으로 변환시키는 것이 가정과 가족 구성원의 현재와 미래를 지키는 일이 될 것이다. 가부장제와 가모장은 따로 분리되어 대결하는 것이 아니라 서로 상호 보완하는 것이며 그것이 모자관계이다. 어머니는 아이를 키우고 아이가 성장하여 다시 부계제로 가문을 일으킬 수 있는 기회를 엿보는 것이 전통 사회에서는 필요할 수가 있었다. 더구나 위기는 언제라도 기회로 찾아올 수 있었기 때문에 그 미래에 대한 대비가 필요하였다. 그 미래를 위한 대비라면 애써 빈껍데기밖에 남아 있지 않은 가부장을 유지할 필요는 없다. 애써 서울의 집을 유지하기 위해 발버둥 치는 것도 결코 모든 구성원들을 위한 미래에는 도움이 되지 않을 것이다. 그런 면에서 이순신 집안은 서울을 떠나 아산으로 이주한다.

1597년, 부산진을 일부러 공격하지 않는다는 모함에 걸려 모진 고문을 받고 나온 뒤 이순신이 쓴 『난중일기』 1597년 4월 5일의 내용에는 "우리집(本家)에 이르러 장인·장모님의 신위 앞에 절했다"라는 대목이 있다. 우리집은 '본가'로 현재 아산 현충사 경내에 있는 생가를 말한다. 장인, 장모의 신위가 모셔져 있는 것을 통해 알 수 있듯이 생가는 바로 아내의 집이자 장인, 장모의 집 즉 처갓집이었다. 처갓집은 바로 보성 현감을 지낸 방진의 집이었던 것이다. 현충사는 염치읍 백암리에 있기 때문에 결국에 이정과 초계 변씨는 백암리에 왔으며, 이웃에 이순신의 미래에 처갓집이 될 방씨 집안이 있었던 것이다. 이순신의 어머니와 시어머니인 이순신의 할머니도 초계 변씨이다. 초계(草溪)를 관향(貫鄕)으로 하는 성씨인데 2대에 걸쳐 이렇게 관계를 맺게 된 것은 대단한 사회적 관계의 산물로 보인다.

우선 어머니를 보자. 어머니 초계 변씨(1515~1597)는 시조 변정실

(始祖 卞庭實)의 16세손이다. 아버지는 변수림(卞守琳)으로, 아산에서 종 6품의 현감을 지냈다고도 했다. 일본에 통신사로 다녀온 변효문이 집안 어르신이고, 변효문의 또 다른 동생인 변효량(卞孝良)의 후손이 변수림이다. 초계 변씨는 그런 변수림의 1남 1녀 가운데 장녀였다. 또한 이순신의 누이가 초계 변문의 변기(卞騏)에게 출가했다.(『초계변씨 대동보』, 1987)

우윤공(右尹公) 변효량의 자손들은 아산을 세거(世居)의 터로 잡았 고, 염치읍 백암리에 자리를 잡은 것은 변자호(卞自浩, 1460~?)로 조선 전기의 문신이며 초계 변씨 13세손이고 우윤공파에 속한다. 변자호 는 변효량의 증손자이다. 아버지는 판관 변기이고, 할아버지는 부 사 변임(卞姙)이었다. 판관 변기의 1남 1녀 아들로 태어난 변자호는 관직으로는 현감을 지냈다. 부인은 전주 이씨로 사직(司直, 정5품) 이 수인(李守仁)의 딸이었다. 변자호는 장인 이수인이 염치읍 백암리에 있었고 혼인하는 이때 처갓집에 들어간 셈이다. 변자호는 아들로 홍조(弘祖)를 두는데 또한 변홍조의 외아들이 변수림이다. 변홍조는 군수를 지내고 건공장군(종3품)으로 사포진 첨절제사를 역임했다. 그 의 아들 변수림은 아들 변오(卞鰲)와 딸 하나를 뒀는데, 딸이 이순신 의 어머니 초계 변씨다. 변수림의 1남 1녀 중 장녀였기에 초계 변씨 의 남동생이 변오가 되는 것이다. 변오의 아들 변존서(卞存緒, 1561~?) 는 이순신과 외사촌이며 훈련도감 첨정(종4품)을 했는데 임진왜란에 참전한 공으로 선무원종공신 1등에 책훈되었다. 변자호를 포함한 변홍조 등의 묘는 음봉면 동천리 시곡(시궁골)에 있다.(「아산입향조」, 2010, 48-49쪽)

변존서는 임진왜란 초기부터 이순신을 옆에서 보좌했다. 이는 『난 중일기』 곳곳에서 확인할 수 있다. 변존서에 관한 기록을 보면 『선조실록』(29권) 1592년(선조 25) 8월 16일의 기사에 "변존서 등 14인을 부장(部將)으로 삼았는데, 이는 당항포(唐項浦)의 전공에 대한 상이었다"라고 했다. 부장은 종6품에 해당했다. 이순신이 전과를 보고하는 1592년 5월 6일 「장계」를 보면 "대솔군관 훈련봉사 변존서와 전봉사, 김효성 등은 힘을 합하여 왜 대선 한 척을 각각 때려 부수었다"라고 되어 있다. 봉사는 종8품에 해당한다. 이로써 종8품이었던 변존서는 당항포해전으로 종6품 부장으로 승진한 셈이다.

1597년 4월 19일 『난중일기』에는 "아들 회·면·울(蔚), 조카 해·분(芬)·완(莞)과 주부 변존서가 함께 천안까지 따라왔다"라고 되어 있다. 종6품의 벼슬을 하고 있는 이들을 통털어서 주부(主簿)라고 했다. 변존서는 이순신 어머니 초계 변씨의 동생 아들이었다. 변수림은 무장으로 알려져 있다. 임진왜란 직전인 1592년 2월 초8일 『난중일기』를 보면, 조이립(趙而立)과 변존서가 활쏘기로 겨루다가 조이립이 변존서를 이기지 못했다는 내용이 나오는 것을 보면, 당대의 명궁(名弓)이었음을 알 수가 있다. 생각해보면 이순신이 활을 잘 쏜 것은 이런 변씨 집안과 연관이 있지 않나 싶기도 하다. 또한 초계 변씨의 아버지가 무장[장사랑(將仕郎)]이었다는 주장이 있기 때문에 이순신이 무신의 길로 가는데 역할을 했을 것으로 짐작하게 한다. 이렇듯 외가의 적극적인 후원이 있었기 때문에 이순신이 무과에 합격해 임진왜란에서 전라좌수사로 전투에 나갈 수 있었고 이 휘하에서 변존서도 공을 세울 수 있었다. 후원과 지지가 부계에만 좋은 것이 아니라 상생 공존한 사례이다.

일부 학자들은 이순신이 몰락한 집안 출신이 아니라고 말한다. 그 근거로 초계 변씨의 분재기를 든다. 분재(分財)는 재산을 나눠주는 것을 말한다. 분재기는 세 가지 종류가 있다. 하나는 부모가 만년에 자식들을 모아 놓고 자신의 전 재산을 분할하면서 작성한 '분급기(分給紀)'이다. 두 번째는, 부모가 사망한 후 자식들이 모여 부모 재산을 나누며 작성한 '화회문기(和會文紀)'이다. 세 번째는 특별한 사유로 재산 일부를 증여하는 '별급문기(別給文記)'가 있다.

어머니가 아들인 이순신에게 재산을 나눠준 것은 별급에 해당했다. 이를 기록한 것이 별급문기(草契卞氏別給文記)로 구체적으로 '별급문기'란 과거 합격이나 혼인, 득남 등 축하할 일이 있을 때 부모가 자식에게 재산을 일부 나눠주는 것이다. 물론 할아버지가 손자에게 또는 백숙부가 조카에게 하는 경우도 있다.

지금으로 보면 특별 증여이다. 충무공 종가에 전하는 별급문기는 1576년 충무공이 무과에 급제한 것을 축하해주기 위해 이순신과 그 형제들에게 노비와 토지를 나누어준 것을 기록한 것이다. 독특하게도 다른 별급문기와 구별되는 것은 첫째 아들(이희신)과 둘째 아들(이요신), 그리고 넷째 아들(이우신)에게 별급했던 내용도 같이 적었다. 재산을 나눠준 사람은 어머니 변씨이고 증인은 두 손자와 넷째 아들 우(禹)이고, 필집은 손자 해가 했다. 그 내용을 보면 다음과 같다.

> "별급하는 것은 네가 지난 병자년에 등과하였는데, 네 부친께서 매우 기쁘게 생각하였기에… 영광에 사는 계집종 연덕의 첫째인 종 추산(29세), 나주에 사는 여종 금지의 다섯째인 종 몽간, 홍양에 사는…"

그 당시에는 노비가 재산이었기 때문에 종을 주로 나눠주고 있다. 이 별급문기에 나오는 종은 모두 22명이다. 당시에는 구(口)로 불렀는데 입 구(口)자에 해당하므로 식구를 뜻했다. 근데 종이 멀리 살고 있어서 의아하게 생각할 수 있다. 노비의 경우 거주 형태에 따라 주인과 함께 거주하는 솔거노비와 따로 나와 거주하는 외거노비로 구분하는 것이 통례였다.

여기에서 등장하는 노비는 주로 외거 노비이다. 외거노비는 주인과 분리되어 거주하면서, 주로 신공을 납부하는 노비를 뜻한다. 솔거노비와 달리 독립적이며, 더 자유로운 생활이 가능했다. 외거노비들은 주인의 허락 아래 가정을 갖고 사유재산을 모으는 것도 가능했다. 조선 후기로 갈수록 외거노비들의 토지 소유가 늘어나고 스스로 노비를 들여서 토지를 관리하기도 했다. 외거노비는 주인에게 직접 일을 해주지는 않고 멀리 있어도 일정하게 비용을 바쳐야 했다. 자유롭게 사는 것에 대한 일종의 상납이나 사납을 해야 했다.

이런 현상이 일어나는 이유는 아무래도 논과 밭 같은 토지가 없어 당장에 노동을 통한 경제적인 수익을 올릴 수 없기 때문에 그들을 내보내는 것이겠다. 사실상 그들이 집밖에 나간다는 것은 실직을 의미했지만 그렇다고 노비 소유권을 주인들이 포기할 리는 없는 일이다. 별급문기에는 논밭이 많이 나오는데, 사실 그 세는 단위를 정확히 알 수 없어 어느 정도인지는 잘 알 수는 없다는 것이 중론이다. 즉 그렇게 토지가 많은 것 같지는 않다. 노비가 주로 먼 지역에 있는 외거노비라는 점을 생각하면 더욱 그러하다. 아마도 이곳저곳에 소작을 주고 있는 것을 분재하였을 수도 있다.

더구나 이러한 재산은 아버지 이정의 것이 아니라 어머니 것인데 이는 초계 변씨 집안 소유일 수밖에 없다. 과거 급제하여 아버지가 기분이 좋았는데 재산을 어머니가 나눠주고 있으니 말이다. 아버지 집안은 당연히 가세가 기울어 의지할 데가 없었던 것이고 아버지조차 처가에 의존하고 있었던 것이다. '이순신 사패교지'(李舜臣 賜牌教

급)는 1605년 정월 9일(선조 38)에 작성한 것인데 이미 작고한 선무일 등공신(宣武一等功臣)인 덕풍부원군(德豊府院君) 이순신에게 전라도 부안, 고산, 충청도 온양, 직산, 천안, 진산, 은진 등지에 있던 관노비(奴1, 婢7)를 상으로 내리는 사패교지다. 이 경우에는 관노비를 직접 이순신 집안에서 소유할 수 있는 것을 말한다. 만약 이러한 노비들을 운영할 능력이 안 된다면 그들을 외거노비로 내보내고 일정한 세액을 그들에게서 받아 가정살림에 보탤 수 있는 것이겠다. 이순신 집안은 종들을 다 거느릴 수 없었기 때문에 외거노비로 소유하며 일정 정도의 세액을 받아 생활했던 것을 짐작할 수 있다.

결혼, 데릴사위 그리고 방진

다음으로 살펴볼 사람은 바로 이순신의 부인이다. 이순신은 21세인 1565년, 방진((方震, 1514년~?)의 딸 온양 방씨와 혼인했다. 아산과 온양은 같은 동네로 곡교천을 중심으로 북쪽은 아산, 남쪽은 온양이다. 현재는 아산시가 온양을 포함하고 있다. 온양은 온천으로 유명하여 일대를 백제시대에도 탕정군(湯井郡)이라 했으며 671년(신라 문무왕 11)에 탕정주(湯井州)로 승격되어 총관(摠管)이 임명되었던 곳이다. '탕정'이란 말 그대로 끓는 우물이다. 온천을 달리 한자로 표기한 것이다. 세종도 이곳에서 병을 고치기 위해 들렀고 조선시대에는 온궁(溫宮)이 있었다.

이순신의 부인을 기존 기록에서는 상주 방씨라고 했는데 그것은 중시조(中始祖)를 배제한 때문이었다. 상주 방씨의 시조 방지(方智)는 당(唐)의 한림학사(翰林學士)로 669년(신라 문무왕 9)에 나당동맹 때 신라에 문화사절단의 일원으로 와서는 설총(薛聰)과 함께 구경(九經)의 회통(會統, 불교 교학이론들을 정리 융합)을 국역했는데, 당나라로 돌아가지 않고 아예 신라에 남았고 장씨와 혼인해 가유현(嘉猷縣), 오늘날 상주에 정착했다. 이때부터 상주 방씨가 시작되었다. 그 뒤에 중시조 방운(方雲)이 견훤이 아닌 태조 이성계를 도와 고려 개국에 공을 세웠다. 견훤이 상주를 침입해 그 지역의 지배세력이었던 방씨 가문을 궤멸시키고, 10세의 방운은 가까스로 탈출해 17세에 왕건의 휘하에 들어간다.

마침내 963년(고려 광종 14) 좌복야에 올랐으며, 993년 거란이 침입했을 때 공훈을 세워 그에 대한 상으로 온수군(溫水君)에 봉해져 온양 방씨의 세가가 시작되었다. 온양, 아산, 신창의 세 고을을 식읍으로 하사 받았고, 인근에 배방산이 있는데 방씨가 사는 산을 배방산(拜方山)이라 한 데서 시작하는데, 그 뜻은 '방씨를 우러러보라' 이다. 그만큼 방씨들과 밀접한 산이다. 이 배방산에 산성이 있는데 그 산성도 온양 방씨들이 쌓은 것이라고 한다. 고려말 충목왕의 장인인 온천부원군 밀직원직학사 국서 방언휘(房彦暉)가 재택을 보호하기 위해 배방산성 성곽을 축조하였고 그 내부 동북변에는 온수군의 유택이 녹봉되었다.

방진은 온수군(溫水君) 방운(方雲)의 22세손이다. 남양 홍씨 토홍파 족보에 따르면 방진은 조선조 명궁이었고 중종조에 무과에 등과했다고 한다. 할아버지는 평창군수를 지낸 방흘(方屹)이고, 아버지는 영동 현감 방국형(方國亨)이었다. 세간에 알려진 바로는 방진이 영의정 이준경(李浚慶, 1499~1572)과 동문수학을 했으며, 이준경이 병조판서로 재직할 때 그의 휘하에서 근무하기도 했다고 한다.

방진의 딸 상주 방씨와 이순신의 결혼 중매자에 대한 기록이 있는데, 일제시대(1940) 김기환(1876~1948)이 저술한 「이순신세가」(李舜臣

방진 부부 묘. 방진의 지지
와 역할이 없었다면 이순신
의 급제는 힘들었다.(현충사
고택 소재)

世家) 권1(卷之一)에서는 이준경이 중매한 것으로 기술되고 있다. 이준
경은 1560년 좌의정을 거쳐 1565년 영의정이 된다. 1567년 명종이
세상을 뜨자, 반대파 심통원 등의 방해에도 하성군 이균(河城君 李鈞)
을 왕으로 세우는데 그가 바로 방계 혈통으로는 최초의 왕이 된 선
조였다. 그는 영의정에 오르며 조광조의 신원을 회복했는데 조광조
가 스승이었다. 이순신의 조부 이백록이 조광조와 연관이 있다는
점을 전제로 한다면 이준경이 중매를 한 것은 일리가 있어 보인다.
이준경은 이순신을 왜 방진에게 연결해주었을까.

「이순신세가」에 따르면 "이순신은 14~15세 무렵 글방을 열어 자
치통감을 가르쳤는데, 영의정이었던 이준경이 지나가다가 이순신

이 「여후」편을 강론하는 것을 들었다"는 것이다. 이 말은 이순신의 비범성을 드러내는 기록인데 다만 의문점이 있다. 하나는 이순신이 그 나이에 서울에 있었는지 의문이다. 또한 기시감이 든다. 『이충무공 행록』의 『자치통감강목』을 인용하여 시험관들을 감탄하게 했다는 일화가 있음을 생각할 때, 아마도 과거 시험 일화를 이준경의 일화에 끼워 넣은 것일 수도 있다. 서울의 건천동을 중요하게 생각하는 이들은 이순신이 최대한 그곳에 오래 산 것을 중요시 여기므로 이러한 점을 강조하기도 하지만 알 수 없다.

어쨌든 온양 지방에서 세가를 이룬 온양 방씨들은 위세가 대단했지만 세조 이후로 위축될 수밖에 없다. 세조가 계유정난 때 방씨들이 단종 옹호세력인 김종서 편에 서서 세조에게 협조하지 않았다는 이유로 분노한다. 그래서 방씨를 숭배한다고 명명한 배방산을, 방씨를 증오한다 해서 숭배할 배(拜)자를 배척한다는 배(排)자로 고치고 배방산(排方山)이라 개칭토록 했다. 방씨 제위의 관급등분을 강등시키고 온수군 이하 기타 누대에 걸친 묘역과 산성 저택들을 파괴하고 묘 비석물들을 철폐하고 일족들을 멸하기까지 하였다. 아마도 이런 이유 때문에 조선조에서 유명한 인재에 방씨는 찾아보기 힘든 듯하다는 것이다. 그 후 숙종 1716년 3월에 온수군의 후손으로 이인좌의 난을 진압한 공이 있어 양무원종 3등 공신에 오른 사과(司果) 방최일(方最一)이 산성의 명칭을 다시 배방산성으로 돌려달라고 상소한다. 숙종은 이 상소를 대하고 선대왕께서 정한 일을 함부로 고치지 못한다고 하였다. 단지 排方의 方자를 芳(꽃다울 방) 자로 인준하라고 했다.

어쨌든 방진 집안은 경제적 기반을 갖추고 있었다. 이순신은 방진과 방씨의 후원과 지지에 따라 1566년부터 본격적인 무과시험 준비에 나선 것으로 알려졌다. 방진은 이순신에게 병학과 무과 과목을 가르치고 부인은 교관으로 도운 것이었다. 부인 온양 방씨는 장인 방진을 닮아 무예와 담력 용기가 출중했던 것으로 보인다. 『이충무공전서』의 「방부인전」에는 다음과 같은 내용이 적혀 있기 때문이다.

> "어느 날 방진의 집에 화적(火賊)들이 안마당까지 들어왔다. 방진이 화살로 도둑을 쏘다가 화살이 다 떨어지자 딸에게 방 안에 있는 화살을 가져오라고 했다. 그러나 도둑들이 이미 계집종과 내통해 화살을 몰래 훔쳐 나갔으므로 남은 것이 하나도 없었다. 이때 영특한 딸이 베 짜는데 쓰는 대나무 다발을 화살인 양 다락에서 힘껏 내던지며 큰 소리로 "아버님, 화살 여기 있습니다"라고 소리쳤다. 방진의 활솜씨를 두려워했던 도둑들은 화살이 아직 많이 남은 것으로 알고 곧 놀라서 도망갔다."

온양 방씨는 담력은 물론 매우 슬기롭고 영특하였던 것이다. 무예 실력도 상당했던 것으로 알려진다. 낮에는 여성이 할 수 없으니 밤에는 이순신의 무예 대결의 상대자가 되어 연마를 할 수 있도록 도왔다. 물론 조선시대에 사대부 여인들은 활쏘기를 일상에서 하기도 했다. 이런 실제적인 시험 준비와 경제적 지원으로 이순신은 본격적으로 시험 준비를 한 지 약 10년 만인 1576년 2월에 치러진 무과시험에서 급제한다.

이순신이 1597년 노량해전에서 전사한 후 방씨는 국가의 예에 따라 가장 높은 상훈이 책정되어 정경부인에 올랐다. 이는 경국대전의 규정에 따라 정·종1품 문무관의 처에게 내리는 명호로 부인으로서는 최상급의 품계이다. 또한 당시로서는 80세가 넘도록 장수해

살았다. 이순신의 장인 방진은 통훈대부(通訓大夫 정3품)로 부인 남양
홍씨는 숙인(淑人)으로 증직되었다. 이순신을 돕고 지원한 것이 모두
에게 이로움으로 되돌아온 것이다. 이순신이 세상을 떠나고 나서
온양 방씨의 성품을 알 수 있는 일화가 전하고 있다.

통제사 이운룡이 부하로 있었던 옛 의리를 생각하고 충무공의 사
당에 참배하고자 하였다. 지나는 길에 굉장한 위의를 갖추고 들어가
부인에게 문안하는 예단을 올렸더니 부인은 받지 않고 말했다.
"대장과 막하의 신분은 본시 한계가 엄연한데 저승과 이승이 비
록 다르다 할망정 예의에는 사이가 없거늘 집어른의 사당을 지척에
두고 호각을 불며 곧장 들어오는 것을 미안해하지 않는가."
이공은 마침내 실수하였음을 깨닫고 황공해하며 머물러 사죄하
므로 부인도 그 예단을 받았다.
그런 뒤에 이운룡은 길을 떠났다.
— 「방부인전」에서

이운룡(李雲龍, 1562~1610)이 누구길래 이순신 사당을 오다가 이런
것일까. 그는 이순신과 녹둔도 전투에서 같이 싸웠다. 그는 임진왜
란 당시 이순신 휘하에서 공을 세우고, 1605년 안으로는 도총부 부
총관과 비변사당상관을 지내고 밖으로 제7대 삼도수군통제사에 오
른다. 그가 이순신 사당을 지나는 길에 들렀을 때 요란하게 풍악을
울리니 아무리 기분이 좋은 행차라지만 예가 아니라는 점을 방씨
부인이 지적한 것이다.
애초에 방씨 집안의 데릴사위가 되었던 이순신은 방씨 집안 사람
들도 책임을 져야 했다. 『난중일기』의 1594년 9월 6일 기록을 보면

"방필순(方必淳)이 세상을 떠나고 방익순(方益淳)이 그 가족을 데리고 우리 집으로 들어왔다는 소식을 들었다"라고 되어 있다. 이는 온양 방씨 사람들이 이순신의 집에 들어와 같이 살게 된 사실과 온양 방씨 문중 사람들과도 가까운 점을 말해주는 것이다. 그 당시 사대가들의 교유와 주거 관계 등을 알 수 있는 대목이기도 하다. 여하간 이순신이 방씨 도움을 받아 관직에 나가고 충실히 실력을 연마하고 소신을 다해 노력한 결과 나라를 구한 덕에 가족들도 그 도움을 얻을 수 있었던 것이다.

이순신처럼 유년기를 외가에서 지내며 힘들었지만 결국 자신의 길을 가며 후대까지 이름을 알린 인물들이 있다. 최초의 한문소설이라는 『금오신화』를 쓴 천재 시인 매월당(梅月堂) 김시습(金時習, 1435~1493)은 양양의 외가에서 어린 시절을 보내면서 말을 할 무렵 외조부에게서 글을 배웠다. 그는 다시 13세 혹은 15세 되던 해 어머니를 여의고 아버지가 재혼을 하는 바람에 외가에 몸을 의탁했다.

역사서 『발해고』를 쓴 북학파 유득공(柳得恭, 1748~1807)은 1752년 다섯 살 때 아버지 유춘(柳瑃)이 타계하자 어머니는 그와 함께 남양 백곡(白谷)의 외가로 이주한다. 증조부와 외조부가 서자 출신이었던 탓에 신분상 서자로 살아야 했던 유득공은 경제적으로도 매우 힘든 처지였지만, 이후 규장각 검서관에서 시작하여 풍천부사에 이른다.

그러나 비교하자면 이들의 형편보다 이순신이 더 힘들었다고 할 수 있다. 서울을 떠난다는 것은 자신의 진로는 물론 가문을 일으킬 수 있는 기회를 박탈당하는 것으로 생각할 수 있다. 그러나 이순신은 그렇게 생각하지 않았다. 자신의 새로운 길을 찾고자 했기 때문이다. 외가의 도움만 받고 말겠다는 것이 아니라 무관의 길로 나아

현충사에 있는 이순신 고택은 장인어른의 집이다. 처가살이 속에서도 이순신은 의기를 다졌다.

가 집안을 일으키고자 한 것이다. 형들의 꿈이 좌절된 것을 보고 더욱 그렇게 할 수밖에 없었다. 어쩌면 문신의 길로 갈 수도 있었지만 처갓집을 생각했을 때 뒤늦게 가능성이 컸던 것이 무과로 보였을 것이다. 아울러 외가로 들어간다는 것은 한편으로 외가까지도 책임을 져야 한다는 것을 말했다. 이중으로 부담스러운 일이기도 했다.

하지만 이순신은 이중 삼중으로 힘든 길을 나아갔다. 이순신 집은 그래도 아주 멀리 외가를 두지 않았다. 본래 고려 때만해도 서울과 경기, 충청은 양광도라 하여 같이 붙어 있었다. 백제 때도 같은 땅이었다. 서울을 떠난다 해도 연관성이 있는 외곽에 자리 잡고 미래를 준비하는 데는 적절하다. 너무 낯선 공간에서는 적응이 어려울 수도 있고 중심에 있던 가용자원과 완전히 단절되는 것도 불리할 수 있기 때문이다.

5) 병역 고민과
오랜 수험생 신분의 이순신

教旨 保人李舜臣武科丙科第四人及第出身者 萬曆四年 三月 日

(교지 보인 이순신 무과병과 제4인 급제 출신자 만력 4년 3월 일)

이순신이 받은 교지의 앞머리에 '보인'(保人)이라는 글자가 있다. 이는 이순신 병역 사항을 말하는 것이기도 하다. 오늘날에도 그렇지만 조선시대에 남자들은 병역의 의무를 져야 했다. 병역은 남성들에게는 사회 활동을 위한 걸림돌이었다. 병역의 의무를 지느라 경제 활동을 못하는 것은 물론이고 자신의 업무를 볼 수가 없으니 직업을 갖기 힘들게 했다. 이순신도 병역의 의무를 져야 했다. 병역의 의무를 지지 않으면 다른 현물로 병역 의무를 대체해야 했으니, 그것을 대체하면서 오랜 수험생활을 이어나가야 했던 것이다.

양반과 평민을 포함한 양인이면 16세 이상 60세까지의 남자에게 군역의 의무를 부과했다. 단 양반 사대부 자제들은 과거에 합격해서 관리직에 나서게 되면 나랏일을 하는 것이기 때문에 달리 군역을 지지 않아도 된다는 예외 사항을 두었다. 일종의 병역 혜택, 특례를 받는 셈이다. 그러므로 사대부 자제들은 필사적으로 과거 시험 준비에 나설 수밖에 없었다. 그런데 16세 이후에는 병역을 져야 했기 때문에 16세에도 과거에 합격하지 못하면 이를 대체할 수 있는 제도가 필요했다. 이러한 것 가운데 하나가 보인 제도이다.

설명하자면, 보인은 정군(正軍)에게 딸린 경제적 보조자를 말하는데, 조선시대 군사비 충당을 위해 마련한 제도이다. 보인은 처음에는 일반적으로 가족이나 친척, 또는 아주 가까운 이웃끼리 정군·봉족의 관계를 맺게 했다. 식년 무과 급제자를 보면 4명이 보인이고 나머지는 현직 군인들이었다. 보인은 결국 무과시험에 응시하기 위해 시험공부만을 한 사람들이다. 군역을 지게 되면 생계활동에 타격을 받게 되니, 만약 농사꾼이라면 농사를 짓지 못하게 된다. 그러므로 이를 대신 해결해 주는 것이 보인제도이다. 현재 우리나라에서는 국민개병제로 남자들은 모두 의무복무를 해야 하고 약간의 월급과 상여금(보너스)을 받는다. 그러나 조선시대 일반 군역자는 국가에서 돈을 주지 않았고, 정군으로 복무하지 않는 이들이 대신 현물을 내어 가정 살림에 보태 쓰도록 했다. 이렇게 다른 이들에게 경제적 지원을 하는 이들은 군역을 지지 않아도 되었던 것이다.

보인은 현물로 포(布)를 부담했는데, 이때 보인이 납부하던 포를 '군포'라고 했다. 이를 포납제(布納制)라 칭했다. 정군 1명에 2명의 보인이 배정되었고 이들은 1년에 2개월을 근무한다면 보통 1년에 2필의 베를 줘서 복무 중인 자의 가족들이 생활할 수 있게 했다. 조선 후기 기준으로 면포 1필은 쌀이 6말, 조는 8말, 콩은 12말에 해당했다.

보인은 1년에 적어도 열 말 이상은 이런 군역을 대체하는 비용으로 지불해야 했다. 이순신은 32살에 합격했으므로 16살 때 병역을 져야 하니 16년을 보인으로 있던 셈이다. 한 말은 8kg으로 80kg이면 한 가마니가 된다. 한 가마니 가격은 16만원(2017년 기준) 정도 된다. 당시는 더욱 큰 비용이었을 것이다. 이순신은 1년에 한 가마니 정도 이상의 쌀을 병역 대체 비용으로 지불해야 했고 16년이면 열여섯 가마 이상이다.

조선 후기 양반들은 당연히 군역에서 면제되는 것으로 굳어졌지만, 이순신이 과거 시험을 볼 때에는 보인이라는 제도가 있어 양반도 군역제도를 져야 했던 것으로 보인다. 학계에서는 선조 때는 양반들이 군역을 안 지기 시작했다는데 이순신이 받은 무과 급제 교서 때문에 선조 시기에도 양반의 군역제가 여전히 시행되고 있음을 알 수 있다. 한편, 사람을 아예 사서 군역을 지게 하는 일이 퍼졌다. 이때 중앙군의 경우 대립제(代立制)였고, 지방군의 경우 방군수포제(放軍收布制)라는 것이 있었다. 대립제는 군역을 지는 정병이 보인에게서 받은 포를 다른 사람에게 주어 대신 병역을 지게 하는 것이었다. 생업에 종사하거나 긴급한 일이 있는 이들에게 허용하던 것인데 날이 갈수록 용병제같이 운영되었다.

그런데 무과시험을 준비하는 이들에게 군역을 지는 것은 나름 실용적인 가치가 있을 수 있었다. 보인제도를 통해 무예 수련이나 경험을 할 수 있는 계기를 주기 때문에 비용을 따로 지불할 필요가 없었다. 그러나 복무를 하면서 과거 준비를 하는 것은 쉬운 일이 아닌 것이 9급 공무원 생활을 하면서 5급 행정고시를 준비한다면 쉽다고만 말할 수 없는 노릇이기 때문이다. 더구나 무과시험에는 무예 과목만 있는 것이 아니었다. 그렇기 때문에 오히려 무과시험에는 문과보다 더 나이 많은 합격자가 있었는지 모른다.

이순신은 보인으로 무과 준비를 따로 전념해야 했다. 그런데 형편상 16살에서 21살의 사이, 즉 방진이 본격적으로 경제적인 지원을 해주기 전까지는 병역을 지러 나갔을 수도 있다. 이순신은 무과 준비를 결혼을 하고 나서 시작한 것으로 되어 있고, 처갓집에 데릴 사위로 들어가야 했기 때문에 병역을 진다는 것은 상상할 수 없었으며 그 비용을 장인 방진이 담당했을 것이다. 이순신의 집안 가세가 기울어 아산으로 내려간 것이라면 더욱 그러할 것이다. 만약 일반 양인 처지에서 군역을 지기 위해 나갔다면 그 실상을 잘 경험했을 것이다. 한편으로는 그 현실에서 무과 급제의 꿈을 본격적으로 키웠을지도 모른다. 군역을 지면서 장래 자신이 가야 할 길을 정했을 수도 있다. 그는 정말 변방의 군관이라고 해도 참으로 열심히 했다. 그런데 군역에 필요한 그가 받은 당시 경제적 지원은 어느 정도이어야 했을까. 이를 단순히 쌀의 소비량으로 생각해 보자.

이덕무(1741~1793)는 『청장관전서』에서 성인 남성의 한 끼 식사를 7홉으로 했는데(여성 5홉, 아이 2홉. 이규경, 「오주연문장전산고」((五洲衍文長箋散稿) 참조) 남녀노소를 평균하여 1인 5홉으로 하여 하루 두 끼를 전제로 하루 식사량을 1되, 1년 식사량을 36말로 했다. 조선시대에 쌀 1말이 약 6리터, 무게는 4.8kg이 되므로 연간 쌀 소비량은 36×4.8kg=172.8kg 즉 2.16가마였다. 조선은 대외무역이 거의 없었기 때문에 자급자족해야 했는데 당시 인구가 천만 명 정도라고 할 때, 최소 2,160만 가마니가 필요했다. 밥 외에 술 등 다른 음식을 제조하는데 들어가는 것들은 뺀 것이다. 그러나 조선의 농토에서는 이조차 생산할 수가 없었다. 15세기 성현(成俔, 1439~1504)의 『용재총화』(慵齋叢話)에서는 조선 사람들이 배가 고픈 것을 참지 못하여 관리들은 여러 끼를 먹었고, 군사들의 이동에서도 군량 짐의 반이 쌀이라고 했다. 끼니 외에는 간식이 별로 없었고 반찬도 적었기 때문에 식사는 밥에 의존했다. 식량 자급률은 30%에 불과했다.

이순신은 무과 준비를 해야 하기 때문에 육체적으로 열량을 많이 소모했어야 한다. 그러므로 1년에 2.16가마보다는 많은 양의 쌀을 먹어야 했을 것이다. 때로는 체력을 위해 고기를 먹어주기도 해야 한다. 여기에 보인으로 납포를 내야 하니 쌀 한 가마니가 추가되어야 하는 셈이다. 이순신이 경제적 활동을 하지 않고 무과시험만 준비하는 가운데 부인과 아이 셋의 식량까지 있어야 했다. 당시 식사량은 여성은 5홉이었고 아이들은 2홉이었다. 그냥 평균하여 2.16가마였으니 다섯 식구의 식량은 거의 11가마에 해당하는 쌀이 필요했다. 아이들이 서당에 다닌다면 쌀은 더 필요했다.

당시에 많은 양반 자제들이 과거 시험을 준비하고도 성과를 내지 못하는 경우가 태반이었다. 한편으로는 양반 자제들이 부럽다고 할지도 모르나 그것은 현상만 관찰한 것일 뿐이다. 양반이라는 이유로 과거 시험에 매진해야 하는데 여력이 없는 양반 자제는 시험을 포기할 수밖에 없었다. 돈이 많이 드는데 과거에 합격하리라는 보장이 없기 때문에 아예 시도를 하지 않는 일도 있었다. 여의치가 않을 경우에는 여러 형제 중에 선택과 집중을 할 수밖에 없는 것이다.

결국에는 양반 중에서도 여유가 있는 집 자제들이 과거 합격을 통해 관직에 진출할 가능성이 많은 것이다. 만약 과거 준비에 나설 경우 상당한 각오와 의지가 필요할 수밖에 없다. 이순신도 마찬가지였다. 보인에 있었던 것은 무과 준비에 전념하여 단기간에 끝내려 한 것일 수 있다. 혼인 이전에는 집안 사정상 문과 준비에 전력할 수도 무과 준비에 전력할 수도 없는 애매한 상황이었을 것이다. 혼인 이후에 처갓집에서 장손 역할을 하게 되었고 그 대가로 무과 급제의 길에 도전할 기회를 잡은 것이겠다. 무과시험에 합격하기까지 10여 년 동안 물심양면으로 지원받았으니 그 부담감은 이루 말할 수 없었을 것이다. 다른 수험생보다 이순신에게 힘든 점이 또 있었는데 그것은 일찍부터 무과시험을 준비하지 않았다는 점이다.

이순신의 무장 기질을 강조하는 경우가 있는데 이는 결과론적으로 기질을 나중에 찾아 맞추는 작업으로 보인다. 여러 가지 기록과 상황을 보면 이순신의 체격은 그렇게 크지도 완력이 엄청나게 강한 것으로 보이지 않는다. 이러한 점에서 미루어볼 때 이순신이 완력이 뛰어난 장수가 아니라 지략이 뛰어난 인재라는 것을 거꾸로 짐작하게 한다. 여러 논자들은 이순신이 문과적 소양이나 재질이 상당히 있음에도 그에 만족하지 않고 다른 길을 모색했다는 점을 말하고 있다. 그것이 무예이다. 22세에 무예를 배웠으니 이는 이른 것은 아니다. 오성과 한음으로 유명한 백사 이항복(1556~1618)의 문집인 『백사집』에 실려 있는 고통제사이공유사(故統制使李公遺事)는 1600년(선조 33)에 지은 글인데 여기에도 비슷한 기록이 있다.

> 공은 을사년 3월 8일에 태어났는데, 점쟁이가 말하기를, "나이 50이 되면 부월(斧鉞)을 가지고 북방에 출정(出征)할 것이다"고 하였다.
> 자라서는 유업(儒業)을 하였는데 글씨 쓰는 데에 더욱 뛰어났다.
> 그러다가 약관(弱冠)에 이르러서는 그 학문을 모두 그만두고 오로지 무사(武事)만을 배웠다.
> ― 이항복(李恒福), 고(故) 통제사이공(李公)의 유사

점쟁이의 말은 문신보다는 무신으로 성공할 것이라는 말이겠다. 본래 무신의 자질이 있었는데 문신 급제를 위해 유학을 공부하다가 무과 공부를 한 과정을 점쟁이와 연결시키고 있다. 점쟁이의 역할

은 사람의 운명을 논하는 사람인데, 다만 50살 전에 이미 이순신은 북방에서 큰 활약을 했다. 이항복은 이순신이 유학을 공부했고 특히 글씨를 잘 썼다고 했다. 스무 살 무렵에 학문을 그만두고 무예에 전력했다는 점을 구체적으로 말하고 있어 조카 이분(二芬)의 『이충무공 행록』의 내용과 일치한다.

어쨌든 이순신이 시와 글에 관한 역량을 상당히 오랫동안 갈고 닦았음을 알 수 있다. 『이충무공 행록』에 "오직 서애 류 정승만이 같은 동리에서 살던 어린 시절의 친구로서 공이 장수의 재목이라고 알아주었다"라고 한 것을 보아도 대부분 주변 사람들조차 이순신은 무신으로의 자질보다 문신적인 소양이 컸을 것이라는 점을 생각하게 한다. 한말 역사가 신채호는 당대의 유림 즉, 문신 문화의 상황에 대해 이렇게 말하고 있다.

> "슬프다, 시대의 습속이 항상 호남아(好男兒)를 속박하여 악착 같이 앉아서 썩게 하나니, 이순신의 태어난 시대는 유림(儒林)이 나라에 가득하고 청담(淸淡)이 성행할뿐더러 더욱이 이순신의 선조들이 대대로 유림 가문의 인물이니 공이 비록 하늘이 내린 군인의 자격을 갖추었다지만 어찌 쉽게 저절로 뽑혀나리오? 그러므로 큰형, 작은형 두 분을 쫓아 유학을 배우느라 스무 해 세월을 보냈다오. 그러나 장래에 해상에서 조각배 한 척으로 적의 목줄기를 잡고서는 호남 지방을 지켜 내어 전국의 대사령관이 될 인물이 어찌 이런 식으로 끝내 늙으리오. 분연히 붓을 던지고 무예를 배우기 시작하니 그때 나이가 스물둘이었다"
>
> — 신채호의 「이순신전(1908), 대한매일신문」에서

어쨌든 이순신은 방황을 했는지 그 방황을 끝내고 스무 살이 넘어서 무과 공부에 본격적으로 뛰어들었으니 더욱 매진해야 했다. 그렇다면 어떻게 무엇을 준비해야 했을까.

이제는 좀 무과시험에 대해서 짚어 볼 차례이다. 무과의 시험 종류는 크게 정기시험인 식년시와 부정기시험인 각종 별시가 있었다. 3년마다 한 번씩 시행하는 식년 무과는 28명을 선발하였다. 문과의 33명보다 적은 수였는데, 이렇게 무과에서 28명을 뽑은 것은 불교의 '33천 28수'에서 비롯했다. 식년 무과는 초시, 복시(회시), 전시의 3단계가 있었다.

1차 시험인 무과 초시는 식년(인, 신, 기, 해) 가을에 보고, 복시와 전시는 식년(자, 오, 묘, 유) 봄에 시행했다. 초시는 서울의 훈련원시와 7도(경기도 제외)에서 보는 향시가 있었다. 훈련원시는 70명, 향시는 120명(경상 30, 충청·전라 각 25, 강원·황해·함경·평안 각 10)으로 모두 170명을 뽑았다. 2차 시험인 무과 복시는 초시 합격자를 서울로 모아 28명을 뽑았다. 별시는 초시·전시 2단계로서 모두 서울에서 보는 것이 원칙이었다. 선발인원은 일정한 정원 없이 달랐다. 적게는 10명에서 많게는 수백, 수천, 어떤 때는 2만여 명에 이르기도 했다. 별시는 갑자기 생기는 시험이었기 때문에 의외의 기회를 제공하는 것이기도 했고 많은 인원을 뽑을 수 있기 때문에 합격률이 높을 수 있지만, 그래서 관리로 임용되는 것은 더 치열해질 수도 있었다. 무신 관원이 무과에 합격하면 품계를 올려주었다. 예컨대, 종6품+4계, 정7품+3계, 정8품+2계, 정9품+1계 등 이런 방식이었다. 대과 무과(武科)는 국방, 군사, 안보에 관한 문제를 시제로 주었다. 장재, 전현직 무관, 성균관 무과 유생 등이 응시할 수 있었다.

무과는 처음에는 무예 6기와 강서 등 모두 7기예를 시험 본다. 무예 육기는 목전(木箭), 철전(鐵箭), 편전(片箭), 기사(騎射), 기창(騎槍), 격구(擊毬)의 6기(技)다. 그 가운데 목전과 철전은 과락제가 있어 3발 중 1발 이상 마쳐야 다음 과목을 치를 수 있었다. 보사(步射)는 걷거나 달리면서 쏘는 활쏘기이다. 강서는 사서오경 가운데 1서, 무경칠서 가운데 1서, 통감/병요/장감박의/무경/소학 가운데 1서, 『경국대전』 등이다. 사서는 『논어』, 『맹자』, 『대학』, 『중용』, 삼경은 『시경』, 『서경』, 『역경』, 삼경에 『춘추』, 『예기』를 합해 오경이라 한다. 『무경칠서』(武經七書)는 대표적인 병법7권이다. 『손자병법』, 『오자』, 『사마법』, 『울료자』, 『육도』, 『삼략』, 『당태종이위공문대』 등이다. 그렇다면 이순신은 어떤 책을 공부했을까. 이를 그의 어록을 통해 되짚어 볼 수 있다.

명량해전을 앞두고 여러 장수들에게 이순신은 말한다. "병법에 이르기를 '죽고자 하면 살고 살려고 하면 죽는다'고 했고, 또 '한 사람이 길목을 지키면 천 명도 두렵게 한다'"(『난중일기』 1597년 9월 15일) 여기에서 '죽고자 하면 살고 살려고 하면 죽는다'(必死則生 必生則死)는 『오자병법』에 "필사즉생, 행생즉사(必死則生, 幸生則死, 반드시 죽고자 하면 살고, 요행히 살려고 하면 죽는다)"에 기인한다. '한 사람이 길목을 지키면 천 명도 두렵게 한다'라는 『오자병법』〈여사(勵士)〉편에서는 "한 명이 목숨을 내던질 각오를 하면 천 명을 두려움에 떨게 할 수 있다"라고 했다. 이순신은 임진왜란 중에 『손자병법』(孫子兵法)을 구사하기도 하는데 『손자병법』은 단기전 지향적, 『오자병법』(吳子兵法)은 중장기전 지향적이라는 평가를 받아왔다.

강독시험과정의 『황석공소서』 일화를 여기에서 풀어보면 왜 이것이 중요하게 기록되었는지 봐야 하기 때문이다. 시험관이 『황석공소서』를 강독하다가 이순신에게 "장량(張良)이 적송자(赤松子)를 따라가 놀았다 하였으니 장량이 과연 죽지 않았을까?"라고 질문했다.

황석공은 진(秦)나라 말엽의 은사(隱士)이자 병법가(兵法家)이다. 『황석공소서』 여섯 편은 전한서(前漢書) 열전(列傳)에 따르면 황석공이 이교(圯橋)에서 장량에게 주었던 소서(素書)를 말한다. 『황석공소서』는 『황제음부경』(黃帝陰符經), 『제갈량심서』(諸葛亮心書)와 더불어 삼종비기(三種秘記)라 불린다. 장량(?~B.C.189)은 유방(劉邦, 한고조) 옆에서 한나라를 세운 건국 공신이다. 소하 · 한신과 함께 한나라 건국의 3걸이며 명참모로 평가받으며 재상이 되었다. 전략을 기막히게 짜므로 유방이 '군막에서 계책을 세워 천리 밖에서 벌어진 전쟁을 승리로 이끈 자'라고 했다. 장량은 『황석공소서』를 공부해 묘리를 깨닫고, 유방이 천하 통일하게 했다는 평가를 받았다.

적송자는 신농(神農) 시기에 비를 다스리는 우사(雨師)다. 곤륜산에 들어가 선인(仙人)이 되었다고 한다. 물을 다스리니 불 속에 들어가도 타지 않으며, 곤륜산 서왕모(西王母)의 석실에서 늘 비바람을 타고 놀았다고 한다. 장량은 한나라가 통일을 한 후 물러나면서 말한다.

"원컨대 인간사를 버리고, 적송자를 쫓아 놀겠다."(『史記』, 留侯世家)

이는 사실상 실제로 적송자 같이 신선이 되겠다는 뜻은 아니라 관직에서 물러나겠다는 뜻이다. 이순신은 질문에 대해 "나면 반드시 죽는 것이 정한 이치요. 또 『통감감록』(通鑑綱目)에 임자년에 유후 장량이 죽었다고 쓰여 있으니, 장량의 뜻이 어찌 신선이 되려고 했겠습니까. 그것은 다만 가탁(假託)하여서 한 말이었을 따름입니다"라고 했다. 그 말에 시험관들이 놀라서 서로 돌아보며 "이것은 보통 무사로서는 알 수 없는 일이다"고 크게 탄복했다.(『행록』) 이순신은 장량이 죽었으나 신선이 되지는 않았고 세상에서 물러나겠다는 뜻을 고사를 빌어 말했을 뿐이라고 대답한 것이다.

『통감감록』은 『자치통감강목』(資治通鑑綱目)을 말한다. 송나라 사마광(司馬光)이 지은 중국 역사책 『자치통감』을 성리학의 시조 주희(朱熹)가 춘추(春秋)의 형식에 따라 역사적 사실에 대하여 큰 제목으로 강(綱)을 따로 세우고 기사는 목(目)으로 구별하여 엮은 것이다.

이순신의 대답은 신선 사상을 믿는 자가 아니라 유학자, 성리학자임을 드러낸 것이다. 물론 그가 『자치통감강목』을 읽었기 때문이다. 유학에서는 신선사상 자체를 멀리하기 때문에 이순신의 대답은 시제(試題)의 대답으로는 올바른 것이다. 이순신의 생사관을 엿볼 수도 있지만 무엇보다 이순신도 언제든 세상에서 물러나 자연으로 돌아갈 생각을 하고 있었다는 것을 짐작할 수 있다. 세속적 욕망이 없이 오로지 때에 맞게 진퇴를 결정하는 세계관을 이미 청년기에 갖추고 있었던 것이다.

조선시대 궁술 중심의 무과시험은 무과가 폐지될 때까지 계속되었다. 무과에서 활쏘기를 이처럼 강조한 까닭은 기본적으로 전술보다는 전략이 우선이라는 유교적 전쟁관과 함께 '육예(六藝)'의 하나로 인식한 때문이었다. 동시에 북방민족과의 투쟁에서 익혀 온 궁술이 '조선의 장기' 였던 점도 작용하였다. 그리하여 '조선의 무예' 하면 곧 '활쏘기'를 의미하였고, 동시에 '조선의 무사' 라 하면 곧 '활을 잘 쏘는 무인' 을 뜻하는 말로 인식되었다.

이순신은 별시를 볼 때 말에서 떨어졌는데 말을 탄 상태에서 활쏘기를 하다가 낙마한 것이다. 만약 이순신이 말만 탔다면 떨어져 다치지는 않았을 것이다. 당시 무과시험에 창쓰기는 있어도 칼쓰기는 없었다. 그만큼 활쏘기를 중시했기에 이순신 역시 활쏘기 훈련에 주력했을 것이다. 『난중일기』에는 활쏘기하는 이순신의 모습이 자주 등장한다. 이순신은 10여 년 이상을 다른 일은 하지 않고 오로지 수험생 생활을 하면서 활쏘기를 매일 했다.

> 아산현 동남 20리에 방화산이 있고 산 아래 백암촌이 있는데 그 마을에 이 충무공의 옛집이 있다. 그 집에 은행나무 두 그루가 서 있어서 높은 가지는 구름까지 닿을 듯 하고 그늘이 몇 무를 미치었는데 이곳은 이 충무공이 한때에 말을 달리고 활쏘기를 익히던 곳이라.
> ─「아산 현지」

활쏘기는 같이 어울려 쏜다면 의욕이 날 수도 있겠으나 혼자서도 할 수 있는 것이다. 그러나 혼자 할 수 없는 것이 격구였다. 그렇다면 장인 방진이 집중적으로 도와줘야 할 일이고 말에 대한 지원도 중요했을 것이다. 기창이나 기사는 모두 말을 타고 하는 무예이다. 그러므로 말이 중요하다. 당연히 좋은 말을 타야 무예를 잘 수련할 수 있다. 좋은 말이란 단지 가격이 비싸거나 큰 말을 지칭하는 것은 아니다. 일상에서 사대부들은 말을 타고 다녔다.

그런데 무과에서 필요한 말은 전투마에 해당했다. 시험을 잘 보려면 말을 관리하는데 상당한 돈이 들어갈 수밖에 없으며 이도 지원이 필요한 것이다. 문과 시험은 이러한 지원이 필요하지 않기 때문에 오로지 집에서 무과를 수련해야 하는 이순신은 다른 군인처럼 공공기관의 말을 가지고 연습할 수는 없었을 것이다. 생가 주변에 말을 타던 치마장(馳馬場)이 있다. 은행나무 주위의 활터를 둘러싼 방화산 능선은 이순신이 말을 타던 곳으로 치마장이라 불렸다.

병인년(1566, 22세) 겨울에 비로소 무예를 배웠는데 완력과 말 타고 활쏘기에 동료들이 아무도 따를 자가 없었고, 공의 성품이 높고 늠름하여 같이 있는 무사들이 종일 농하는 말로 서로 희롱하면서도 공에게 대해서만은 감히 너 나 하지도 못하고 언제나 높이고 공경하였다.

— 이분, 『이충무공 행록』

『이충무공 행록』에 따르면 같이 어울려 시험 준비하는 이들이 있었음을 알 수 있다. 이 대목에서는 시험 준비를 한다면서 학습에는 관심이 없고 한량처럼 오락가락할 수도 있지만 이순신은 그렇지 않았다는 점을 강조하고 있는 것으로 보인다. 물론 이순신의 품성을 높이 평가하여 기록을 해야 하는 것이지만, 어떻게 보면 이순신에게는 농을 하고 장난칠 시간조차 없었던 것이 아닐까 싶다.

이순신은 맏아들 역할에 가장까지 맡은 위치에서 10여 년 이상을 시험 준비에 매진해 오고 있는 상황이었다. 돈을 벌지는 않고, 오로지 지원만을 받으니 꼭 합격해야 한다는 의무감이 클 수밖에 없었다. 나이는 들어가는데 다른 직업없이 무과시험을 본다는 것은 쉽지 않았을 것이다. 데릴사위로 들어갔다는 것은 그 집안을 일으키겠다는 것을 의미하니 더욱 성과를 보여야 했고, 자신이 한 약속을 반드시 지키기 위해 최선을 다했다.

공이 일찍이 말하기를, "장부(丈夫)가 세상에 태어나서, 나라에 쓰이면 몸을 바쳐 보답할 것이요, 쓰이지 못할 경우에는 초야에서 농사나 지으면 만족할 것이다.

— 이항복(李恒福), 고(故) 통제사이공(李公)의 유사

오랜 숙련의 시간 속에서 개인의 성공을 앞세우기보다 장부의 큰 뜻을 품고 있었음을 짐작하게 한다.

6) 급제해도 실습생 이순신,
       그리고 변방으로

　아산에서 본격적으로 무과 준비를 한 지 7년이 지나, 28세가 되던 해인 1572년(선조 5) 8월 가을에 이순신은 훈련원에서 주관하는 별과(別科)에 응시한다. 별과 시험은 별시에 해당한다. 훈련원은 조선시대 군사들의 선발, 군사 교육 및 훈련을 담당하던 관청이고 별과는 과거에서 본과 이외에 부정기적으로 실시되는 시험을 위해 따로 설치해서 치르던 과거 시험을 말한다. 정기시험이 아니라서 널리 알려지지 않을 수 있기 때문에 응시자가 적을 수 있으니 별과는 어쩌면 행운의 기회가 될 수도 있다. 아마 이순신은 설레는 긴장감 속에서 응시했을 것이다. 이렇게 뜻하지 않은 시험 기회를 얻게 되었는데 기사(騎射) 시험에서 이순신은 그만 말에서 떨어지고 4년 뒤 다시 도전한다. 이때 분위기는 초반에 좋았다. 초장에 합격한 후 친구에게 편지를 했는데 내용은 다음과 같았다.

　"무과 초장(1차 시험)을 치루고 온 지 23(순三)일만에 순신이 서신을 올립니다. 부모님 모시고 어떻게 지내시는지 궁금합니다. 저는 시험

여독이 아직 남아 있어 남 보기 민망합니다. 이번 초장에 집사께서
장원을 하셨고 저 역시 합격권에 들었는데 이는 잠시 감축할 일이
아니라 생각됩니다. 장차 2,3차 시험에서도 합격할 것은 우연히 일
어날 일이 아닐 것이라 생각하니 기쁩니다.”
　　―「이충무공서간문」

　무과 과목들을 치러내 피곤한 가운데 합격에 대한 기대감에 들뜬
이순신의 마음이 느껴진다. 꿈 많고 순수한 청년의 마음이다. 마침
내 1576년(선조 9) 그의 나이 32살에 식년시(式年試) 무과에 병과로 급
제했다. 본래 ‘교지’(教旨)는 임금이 관리에게 내리는 각종 문서인데
특히, 문무과 급제자에게 내리는 합격 교지는 붉은 바탕의 종이를
써서 ‘홍패’(紅牌)라고도 불린다.
　무과시험은 4단계이다. 1단계는 예비시험으로 원시와 향시로
190명을 뽑고, 다시 초시와 복시로 28 또는 29명을 뽑고 마지막으
로 전시로 합격 서열을 정했다. 성적 최상위 1, 2, 3등은 갑과(甲科)로
분류되고 그 다음 4, 5, 6, 7, 8등 5명은 을과(乙科)로, 나머지 9등부
터 29등까지 21명은 모두 병과(丙科)로 분류했다. 이순신은 병과 제4
인으로 합격했는데, 즉 전체 합격 인원 중에서 12등 정도였다. 1576
년에 스물아홉 명이 무과에 급제했는데, 이때 보인은 이순신을 포
함해서 4명뿐이고 나머지는 모두 현역 군관들이다. 보통 문과는 33
명, 무과는 28명을 선발한다고 하는데, 이 해 무과에서는 갑과 3명,
을과 5명, 병과 21명을 선발해 모두 29명이 합격했다.
　이순신의 성적이 좋지 못한 원인은 무엇일까. 당시 무과시험은
초시, 복시, 전시 등 3단계로 치러졌는데 최종 합격 서열을 정하는
전시시험은 일종의 스포츠 경기인 격구만으로 치러졌다.

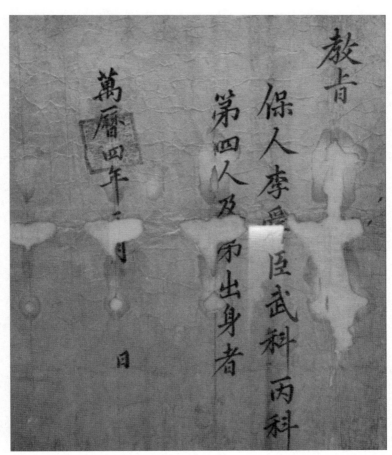

이순신의 합격 교지.
'보인 이순신이 무과 병과 4번째 급제한 사람'이라고 적혀 있다.

다시 말해 이순신의 격구 실력은 그렇게 뛰어난 편이 아니었다는 것이다. 이순신은 병법 지식을 평가하는 강서와 활쏘기에 능했지만 이들은 전시 시험 종목이 아니었으므로 최종 성적이 좋을 수 없었던 것. 특히 격구 중 말을 타는 기격구에서 이순신이 더욱 불리할 수밖에 없었다. 당시 무과 합격자 29명 중 25명이 내금위, 갑사 등 현직 하급군인이었다. 민간인 신분이던 이순신이 체계적으로 승마 기술을 배운 현직 군인들을 기격구에서 능가하기는 거의 불가능했을 것임을 짐작할 수 있는 대목이다.

이순신이 식년 무과에 합격했는데 이는 정기 과거 시험이기 때문에 경쟁이 더욱 치열할 수밖에 없었다. 그런데 권지훈련원봉사(權知訓練院奉事)로 임명되었다. 훈련원 봉사에 붙은 권지(權知)는 고려 · 조선시대의 임시관직이다. 관직을 어떤 기간 동안 임시로 맡을 때 그 관직 앞에 이 이름을 붙였다. '권지' 란 오늘날로 치자면 인턴 내지 수습직원, 시보(試補)에 해당한다. 고려시대에는 과거 급제자를 각 관청에 보낼 때 일단 권지로 임용하여, 일정 기간 임시로 직무를 맡겼는데, 이는 훈련원 봉사 실습생을 말한다. 무과에 급제한 사람은 훈련원 · 별시위에 보냈으며, 이들 중 훈련원에 권지로 추천하는 것을 권지천(權知薦)이라 하였다. 권지훈련원봉사는 수습훈련원봉사였다.

이런 배치는 무과시험성적에 따라 이뤄진다. 1576년 실시된 식년 무과의 합격자 명단인 병자무과방목(丙子武科榜目)을 보면, 합격자 중 최고령은 45세이고 평균 합격 연령이 34세였다. 평균 연령은 별관계가 없다. 젊을수록 더 장래성이 있을 수 있기 때문이다. 특히, 당시 이순신의 성적은 '병과 4등' 으로 전체 합격자 29명 가운데 12등에 해당했다.

무과에 장원 급제하면 종6품을 받고 지방관이나 참상관이 되었다. 장원을 제외하고는 관직에 나가지 못하고 대기직에 발령을 받았다. 급제자 중 문벌이 있는 자는 선전관에 천거를 받았고, 그 다음은 부장, 그 다음은 수문장이었다. 다른 이들은 직책을 받는다 해도 지방, 변방직으로 돌았다.

등수는 내려지는 품계의 차이를 의미했다. 1등인 갑과 수석은 초임 품계가 종6품, 갑과 나머지 2명은 정7품, 을과 합격자 5~7명은 정8품, 병과 합격자는 9품이 수여된다. 이순신은 종9품으로 시작했다. 그럼 수석을 했거나 갑과에 있던 이들은 어떻게 되었을까. 1등으로 종6품으로 시작한 문명신(文命新)은 실록에 이름조차 없고, 2등에 정7품으로 시작한 박종남(朴宗男)은 이순신 휘하에서 조방장이 돼 6개월을 근무했다. 역시 정7품으로 시작한 3등 신호의(愼好義)도 기록이 없고, 정8품으로 시작한 4등 유몽경(柳夢經)은 임진왜란이 일어나자 근무지에서 무단이탈, 도주했다.

눈에 들어오는 인물로 이순신과 같이 시험을 보았던 황진(黃進, 1550~1593)이 있었다. 그는 전북 남원 주생면 출생으로 고조부는 황희(黃喜)였다. 1576년 27세에 식년 무과에 급제해 이순신과는 달리 선전관이 되었다. 조선시대의 선전관은 선전관청(宣傳官廳)에 속한 무관 벼슬 또는 그 벼슬아치를 말한다. 업무는 왕의 측근에 있으면서 표신(標信, 궐문을 드나들 때 표로 지녔던 신분증) 부절(符節, 대나무 또는 옥 등으로 만들어 신표로 삼던 물건)을 가지고 국왕의 명을 전달하고, 계라(啓螺, 임금의 거동이 있을 때에 군악을 연주하는 일)를 담당한다. 취라치(吹螺赤)라 불리는 군악대를 지휘하기도 한다. 구체적으로는 왕의 시위(侍衛)·전령(傳令)·부신(符信)의 출납과 사졸(士卒)의 진퇴를 호령하는 형명 등을 맡아본 일종의 무직승지(武職承旨)였다. 품계는 정3품부터 종9품까지 있었다.

장수 황씨 문중이 황진의 홍패를 보관하고 있는데 1576년 10월에 충순위 황진이 무과 병과 16인으로 급제했다는 내용이 있다. 즉 이순신과 같은 병과 합격자였지만, 이순신보다 낮은 등수였다. 그런데 그는 선전관이 되어 한양 도성에서 근무했다. 당시 집안이 좋은 무관들은 변방으로 돌지 않고 한양에서 순환근무를 했다. 홍패를 보면 '충순위'(忠順衛)라고 되어 있는데 충순위 소속의 군인이었음을 알 수 있다. 그러므로 보인 출신의 이순신과는 다른 배경을 가지고 있었던 것이다.

충순위는 조선시대 중앙군으로 오위(五衛) 중 충무위(忠武衛)에 소속되었던 병종이다. 3품 이상 고위 관리들의 자손을 뽑아 일정한 복무를 마치면 다른 관직에 거관(去官)되어 관료로 갈 수 있는 길을 열어주었다고 한다. 아마도 충순위에 소속되어 있었기 때문에 그는 선전관이 되었을 것이고 이순신은 보인이었기 때문에 훈련원 임시직에 있다가 변방으로 임지를 받게 되었을 것이다. 즉 황진은 집안이 좋았기 때문에 등수가 떨어짐에도 불구하고 이순신보다 좋은 직에 있었다.

그 후 황진은 가선도 찰방이 되는데 찰방은 조선시대 각 도의 역참(驛站)을 관장하던 문관(文官) 종6품 외관직(外官職)이다. 거산도(居山道)는 조선시대 함경도 북청(北靑)의 거산역을 중심으로 한 역도(驛道)로 1895년 갑오경장 이듬해까지 존속했다. 4군 6진의 개척과 더불어 함경도의 역로(驛路)를 정비하는 과정에서 설치된 역도다. 거산도 영역은 고려 말 이후 우리 영토로 편입된 지역으로, 1440년(세종 22) 홍원의 신은참에서 길주의 고참까지를 관할하는 역도로 설치되었다. 이순신처럼 함경도에 근무하기는 했지만 그는 종6품이라 이순신과 비교할 수 없었다.

이후 1590년 통신사 황윤길 일행의 수행 무관으로 왜를 시찰하고 그들이 조선을 침략할 것이라고 했다. 왕실의 의복과 식품을 공급하던 제용감(濟用監) 주부(종6품)가 되기도 한 그는 동복 현감(종 6품)으로 나가기도 했다. 동복군(同福郡)은 전남 화순군 동복면 일대에 있었던 옛 고을이다. 그는 왜란을 예측해서인지 무예 단련을 더욱 열심히 했다고 한다. 동복 현감으로 있을 때 동복현에는 좋은 말이 있어 능히 고산준령을 달릴 수 있었다고 한다. 그는 전쟁이 나면 쓸 요량으로 이 말을 사서 현의 마구간에서 길렀다. 그는 언제나 공무를 마치고 나면 곧바로 갑옷을 입고 말을 달려 무예를 익혔다고 한다. 만약 이순신이 왜를 방문할 기회가 있었다면 더욱 더 임진왜란에 대비한 대책을 적극적으로 모색할 수 있었을지 모른다.

황진은 임진왜란 당시 진안(鎭安)에서 왜적의 선봉장을 사살한 뒤 적군을 안덕원(安德院)에서 격퇴하고, 훈련원 판관(判官)이 되어 이치(梨峙)전투에서 적을 이겨 익산 군수 겸 충청도 조방장에 오르고, 절도사 선거이(宣居怡)를 따라 수원에서 싸운 뒤 충청병마절도사에 올랐다. 병마절도사는 조선시대 각 도의 육군을 지휘하는 책임을 맡은 종2품 무관직인데 그는 죽산성과 상주에서 왜군을 격파했고, 1593년 진주성 전투에서 9일간 분전하다가 장렬히 전사한다.

1576년 12월, 이순신이 임명된 곳은 동구비보(董仇非堡)였는데, 직위는 종9품 말단 권관이었다. 무과에 급제하고 처음 관리생활을 시작한 동구비보는 함경도에 있는 삼수(三水)이다. 삼수는 백두산 인근으로 조선시대의 귀양지 중 1급에 해당하는 가장 멀고 험한 벽지였다. 함경도 변방지역이어서 아주 추웠고 여진족의 침입에 대비해야 했기에 군사 훈련과 주민 보호라는 두 가지 일을 같이 해야 했다.

이 지역 일대는 조선 백성들의 목숨과 재산, 가축, 곡식들을 지키는 것이 무엇보다 중요했고 이를 위해 군사 훈련이나 대비를 게을리할 수 없었다.

이곳에서 이순신이 한 일은 파견 대장 역할로 비록 직급은 낮았지만 전반적인 과정을 다 살필 수 있고 운영하는 역량을 키울 수 있었다. 중앙에 근무하는 다른 이들이 직급은 높아도 부분적인 업무 수행을 하는 것과는 달리 전체적인 역량을 강화할 수 있는 기회가 되었다. 더구나 일선 국경지역이라서 국방 대비태세에 대한 현실을 직접 겪을 수 있었다.

동구비보의 권관으로 3년을 근무했는데 그 근무 성과를 좋게 받았기 때문에 이순신은 1579년 2월(선조 12), 35세의 나이에 중앙직인 훈련원 봉사(奉事, 종8품)로 배속 받았다. 그러나 몇 개월 지나 초겨울이 시작되는 10월(음력)에 훈련원 봉사에서 밀려나 충청병사의 군관이 되어 다시 한양을 떠났다. 병조정랑 서익의 말을 듣지 않았기 때문이다. 충청병사로 있은 지 얼마 되지 않아 1580년(선조 13) 7월, 전라좌수영 발포(고흥)로 임지가 바뀌는데 다행히 수군만호(종4품)를 하게 된다.

하지만 37세 때인 1581년(선조 14) 12월 군기경차관으로 온 서익이 과거의 일에 대한 보복으로 부당한 보고를 올려 발포수군만호직에서 파직 당하고, 1582년 훈련원 봉사직(종8품)으로 돌아왔다가, 1583년 함경도 남병사 군관직으로 옮긴다. 무과 급제를 하고 첫 부임지였던 함경도로 다시 돌아온 것이다. 10월 그는 다시 함경도 건원보 권관으로 종9품이 된다. 발포만호(종4품)에서 파면된 5개월 후 훈련원 봉사로 복직했지만 함경병사 병방권관을 거쳐 건원보 권관으로 다시 북방 최일선에서 근무하게 된 것이다.

권관은 방어체계의 최하위 단위인 진보(鎭堡)를 지키는 종9품 무관직이다. 이전에 종4품의 수군만호였던 것에 비하면 매우 낮은 직책이었다. 앞서 함경도 '동구비보' 지역에 대한 언급이 있었는데, 함경도 경원은 조선에서 가장 북쪽에 있는 고을로 여진족들이 살고 있었다. 경원에서 남쪽으로 40리쯤 떨어진 곳이 변방 건원보(乾源堡)였다. 건원보는 오늘날 경원군 동원면 신건동이다. 『명종실록』(26권) 1560년(명종 15) 12월 28일 기록에 사직 윤희가 북도의 폐단을 진달한 내용이 있다.

"경원부(慶源府) 아산(阿山)·건원 등처는 바로 옛날에 호인(胡人)들이 살았던 곳입니다. 지금 비록 옮겨가서 살지만 그 땅은 비옥하기 때문에 그들이 선조의 유업이라 여기고 강을 건너와서 경작하며 우리 백성들과 섞여서 사는데, 그들은 우리 종족이 아니라서 그들 마음이 필시 다를 것입니다. 그러니 그곳에 흉년 들기를 기다려 그들이 원하는 대로 그 밭을 사서 백성들을 몰아다 농사짓게 하면 군수에 충당할 수 있을 것이고 호인들이 가만히 엿보는 꼬투리를 막을 수 있을 것입니다. 지금 신이 진달한 폐단은 폐지해 버리기가 어렵지 않은데 그럭저럭 지내다가 때를 잃으면 백성들의 원망이 더욱 심해질 것이므로, 신은 실로 민망합니다. 전하께서는 유념하소서."

경원부 건원 등이 세종 시기 4군 6진의 확장으로 조선의 땅이 되었지만 여진족이 여전히 그 땅에 넘나들고 있는 현실을 적시하고 있다. 토지를 그들에게 팔아서 그 토지에서 나는 세수를 걷어 들이자는 제안을 하면서 그렇지 않으면 그들이 딴 마음을 먹을 수 있다는 점을 지적하고 있다. 경원과 건원보는 오래전부터 방어하기가

쉽지 않은 곳이었다. 『명종실록』(9권) 1549년(명종 4) 1월 3일 기록을
보면 다음과 같다.

> 상이 조강에 나아갔다. 대사헌 조언수(趙彦秀)가 아뢰기를, "근래
> 북도(北道)에 흉년이 든 데다가 변장(邊將) 또한 적격자가 아니어서 무
> 어(撫御)의 도리를 잃었기 때문에 육진(六鎭)이 잔폐되었으니, 이야말
> 로 보통 염려되는 일이 아닙니다. 지난번 경흥 부사와 무이(撫夷)·
> 조산(造山)의 만호를 모두 가려서 차임했고, 경원(慶源) 역시 극변에
> 위치한 중요한 변진인데 잔폐하기가 경흥과 조금도 다를 바 없으며,
> 그곳에 있는 아산보(阿山堡)·안원보(安元堡)·건원보 등은 모두 방어
> 하기가 매우 어려운 곳입니다…"

극변(極邊)에 위치한 중요한 변진(邊鎭)으로 실록에서 기록하고 있듯
이 경원부를 포함한 건원보는 지키기 어려운 곳이었다. 조선의 가
장 꼭대기에 있는 국경 지대에서 가장 중요한 지점이었다. 이순신
은 변방의 위험한 여진족 접경지대에서 근무해야 했다. 단순히 지
키기 힘들었던 면이 아니라 실제로 적들의 공격에 노출되어 있었
다. 이순신이 부임할 즈음 경원부는 여진족의 침입과 공격을 받아
수시로 약탈당하고 있었다. 당시 상황은 심각했다. 북방이 이렇게
어지러운 것은 조선에게는 놀라운 상황으로 치달았다. 1583년(선조
16) 2월의 기록을 보자.

> 적호(賊胡)가 다시 경원부를 포위하였다. 온성 부사(穩城府使) 신입
> (申砬)이 경병을 거느리고 앞장서서 구원하여 성에 들어가니, 적이
> 세 겹으로 포위하였다. 신입의 군사가 결사적으로 싸웠는데 적장 중

에 백마를 탄 자가 의기양양하게 보루로 오르는 것을 신입이 한 개의 화살로 쏘아 죽이니 적이 마침내 물러갔다.

적이 또 건원보를 포위하였는데 부령 부사(富寧府使) 김의현(金義賢)이 힘껏 싸워 물리쳤다. 적이 또 안원에 침입했는데 병력이 매우 강성하여 지키는 장수들이 모두 굳게 지킬 뜻이 없었다.

신입이 바야흐로 아산(阿山)을 구원하러 가다가 안원을 경유하게 되었는데, 성을 넘어 도망하는 자를 발견하고 즉시 목을 베어 깃대에 매달아 군사의 마음을 진정시켰다. 그러니 적이 그 사실을 알고는 감히 침범하지 못한 채 물러갔다. 그 후에 병사(兵使)가, 안원은 성이 작고 병력이 약하다고 하여 철수시켜 본부(本府)로 들어가게 했다. 그러자 적이 마침내 안원보에 들어가서 곡식을 약탈해 갔다.

― 『선조수정실록』(17권) 1583년(선조 16) 2월 1일

북도병사(北道兵使) 이제신(李濟臣)의 서장에 '경원부의 번호(藩胡) 이탕개(尼湯介) 등이 도적이 되어 경원과 아산보(阿山堡)를 포위하고 있다'고 했다. 임금이 삼공과 비변사의 당상들을 인견하고 파직 중에 있는 무신(武臣) 오운(吳澐)과 박선(朴宣)을 서용(敍用)하여 조방장으로 삼아 용사 80명을 거느리고 먼저 가도록 했다. 이때, 경기 감사 정언신을 우참찬으로, 도순찰사 이용(李戡)을 방어사로 특별 제수하였으며, 곧 이어 남병사(南兵使) 김우서(金禹瑞)를 방어사로, 이용을 남병사로 삼았다.

― 『선조수정실록』(17권) 1583년(선조 16) 2월 7일

적호가 경원부와 건원보 등을 포위하고 있다고 했는데 적호의 수장이 니탕개(尼湯介)이다. 이른바 이순신 부임에 앞서 경원에서는 니

탕개의 난이 벌어지고 있었다. 니탕개의 난은 조선 1583년(선조 16) 1월~7월에 걸쳐 함경도 북부의 6진에서 벌어진 여진족의 변란이다. 누루하치가 세력을 키우자 다른 여진족들이 혼란에 빠져 조선으로 영역을 넓히고자 했다. 이때 최대 3만여 명이 조선 영토를 침범했다. 니탕개는 본래 조선에 귀화했던 인물인데 다시 여진족으로 돌아간지라, 함경북도 일대의 지리적 상황과 방어 체계에 대해 잘 알고 있었다.

최초의 전투는 아산보 전투였는데 단순 약탈인 줄 알았으나 정탐 보냈던 병사들이 사로잡히고 이를 사로잡은 경원 인근의 여진족 우두머리 우을지(迂乙知)가 아산보를 공격했다. 경원부사 김수(金璲)와 판관 양사의(梁士毅)는 구원을 나섰으나 패하면서 경원성으로 철수한다. 종성(鍾城)과 회령(會寧)의 여진족들이 우을지에게 합류해 변란은 더욱 커졌다. 특히 회령 지역의 여진족 수장 중 한 명이었던 니탕개의 세력이 가장 컸다. 1월 28일, 여진족 세력은 1만여에 달하는 휘하 부족들을 이끌고 경원진을 공격했다.

북병사(北兵使)의 서장에 '경원부와 안원보의 성이 함락되었다고 하였다. 상이 경원 부사 김수와 판관 양사의는 성을 지키지 못했기 때문에 잡아오더라도 별도로 물을 일이 없는 이상 바로 진전(陣前)에서 목을 베어 군율(軍律)을 진작시키도록 하라고 명하였다. 다만 병사(兵使)로 하여금 베게 할 것인가, 아니면 순찰사가 내려간 뒤에 베도록 할 것인가에 대하여 대신들에게 물었는데, 대신들의 논의는 순찰사가 내려가서 안핵(按覈)한 후에 목을 베는 것이 온당하다고 했다. 밤에 큰 눈이 몇 자씩 내려 인마(人馬)가 통행할 수 없었다.
— 『선조수정실록』(17권) 1583년(선조 16) 2월 9일

사실상 있을 수 없는 일이 일어났다. 경원진이 함락되었던 것이다. 초유의 사태였다. 당시 경원진 일대의 방위전력은 435명 정도였다. 당연히 수성전에 전념할 수밖에 없었다. 김수와 양사의는 제각각 방위구역을 정하고 방어전에 들어갔다. 그러나 서문을 맡았던 전 만호 이봉수가 여진족 군세의 규모에 눌려 달아났다. 이에 서문이 침입당해 경원성 대부분이 약탈당하게 된다. 다만, 무기고 및 식량창고와 같은 주요 거점만은 조선이 끝까지 지켜냈다. 하지만 조정에서는 도호부였던 경원진이 함락당한 죄를 물어 경원부사 김수와 판관 양사를 처형하게 했다. 그런데 함경북도 병사 이제신이 처형을 집행하지 않고, 처형을 3일간 연기시켰다.

함북병사 이제신의 파직을 꺼낸 것은 당시 조정에서는 매우 분노가 일었고 위기감이 조성되었기 때문이다. 전대미문의 경원진 함락이 있었고, 상당한 피해가 있었으며 그 여진족의 규모가 상당했기 때문이었다. 이는 그 변방지역에만 미치는 위험이 아니라고 판단했기에 강력한 조치들을 취했던 것이다. 강력한 처벌이 더 큰 위험을 막는다고 보았기 때문에 처형 이야기가 나왔다. 이순신이 투입될 당시에 변방의 상황이 이러했다.

한편 이전까지의 여진족 침입에는 함경북병사를 정점으로 하는 함북 일대의 군사지휘체계를 유지하면서 조방장 등 보조적 지휘관만을 보강했는데 니탕개의 난에서는 북병사와 동격인 남병사(종2품)를 방어사로 임명했고, 북병사보다 우위에 있는 도순찰사(정2품)까지 파견했다. 함경북도 병력만으로는 부족하고 후방병력을 뒷받침해야 방어가 가능할 것으로 인식했던 것이다.

그러나 니탕개의 난은 멈추지 않았다. 4월 말에서 5월 초에 준동하기 시작한 여진족은 5월 5일 1만(『선조수정실록』)~2만여 명(『선조실록』)

으로 종성진을 공격한다. 여진족이 종성진을 차지하면 두만강 하류에 닿고 함경평야까지 진출할 수 있어 중요한 지역이었다. 니탕개는 5월 13일(약 1천여 기의 기병) 종성, 5월 16일 동관진과 방원보, 19일 동관진(2~3만 명)에 연이어 많은 병력으로 공격을 가해오지만 성공하지 못했다.

특히 내부의 갈등을 조선이 활용했다. 니탕개와 사이가 나쁜 여진족 투을지가 니탕개의 본거지를 공격하는가 하면 대규모 공격 사실을 미리 조선에 알려주어 니탕개의 공격을 무력화 시켰다. 대규모 공격이 사전 밀고로 실패하게 되어 니탕개는 조선에 타협안을 제시하고 항복도 언급한다. 하지만 조선은 타협하지 않았다. 난을 일으킨 죄를 물어 죽이고자 했다. 이에 니탕개는 7월 19일, 2만여 명으로 방원보를 공격한다. 그러나 일전에 경원진이 함락되는 것을 보고 자신감을 얻었던 그들은 더 이상 승리를 못하자 공격할 뜻을 갖지 못하고 난을 그쳤다.

1583년 7월, 아직 니탕개의 난이 끝나지 않은 때, 이순신은 함경도 남병사 이용의 군관이 된다. 대개의 경우 군관이 된다면 자신이 장수가 아니기 때문에 그냥 보조자의 역할에 머물면서 난이 지나가기를 바랄 것이다. 왜냐하면 당시의 명령체계상 군관이 공을 세운다고 하여 그가 온전히 공적을 얻는 것이 아니라 지휘관이 얻을 가능성이 높기 때문이다. 그러나 이순신은 자신의 임무를 충실하게 하는 것만이 아니라 문제의 원흉을 잡아내기로 결정한다. 니탕개의 난이 처음 발생한 것은 울지내 때문이었다. 울지내가 아산보를 공격하면서 이후에 니탕개들의 여진족들이 합세하면서 난이 커졌다. 이순신은 전략과 전술을 통해 오랑캐들과 우두머리인 울지내 무리를 유인해, 미리 배치한 복병으로 그들을 모두 토벌하고 울지내를 사로잡았다.

> 경원 오랑캐 우을기내를 잡은 병사와 군관에게 상을 내리다. 경원의 적 우두머리 우을기내(于乙其乃)를 오래도록 잡지 못했다가 변장(邊將) 등이 그의 무리를 유혹하여 그를 건원보 앞까지 끌고 오게 한 다음 그의 목을 베어 올려보냈다. 상은 그의 목을 동소문 밖에다 매달게 하고 그를 유인했던 호인(胡人)과 그러한 계책을 꾸며낸 병사(兵使) 및 군관(軍官) 이박(李璞) 등에 대하여는 후한 상을 내리도록 하였다.
> ─『선조실록』(17권) 1583년(선조 16) 7월 10일

여진족 수령 가운데 하나였던 우을기내(?~1583)는 본래 한자 이름이 아닌 여진식 이름을 사용해 울지내라고도 한다. 건원보 권관 이순신의 유인책에 말려들어 참살되었고 수급이 한양으로 보내져 동소문 밖에 효수되었다. 이렇게 건원보에서 이순신은 여진족 추장 울지내를 사로잡는 공을 세웠지만, 안타깝게도 실록에는 이름이 없고, 유원 첨사(柔遠僉使) 이박의 이름만이 있다. 이유는 상관인 함경북도 병마절도사 김우서가 상을 주는 것에 반대했기 때문이다. 이순신이 자신에게 보고도 하지 않고 단독 행위를 했기 때문이었다. "주장(主將)에게 품신(稟申)하지도 않고서 제멋대로 대사(大事)를 처리했다"는 「장계」를 올렸던 것이다.

아마도 이순신이 제안을 했지만 받아들여지지 않자 이순신이 단독으로 움직였을 가능성이 많다. 만약 실패했다면 이순신에게 돌아올 죄에 대한 물음은 상당히 치명적이었을 것이다. 하지만 이순신은 용단을

내렸고 성공시켰던 것이다. 그가 그렇게 행동한 것은 그 지역이나 여진족의 정세, 심리를 잘 알고 있었기 때문에 가능했을 것이다. 그를 건원보로 불러들인 것은 처음부터 그런 목적 때문이었을 것이다. 이순신은 남병사 이용의 군관이었으니 방어사 김우서는 불쾌했을 수 있다. 어쨌든 이순신은 이때 많은 이들에게 그의 존재감을 알리게 된다. 아무도 잡지 못한 원흉을 잡았기 때문이다. 전란이 들끓는 멀고 먼 위험한 변방에서 그는 오히려 공을 세웠다.

여진족 울지내 등을 잡은 이후 1583년 11월 이순신은 정7품인 훈련원 참군이 된다. 하지만, 이듬해인 1584년 아버지 이정의 죽음으로 3년상에 들어가면서 벼슬을 쉬었다. 1586년 1월, 42세의 이순신은 궁중의 말과 수레에 관한 일을 담당하는 사복시 주부(종6품)가 된다. 그러나 불과 16일 뒤 조산보 만호가 된다. 다시 발포만호 이후 6년 만에 종 4품의 만호직에 복귀하기는 했지만 함경도로 다시 가야했다. 변경 지역이 불안했고 그것에 대한 대비와 방어가 필요했던 것으로 보이며, 이런 점에서 이순신은 인정을 받고 있던 셈이다. 1587년 8월 녹둔도 둔전관을 겸하게 된다.

조산보(造山堡)는 두만강 유역으로 러시아와 접경하고 있는 지금의 함경북도 선봉군에 있었다. 1587년에 두만강 건너편 시전평(時錢坪) 시전부락에 거주하는 갑청아(甲靑阿)·사송아(沙送阿) 등의 여진족들이 녹둔도에 침입해 살인과 약탈을 저질러서 군사 10여 명을 죽이고 군사와 주민 106명과 말 15필을 빼앗아갔다. 큰 손실이었다.

이 싸움에서 수호장인 오형(吳亨)과 감독관이었던 임경번(林景藩) 등이 전사하고 이순신도 오른쪽 다리에 화살을 맞는 부상을 입었지만, 이순신은 끝까지 싸워 적장과 적군의 목 3개를 베었으며 이운룡

(李薲龍)과 함께 뒤를 추격하여 포로로 잡혀있던 백성 60여 명을 구출해냈다.

그런데 북병사 이일은 이 사건을 경흥부사 이경록과 조산만호 이순신의 잘못이라 하여 잡아 가두고 조정에 벌을 줄 것을 요청하였다. 하지만 선조는 "전쟁에서 패배한 사람과는 차이가 있다"고 해서 "병사(兵使)로 하여금 장형(杖刑)을 집행하게 한 다음 백의종군으로 공을 세우게 하라"고 명했다. 백의종군(白衣從軍)에 대해 살펴보면 조선시대 군대 형벌의 하나로 장수에게 제복인 철릭(상의와 하의를 따로 구성하여 허리에 연결시킨 형태의 옷) 없이 속에 입던 백의만 입고 근무케 하는 것으로 보직해임에 해당한다. 벼슬 없이 군대를 따라 싸움터로 가는 것인데 직책을 박탈당하고 죄인으로서 전쟁에 나가는 것으로 여기에서 전공을 세워야 용서를 받는다.

백의종군 처분을 받은 이순신은 4개월 뒤에 이 전투에 참가하여 공을 세운다. 1588년(선조 21) 1월, 이일이 2,500명의 군사를 이끌고 여진족을 공격해 가옥 200여 채를 불사르고 380여 명을 사살하는 전투에 이순신도 참전해 전공을 세움으로써 비로소 백의종군에서 벗어났다. 백의종군에서 사면된 이순신은 6개월간 휴양에 들어간다. 여기에서 어떤 전공을 세웠는지는 뒤에서 자세히 논하기로 한다.

이후 이순신은 1589년 2월 전라도 군관 겸 조방장(종4품)이 되고 11월 선전관을 겸하게 되었다. 이렇게 많은 일을 같이 하면서 12월에는 정읍 현감이 된다. 이때 태인현 현감을 겸하게 되었는데, 이는 태인현 백성들이 이순신이 현감이 되도록 상소를 한 탓이었다. 이순신은 두 개 현의 직무를 담당해야 했다. 1590년 7월, 평안도 고사리진 첨절제사(종3품)에 임명되었으나 대간들의 반대로 불발되었다. 또 평안도 만포진 첨절제사로 임명되었으나 역시 대간들의 반발로 불발되었다. 다만, 8월 절충장군(종3품)으로 임명되었다. 무엇보다 북쪽의 변방도 위험했지만 왜국이 있는 남해안은 더욱 위험했기 때문이다.

정읍 현감으로 부임한 지 1년 3개월 후 1591년, 차례를 뛰어넘어 유능한 무관을 선발하는 무신불차탁용(武臣不次擢用)에 따라서 이순신은 우의정 이산해, 병조판서 정언신 등의 추천을 받았다. 곧 이어 인사권을 쥔 이조판서 류성룡은 이순신을 정읍 현감(종6품)에서 전라좌수사(정3품)로 발령냈다. 우선 진도군수(종4품)에 임명되었고, 미처 부임하기도 전에 가리포 첨절제사에 임명되었으며 다시 부임 전에 전라좌수사(정3품)에 임명되었다. 서애(西厓) 연보에서 1591년(선조 24) 2월 초에 "형조정랑 권율을 천거하여 의주목사로 삼고, 정읍 현감 이순신을 천거하여 전라좌수사로 삼았다"는 기록이 있다. 임진왜란 발발 약 14개월 전인 1591년 2월 13일이었다. 이순신은 정읍 현감(종6품)에서 무려 7단계를 뛰어 전라좌도 수군절도사(정3품)가 된다. 또한 임진왜란이 일어나고 해전에서 연이은 승리를 거두면서 그는 승진에 승진을 거듭했다. 1592년 5월 가선대부 종2품, 6월 자헌대부 정2품(하) 8월 정헌대부 정2품(상) 1593년에는 삼도수군통제사(三道水軍統制使, 종2품) 신설 초대 통제사로 임명되었다.

이순신은 보인으로 병과 12등으로 합격해서 중앙보다는 변방의 외관직에서 근무를 했다. 과연 이런 그에게서 미래의 희망을 많이 본 사람은 얼마나 될까. 하지만 세간의 무관심 속에서 그는 사람들이 생각하지 못한 성과들을 만들어가기 시작한다. 그렇게 된 이유는 물론 원칙을 준수하고 공정성을 우선하며 자기 실력을 우선 연마하여 업무와 직무에 임한 결과이다. 당장에는 변방에서 고생했지만 그것은 전화위복이 되어 자신의 진가를 인정받는 기회가 되기도 하고 위기 상황에서 나라를 구하게 되었다. 변방은 실제 전투가 벌어지고 그 가운데 전반적인 과정을 겪어볼 수 있다. 변방일수록 오히려 중심이 된다. 특히, 어렵고 혼란스러운 시기에는 더욱 그렇다. 그가 청춘의 시기에 청년 정신으로 어려움 속에 맞서 적극적으로 타개해 갔기 때문일 것이다.

7) 정권 교체와 관계없이
자신의 길을 가다
─변화와 개혁이 필요한 시대였다

이순신은 미래를 위해 변화와 개혁을 추구했다. 할아버지나 아버지처럼 음서직으로 관직에 나갈 수도 없었다. 그렇다고 무과로 나가는 것도 여의치 않았다. 일단 무신이라는 것 자체가 차별의 대상이었고 집안에는 무인이 없었다. 이순신을 이야기할 때 그를 둘러싼 정치적인 환경을 말하지 않을 수 없다. 정치진출의 문제, 낯선 무신 진출, 동서 분당의 환경 등이 이에 해당한다.

앞에서 잠시 살폈듯이 이순신의 앞날은 본래 정치적으로도 확실하게 기대할 수는 없었다. 일단 그가 정치적으로 불리한 가문이었다는 것이고, 특히 조광조와 관련된 환경에서 벗어나지 못하고 있었다. 조광조가 복권되면 정치 상황은 달라지고 기묘사화에 얽힌 사대부들에게 정치 환경은 좋아질 수 있었을 것이다. 아버지 이정은 이를 기대하였지만 쉽지 않았다. 그렇다면 조광조의 복권은 언제 되었던 것일까.

이순신의 미래 진로와 관련하여 가장 강력하게 언급되어 온 인물이 조광조 그리고 할아버지인 이백록이다. 조광조에 연루된 이백록이 벼슬길에 제대로 나갈 수가 없었고, 그것은 아들이자 이순신의 아버지인 이정에게도 마찬가지로 영향을 미쳤을 것으로 보인다. 그런데 조광조는 문신이었기에 이순신이 문신의 길로 나갈 때는 영향을 미쳤을 수도 있다. 1545년생이었던 이순신이 아산으로 이주할 때가 8살이라고 하면 이때도 조광조에 대한 복권이 이루어지지 않았다. 1565년 혼인을 하고 방진과 온양 방씨의 도움으로 본격적인 무과시험 준비에 나서는데 이전에도 조광조와 그를 언급하는 이들조차 여전히 견제를 받는 상황이었다.

중종 말년으로 이어지면서 서서히 조광조의 복권에 대한 문제가 언급되기 시작한다. 1543년(중종 38) 6월 홍문관 부수찬 하서 김인후는 경서를 논하는 경연(經筵)에서 차자(箚子)를 올려 시사(時事)를 토론하는 과정에서 기묘사화의 잘못된 점을 지적했다. 차자는 조선 시대 관료가 국왕에게 올리는 비교적 간단한 서식의 상소문을 말한다. 이는 조광조의 사면 복권을 말하는 것이었다. 자신의 목숨을 버릴 각오를 하지 않는다면 불가능한 일이었다. 이 일이 있고 나서 숨죽이고 있던 사대부들이 조광조에 대해서 입을 열기 시작했다. 이듬해인 1544년 성균관 생원 신백령(辛百齡) 등이 조광조에 대한 사면 상소를 올렸다. 그러나 중종은 허락하지 않았다. 1544년 11월 중종의 죽음 후에 인종이 왕위를 잇는다. 1545년 인종 원년, 조광조는 사면 복권된다. 인종도 처음에는 결정을 미루었는데 이유는 다음과 같았다.

"우리 부왕께서 조광조는 죄가 없다고만 말씀했을 뿐이고 끝내 복직의 은혜를 베풀지 않은 것은 반드시 그 뜻이 있었을 것이니 이런 이유로써 허가하지 않는다."

이렇게 결정을 미루던 인종은 자신의 병이 위중해지자 전교하였다. 그 내용은 기묘사화의 희생자들(기묘명현) 그리고 조광조를 복직시키라는 것이었다. 그런데 김인후는 인종이 존경하는 스승이기도 했다. 조광조가 사면 복권 되던 해 1545년 봄에 이순신은 태어난다.

그러나 당시 조광조의 사면 복권은 역적이 아니라는 것을 밝히고 그 관작을 복구한 것에 불과했다. 이는 기묘사화에서 피해를 본 선비나 관리들에게도 모두 같이 적용되는 것이었다. 여전히 훈구파들은 기세등등했다. 조광조가 복권되던 해인 1545년(인종 1)에 일어난 을사사화(乙巳士禍), 그리고 다시 4년 뒤에 일어난 1549년(명종 4)의 기유옥사(己酉獄事) 등도 결국 훈구파가 사림파를 탄압하게 된다. 여전히 훈구파는 조선 조정의 핵심 세력이었다. 명종 초에 훈구파인 이기가 조광조를 공격했다. 1559년(명종 14)에는 경상도 산음(山陰)의 유생 배익겸(裵益謙)이 상소에서 개혁정치를 논하며 조광조를 언급했다가 거센 비판에 직면한다. 여전히 조광조는 금기의 대상이었다.

그러나 명종의 운명과 훈구파의 운명은 같았다. 1567년(명종 22) 6월 28일 명종이 세상을 떠났고 영의정 이준경은 덕흥군의 셋째 아들 균을 추대하고 명종 비 인순왕후 심씨가 수렴청정하도록 했다. 그가 바로 선조였다. 1년간 지켜본 인순왕후는 선조에게 전권을 넘긴다. 1568년 자신이 직접 통치할 수 있게 되자, 선조는 사림파를 통해 훈구파를 견제하고 왕권을 강화하려 했다. 사림파들은 이제 자신들이 원하는 왕을 갖게 된 셈이었다. 1568년(선조 1) 기대승이 조광조에 대한 복권과 증직을 청하는 상소를 하자 봇물 터지듯이 나오는 사림의 상소에 따라 대광보국숭록대부 의정부영의정의 증직이 내려지고, 문정의 시호가 추증되었다. 이때서야 비로소 사화를 입었던 선비들이 중앙정치에서 완연히 풀려나게 되는 것이다.

이때 이백록은 세상을 떠난 상황이었고 아버지 이정은 아산에 있었고, 이순신은 무과시험 준비에 한창이었다. 4년 뒤에 이순신은 첫 무과시험을 보게 된다. 조광조의 신원회복과는 관계없이 이순신은 자신이 정한 길을 가고 있을 뿐이었다. 무과시험이야말로 조광조의 그늘과는 관계없이 관직에 진출을 할 수 있는 것이며 집안을 일으킬 수 있는 방법이기도 했다. 실제로 그는 무과에 급제해 조카들과 어머니를 부양했고 임진왜란에서 공훈을 세워 가문 전체를 일으켰다. 그러나 만약 조광조 편을 들었던 할아버지의 후광을 보려면 문신으로 가는 것이 좋았을 것이다. 문신으로 진출할 경우 조광조의 사림파가 정권을 잡는 경우 출세에 유리할 수 있기 때문이다. 하지만 이순신은 이를 포기한 것이다. 조광조의 복권과 사림파의 부활과는 관계없이 자신의 길을 가기로 한 것은 더 이상 그런 정치권력에 수동적으로 기대하면 안 된다고 판단했을 것이다.

다음으로 이순신의 정치적 환경은 대대로 문신 집안 출신이고 이때문에 무신은 꺼려졌을 것이다. 이렇게 강조하는 것은 문신 집안이 더 우선되는 가치 평가 때문이다. 그런데 문신과 무신의 차이에 대한 강조는 결국 우리도 조선시대의 관습과 문화를 강하게 영향받고 있기 때문일 것이다. 문신 집안이라는 사실을 강조할수록 이순신에게는 더욱 힘들 수밖에 없었다.

사실 이순신 문중은 고려 때 무신이 많았으나, 조선으로 넘어 오면서 문신이 많아졌다. 이순신의 집안 이야기를 해보면 덕수 이씨의 시조는 고려시대 신호위중랑장(神虎衛中郎將)을 지낸 이돈수(李敦守)이다. 이순신을 말할 때 고려 때 중랑장을 지낸 이돈수로부터 내려오는 문반(文班)의 가문으로, 이순신은 그의 12대손이라고 소개한다. 이돈수는 물론이고 그의 선조에 관해서는 자세히 알 수 없다. 다만 이돈수가 1218년 거란의 침입 때 출정했다는 기록이 『고려사』에 남아 있다. 이돈수의 벼슬인 중랑장은 무반의 직책이다. 중랑장은 고려 및 조선 초기의 정5품의 무관직이었다.

이돈수의 아들인 2세조 이양준(李陽俊)은 무관직인 정4품 보승장군을 지냈다. 정확하게는 조산대부(朝散大夫)로 흥위위보승장군이었다. 3세조 이소(李劭)는 고려 고종 때에 남성시(南省試)에 급제해 전법판서(典法判書), 지삼사사(知三司事), 세자내직랑 등을 지냈다. 4세조 이윤번(李允蕃)도 문과에 급제해 도사(都事)를 역임했다. 5세조 이현(李玄)은 벼슬이 없었으며, 6세조 이공진(李公晉)은 수사재시사(守司宰寺事)를 지냈는데 이는 사재시에서 근무했던 잡직장교였다.

이상 6세조까지 고려시대 선조들을 살펴보면, 1세와 2세는 무관직, 3세와 4세는 문과에 급제한 문관이었다. 그러다 5세에서는 벼슬이 없고 6세에서 무관으로 진출했다. 고려시대 이순신의 선조는 무반에서 시작해 문반과 무반을 교차하다가 고려 말기에는 무반이 되었다. 이후 조선왕조의 개창을 맞이하면서 4대조 때 덕수 이씨는 문반에서 두각을 나타내 조선시대에 105명의 문과급제자와 정승 7명, 대제학 5명, 공신 4명, 청백리 2명을 배출했다. 이순신의 5대조 이변(李邊)은 홍문관 대제학, 증조부 이거는 이조좌랑 등을 지냈다. 아울러 덕수 이씨는 중종~영조대에 약 300년간 번성했다. 상신·대제학·청백리 인물에는 중종 때의 대제학·좌의정 이행, 명종 때 영의정 이기, 선조 때 대제학 이이, 인조 때의 대제학 이식, 숙종 때 대제학·좌의정 이단하, 대제학·영의정 이여, 영조 때의 좌의정 이집·이은, 정조 때의 영의정 이병모, 선조 때의 대사헌·청백리 이유중, 인조 때의 예조판서·청백리 이안눌 등이며, 그중 이식과 이단하는 부자 대제학이다.

왜 이순신의 집안은 고려 때 무신이 많고 조선시대에는 문신이 많았을까? 그것은 당연히 고려 때는 무신이 지배했고, 조선시대는 신진사대부가 정권을 창출했으니 당연히 문신이 권력의 중심에 있었기 때문이었다. 그러므로 나라의 중심 세력이 되려면 일단 문신이 되는 것이 우선이었다. 그렇기 때문에 사대부 자제들은 과거 시험 중에서도 문과에 많이 지원을 했다. 그랬기에 이순신은 물론 이희신과 이요신 두 형은 문과 시험 준비를 할 수밖에 없었다. 조상의 역사를 올라간다면 사실상 무과시험을 보는 것이 문중에 크게 어긋나는 것은 아니다.

이순신의 성향이자 지향점이 무엇이었는지 알 수 있는 기록도 있다. 대제학 이식(李植, 1584~1647)이 쓴 〈시장(謚狀)〉이다. 〈시장〉은 재상이나 유교에 밝은 사람에게 시호를 내리도록 임금에게 건의할 때 그가 살았을 때의 일을 적어 올리는 글이다. 이 글에서 보면 '글을 읽으면 큰 뜻을 통달했으나 문자만 새기는 글공부는 대수롭게 여기지 않아 마침내 무예에 종사했다'라고 했다. 문자만 새기는 글공부가 아니라 다른 공부에 대한 갈급함이 있었던 것이다.

이순신이 해전에 강했던 면모를 보면 모든 학문과 분야에 골고루 식견이 있어 해양 조류와 선박 기술, 그리고 무기체계-화약, 포와 총류에 대한 해박한 지식을 겸비하고 있음을 알 수 있다. 단순히 말타기나 활쏘기만 잘해서는 도저히 성과를 이룰 수 없는 지경인 것이다. 그러므로 이순신이 단지 문자만 새기는 것이 아니라 실무적인 공부에 상당히 관심이 많고 일찍부터 그러한 소양과 지식 경험을 쌓아왔다고 밖에는 생각이 들지 않는 것이다. 또한 그것은 어느 날 갑자기 공부해서 되는 것이 아니라 젊은 시절부터 다년간의 체화된 경험과 지식에 바탕을 둔 것이라 볼 수밖에 없다.

이순신의 관직 생활을 이야기할 때 붕당정치와 관련성을 생각해 볼 수 있다. 그가 과연 정치적인 색깔이 없었는가 하는 점 때문이다. 특히 친하다고 알려진 정언신, 류성룡, 이산해는 동인에 속했다. 당시 1000여 명을 처형했고, 수백 명을 귀양 보낸 정여립(鄭汝立, 1546~1589) 모반사건으로 동인은 크게 위기에 빠졌고 이순신도 위험한 지경에 처할 뻔했다. 자칫 동인 전체가 궤멸될 수 있었다. 다행히 그렇게 되지는 않았지만, 흔히 임진왜란의 발발이 동인과 서인의 갈등에 있다는 지적이 많다. 무엇보다 동인들이 제대로 방비를 하지 않았기 때문이라는 것이다. 동인의 이런 태도가 단적으로 드러난 것이 일본 통신사 사례였다고 일컬어진다. 당시 왜 나라가 전국을 통일하고 대륙을 침략하려 한다는 소문은 있었기 때문에 사실여부를 확인할 필요가 있었다. 그 확인 작업이 통신사의 파견이었다. 북방이 어느 정도 안정된 1590년 3월 6일, 일본 통신사 황윤길, 부사 김성일이 일본으로 출발했다. 일본 내부 사정을 정탐하기 위한 것이었다. 그들은 이듬해 1591년 조선으로 돌아왔다.

선조가 묻기를, "수길이 어떻게 생겼던가?" 하니, 황윤길은 아뢰기를, "눈빛이 반짝반짝하여 담과 지략이 있는 사람인듯하였습니다" 했다.

김성일은 아뢰기를, "그의 눈은 쥐와 같으니 족히 두려워할 위인이 못됩니다" 했다.

김성일이 일본에 갔을 때 황윤길 등이 겁에 질려 체모를 잃은 것에 분개하여 말마다 이렇게 서로 다르게 한 것이었다. 당시 조헌(趙憲)이 화의(和議)를 극력 공격하면서 왜적이 기필코 나올 것이라고 주장하였기 때문에 대체로 윤길의 말을 주장하는 이들에 대해서 모두

가 '서인(西人)들이 세력을 잃었기 때문에 인심을 요란시키는 것이다' 고 하면서 구별하여 배척하였으므로 조정에서 감히 말을 하지 못했다.

류성룡이 김성일에게 말하기를, "그대가 황의 말과 고의로 다르게 말하는데, 만일 병화가 있게 되면 어떻게 하려고 그러시오?" 하니, 김성일이 말하기를, "나도 어찌 왜적이 나오지 않을 것이라고 단정하겠습니까. 다만 온 나라가 놀라고 의혹될까 두려워 그것을 풀어주려 그런 것입니다" 라고 했다.

　　─ 『선조수정실록』(25권) 1591년(선조 24) 3월 1일

실록의 내용은 김성일이 임진왜란이 일어나지 않는다고 말한 것이 아니라 사회적 동요와 혼란을 막기 위해 도요토미 히데요시를 비하하여 말했던 것이다. 그런데 통신사의 정사(正使) 황윤길은 서인이었고, 부사(副使) 김성일은 동인이었다. 서인은 정권을 잃었기 때문에 위기를 부각하여 자신들이 집권하려는 것으로, 동인은 서인의 그 같은 의도를 무력하게 만들려는 것으로 생각할 수 있는 것이다. 당시 집권하고 있던 것은 동인이었다. 정여립 사건이 어느 정도 안정된 상황이었고, 그 사건을 지나치게 악용한 서인의 중심 송강 정철 등이 쫓겨난 시점이었다. 집권을 하고 있던 세력이 도요토미 히데요시(豊臣秀吉)가 별스러운 존재가 아니라고 한다면 이는 당연히 당론이면서 국정의 기조가 될 가능성이 높았다. 근원적으로 임진왜란을 대비하지 못한 것은 동인과 서인으로 갈라진 붕당정치 때문이라고 한다. 이순신은 이런 붕당정치를 싫어한 것으로 알려지고 있다. 만약, 동인 서인으로 나눠져 있지 않았다면 전쟁 대비가 좀 더 달랐을 것이라고 보기 때문이다. 이렇게 이순신이 붕당정치를 싫어

한 것은 조광조 때문인데 기존의 훈구파에 가까운 서인에 대응하여 정국을 주도한 동인이 이순신을 새로운 인재로 부각시켜 내는 점은 이순신 스스로 어떻게 할 수 없는 일이었다.

붕당이란 붕(朋)과 당(黨)의 합성어로서, '붕'은 같은 스승 밑에서 동문수학하던 무리를 말하며, '당'은 이해관계를 중심으로 모인 집단이다. 동인은 훈구파에 적극 반대한 이황(退溪 李滉, 1501~1570), 조식(南冥 曺植, 1501~1572) 문하의 영남학파였고, 서인은 이와는 다른 유화적인 이이(栗谷 李珥, 1536~1584), 성혼(牛溪 成渾, 1535~1598) 문하의 기호학파 사류를 칭했다. 이이는 붕당을 국가 정치를 문란케 하는 요인이 아니라 소인이 무리를 이루듯 뜻을 같이 하는 군자들끼리 집단을 이루는 것은 불가피한 정치 현상으로 봐야 한다고 주장했다.

그런데 사림파(士林派)는 훈구파(勳舊派)와 오랜 투쟁에서 곤란을 당하다가 정권을 잡자마자 동인과 서인으로 분당됐다. 본래 사림파의 붕당의 직접적인 원인으로는 1575년(선조 8) 이조 전랑직을 둘러싼 김효원과 심의겸의 반목에서 비롯되었다. 전랑직은 정5품의 낮은 관직이었으나 인사권을 갖고 있어 매우 중요한 관직이었다. 전임자가 후임자를 추천하면 공의에 부쳐 선출했기에 집단적 대립의 대상이 되었다. 이때, 김효원의 집이 도성 동쪽인 건천동(乾川洞: 동대문 밖)에 있었으므로 그 파를 동인(東人), 심의겸의 집이 도성 서쪽인 정능방(貞陵坊: 貞洞)에 있어 이 세력을 서인(西人)이라 했다. 건천동에 있던 류성룡은 동인에 해당하는 셈이었다.

율곡 이이는 붕당정치는 정치 발전을 위해 긍정적이라고 했는데 이때 자신의 예상과는 달리 사림파가 분당되자 이를 부끄럽게 여기고 당론(黨論) 조제(調劑), 즉 동서 양당 통합을 자신의 책무로 삼았다. 하지만 쉽지 않았다. 1584년 (선조 17) 1월, 서인과 동인을 골고루 등

용시키고 안배하는 등 중재자 역할을 하던 율곡이 세상을 떠나자 동인과 서인은 본격 권력 투쟁을 하기에 이른다.

　얼마 안 있어 발생한 기축옥사는 이런 서인 동인 간 권력 투쟁의 결과였다. 기축옥사는 1589년 10월 정여립이 모반을 꾀했다고 하여 3년간 그 연관자들이 희생당한 사건이다. 이순신과도 관련이 있었는데 정언신과 조대중 때문이었다. 종4품 조방장이었던 이순신이 정읍 현감이라는 종6품 관직으로 좌천된 사정은 이랬다.

　원래 서인이었던 정여립은 붕당정치를 반대했다. 이런 면은 율곡 이이와 같았다. 하지만 나중에 동인으로 옮기면서 서인을 공격했다. 서인의 훈구파에 대한 소극적인 태도 때문이었을 것으로 추측된다. 서인들은 그를 배신자라고 했으며 선조도 그의 언행을 좋아하지 않았다. 그는 불사이군을 거부했고 천하공물설(天下公物說)이라 하여 모든 것은 사람들의 공통 소유이며 그렇기 때문에 천하는 임금과 신하의 것이 아니라 모든 이들의 것이라 주장했다. 천하공물설에 따르니 왕도 세습할 수 없는 것이다. 따라서 이러한 사상을 가지고 있는 정여립을 선조가 좋아할 리 없었다. 정여립은 전주에 내려가서 대동계를 조직하여 왜구도 퇴치하였다.

　그런데 이 대동계가 문제되었다. 대동계가 황해도에 이르게 되었는데 1589년 황해도 관찰사 한준, 안악군 군수 이축, 재령군 군수 박충간이 연명 상소를 통해 정여립이 한강이 어는 것을 기다려 병조판서 신립 등 조정 중신들을 죽이고, 어명을 위조해 지방관들을 파직하거나 죽이는 등의 혼란을 야기하는 반란을 일으킬 계획이라고 고변했다. 그 결과 좌의정 정언신, 부제학 이발·이길 형제, 백유양·최영경·정개청 등 뼈대 있는 사대부가 대신들이 사라져갔다. 특히 정여립은 정언신과 편지를 많이 주고받는 사이였고, 선조에게도 정여립 추천을 많이 했다. 정언신은 정여립의 모반 사건을 대하고 조작이라고 했다. 명재 윤증(尹拯)의 「황신(黃愼)행장」에서 당시 좌의정 정언신이 '정여립을 고변한 자의 목을 베어야 한다'고도 말했다.

정언신은 정여립에게는 9촌 아저씨가 되니 당시 사회에서는 매우 가까운 사이였다. 정언신과 편지를 주고받은 것이 많아 유배령이 내려졌다. 1589년에는 현재의 관직과 서열을 일체 따지지 않고 인재를 천거하는 '불차채용(不次採用)'에서 이산해(李山海, 1539~1609)와 정언신(鄭彦信, 1527~1591)이 복수로 추천한다. 이때 두 번째로 높은 추천을 받은 이순신은 오히려 조방장(종4품)에서 정읍 현감(종6품)으로 좌천된다. 그것은 아마도 옥중에 있는 정언신을 문안 갔기 때문일 것이다. 『이충무공 행록』에 따르면 이때 정읍 현감 이순신이 정언신을 면회할 겸 의금부에 갔다가 의금부 관리들이 술판을 벌이는 것을 보고 "어진 선비가 하옥되었는데 무슨 짓이냐고 꾸짖었다"고 한다.

> "옥문 밖에서 문안을 했는데 금오랑이 당상에 모여 술 마시며 노래하는 것을 보고 공은 금오랑을 향해 '유죄 무죄를 막론하고 일국의 대신이 옥중에 있는데 당상에서 노래를 한다는 것은 미안한 바가 없소?' 라고 했다"

금오랑이 얼굴을 고쳐 사과했다. 역모 사건에 휘말린 정언신을 찾아간 것도 그렇지만 이런 호통을 치니 대단한 의기라고 할 수 있다. 정언신은 이순신을 아꼈다.

정언신은 선조 때의 중신 가운데 유일하게 전쟁과 병무를 잘 아는 병조판서 출신이었다. 류성룡은 『징비록』에서 정언신이 살아 있었다면 임진왜란을 제대로 대비했고, 전쟁 때 큰 역할을 했을 것이라고 아쉬워했다. 이순신이 모함을 받아 죽을 지경까지 가지도 않았을 것이고 왜적을 물리치는 데 큰 힘이 되었을 것이라는 주장도 있다.

정여립의 모반은 의심스러웠던 사건이었다. 정여립의 집에서는 수많은 편지가 발견되었다. 모반했다면 그것을 불태워야 수많은 사대부들에게 화가 없었을 것이다. 도망갔다는 것도 이상해서 지리산 같은 곳이 아니라 다 알려진 서실(書室)이 있던 진안의 죽도로 갔다. 자신을 누가 쫓아온다는 생각을 전혀 못한 것이다. 김장생(金長生)의 『송강행록』은 "정여립 사건이 났을 때, 공은 나를 불러 의견을 물었다. 그는 정여립이 반드시 도망을 갈 것이라고 확신하고 있었으며, 극구 만류에도 불구하고 입궐을 서둘렀다"라고 기록했다.

모반 계획을 할 정도의 대동계라면 이 같은 정부의 대처를 미리 알고 조직을 움직였을 것이다. 『동소만록』과 같은 책에서는 "정여립이 죽도로 놀러갔는데, 선전관과 현감이 정여립을 습격하여 살해한 후 자결로 위장했다"라고도 했다. 특히 정철(松江 鄭澈, 1536~1593)은 이익의 권유를 무시하고 기축옥사를 만들어냈다는 평가였다. 어쨌든 조작의혹이 강한 정여립 모반과 기축옥사로 아까운 인재가 사라졌고 그것은 이순신만이 아니라 조선에도 부정적인 영향을 낳았다. 당연히 동인 서인의 싸움에 대해 이순신이 좋게 생각할 리 없다. 더구나 자신의 친구도 연루되었고 자신도 위험에 처할 뻔했다.

조대중(曺大中, 1549~1590)은 이순신의 친구였는데 정여립 역모에 연루되는 불행을 맞게 되었다. 전라도사(都事)로 관내 보성에 갔다가 눈물을 흘리게 되었는데, 그것이 정여립에 대한 눈물이었다고 모함을 받았다. 사실은 기녀와의 이별이 슬펐기 때문에 눈물을 흘렸다고 한다. 의금부는 금부도사에게 조대중의 집을 수색시켰으며 그 과정에서 이순신이 보냈던 편지도 함께 압수당했다. 마침 이순신이 차사원(差使員 : 중요한 일이 있을 때 임시로 보내던 관리)으로 서울로 올라가는 도중 그 금부도사와 마주쳤다. 평소 이순신과 친분이 있던 금부도사는 편지를 없애는 것이 어떻겠냐고 제안했다. 이분의 「행장」에 따르면 이순신은 "전에 도사가 나에게 편지를 보내고 나도 역시 그에 대답하여 단지 서로 문안한 것뿐입니다. 그리고 이미 수색 중에 있는데 뽑아버리는 것은 미안(未安)한 일이지요."

미안(未安)은 좋은 일은 아니라는 것을 말한다. 이순신은 증거를 없애자는 금부도사의 제안을 거절했다. 숨기거나 은폐하지 않고 오히려 떳떳한 태도를 갖고 임했다. 그 편지를 없애달라고 했다면 나중에 더 의심받았을 것이고, 당연히 이순신에게도 위해가 가해질 것이 분명했다. 이순신이 평소에 모든 것을 원칙에 맞게 처리하는 태도가 엿보이는 대목이고 그것이 결국에는 사필귀정이 되게 했다.

일부에서는 동인계와 연관성 있는 이순신을 동인계와 같은 관점으로 보기도 한다. 그러나 과연 그렇기만 할까. 1581년 율곡 이이는 대사헌을 거쳐 이조판서·병조판서에 이르러 마지막으로 국방정책을 제안한다.

> "국력의 쇠약함이 심한지라 10년도 못 가서 반드시 나라가 무너지는 큰 화가 있을 것이니 10만 병졸을 미리 양성하여 도성에 2만, 각 도에 1만씩을 두어 그들의 조세부담을 덜어주고, 무재(武才)를 훈련시켜 6개월로 나눠 교대로 도성을 지키게 해야 하며, 변란이 있으면 10만 명을 합쳐서 지키게 해 위급할 때 방비를 삼아야 한다"

그러나 류성룡을 비롯한 동인계는 위기감을 조장하는 것이며, 비현실적이라며 반대한다. 이순신이라면 이 제안을 어떻게 생각했을까. 비록 류성룡 등 동인의 적극적인 추천을 받았을지라도 오로지 실제적인 정책이 무엇인지 중요하게 생각한 이순신이기 때문에 율곡의 제안을 받아들였을 가능성이 높다. 이순신이 둔전을 경영하는 사례들을 보면 이를 능히 짐작할 수 있다. 무인은 실제적인 국방과 안보 대비책을 마련하고 실제 성과를 내는 것이 중요할 뿐이다. 정치 세력은 그것이 자신의 성과라고 자랑하면서, 다만 생색을 낼 뿐이다. 당시 정치 세력이 이순신을 이용한 것은 그 때문이다. 하지만 이순신은 이에 상관하지 않고 자신의 소신, 실력과 역량대로 할 일을 할 뿐이었다.

정치 역학에서 절대적인 것은 없다. 상대적인 역학에 따라 입장이 달라지는 것이 정치 권력이자 정치인들이다. 그렇기 때문에 무엇을 실제적으로 해야 하는지를 잘 잡는 것이 이순신에게는 중요했다. 10만 양병설을 주장한 이이가 보수파가 아니며 이를 반대한 류성룡이 보수파라고 할 수는 없다. 어찌되었든 당시 정치는 오랜 기득권 세력이었던 훈구파에 맞서 사림파가 부상했고, 훈구파를 대하는 태도에 따라 공세적인 쪽은 동인으로, 소극적인 쪽은 서인으로 갈라져 있었다. 정치 지형은 동인에게 쏠려 있는 상황에서 일종의 기득권을 척결하는 작업이 중요해질 수밖에 없었지만 척결을 당하는 쪽에서는 가만있을 수만은 없었다.

여당에게는 야당이 강력한 조치를 요구하는 법이다. 현실적으로 가능한지 안한지 따지는 것은 야당이 할 일이다. 당시 여당인 동인에게 서인과 훈구파들은 엄청난 파상공세를 하고 있었다. 왜국을 바라보는 입장도 그러했다. 야쪽은 일본의 침략이 임박했기 때문에 당장에 어떤 조치가 필요하다고 주장한 반면에 여쪽은 현실적인 여건을 생각하여 방비해야 한다고 보았다. 원래 야당과 여당은 입장이 뒤바뀌면 태도가 달라지는 법이다.

여하간 변화와 혁신이 필요한 시대였다. 훈구파에 맞서는 것 그리고 정여립이 꿈꾼 것은 새로운 모색이었다. 그것은 이순신의 지향점이기도 했다. 만약 훈구파나 서인이 주도했다면 임진왜란 전에 이순신을 발탁하지 않았을 것이고 결국 임진왜란에서 조선이 왜군에 졌을지 모른다. 이순신을 여러 단계를 건너 발탁했을 때 엄청난 반발이 있었을 것은 능히 짐작하고도 남는다. 조선이 왜국에 열세였던 것은 몇 사람의 문제가 아니라 국가 시스템 자체의 모순에서 비롯된 것이라, 이순신도 어쩔 수 없었으며 그것이 이순신의 정신과 역량을 지속하지 못하게 한 구조적인 이유이다. 당대에 이순신은 자신의 길로 세상의 길을 열 뿐이었다. 오히려 정치 계파에서 자유롭다고 주장하는 것이 어쩌면 정치적일 수 있다. 정치란 그런 것이다. 다만 그 안에서 무엇을 해야 하는가 그것을 정하고 행동할 뿐이다.

> 평소에 속마음을 토로하며 말하기를 "예로부터 대장이 전공을 인정받으려는 생각을 조금이라도 갖는다면 대개는 목숨을 보전하기 어려운 법이다. 그러므로 나는 적이 물러나는 그 날 죽음으로써 유감될 수 있는 일을 없애도록 하겠다"
> ─ 유형(柳珩, 1566~1615), 「행장」에서

8) 소신(小信)을 지키면
대신(大臣)이 지켜준다

　이순신은 젊은 시절부터 소신(所信)이 뚜렷했다. 그 소신이 자신은 물론 백성과 나라의 생명을 구했다. 소신은 이상적으로 매우 선호되지만 현실에서 추구하는 것은 어려운 일이고, 어려운 일이기 때문에 더 가치를 갖는다. 소신은 굳게 믿거나 생각하고 있는 것을 말한다. 고집과는 다른데 고집은 자기의 의견을 바꾸거나 고치지 않고 굳게 버팀을 말한다. 무엇보다 고집에는 자기 사심이나 개인의 생각이 강하다면 소신에는 나름의 사회적 가치나 공적인 원칙들이 들어 있다. 그렇기 때문에 다른 이들이 동의하고 공감하며 나중에는 지지하기에 이르게 된다.

　반대 개념으로는 부화뇌동을 들 수 있다. 부화뇌동은 '줏대 없이 남의 의견에 따라 움직임'을 말한다. 천둥 번개 소리에 맞춰 함께 움직인다는 뜻으로 자신의 생각 없이 주위의 눈치만 보고 움직이는 사람들 보고 부화뇌동 한다고 말한다. 부화는 무조건 남의 주장에 따르고 아부하는 것을 말하며, 뇌동 역시 같은 뜻이다. 『예기』(禮記) 곡례편(曲禮篇)에 나오는 말로, 우레 雷자에 같을 同자를 써서 뇌동이라 하는데, 저기서 우레가 치니, 여기서도 우레가 울리듯이 똑같이 울려대는 우레처럼 해서는 안 된다는 뜻이다.

부화뇌동은 사람들이 일정한 방향으로 가는 흐름이나 분위기라고 할 수 있다. 그렇기 때문에 그것에서 벗어나 있으려면 상당한 용기를 가져야 하며 자기 신념이 있어야 한다. 물론 그런 흐름이나 분위기가 언제나 옳다고 볼 수는 없다. 정치권력이나 관료제에서는 원칙들이 편의주의나 위계, 사심에 흔들리는 경우가 많다. 소신(所信)은 이런 점에 비할 때 소신(小信)에 불과하다. 이순신이 청년기부터 그런 작은 신념을 가지고 행동할 때 아무도 그에게 주목하지 않았고 지지하지도 않았다. 하지만 시간이 지나고 연륜을 쌓을수록 소신(小信)은 대신(大信)이 되었고 조정에 있는 많은 대신(大臣)들의 지지를 받기에 이른다. 정유재란 당시 옥에서 풀려나와 백의종군을 해야 할 때 많은 대신들은 그를 지지했다.

> 1597년 4월 1일 「신유」 맑음
> 옥문을 나왔다… 영의정(류성룡)이 종을 보내고 판부사 정탁(鄭琢)·판서 심희수(沈禧壽)·우의정 김명원(金命元)·참판 이정형(李廷馨)·대사헌 노직(盧稷)·동지 최원(崔遠)·동지 곽영(郭嶸)이 사람을 보내어 문안했다. 취하여 땀이 몸을 적셨다.

임진왜란 전에는 대신들 중 이순신을 잘 모르는 이들이 많아서 그를 지지하지 않았다.

1597년(선조 30) 8월 27일 칠천량해전(漆川梁海戰)이 칠천도 부근에서 벌어져 조선 수군이 궤멸되고 원균이 사살되자 선조조차 이순신을 의지할 수밖에 없었다. 애초에 고니시 유키나가는 요시라를 경상우병사 김응서에게 보내 가토 기요마사가 바다를 건너온다는 정보를 흘렸다. 조정에서는 가토 기요마사가 건너오기 전에 그를 쳐야 한다고 판단했고, 이순신에게 출전을 명령했다. 하지만 이순신이 보기에 이미 가토 기요마사는 부산에 도착했을 것이므로 부산을 직접 공격하는 것은 매우 위험하다고 보았다. 그래서 부산 출전을 하지 않고 있었다. 그러나 원균은 능히 자신이 그것을 할 수 있다면서 출전을 하지 않는 이순신을 비난했다. 결국 이순신은 파면당하고 고문까지 당하는 지경에 이른다.

원균은 막상 삼도수군통제사에 오르자 육군의 지원이 없으면 불가능하다며 30만 대군이 필요하다고 「장계」를 올렸다. 가능하지 않은 일이었다. 또한 적은 수의 적의 출현에도 대응하지 못하고 오히려 도피하는 등의 행태를 보여 관찰사 권율이 곤장을 치기도 했다. 결국 칠천량에 조선 수군 1만과 판옥선 등 100여 척을 끌고 가서는 제대로 전투조차 못하고 대패했으며 본인도 목숨을 잃었다.

이순신이 만약 자기 소신을 지키지 않고 부화뇌동했거나 쓸데없는 고집을 피웠다면, 원균처럼 되었을 것이다. 그의 소신 행보는 어느 날 갑자기 이뤄진 것이 아니라는 것을 다음의 일화를 통해서도 충분히 확인할 수 있다.

무과에 급제하고 근무한 지 얼마 안 된 어느 날 율곡 이이가 훈련원 봉사(종8품) 이순신을 한 번 보기를 원했다. 이이가 이순신을 찾은 이유는 같은 문중 출신이기 때문이다. 이이와 이순신은 같은 덕수 이씨(德水 李氏)이다. 항렬(行列)로 치면 9세 연하인 이순신이 오히려 이이보다 높아 19촌 숙질 사이가 된다. 류성룡은 이 같은 이이의 뜻을 이순신에게 전했는데 이순신은 거절했다.

"나와 율곡이 같은 성씨이니 의리상 서로 가깝게 지내야겠으나, 그가 관리의 인사를 맡고 있는 동안에는 만나볼 수 없습니다."

당시 이이는 이조판서였다. 이조판서가 만나자는데 종8품의 군관이 거부한 것이다. 일반 사람들은 같은 본관이거나 문중 사람을 일부러 찾아서 부탁하는 상황인데 이순신은 오히려 그것을 거부했다. 당시 이순신은 동구비보에서 3년간 근무하고 훈련원에 온 터였다. 함경도 동구비보 권관으로 있을 때 함경감사(咸鏡監司, 종2품) 이후백(李後白)이 순시를 나와 변방을 지키는 관료들의 임무수행 상태를 점검했는데, 지적이나 처벌을 받지 않는 관리들이 거의 없었다. 그러나 이순신에게는 매우 호의적으로 대했는데, 그 이유는 이순신의 업무 능력과 전투준비 태세가 다른 관리들에 비해 탁월했기 때문이었다.

실력에 따라 원칙을 준수하는 것이 이순신의 소신이었다. 그는 35세가 되던 해(1579)에 승진하여 종8품의 훈련원 봉사에 임명되어, 한양에서 근무하게 되면서 출세 가도를 달릴 수도 있었다. 그러나 소신을 지키려는 이순신에게 시련이 본격적으로 닥쳤다. 훈련원의 직속상관인 병조정랑(兵曹正郎, 정5품) 서익(徐益)은 이순신보다 나이가 세 살 많았고, 이율곡과도 친분이 있었다. 그는 자신과 친분이 있는 자를 참군(參軍, 정7품)으로 승진시키라고 이순신에게 명령했다.

> "아래에 있는 자를 건너뛰어 올리면 당연히 승진할 사람이 승진하지 못하게 되니, 이는 공평하지 못할뿐더러 또 법도 고칠 수 없는 것입니다"
>
> — 이분, 『이충무공 행록』

법을 고칠 수 없다는 표현은 법에 어긋난다는 말이다. 서익은 이를 강행하려고 했지만 이순신은 끝까지 굽히지 않았다. 이율곡을 통해서도 이순신에게 관철시킬 수 없었다. 서익이 화를 냈지만 억지로 강행할 수는 없었다. 병조정랑이 8품 봉사에게 굴복을 당했다는 말이 돌았다. 서익은 스스로 생각하기에 망신을 당한 셈이었다. 이순신이 만약 출세를 생각했다면 상급자의 말을 잘 들어야 했을 것이다. 인사고과는 상급자가 갖고 있기 때문이다. 이순신에 대한 명성이 점점 알려지게 되었다. 류성룡은 『징비록』에서 이 사건으로 이순신의 강직함이 정계에 알려지게 되었다고 했다.

이런 이순신에 대한 소문을 들은 병조판서 김귀영(金貴榮, 1520~1593)은 이순신에게 서녀(첩의 딸)를 첩으로 주겠다고 중매인을 통해 제안한다. 김귀영은 후에 1583년 좌의정에 오르는 인물, 그러한 고위 관리의 제안을 이순신은 받아들이지 않았다. 이순신은 '벼슬길에 갓 나온 내가 어찌 권세 있는 집에 발을 들여 놓을 수 있겠는가' 하며 거절했다. 당시 대다수의 관리들이 경처(京妻)와 향처(鄕妻)를 두었다. 더구나 병조판서(정2품)와 인척이 되기 때문에 출세가 보장되는 제안인데 이를 거절했던 것이다.

병조판서가 종8품의 무관에게 관심을 보였던 것은 그의 소신을 보았기 때문이다. 정약용(丁若鏞, 1762~1836)은 『경세유표(經世遺表)』무과(武科)조에서 "류성룡(柳成龍)은 '이순신이 김귀영의 사위됨을 사양했으니 그 절조가 빼어났다'고 칭찬했으니, 무신도 반드시 덕행으로 한다면 이와 같을 수 있다"라고 했다. 문신은 물론 무신을 평가하는 기준에 덕행을 중시해야 한다는 말이다. 그 대표적인 사례로 이순신이 언급되고 있는 것이다. 그렇다고 해서 이순신이 꼬장꼬장 융통성없는 사람은 아니었다. 『이충무공 행록』을 보면 다음과 같은 대목이 있다.

그 해 겨울에 함경도 동구비보 권관(權官)이 되었을 때, 청련(靑蓮) 이후백이 감사가 되어 각 진(鎭)을 순행하며 변방 장수들에게 활쏘기 시험을 했는데 변방 장수들로서 벌을 면한 자가 적더니 이곳에 와서는 평소부터 공의 이름을 들은 바라 매우 친절히 대해 주었다. 그래서 이순신이 조용히 말하되, "사또의 형벌이 너무 엄해서 변방 장수들이 손발 둘 곳을 모릅니다"라고 했다. 이에 감사가 웃으며, "그대 말이 옳다. 그러나 난들 어찌 옳고 그른 것을 가리지 않고 하랴"라고 했다.

문장이 뛰어나고 덕망이 높았던 이후백은 나중에 호조판서에 이른 인물이다. 이후백의 시장(諡狀)에 "여러 청현직(淸顯職)을 거쳐 기대승(奇大升)공과 이름이 나란하였다"고 했다. 당시 변방에 이순신의 이름이 좋게 나 있는 것을 이 일화를 통해 알 수 있다. 그 이유 가운데 하나는 실력이 출중했기 때문이겠다. 다른 이들에게는 혹독한 벌을 주었는데 이순신에게만큼은 친절했다. 이순신이 오히려 이후백에게 다른 사람에 대한 형벌이 가혹하다고 감히 말할 정도였으나, 이후백이 웃으면서 말하는 태도는 이순신에 대한 신뢰를 말한다. 이순신은 이치와 원칙에 맞는 행동을 했던 것이다. 이후백은 이순신과 공통점이 있는데 바로 외가 생활이다. 9살 때 부모를 여의고 백부의 손에서 자랐는데 16세 때 향시에 수석으로 합격하고 외가인 전남 강진에 살면서 과거를 준비해 1555년(명종 10) 문과에 급제한 인물이다. 외가에서 성장했다는 경험은 이순신과 같은 점이기도 했다.

그렇다면 이후백은 언제 이순신이 근무하던 함경도를 방문했을까? 이후백의 〈시장〉에 적힌 내용을 보면 다음과 같다.

을해년(乙亥年, 1575년 선조 8)에 관북(關北)의 감사(監司)가 결원이었는데, 이때 본도(本道, 함경도)에 흉년이 든 데다가 또 경보(警報)가 있어 임금이 적당한 사람이 없어 걱정하였다. 공(이후백)이 이때 파산(罷散, 벼슬을 그만둔 상황) 중이어서 임금이 특명으로 제수했다. 본도가 먼 곳에 떨어져 있어 명분 없는 부세(賦稅)와 불법의 일이 한정 없이 낭자했는데, 공이 부임해 모조리 바로잡아 견감(조세의 일부를 면제하여 줌)하거나 혁파하고 위엄과 은혜를 함께 베풀어서, 한 도가 맑게 되었다. 그 후 전한(典翰) 허봉이 어사(御史)가 되어 본도를 순무(巡撫)하다가 계동(溪洞)의 평민(平民)을 만났더니 반드시 이 판서(이후백)가 잘 있는지 안부를 물었으므로, 허봉이 그런 사실을 그의 책에 기록하여 아름답게 여겼다.

이 기록에 따르면 이후백은 1575년 함경북도 감사가 되어 여러 가지 선정을 통해 폐단을 바로 잡아 관북 백성들의 신망을 얻고 있을 때인 1576년(선조 9) 12월에 이순신이 동구비보 권관으로 임명된다. 이후백은 1578년에 세상을 떠나므로 적어도 1576년 12월에서 1577년 사이에 이순신과 이후백이 만났을 것이다. 이후백은 1577년 이후 이조판서, 형조판서에 오른다.

소신을 유지한다는 것은 쉬운 일이 아니다. 이에 대해서 앙심을 품는 이들이 있기 때문이다. 이순신에게는 서익이 그러했다. 서익은 자신이 종8품에게 거절당하고 권위가 손상당한 것을 보복했다. 1582년 1월 군기 경차관이 발포에 내려왔는데 서익이 군기검열을 하면서 군기보수를 제대로 하지 않았다는 무고로 이순신을 파직시켰다. 『이충무공 행록』 등에 따르면 사람들은 이순신이 그 수리를 정밀하게 잘했음에도 이렇게 파직된 것은 서익에게 훈련원에서 굽히지 않은 것에 대한 보복이라고 생각했다. 5월에 임금의 명령이 있어 훈련원봉사로 복직되었지만 품계는 종4품 만호에서 종8품 봉사로 8등급이나 강등된 것이었다.

이때 류전(柳㙉, 1531~1589) 정승이 이순신에게 좋은 전통(화살통)이 있다는 말을 듣고 활쏘기를 하며 그 전통을 갖고 싶다고 말했다. 그는 우의정, 좌의정에 이어 영의정에 이른 인물이었다. 이순신이 그런 그에게 고개를 숙였으나 그렇다고 받아들인 것은 아니었다.

"전통을 드리는 것은 어렵지 않으나 사람들이 대감이 받는 것을 어떻다 할 것이며 소인이 드리는 것 또한 어떻다 할 것입니다. 일개 전통 때문에 대감과 소인이 함께 오욕스런 이름을 받게 된다면 심히 미안함이 있습니다" 이 말은 들은 류 정승은 "그대 말이 옳소"라고 했다. 화살통을 주면 그것이 뇌물이 되어 오히려 불리하게 작용할 수 있기 때문에 안 된다는 완곡한 말이었다. 상대방의 기분을 나쁘게 하지 않으면서도 자신의 소신을 지킬 수 있는 말이었다. 결국 정승도 이순신을 좋게 보지 않을 수 없었다.

이런 이순신을 알아보았던 인물로는 이용(李戭)이 있다. 그는 1580년 이순신이 발포만호 근무 시 고약한 소문을 듣고 찾아와 진법 그리기 시험을 했지만 이순신의 놀라운 실력에 탄복했다. 1583년 이용은 함경도 남병사가 되자 이순신을 군관으로 삼기를 바랐다. 전일에 이순신을 제대로 알아보지 못한 것을 한하면서 교류하기를 원했고, 이순신을 다시 만나게 되자 기뻐하면서 크고 작은 군무를 반드시 논의했다. 『이충무공 행록』에 따르면 이순신은 승진 다툼을 하지 않았고 옳지 못한 짓을 하지 않았던 것으로 명성이 높았다고 한다.

1583년 11월 15일, 이정이 아산에서 세상을 떠나게 되자, 재상 정언신이 함경도에 순찰을 나왔다가 이 같은 소식을 듣고 길에서 누차 상복을 입고 가도록 했다. 이순신은 지체할 수가 없어 입지 못하고 집에 도착하여 성복을 했다. 조정에서는 이순신을 쓰기로 공론화하게 되면서 막 소상(1년 제사)이 끝난 그에게 탈상 날짜를 여러 차례 물었다.

1586년 정월 탈상 후, 사복시 주부에 임명하는데, 16일 만에 조산보 만호에 다시 임명한다. 조산은 여진의 땅이 가까워 불안한 지경이라 엄선된 사람을 보내야 했다. 여기에 이순신이 천거된 것이다. 이때 천거를 한 사람이 류성룡이었다. 1597년(선조 30) 1월 27일에 보면 류성룡은 "직사(職事)를 감당할 만하다고 여겨 당초에 신이 조산 만호(造山萬戶)로 천거했습니다"라고 한 바가 있기 때문이다. 어쨌든 그러한 천거가 받아들여진 것은 당시에 이순신에 대한 명성과 평판이 좋았기 때문일 것이다.

이순신을 둘러싸고는 찬성하는 사람과 반대하는 사람이 교차했다. 좋아하는 이들은 전폭적인 지지를 했지만 그 반대에 있는 이들은 극렬히 반대했다. 이순신 같이 소신을 지키는 이들은 이러한 극단적인 교차의 중심에 있기 쉽다. 1588년 녹둔도 백의종군에서 돌아왔는데 조정은 무관으로 차례를 넘어 쓸 만한 인재를 천거했는데 이순신이 두 번째였다. 그러나 대간들이 심히 반대해서 임명이 내려오지 않아 직책을 얻지 못했다.

다음 해인 1589년 봄 전라순찰사 이광이 이순신을 군관으로 삼았는데 거듭 감탄하며 말했다. "그대가 이런 재주를 가지고도 이처럼 펴지 못함이 애석하다" 이에 전라도 겸 조방장으로 삼았다. 12월에 정읍 현감이 되었을 때 일찍이 겸관으로 태인현에 이르렀는데 태인에 현감이 없었기 때문이다. 문서가 많이 쌓여 있었는데 흐르는 물

같이 판단하여 경각에 마쳤는데 그 백성들이 빙 둘러 앉아 옆에서 보며 탄복하지 않는 이가 없었다. 마침내 어사에게 청원서를 보내 태인의 현감으로 삼아달라고 했다.

이순신이 정읍 현감이 되면서 두 형님의 자녀도 함께 따라가게 되었는데 어떤 이들은 남솔(濫率, 수령이 가족을 제한된 수 이상으로 데려가는 것) 이라고 비방했다. 관리가 식구를 너무 많이 데리고 가는 것으로 이는 죄가 된다는 것이었다. 이때 이순신이 눈물을 흘리며 내가 차라리 남솔로 죄를 받을지언정 의탁할 곳 없는 이 아이들을 차마 버릴 수는 없다고 했다. 이를 듣는 이들이 옳다고 했다.

이순신의 두 형은 임진년 전에 세상을 떠났다. 1580년 둘째 형 이요신이, 1587년 맏형 이희신이 요절하자 이순신은 두 형의 식솔과 자신의 가족, 모친 변씨를 부양했다. 큰형은 조산보만호 시절에 53세로 둘째형 요신은 충청병사 군관으로 근무할 때 39세로 세상을 떠났다. 이순신은 24명의 대식구를 거느린 가장이었다. 맏이 회는 23세, 둘째 울(열)은 19세, 셋째 면은 13세였다. 여기에 딸 하나이고 작은 아내 사이에서 낳은 훈(薰)과 신(藎)이 있었다.

큰형 희신은 뇌·분·번·완 해서 4형제를 두었고, 작은형 요신은 봉·해 두 형제를 두었다. 뇌는 29세, 분은 24세, 번은 15세, 완은 11세였다. 봉은 27세, 해는 24세였으니 직계 11명과 여섯 조카를 돌보아야 했다. 두 형수도 이순신이 부양하고 있었다. 큰형의 둘째 분이 문과에 급제하고, 정랑으로 줄곧 이순신 옆에 있었다. 나머지는 대개 무과에 들어 이순신 밑에서 종군하거나 각기 임지에서 근무했다. 이순신은 어린 조카들을 친자식같이 어루만져 길렀다. 출가시키고 장가보내는 일도 반드시 조카들이 먼저 하게 해주고 친자녀는 나중에 하게 했다. 큰형님 희신의 아들 뇌, 분, 번, 완과 둘째 형님 요신의 아들 봉, 해를 친아들 회, 열, 면보다 먼저 장가를 보냈다. 이렇게 했기 때문에 조카들은 이순신을 잘 따랐고 전쟁터에서 이순신 옆에서 전투를 치렀다. 조카 이분은 후일 『이충무공 행록』을 집필했고, 이완은 노량전투에서 싸움에 임하며 이순신의 최후를 지켰다. 『난중일기』의 많은 부분에서 조카들의 활동들을 접할 수가 있다. 아마도 정읍 현감 부임 시 남솔이 없었다면 조카들은 이순신을 그렇게 지지하지는 않았을 지도 모른다. 이순신의 가족과 조카에 대한 소신이 낳은 결과였다.

명군의 수군 제독이었던 진린(陳璘, 1543~1607)은 조선에 와서 그 행태가 무도하고 패악스러웠다. 그러나 이순신은 소신을 보여 극찬하게 만들고 열렬한 지지자가 되게 했다. 애초에 류성룡은 진린의 행태에 대해서 우려했다. 『징비록』에 다음과 같은 대목이 있다.

"진린은 성품이 사나워서 다른 사람들과 대부분 뜻이 맞지 않으니 사람들이 그를 두려워했다. 나는 진린의 군사가 수령을 때리고 함부로 욕을 하며 찰방(종6품 역참관리) 이상규의 목에 새끼줄을 매어 끌고 다녀서 얼굴이 피투성이가 된 것을 보고 역관을 시켜 말렸으나 듣지 않았다. 나는 같이 앉아 있던 재신(3품 이상의 관리)들을 보고 아깝게도 이순신의 군사가 패전하겠구나 싶었다. 진린과 같이 군중에 있으면 행동이 제지당하고 의견이 어긋나서 분명히 장수의 권한을 빼앗기고 군사들은 함부로 학대당할 텐데 이것을 제지하면 더 화를 낼 것이고 그대로 두면 한정이 없을 텐데 이순신의 군사가 어찌 패전하지 않을 수 있겠소? 하니 여러 사람이 그렇습니다 하면서 서로 탄식만 할 따름이다."

그렇다면 이순신은 진린에게 어떻게 했을까? 이순신은 나름대로 자신의 방식으로 진린을 자신의 편으로 만든다. 이순신은 진린이 온다는 소식을 듣고 군인들을 시켜 대대적인 사냥을 해오고 고기잡이를 시켜 해산물 등을 많이 잡아와 성대하게 술잔치 준비를 갖추고 기다렸다. 진린의 배가 바다에서 들어오자 이순신은 멀리까지 나가 군대의 의식을 갖추고 영접했으며 일행이 도착하자마자 그의 군사들을 풍성하게 대접하니 여러 장수 이하 군사들이 흠뻑 취하지 않은 이가 없었다. 사졸들이 서로 전하여 말하기를 과연 훌륭한 장수다라고 했다. 이에 진린도 마음이 흐뭇해졌다. 무엇보다 진린을 즐겁게 한 일은 더 있었다. 얼마 뒤 적군의 배가 근방의 섬을 침범하자 이순신이 군사를 보내 패배시키고 적군의 머리 40두를 베어서는 모두 진린에게 주어 그의 공으로 돌렸다.

진린은 기대보다 과분한 대우에 더욱 기뻐했다. 이때부터 모든 일을 죄다 이순신에게 물었으며 다닐 때는 이순신과 교자를 나란히 타고 다녔고 감히 앞서 나가지 않았다. 이순신의 목적은 자신에 대한 우호적인 태도를 진린에게서 이끌어내는 것이 아니었다. 이순신은 마침내 명나라 군사와 우리 군사들 사이에 아무런 차별도 두지 않겠다는 약속을 진린에게서 받았으며 백성의 조그마한 물건 하나도 빼앗는 자가 있으면 모두 잡아와서 매를 쳤기 때문에 감히 군령을 어기는 사람이 없어져서 섬 안이 삼가고 두려워했다.

이순신의 행동은 크게 세 단계이다. 첫 번째, 접대를 융성하게 하여 상대방의 가치를 예우한다. 두 번째는 공을 세울 수 있도록 하고 공을 돌리도록 한다. 공을 서로 뺏거나 견제하는 행태와는 차별화될 수밖에 없다. 세 번째는 공적인 합의나 협력을 이끌어내는 것이다. 대개 자기편으로 만들고는 사심을 추구하는 행태를 보이는 관리와 이순신은 이 지점에서 많이 달랐다.

진린은 이순신의 조선 수군이 고금도에서 적선 50여 척을 불사르고 적병 100여 명의 수급을 베는 장면을 지켜보고는 감탄사를 연발했다. "역시 통제사는 임금의 주석(柱石)이 될 만한 신하야. 옛날의 명장인들 어찌 이보다 나을까."(「일월록」) '주석지신(柱石之臣)'은 '나라의 기둥이 될 만한 신하'를 뜻한다.

하지만 전략적으로 대한 것은 아니었다. 이순신은 진정으로 진린에게 대했다. 그것이 나타난 것이 노량해전이었다. 노량해전에서 적병이 진린의 배를 포위했다. 적의 칼날이 거의 진린에게 닿을 정도였다. 진린의 아들(구경)이 몸으로 막다가 찔려 피가 뚝뚝 떨어졌다. 적들이 한꺼번에 칼을 빼들고 배 위로 몰려오자 명나라군이 장창으로 낮은 자세에서 찔렀고 육박전은 계속됐다. 이순신은 진린이 포위당한 것을 멀리서 보고 포위망을 뚫고 전진했다. 붉은 휘장을 친 적선 한 척의 황금 갑옷을 입은 세 명의 적장이 전투를 독려하고 있었다. 이때 이순신은 군사를 집결시켜 붉은 휘장을 친 적선을 맹공했고, 황금 갑옷을 입은 적장 한 사람을 쓰러뜨렸다. 그러자 적선들은 진린 도독을 놔두고 그 배를 구원하러 갔다. 도독의 군사는 이 때문에 빠져 나왔다. 진린은 이순신의 이런 전투 지원 때문에 살아날 수 있었다.

마지막 순간 이순신은 "나의 죽음을 알리지 마라" 했지만 진린 도독이 멀리서 보고 장군의 죽음을 알았다고 한다. 배 위에서 조선 군사들이 적의 머리를 베려고 공을 다투는 모습을 보고 "통제사가 죽었구나!" 하고 간파했다는 것이다. 주변에서 "그걸 어찌 아느냐"고 묻자 진린 도독은 "통제사의 군대는 군율이 매우 센데 이제 그 배에서 공을 다투느라 어지러운 것을 보니 이것은 장군의 명령이 없기 때문"이라 답했다.(「자해필담」)

이순신이 목숨을 잃었다는 소식에 진린은 배에서 세 번이나 넘어지도록 울부짖었다. 진린이 가슴을 치며 통곡하자 온 군사가 모두 울어서 그 슬픈 소리가 바다 가운데 진동했다. 명나라군도 이순신 장군의 관을 부여잡고 울부짖었으며, 고기를 물리고 먹지 않았다고 한다. 어느새 모두 이순신의 열렬한 지지자가 되어 있었던 것이다.

'충무공 이순신 신도비'에 보면 진린 제독은 전쟁이 끝난 뒤 선조 앞에서 글을 올려 "이순신은 보천욕일의 공로가 있는 분입니다"(經天緯地之才 補天浴日之功)라고 했다. 즉 "통제사(이순신 장군)는 천지를 다스릴 만한 재주를 지녔고, 하늘을 깁고 해를 목욕시킬 만한 큰 공이 있습니다"라는 뜻이다. 이순신 장군을 이야(李爺) 혹은 노야(老爺)라는 경칭으로 불렀다는 것은 『조선왕조실록』에도 나온다. 야(爺)는 중국 사람들이 어른을 부르는 최고 존칭어다. 아버지 이상의 존칭이며 현신(現神), 즉 살아있는 신이라는 표현이기도 하다.

진린은 이순신의 전공을 명나라 신종에게 알렸다. 그러자 신종은 이순신에게 도독의 인장을 내렸다. 그는 명나라 조정에 이순신의 전공을 상세하게 보고해 신종이 이순신에게 8가지 선물들(영패(令牌), 도독인(都督印), 귀도(鬼刀), 참도(斬刀), 곡나팔(曲喇叭), 독전기(督戰旗), 홍소령기(紅小令旗), 남소령기(藍小令旗)을 보내도록 하는 데 일조를 했다.

진린은 임진왜란이 끝난 후 자신의 고향으로 돌아갔고 사망한 뒤에는 태자소보(太子少保)에 추종되고, 그의 손자 진영소(陳泳素)는 감국수위사(監國守衛使)를 지내다가 명나라가 멸망하자 벼슬에서 물러나 난징에서 배를 타고 조선에 와서 남해의 장승포에 표착해서, 조부인 진린이 공을 세웠던 강진 고금도로 옮겨 살았다. 그 후 다시 해남현 내해리로 옮겨 정착하였으므로 광동 진씨(廣東 陳氏)의 시조가 되었다고 한다. 이순신이 없었다면 진린이 살아남을 수 없었으며 그의 손자가 조선에 다시 올 리는 없었을 것이다.

유형(柳珩)의 「행장」(行狀)에서 "예로부터 대장이 만일 조금이라도 공로를 받을 생각이라면 대개는 몸을 보전하지 못한다. 적이 물러나는 날에 죽는다면 유감이 없겠다"라고 했던 바를 실천한 셈이 된 데서 짐작할 수 있다. 이순신의 죽음에 대해 평소 그가 하던 말 때문에 자살설이 부각되기도 했으나 이순신은 자신이 공을 탐내는 것을 경계해 왔고, 공적을 통해 후일을 도모하는데 신경을 쓰지 않겠다는 소신을 갖고 있었다. 무엇보다 이순신은 항상 원칙과 절차를 중요시했을 뿐만 아니라 본래의 공공기관과 정책의 목표를 생각했다. 이를 지켜나가기 위해 실력과 역량에 초점을 맞추고 부지런히 연마해나갔다. 그것이 이순신의 소신이었다. 소신을 지킨다는 것은 적을 만들기도 하고 위협을 당하기도 하지만 한편으로는 그것을 높이 평가하여 인정하고 지지하는 이들이 생겨난다는 것을 알 수 있다. 물론 그것은 얼마나 시간의 흐름에 따라 지속하고 축적할 수 있느냐가 관건일 것이다.

그러니 권귀(權貴)에게 아첨하여 일시의 영화를 훔치는 것에 대해서는 내가 매우 부끄럽게 여긴다고 하였다. 그런데 대장이 됨에 미처서도 이 도리를 변함없이 굳게 가졌다. 그리하여 사람을 접대함에 있어서는 온화하고 소탈하며 곡진하여 간격이 없었고, 일을 당해서는 과감하게 처리하여 조금도 굽히지 않았으며, 사람들에게 형벌을 주고 상을 주는 데 있어서는 일체 귀세(貴勢)나 친소(親疎)를 가지고 자신의 뜻에 경중(輕重)을 두지 않았다.

— 이항복, 고(故) 통제사 이공(李公)의 유사

2부
청년 이순신이 성장한 바다

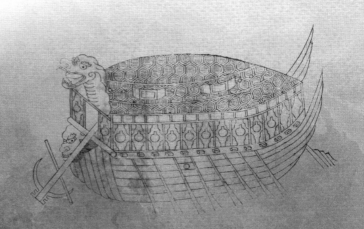

1) 아산(牙山)은 해양 실크로드의 교차로

흔히 사람이 태어난 곳을 중요시하기 때문에 고향을 우선하는 경향이 있다. 이 때문에 위인일 경우에는 어느 곳이 고향인가에 따라 논쟁이 일어나기도 한다. 사람이 어떤 공간에서 태어날 뿐 주변 환경에서 영향을 받지 않는다면 과연 얼마나 의미를 둘 수 있을지 알 수가 없다. 적어도 그 인물이 기억하고 학습할 수 있는 나이에 어울려 성장했던 공간에 대해서 살피는 것이 이순신의 면모를 살피기 위해서는 필요하다. 이는 인재를 길러내는 데도 중요하게, 여전히 미래에도 작용하고 그렇기 때문에 적용해야 할 요건으로 생각되기 때문이다. 이순신이 대부분의 소년기와 청년기를 보낸 아산은 해전이 왜 중요한지 해전에서 무엇을 생각해야 하는지 익히 경험하고 성찰할 수 있는 공간이었다.

이순신의 생가는 온양 온천에서 4km 떨어진 방화산 기슭에 있다. 행정구역으로는 아산현 염치읍 백암리다. 조선시대 아산현을 관리하는 관아는 염치읍의 서북쪽에 붙어 있는 영인면에 있었다. 서북쪽으로 고개 하나만 넘으면 영인면이다. 지금은 시로 승격되어 온양시를 품고 있지만 아산군(牙山郡)은 원래 아산시 북부의 염치읍·음봉면·둔포면·영인면·인주면 지역을 관할했던 군이다. 백제의 아술현(牙述縣), 신라의 음봉(陰峯), 음잠(陰岑), 탕정군(湯井郡), 『고려사』 등에 따르면 고려 초에 인주(仁州)라 했고 별칭을 영인(寧仁)이라 했으며 1018년(현종 9)에 아주현(牙州縣)으로 바꾸었다. 본래 아산군청은 영인면에 있었지만 일제가 1922년 군청을 온양으로 옮겼다. 그래서 현재 아산 시청은 온양 시내에 있게 되었다. 온양시와 아산군이 분리가 되어 있었으나 1995년 통합되어 아산시가 되었다. 대천시와 보령군이 합쳐져 보령시가 된 것과 같다. 조선시대에 왕들이 치료차 온천으로 행차했던 이궁이 온궁인데 온양시에 있던 온궁(溫宮)터는 이제 아산시에 소재하게 되었다.

영인면에는 제법 큰 산이 있는데 옛부터 산이 영험하다 하여 영인산(靈仁山, 363.6m)이라 부르고 있고 정상에 백제 초기의 석성으로 추정되는 영인산성이 위치하고 있다. 백제는 온양을 탕정군이라고 했다. 『세종실록 지리지』는 온수현(溫水縣) 조에서 "본래 백제의 탕정군이다"라고 했고, 『신증동국여지승람』 온양군 조도 "본래 백제의 탕정군이었다"고 기록했다. 탕정·온수·온양 등은 모두 같은 뜻이다. 『삼국사기』 백제 조에는 탕정 벌판에서 대규모 사냥과 군사훈련을 했다고 나온다. 아산지역은 산성군(山城群)이라고도 불린다. 영인산성만이 아니라 그만큼 산성이 많기 때문이다. 헤아리기로는 20여 개에 이르고 있다. 이것은 매우 전략적 중요성이 있는 지역이었기 때문일 것이다.

그것은 아산만이라는 큰 바다와 밀접하게 연계될 수밖에 없는데, 그 바다는 예로부터 대륙과 연결되어 있던 '실크로드 길'이라고 할 수 있겠다. 신라의 당항성(黨項城)도 아산만과 같은 바다이다. 당항성은 특히 해상 실크로드로 유명했다. 본래 당항성도 백제의 땅이었다. 『삼국사기』에는 소서노와 두 아들이 도읍을 정할 때 부아산(負兒山)에 오른다고 되어 있다. 부아산은 옛날 지명에서는 북한산을 말하는 것인데 용인시 처인구에도 있다. 그래서 소서노와 온조 비류가 용인의 부아산에서 내려다보며 도읍을 정한 곳이 직산이라는 주장의 논거가 된다.

그런데 부아산은 발음으로는 아산을 오르는 것을 연상시키기도 한다. 본래 아산이라는 말은 영인현과 염치읍 사이의 고개에 있는 어금니 바위에서 유래했다. 구체적으로는 영인산의 동남쪽 끝 줄기 일명 동림산(桐林山)의 '어금니바위'에서 유래한 것이다. 영인면에서 염치읍으로 넘어오는 도로에서 보인다. 아금니 아(牙)자를 쓰는 이 바위 때문에 그 지역 인근이 모두 아산이 된 것이다. 한편 그 바위의 형상이 어금니 형상이 아니라 아이를 업은 모양이고, 때문에 부아암(負兒巖)이라 부르기도 한다. 그래서 이 바위가 있는 곳이 부아산이 된다는 말이다. 고대의 소서노 일행이 어금니 바위에 올라서 아래를 보고 둘러 볼만도 하다. 영인산 전체가 어금니를 뒤집어 놓았기 때문에 아산이라고 한다는 말도 있다.

아산시 인주면 밀두리는 소서노와 온조, 비류, 백제와 연관이 깊다. 김성호 박사는 「비류백제와 일본의 국가기원」(1982)에서 비류가 세운 비류백제의 수도 미추홀이 밀두리라고 밝혔다. 옛말 '미추홀'이 행정명인 인주로 바뀐 것이고, 미추홀을 한자로 바꾼 것이 밀두리라는 것이다. 일부에서는 비류백제의 수도가 인천이라는 주장이 있다. 그런데 공식기록들만 봐도 인천이 인주라고 한 것보다 아산

밀두리가 앞선다. 『신증동국여지승람』 아산현 조에는 "(아산현이) 신라 때 탕정군의 속현이 되었다. 고려 초기에는 인주(仁州)로 고쳤다"라고 했다.

『세종실록지리지』 인천군 조는 "(고려) 인종 때 황비 순덕왕후(順德王后) 이씨의 내향(內鄕)이므로 지인주사(知仁州事)로 승격하였다"라고 했다. 『동국여지승람』 인천도호부 조도 "인종이 또 순덕왕후 이씨의 본관이므로 지인주사(知人州事)로 고쳤다"는 기록을 보인다. 고려 제17대 인종은 고려가 건국된 지 무려 200년이 지난 시점으로, 당시의 정치적 고려도 생각해야 하는데 인종의 모후 순덕왕후의 본관지를 좋게 부각시키기 위해 '인주'라는 지명을 내렸다는 것이다.

아산이 해양의 길과 매우 밀접하다고 하면 역사적 차원의 공간 기록을 살피는 것이 중요할 것이다. 아산지역의 동북아 교류사에서 중요한 사례가 세종 시기 장영실(蔣英實)의 성씨 시조이자 친아버지인 장서(蔣壻)이다. 그는 송나라 사람인데 송나라 대장군에 있을 때 금나라 정벌을 주장했으나 받아들여지지 않자 고려 예종 때 아산군 인주면 문방리에 망명한다. 그만큼 중국에서 가깝다는 것을 말한다. 고려 예종(1079~1122)은 그에게 식읍을 하사하고 아산군에 봉했다. 아산 장씨 시조가 되었고 묘는 충청남도 아산시 인주면 문방리에 있다.

조선 초 활약한 장영실이 아산 장씨다. 그는 장서의 9세손이며 전서를 역임한 장성휘의 아들이다. 『세종실록』에 따르면 장성휘는 원나라 유민의 소주(쑤저우)·항주(항저우) 사람이다. 아산 장씨 종친회에 따르면 출생은 1385년~1390년(고려 우왕 11~공양왕 2)경이다. 당시는 고려에서 조선으로 넘어가는 시대였다. 고려는 원나라와 활발하게 교류하던 때였는데 장영실은 원래 사대부 가문의 출신이었으나 조선으로 넘어가면서 어머니가 기생으로 전락하게 되어 상당한 교육을 받은 장영실이 아까운 재주를 썩히던 차에 세종에게 발탁된 것으로 짐작되고 있다.

대륙과 통하는 뱃길은 역사의 공간으로 아산을 등장시킨다. 아산 영인면 백석포는 1894년 청일 전쟁의 중요한 역사적 공간이기도 하다. 동학군을 공격하기 위해 청군이 조선에 들어오는데 그 상륙지점이 백석포였기 때문이다. 이곳으로 들어온 것은, 1차로 일본군과 전쟁을 벌여 동학군 토벌군으로 활동하기 위해서였다. 일본군도 마찬가지 이유 때문에 1894년 6월 5일 1차 병력 1,500명이 아산 백석포에 상륙하여 성환으로 이동한다. 성환에서 청나라 군대는 증원군을 기다려 일본군을 공격하려 했다. 이를 알아챈 일본군은 증원군과 물자를 실은 청군의 배를 공격한다. 1894년 7월 25일, 아산 근해로 나선 순양함 요시노, 나니와, 아키쓰시마 등 일본 제1유격대는 수송함과 호위함 4척이 텐진 항을 출발했다는 사실을 알고 아산만 풍도 인근 바다에서 제원호와 광을호에게 함포를 쏜다. 당황한 제원호는 극적으로 도망가고, 광을호는 도망치다 태안 원북면 해변에 좌초되었다. 마침 텐진에서 아산만으로 진입하던 고승호는 율도 근처에서 격침되었고 조강호는 나포됐다. 고승호에 타고 있던 1200명의 군사는 익사했고 군수 물자는 수장되었다. 아산만은 청군의 입항과 군수물자가 공급되는 곳이었다.

1894년 7월 28일 저녁 아산 청군 주둔지에서 15km 떨어진 성환 소사벌[소사평(素沙坪)]에서 청군과 인천에서 공주로 가려는 일본군이 전투를 벌였다. 소사평은 정유재란 때인 1597년 9월에 명나라 군대와 왜군이 전투를 벌였는데 이때는 명나라 군대가 이겼다. 하지만 1894년의 전투에서 청군은 패배했다. 여세를 몰아 일본군은 백석포는 물론 아산감영이 있던 영인면 아산리에 진주했다. 7월 30일에는 아산에서 일본군과 청군이 전투를 벌이고 청군은 패퇴한다. 아산 현감 정인진은 「장계」를 통해 "지난 6월 27일 오시 무렵 몇 천 명인지 알 수 없는 일본군들이 각각 총과 칼을 가지고 인가와 관청 건물에 들어가 돈과 곡식을 빼앗아 갔으며 위협하고 능멸한 것은 이루 말할 수 없다"고 했다.

일본군이 청군을 이긴 기념으로 세웠다는 아산 영인면 강청리의 '진청암(鎭淸岩)'은 이를 말해주고 있다. 이후 주둔한 40여 일 동안 아산 일대는 일본군의 징발과 착취로 극심한 고통을 당해야 했다. 이 같은 사실을 알게 된다면 지하의 이순신은 분명 격노할 것이다.

아산의 인물로는 토정(土亭) 이지함(李之菡, 1517~1578)이 있다. 그는 조선 사회에서 금기인 '상업(商業)'과 '해상 교역(海上交易)'을 진흥해 국부(國富)와 안민(安民)하게 해야 한다고 주장했다. 내포 보령 출신으로 보령군 청라면 장산리에서 태어났다. 직선 거리로는 아산과 멀지 않다. 보령도 비인현(庇仁縣)이라 하여 고대 이래로 중요 해상로에 위치한 바닷가 고을이고 충청수영이 있다. 이지함은 14세, 16세에 각각 아버지와 어머니를 잃고 서울로 가서 형 이지번에게 글을 배우고 서경덕에게 학문을 배웠다. 그는 성리학뿐만 아니라 역학·의학·수학·천문·지리 등 다방면에 걸쳐 관심이 많고 연구에 매진했다.

원래 이지함은 벼슬에 뜻이 없었다. 『선조실록』 1573년(선조 6) 7월 6일 기록을 보면 "이지함의 호는 토정이다. 형 이지번(李之蕃)의

병 때문에 입성(入城)했는데 6품 벼슬에 제배(除拜)되었다는 말을 듣고 귀를 씻고 곧 돌아갔다"라고 되어 있다. 포천 현감을 거쳐 1578년 아산 현감이 된다. 아산도 내포 지역에 속했다. 1578년(선조 11) 5월 6일의 기록을 보면 "아산 현감 이지함이 시폐(時弊)를 진술한 상소를 입계하니, 그대의 뜻이 옳다고 답하였다"

스웨덴의 아손 그렙스트(W. A:son Grebst)의 1905년 출간된 『꼬레아』라는 책을 보면 토정 이지함이 아산 현감으로 있을 때 문둥병 치료제를 개발하려고 스스로 그 병에 걸렸다는 이야기가 있다. 지금의 노숙자 재활센터라는 평가를 받을 만한 걸인청(乞人廳)을 만들어 관내 걸인의 수용과 노약자의 구호에 힘썼다. 노약자와 기인(飢人)은 짚신을 삼게 하고 그것을 판 돈으로 쌀을 사서 먹게 했기 때문이었다. 당시 이지함이 백성들에게 지금 겪는 질병과 고통을 물으니, 어지(魚池)를 말했다. 물고기를 기르는 저수지가 있는데 그 물고기가 맛이 좋아 나라에 그 물고기를 바쳐야 하는데 그 양이 수월치 않아 고통스럽다는 것이다. 이지함이 곧 그 못을 메워버렸다고 한다. 정약용은 백성들이 교대로 고기를 잡아 바치게 하는 폐단을 아예 그 못을 메워버려 후환을 영구히 끊어버렸음을 높이 평가했다.

그는 포천 군수 시절에 상소를 올려 "땅과 바다는 민생을 위한 백용(百用)의 창고"라고 했다.

"땅과 바다는 백 가지 재용을 간직하고 있는 창고입니다. 이것은 형이하(形以下)적인 것이지만 여기에 도움을 받지 않고는 국가를 다스린 사람은 없습니다. 진정으로 이것을 능숙하게 개발한다면 그 이익과 혜택이 백성들에게 돌아갈 것입니다. 때문에 어찌 그 끝이 있다고 하겠습니까? 만약 곡식을 기르고 나무를 심는 일이 진실로 백성이 살아가는 근본이라면 또한 은(銀)은 가히 주조해야 하고, 옥(玉)은 가히 채굴해야 하며, 고기는 능히 잡아야 하고, 소금은 가히 구워야 합니다. 사사로이 경영하고 이익을 좋아하며 가득 찬 것을 탐하고 베푸는 것에 인색함은 비록 소인(小人)들이 기뻐하는 바이고 군자는 달갑게 여기지 않는 바이지만, 마땅히 취할 것을 취해 모든 백성을 구제하는 일 또한 바로 성인(聖人)이 행해야 할 권도(權道)입니다."

—『토정유고』의 〈상소문〉에서

박제가는 『북학의』에서 이지함이 육지와 바다의 자원을 개발하자고 했던 것을 높이 평가했다. 1778년 박제가는 조선이 수레 이용의 이로움을 버리고 배도 제대로 이용하지 하지 않는 현실을 한탄하며 "오로지 이지함만이 상선을 이용할 줄 알았다"라고 했다.

유형원(柳馨遠, 1622~1673)은 "이지함이 백성들을 가난에서 구제하기 위해 유구국[오끼나와] 등의 외국 선박과 통상하고자 했던 것을 왕좌지재(王佐之才)"라고 했다. 조선은 명나라의 해금정책을 유지했다. 후일 명나라에서 청나라로 바뀌면서 대륙은 바다를 부분적으로 이용하고 있었다. 조선은 명나라가 망했는 데도 바다로 나가는 것을 막았다. 조선의 완고한 해금정책은 이순신에게도 엄청난 고통을 주었다. 이산해는 이지함이 "배 타기를 좋아하여 큰 바다도 평지처럼 타고 다녔다"고 했다. 그는 섬을 돌며 섬을 활용해 생산력을 증산할 방법을 모색하며 제주도를 오가는 조각배를 타며 무역의 활로를 모색했다고도 한다.

"바다 가운데 무인도에 들어가 박을 심었는데, 그 열매가 수만 개나 되었다. 그것을 갈라 바가지로 만들어 곡식을 사들였는데 거의 천석에 이르렀다. 이 곡식을 한강변의 마포로 운송했다"

— 유몽인, 『어우야담』 가운데에서

당시 민생을 위해 연구하고 실천하며 복지 구호정책을 스스로 하는 사람은 이지함이었다. 그가 얼마나 민생을 생각했으면 그의 호를 따온 『토정비결』(土亭秘訣)이 등장했을까 싶다. 『토정비결』은 한 해의 운세를 점치는 책이지만 정작 이지함이 지은 것이 아니라는 주장이 비등하다. 그만큼 이지함이 민생을 생각했고 초월적인 능력의 소유자로 일반 사람들에게 비쳐졌기 때문일 것이다. 1578년 7월 혁신적인 정책을 추진하던 그가 갑자기 세상을 떠나자, 온 동리의 백성들이 나와 통곡을 했다고 한다. 갑작스런 그의 죽음에 독살설이 제기되기도 했다. 혁신적인 정책에 반대하는 이들이 사주하여 독살을 하였다는 것이다.

이지함의 형 이지번은 선조 때 영의정을 지낸 이산해의 아버지다. 이산해가 바로 이지함의 조카인 것이다. 이지함은 조카 이산해를 가르쳤다고도 한다. 이산해는 이순신을 조정에 추천했던 인물이기도 하다. 이산해가 서경덕과 이지함의 철학을 가지고 있었기 때문에 실제적이고 현실적인 인물을 천거한 것으로 볼 수 있다. 이렇게 선정을 펼친 이지함이 아산 현감에 부임한 것 그리고 어떠한 활동들을 했는지 이순신이 모를 리 없다. 이때 이순신은 1576년 무과에 급제하고 권지훈련원 봉사로 근무하다가 동구비보 권관으로 가 있을 때였는데 휴가를 받아 아산을 오갔다.

그런데 이지함이 왜 아산의 현감을 받아들였을까를 생각해봐야 한다. 일부에서는 고향이 충청도 내포였기 때문이라는 말도 있다. 어떻게 보면 이지함의 꿈을 펼칠 수 있는 공간이었기 때문인지 모

아산 공세리 성당. 원래 이곳은 조운 수로의 요충지 공세창이 있던 곳이다. 이순신은 진작부터 조운 물자 통로의 중요성을 인지했고, 임진왜란 때 그것을 적용했다고 여겨진다.

른다. 일단 바다가 있다는 점도 그렇지만 아산은 해상 물류 유통에서 매우 중요한 곳이기 때문이다. 그것을 보여주는 곳이 바로 공세창이다. 공세창 위치는 지금의 아산 공세리 성당이다. 공세리 성당은 로마 가톨릭 성당인데 1894년 건립되었다. 이곳은 공세창이라고 하는 세곡을 보관하는 국가 관청이 있던 곳이다. 공진창은 원래 이름은 공세곶창(貢稅串倉)인데 공세곶이 공진(貢津)이 되어 공진창(貢津倉)이 되었다.

『세종실록지리지』는 "공세곶은 아산현 서쪽 8리에 있다고 되어 있다"라고 했다. 공세곶창이 얼마나 중요한 지역이었는지를 『성종실록』의 기록을 보면 알 수 있다.

　　호조에서 삼도 순찰사 이극배(李克培)의 계본(啓本)에 의거하여 아뢰기를, "충청도 범근내(犯斤乃)·기이포(岐伊浦)는 모두 창고를 설치하기에 합당하지 아니하고, 오직 공세곶만이 심히 편리하니, 청컨대 지금부터 홍주(洪州) 등 21고을의 전세(田稅)를 공세곶이에 수납하게 하소서" 하니, 그대로 따랐다.

— 『성종실록』(86권) 1477년(성종 8) 11월 27일

1478년(성종 9) 면천(沔川) 범근내포의 세곡창을 폐지하고 공세창에 새롭게 정했다. 약 300칸 정도의 창지(倉址)가 있다. 처음에는 창고가 없이 노적 즉 밖에 쌓아놓았다. 그러나 여러 문제가 생겨 1523년(중종 18)에 비로소 창고 80칸을 만들었다. 공진창은 아산시 인주면 공세리에 있었는데 담당 지역은 충청도 서남부인 아산 · 서산 · 한산 · 청주 · 옥천 · 회인 등 약 40개로 각각 군현에서 거두어들인 조세를 보관하던 공세창(貢稅倉)이었다. 구체적으로는 공주목 이하 임천 · 한산 · 정산 · 회덕 · 진잠 · 연산 · 이산(노성) · 부여 · 석성 · 연기 등 12군현의 세미, 홍주목 이하 서천 · 서산 · 태안 · 면천 · 온양 · 평택 · 홍산 · 덕산 · 청양 · 대흥 · 비인 · 남포 · 결성 · 보령 · 아산 · 신창 · 예산 · 해미 · 당진 등 19군현의 세미, 그 외 청주목 이하 천안 · 옥천 · 문의 · 직산 · 회인 등 6개 현의 공세미 등 합계 39개 목 · 군 · 현의 것을 쌓았다.

그리고 다시 바닷길로 500리 이동하여 한양으로 향하는 배가 오가는 곳이었다. 물론 세곡 외에도 한양으로 이동하는 물자가 집산되는 교통의 요지이기도 했다. 본래 조운선이 이동할 때는 근처의 수군절도사와 각 포(浦)의 만호(萬戶)가 해상 사고에 항상 대비를 하며 보호해야 했다. 공진창에는 세곡식을 한양으로 운송하기 위해 조선 15척과 운반인 720명이 배치되었고 곡식의 운송, 수납 책임자에 해운판관을 두어 관리 감독하게 했다. 해운판관은 조운선(漕運船)과 함

선(艦船)의 관리를 담당하는 관청인 전함사(典艦司)에 소속되어 조운을 담당한 관리로, 정5품 관직으로 종6품 아산 현감보다 두 품계가 높았다.

성종 때 해운판관이 없어지고 관찰사가 감독했다가 전문적인 관리 감독자의 역할이 중요하다는 유순(柳洵)의 강한 주장으로 1509년(중종 4)에 해운판관이 다시 부활했다. 공진창은 아산 현감이 세곡을 안전하게 운반하도록 감독하고, 충청도·전라도의 조운업무는 해운판관이 총관리했다. 1762년(영조 38) 이후에는 아산 현감이 관리했다. 현재는 입구에 '삼도해운판관비(三道海運判官碑)'가 남아 있다. 『세종실록지리지』에는 이곳에서 출발하면 "범근천(犯斤川-면천 동쪽 30리)을 지나 서해를 거쳐서 서강(西江)에 다다르는데, 물길이 5백 리"라고 했다.

만약 큰 짐을 보낼 일이 있다면 공진창을 이용했을 수도 있는 것이다. 이러한 공진창의 존재는 아산이 교통의 요지라는 점을 각인시키는 것이기도 하지만 지역 경제 차원에서 매우 중요하다는 점이다. 이곳에서 배가 15척이나 드나들고 인부가 일을 해야 하겠기에 많은 돈이 풀렸을 것이다. 일종의 조운과 세곡창 경제라고 할 수 있을 것이다. 공진창을 중심으로 지역 경제가 활성화 될 수밖에 없는 것이다. 이러한 점을 이지함이 모를 리 없었으며 이순신 또한 아산이 중요한 해상물류 기지임을 충분히 인지하고 있었을 것으로 보인다. 젊은 날 이순신은 이러한 공진창의 중요성과 경제 현상을 보면서 조운이나 세곡운반뿐 아니라 바다 교통로의 중요성을 알 수밖에 없었을 것이다.

이러한 세곡창은 공세리 공진창에만 한정되는 것은 아니다. 경양창 때문이다. 『신증동국여지승람』에 따르면 직산현(稷山縣) 북서쪽 40리에 경양창이 있다고 기록되어 있는데 본래 고려의 아주(牙州)의

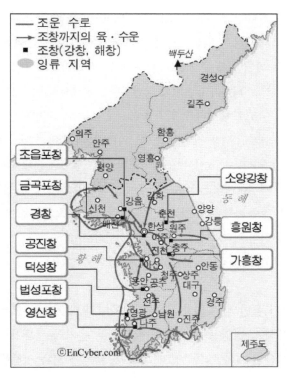

공진창 지도

하양창(河陽倉)이었다. 하양창은 고려시대 아주에 설치되었던 1대 조창(漕倉) 가운데 하나이다. 아산만에 인접하고 직산과 아산의 경계에 있어 사실상 아산에 속한다. 고려 때에 하양창을 조선에서 고쳐 경양현(慶陽縣)으로 삼아 영(令)을 두고 감장관(監場官)을 겸임하게 했다. 『세종실록지리지』에 보면 충청도 청주목 직산현으로 조선시대 1396년(태조 5) 직산현에 속하게 했다. 경양창은 계속 존재했다. 『신증동국여지승람』에 경양포는 경양현에 있는 해창(海倉)이라고 했다. 또한 비변사에도 이렇게 제안했다.

그 하나는 진천현(鎭川縣)의 전세(米)는 충주 가흥창(可興倉)에 납입하고 대동(米)은 직산(稷山) 경양창(慶陽倉)에 실어 보내는데, 한 고을의 두 가지 세를 두 곳으로 나누어 수송하느라 자연히 쓸데없는 비용이 드는 폐해가 많으므로 금년부터는 전세와 대동을 모두 경양창에서 포구로 내어다가 집주선(執籌船)[삼남(三南) 지방의 세곡(稅穀)을 실어 나르기 위해 징발한 배]에 실어 상납하게 하는 일입니다. 이것은 세정(稅政)에 있어서는 이미 논할 만한 정도의 손해나 이익은 없으나 백성들에게는 그 수고로움과 편안함이 현격하게 다릅니다. 도백이 청한 바는 깊이 참작하여 헤아린 바가 있으므로 군이 허락하지 않을 것이 없습니다. 보고한 대로 시행하소서.

　—「비변사등록」, 철종 10년 1859년 2월 1일(음)

철종시기 운반의 효율성을 위해 전세미와 대동미를 모두 경양창에 보관했다가 경양포에서 싣고 한양으로 옮기라는 내용이다. "경양포는 직산현 서쪽 1리에 있고, 배로 공세곶을 지나 서해를 거쳐서 서강에 이르는데, 물길이 5백 40리"라고 했다. 고려시대는 조운제가 '국가지중최중자야(國家之中最重者也)'라고 표현될 정도로 중요했다. 상업과 무역을 중시했고 귀족 문화였기 때문에 물류 유통이 활발하기도 했다. 태안에서 발견된 조운선들의 거의 대부분이 고려시대 선박이었던 이유이기도 하다. 조선시대 선박에서는 별다른 유물이 발견되지 않는 것은 대부분 세곡선이었기 때문이었으며 운행하는 선박이 고려에 비하면 많지 않았다는 점을 생각해야 했다. 또한 국가의 엄격한 통제를 받고 있었다.

경양창이 직산현에 속해 있긴 했지만 고려시대만 해도 아산에 속했다. 결국 이런 공진창과 경양창은 모두 아산 지역이 얼마나 물류

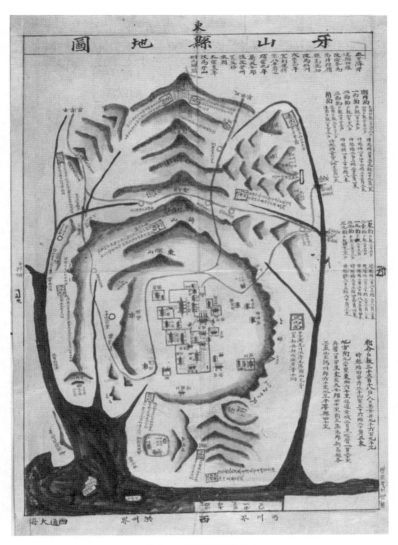

충청도 조운(漕運) 중심지

유통에서 중요한 지역인지 알 수가 있는 것이다. 그렇기 때문에 공
진창이나 경양창은 모두 아산만 물줄기와 통한다는 점에서는 모두
공통적이어서 수군들이 중요하게 배치되어야 하는 것이다.

> 충청도 수군도절제사가 계하기를,
> "도내의 천안(天安)·면천(沔川)·덕산(德山)·신창(新昌)·아산(牙山)
> 등 각관의 선군(船軍)들은 전년의 흉년으로 인하여 전혀 진제미(賑濟
> 米)로 목숨을 보존하였는데, 지금 또 몹시 가물어서 벼는 전연 모종
> 도 세우지 못하여 살 도리가 염려되니, 〈그들이〉 마음대로 돌아다니
> 면서 양식을 빌고 밤[栗]을 주워서 흉년살이를 미리 도모하게 하여,
> 도망쳐 흩어지지 말게 하도록 하소서" 하니, 상왕이 그대로 따랐다.
> ―『세종실록』(6권) 1419년(세종 1) 12월 16일

충청수군절도사가 아산을 포함한 내포지역의 포구 정책에 관해 보
고한 내용이다. 선군(船軍)은 각 포(浦)에 소속되어 해안 방어를 담당하
던 수군으로 신창(新昌)·아산 등에 수군이 배치되어 있는 것을 알 수
있다. 이순신의 청소년기와 청년기가 집중적으로 성장한 아산 염치읍
은 남과 북으로 바닷물이 드나들던 곳이다. 이런 환경에서 자란 그는
단지 육전에서 산을 타거나 성곽을 지키기보다는 해로나 수전에 강한
측면을 이미 경험하고 학습했을 가능성이 높다.

무엇보다 아산은 오래전부터 해상 교통의 요지였다. 이순신이 임
진왜란에서 왜군을 격파할 수 있었던 것은 이런 해로를 이용한 물
류 흐름을 잘 알고 있었기 때문이다. 원균은 육전을 강조했는지 모
르지만 이순신은 이런 해상 교통의 중요성을 일찍이 알 수밖에 없
었을 것이다. 이순신이 말을 달리던 산이 아산에 있지만 그가 이긴

것은 해전이었다. 그가 처음부터 끝까지 주장한 것은 왜의 인명을 훼손하는 것이 아니었기 때문에 왜적의 머리를 거두는 것에 집착하지 않았다. 자칫 이 때문에 조선 수군이 역공을 당할 수도 있고 오히려 왜적의 배를 파괴할 수 없기 때문이다.

이순신은 많은 배를 깨뜨려 물자나 왜적 군대가 호남을 지나 평양 등지로 이동하는 것을 막으려고 했기 때문에 물길을 지키려고 했을 뿐 왜적의 머리를 많이 베어 공을 증명하고 벼슬을 높이려 하지 않았다. 왜적의 근거지가 된 부산포를 다 해치우기보다 해상의 요로를 막고 지키는 것이 종국에 전쟁에서 승리하는 것임을 정확하게 꿰어 보고 있었기 때문에 임진왜란을 승리하게 만들었다. 아산은 그러한 물류 해상 요충지와 전략을 생각하게 만드는 잉태 공간이었다.

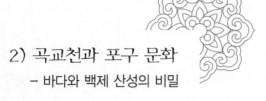

2) 곡교천과 포구 문화
– 바다와 백제 산성의 비밀

    1597년 4월, 남해안에서 이순신 어머니가 아산으로 돌아오는 장면은 이순신이 살던 아산이 바다와 밀접하다는 점을 알 수 있게 한다. 여수시에는 이충무공 자당 기거지가 있다. 자당(慈堂)이라 함은 어머니를 높이는 말이다. 즉 임진왜란 당시 이순신의 어머니 초계 변씨 부인과 부인 방씨가 고음천(古音川, 현 웅천동) 송현마을에서 5년(1593~1597)간 왜란을 피해 기거하던 곳이라고 한다.

    이순신은 아산에 있는 어머니를 항상 염려하다가 마침내 1593년 자신이 있는 전라좌수영 근처로 어머니를 모시게 된다. 이순신 휘하에 있던 정대수(丁大水, 1565~1599) 장군의 집(여수시 웅천동 송현마을)이었다. 이순신은 여수 본영에서 그 집으로 가서 아침, 저녁은 물론 출전 시에도 틈이 있을 때마다 문안을 드렸다. 어머니가 사용했던 유물(솥, 다듬이, 절구통, 맷돌), 선소 병기의 인수인계서인 반열책이 남아 있다. 아마도 이순신의 뒷바라지를 위해 기거했다고 보는 것도 무리가 없을 것이다. 그런데 당시 어머니 나이가 90세를 넘기고 있었다. 『난중일기』에 표현하기로는 금세 숨이 넘어갈 듯 기력이 쇠잔해

초계 변씨가 거주했던 고음천(여수시 웅천동) 집의 현재 모습

있는 상태였으므로 항상 노심초사 염려했던 것이다.

그러던 가운데 여수시 고음천에 있던 어머니는 1597년 4월, 감옥에 갇혀 있던 아들이 백의종군의 길로 아산을 향해 가고 있다는 말을 듣고 배편으로 찾아간다. 여기에서 인상적인 것은 배편으로 어떻게 아산 염치읍으로 간다는 말일까 하는 점이다. 이는 아산이 육지 내륙이라고 생각하면 이해 못할 일이다. 더구나 이순신이 말 달리고 활을 쏘는 공간으로만 생각하고 현재 이순신 생가를 보면 생각할 수 없기 때문이다. 하지만 본래 아산이 바닷길과 연결되어 있는 공간이라는 것을 알면 이상할 리도 없고 자연스럽게 받아들일 수 있다.

4월 11일 「신미」 맑다
새벽 꿈이 매우 번거로워 다 말할 수가 없다. 덕(德)이를 불러서 대충 말하고 또 아들 울(蔚)에게 이야기했다. 마음이 몹시 불안하다. 취한 듯 미친 듯 마음을 걷잡을 수 없으니, 이 무슨 징조인가! 병드신 어머니를 생각하니, 눈물이 흐르는 줄도 몰랐다. 종을 보내어 소식을 듣고 오게 했다. 금부도사는 온양으로 돌아갔다.

4월 12일 「임신」 맑다
종 태문(太文)이 안흥량에서 들어와 편지를 전하는데, "어머니께서는 숨이 곧 끊어질 듯해도 초9일에 위아래 모든 사람이 모두 무사히 안흥량(태안군 근흥면 안흥리)에 도착하였다"고 했다. 법성포(영광군 법성면 법성리)에 이르러 배를 대어 잘 적에 닻이 끌려 떠내려가서 배에 머물며 엿새나 서로 떨어졌다가 탈 없이 만났다고 했다.
아들 울(蔚)을 먼저 바닷가로 보냈다.

5년 전에 아산에서 여수로 이동할 때에도 배편을 이용했을 가능성이 높다. 배편이 많은 짐과 인원을 싣거나 수용할 수 있기 때문이다. 그러나 노인이 먼 뱃길을 이용한다는 것은 쉽지 않은 일이다. 여수에서 출발한 배는 남해를 지나 서해를 거쳐 아산만에 이르러야 한다. 불행하게도 전남 영광군 법성포에서 6일간 표류하다가 간신히 구조되었다고 한다. 이때 상당히 체력이 소진되고 피곤이 가중되었을 것으로 생각할 수 있다.

안흥량(安興梁)이라는 지명이 나오는 이곳은 현재의 태안군 근흥면 안흥량을 말한다. 신진도(新津島)와 마도(馬島)를 거쳐 관수각(官首角)과 가의도(賈誼島)에 이르는 해역을 말한다. 안흥량은 예로부터 바닷길이 험한 곳이었다. 고려와 조선시대에 세곡선의 침몰이 잦았던 바닷길로 배들의 조난이 빈번했다. 이런 위험한 바닷길이라 '난행량'

(難行梁)이라고 했다. 조류가 빠르고 바람이 세게 불며 암초가 많았다. 그러나 안정한 운항을 기원하는 뜻에서 안흥량이라고 부르기 시작했고, 지령산에는 안도사(安渡寺)를 지어 편안한 뱃길을 기원했다. 예컨대 안흥량은 조선 태조~세조 60년 동안에만 선박 200여 척이 깨지고 침몰해 1200여 명이 목숨을 잃고 쌀 1만5800섬을 바닷물에 잃었다. 이런 안흥량을 통과해 90세의 이순신 어머니가 아산만으로 들어오고 있는 상황이었다. 『신증동국여지승람』에 "예로부터 난행량이라 불려왔는데 바닷길이 험하여 조운선이 이곳에 이르러 여러 번 뒤집혔다"라고 했다. 험하고 고된 바다 운행이 아닐 수 없다. 일기의 마지막에서 이순신은 아들 울을 바닷가로 보냈다고 했다. 여기에서 이순신이 말하는 바닷가는 어디를 말하는 것일까. 이순신의 집 인근에 바닷가가 있다는 말인가.

> 4월 13일 「계해」 맑다
> 일찍 아침을 먹은 뒤에 어머니를 마중가려고 바닷가로 가는 길에 홍찰방 집에 잠간 들러 이야기하는 동안 아들 울(蔚)이 종 애수(愛壽, 손자)를 보내면서 "아직 배 오는 소식이 없다"고 하였다. 또 들으니, "황천상(黃天祥)이 술병을 들고 변흥백(卞興伯)의 집에 왔다"고 한다. 홍찰방과 작별하고 변흥백의 집에 이르렀다.
> 조금 있으니 배에서 온 노비 순화(順花)가 어머니의 부고를 전했다. 뛰쳐나가 가슴 치며 발을 동동 굴렀다. 하늘이 캄캄했다. 곧 해암으로 달려가니, 배는 벌써 와 있었다. 애통함을 다 적을 수가 없다.

아들 울을 바닷가로 보낸 그 다음날인 4월 13일, 이순신은 어머니를 마중 간다. 마중가려는 곳도 역시 바닷가였다. 여기에서 사람들과 어울릴 때 만나는 집의 주인 변홍백은 외사촌이다. 어머니와 같이 뱃길에 나섰던 하인 순화가 배에서 내려 이순신에게 청천벽력 같은 부고 소식을 전했다. 그는 그 말을 듣자마자 달려 나간다. 그렇다면 변홍백의 집은 바닷가에서 가까운 곳이어야 한다.

해암(蟹巖)은 어디인가. 해암은 일명 게바위라고도 한다. 곡교천 중류에 있다. 〈대동여지도〉에도 표기되어 있다. 관련 지명으로 〈1872년 지방지도〉(아산) 삼북면에 해암(海岩)이 동(洞)으로 나타나있다. 〈조선지형도〉에 인주면 해암리(海岩里)라고 되어 있다. 게처럼 생긴 바위(게바위)가 있기에 해암리(蟹岩里)라 했는데, 일제강점기를 거치면서 해암리(海岩里)가 되었다. 이순신이 달려갈 정도라면 변홍백의 집은 갯바위 즉 해암에서 가까운 곳이라는 말이 된다. 다른 일기를 보면 해암이 포구라는 사실을 짐작할 수 있다.

1593년 5월 초6일 「기미」 흐린 뒤에 비가 내렸다

아침에 친척 신정(愼定)과 조카 봉이 해포(蟹浦, 아산시 염치읍 해암리 해포)에서 왔다. 저녁나절에 퍼붓듯 내리는 비가 온종일 그치지 않았다. 내와 개울물이 넘쳐흘러 농민들에게 희망을 주니 참으로 다행이다. 저녁 내내 친척 신씨와 같이 이야기했다.

1593년 5월 18일 「신미」 맑다

이른 아침에 몸이 무척 불편하여 온백원(위장약) 네 알을 먹었다. 아침밥을 먹은 뒤에 우수사와 가리포첨사가 와서 봤다. 조금 있다가 시원하게 설사가 나오니 좀 편안해진다. 종 목년(木年)이 해포에서 왔는데, 어머니께서 평안하시다고 한다. 곧 답장을 써 돌려보내며 미역 다섯 동을 함께 보냈다.

아랫사람들이 해포를 통해서 백암리에 있을 어머니 소식을 전한다. 어머니가 해암리에 있는 사촌들 집에 있었을 수 있다. 또한 친척과 종들이 아산에서 여수로 수시로 드나들었음을 알 수 있다. 포구 이름이 등장하고 있기 때문에 이용수단이 육로가 아니라 수로였음을 짐작할 수 있다. 그런데 『난중일기』에도 해포라는 말이 등장한다. 해는 바다 해(海)가 아니라 게 해(蟹)자임을 알 수 있다. 게바위가 있는 곳에 포구가 있고, 이를 해포(蟹脯)라고 부른 것이다. 이때만 해도 어머니는 아산에 기거하고 있었다는 것을 짐작할 수 있다. 남해안에서 나는 미역 다섯 동이를 보내려면 바닷길을 이용하는 배가 유리할 것이다. 이순신은 이렇게 해로를 통해 물자를 보내는 일을 자주 했다는 사실을 알 수 있다.

해암리 해포에 나가 게바위에 있는 어머니를 접한 이순신은 통곡을 할 수밖에 없었다. 전혀 생각하지 못한 일이 벌어졌기 때문이다. 더구나 자신의 처지가 그리 좋지 않은 때에 어머니마저 세상을 떠나신 것이다. 이순신의 고통은 이루 말할 수 없었을 것이다. 그런데 이순신이 있는 곳은 자신의 집에서 떨어진 곳이었으니, 집으로 운구를 해야 했다. 일단 그곳에서 입관을 하고 상복을 만든다.

4월 14일 「갑술」 맑다

홍찰방·이별좌가 들어와 곡하고 관을 장만했다. 관의 재목은 본영에서 마련해 가지고 온 것인데, 조금도 흠난 곳이 없다고 했다.

4월 15일 「을해」 맑다

저녁나절에 입관했다. 오종수(吳終壽)가 점심으로 호상해 주니, 뼈가 가루로 될지언정 잊지 못하겠다. 관에 따른 것에는 아무런 유감이 없으니 이것만은 다행이다. 천안군수가 들어와 치행해 주고 전경복 씨가 연일 마음을 다하여 상복 만드는 일 등을 돌보아 주니, 고마운 말을 어찌 다하랴!

당시 게바위에 이순신의 어머니를 올려놓았기 때문에 그 앞에서 이순신이 통곡했던 것으로 전한다. 일기에 보면 여러 사람이 도와주어 창졸지간에 당한 어머니 상을 치러내는 과정이 담겨 있다. 많은 사람들이 도와주는 장면이 평소에 이순신이 어떠한 사람이었는지 잘 알 수 있다. 그런데 왜 일련의 과정을 그냥 바닷가에서 했을까 그것은 좀 맞지 않는 일이다. 왜냐하면 입관을 하려면 염을 해야하는데 말이다. 어머니에게 옷을 입혀야 하는데 그것을 그냥 야외에서 할 수는 없는 노릇이다.

이러한 장면을 본다면 입관을 하고 상복을 만든 곳은 변흥백의 집일 가능성이 높고 변흥백의 집은 해암리 해포에서 가깝다고 여기게 된다. 그렇다면 이순신의 집으로 어머니를 모셔야 하는데 어떤 수단을 이용했을까. 이동수단은 바로 배였다. 그것을 알 수 있는 것이 포구의 이름이다. 해암리 해포에서 다시 다른 포구로 배를 이용해 운구하게 되는 것이다.

4월 16일 「병자」 궂은 비 오다
배를 끌어 중방포(中方浦, 염치읍 중방리)에 옮겨 대었다. 관을 상여에 올려 싣고 집으로 돌아오며 마을을 바라보니 찢어지는 듯 아픈 마음이야 어떻게 다 표현하랴. 집에 이르러 빈소를 차렸다. 비는 퍼붓고 남쪽으로 가기는 해야 하니 목 놓아 울부짖으며 어서 죽기를 바랄 따름이다. 천안 군수가 돌아갔다.

아산시 인주면 해암리에 있는 게바위 전경. 과거 삽교호가 조성되기 이전인 1960년대까지만 해도 바닷물이 이곳까지 들어와 배가 다닐 정도였다고 한다. 이곳에 해암리포구를 상징하는 바위 하나가 있는데 모양이 게와 같다고 해서 '게바위'라고 불렸다고 한다. (ⓒ온양신문)

이순신이 살았던 백암리에서 중방포는 멀지 않았다. 집 근처에 바닷길이 닿는 포구가 있었다는 것은 성장 환경에서 매우 중요한 의미를 가질 것이다. 이곳에서 어머니 영구를 내려 상여에 옮겨 싣고 집에서 초상을 치렀던 것이다. 여기에서 주목해야 할 것이 중방포이다. 중방포는 염치읍 중방리로 해암리에서 14km 떨어진 곳이다. 중방리에서는 중뱅이라고도 하는데, 무엇보다 백암리 주변의 바다 환경을 살펴야 할 것이다. 배가 어느 물줄기로 이동을 했을까. 바로 곡교천을 거슬러 이동했다.

곡교천(曲橋川)이 남쪽 산에서 시작해 아산의 중앙을 관통한 다음 북서쪽으로 흘러 아산만으로 흘러간다. 밀물이 들어오면 바다와 곡교천이 구분 안 되고, 염치읍과 인주면을 질러 흐르는데 염치읍과 인주면은 곡교천으로 연결되어 있다. 일제강점기 발간한 「조선지지 자료」에 따르면 곡교천의 길이가 49.2km이었다. 곡교리의 아래쪽 으로는 신포(新浦), 중방포(中方浦), 해포(蟹浦), 견포(犬浦) 등의 포구가 있 었다. 대동여지도에 곡교천은 쌍선으로 표기 되어 있는데 이는 배 가 드나들 수 있는 하천을 말한다. 배가 드나들 수 있는 하천은 두 줄로 표기했다. 중방포는 봄에는 소금배가 드나들며 소금 시장을 이루었다고 한다. 아산 염치읍 삽교천에 방조제가 생기기 전에는 염전이 많았다.

계언(啓言)하기를,

"요즈음 호서좌도 암행어사(湖西左道暗行御史) 이경재(李經在)의 별 단(別單)에, '온양의 대동(大同) 쌀을 아산 조창(牙山漕倉)에 실어다 바 치니, 쓸데없는 비용이 많아서 군민들이 원하지 않고 있으므로 이제 부터는 중방포를 경유하여 본군(本郡)에서 직접 납부케 하소서' 라고 한 일로 인하여 아울러 도신(道臣)으로 하여금 의견을 갖추어서 자세 히 살펴 장문(狀聞)하게 하였던 바 당해 감사의 「장계」가 이제 막 등 철(登徹, 상주문을 임금에게 올리던 일)하였는데, 아산에서는 조법(漕法)을 이유로 신중히 할 것을 요구하고 온양에서는 민폐를 들어 쟁난(爭難) 하고 있어서 두 가지 말이 각각 의거한 바가 있으나, 온양은 본시 심 히 피폐한 고을이라서 이제 급급한 우려가 있는데 무릇 회보(懷保, 품 안에 안아 보호함) 하는 방도에 관계된다면 어찌 경장(更張)하는 거사를 꺼리겠습니까?'

—『헌종실록』(9권) 1842년(헌종 8) 12월 3일

아산 조창은 공세창을 말한다. 온양에서 납부한 대동미를 아산 조창으로 이동하려면 비용이 많이 드니 차라리 온양과 아산 사이에 흐르는 곡교천에 있는 포구에서 직접 실어서 한양으로 실어 보내겠다는 말이다. 가까운 지역에서 비용을 들여 번거롭게 소모하느니 차라리 직접 한양으로 보내는 것이 여러모로 좋다는 제안이다. 그만큼 온양은 자체적인 바닷길의 포구 조운이 가능한 지역이었다. 그 포구가 중방포였다.

중방포구는 대동미를 서울로 직접 실어 나를 수 있는 포구의 기능을 하고 있었던 것이다. 따라서 조각배가 오가는 한미한 곳은 아니었던 셈이다. 이러한 점은 이순신이 어린 시절부터 중방포구를 오가는 물류의 흐름을 잘 인식하고 경험했음을 방증하는 것이라고 할 수 있다. 때로는 중방포구에서 배를 타고 다른 지역으로 이동하였고 서울로도 움직였다는 것을 말하는 것이기도 하다. 무엇보다 곡교천은 조수 간만의 차이에 따라 배를 움직이고 운영해야 한다는 것을 일찍부터 경험하게 할 수밖에 없다.

앞서 해암, 게바위가 이순신의 충효를 알 수 있는 공간이라고 하는 경우가 많은데 이순신이 성장한 곳이 바다와 포구, 수로의 공간이라는 점이 더 중요할 수 있다. 마찬가지로 중방포도 그런 관점으로 접근해야 한다. 더 넓게 보면 곡교천이 포함된 지역적 정체성을 재인식할 필요가 있다.

아산은 내포에 속하는 곳이다. 『택리지』(擇里志, 1751년(영조 57))의 저자 이중환이 '내포 땅이 충청도에서 가장 살기 좋은 곳'이라고 했다. 또한 내포 지역은 "임진년과 병자년 두 차례 난리를 치렀어도 적군이 한 번도 들어오지 않았다. 비옥한 평야인데다가 생선과 소금이 매우 흔하기 때문에 부자가 많고 대를 이어 살아오는 사대부 집안이 많다"라고 했다. 이렇게 좋게 말할 수 있는 것은 내포라는 자연 환경적 요건에 인문지리요소가 덧붙여졌기 때문이다.

내포(內浦)는 '안개'란 뜻으로 바닷물이 강을 통해 육지 깊숙이 들어온 포구 지역을 말한다. '개'란 순 우리말로 '강이나 내에 바다의 조수가 드나드는 곳'이다. 내포는 안에 있는 개이며 개는 포구이자 갯벌 등 일하는 생산 유통, 상업의 노동공간이었다. 가야산 앞뒤의 열 고을을 말한다. 현재의 행정구역으로 서산시, 당진시, 예산군, 홍성군, 태안군과 보령시, 아산시, 청양군의 일부가 된다.

가톨릭교회에서는 아산, 온양, 신창, 예산, 대흥, 면천, 당진, 덕산, 해미, 홍주를 상부 내포라 칭했고, 태안, 서산, 결성, 보령, 청양, 남포, 비인, 서천, 한산, 홍산을 하부 내포로 나누어 불렀다. 내포에는 포구가 많다. 『증보문헌비고』권34 여지고 관방 해방조에는 충청권 포구를 아산의 공세곶포, 당포, 시포, 단장포에서 시작, 홍주, 면천, 당진, 서산, 태안, 결성 등에 이르는 44개 포구로 기록하고 있다. 내포라는 명칭 자체가 아산만 입구 삽교천, 무한천, 곡교천을 포함한다. 이러한 천은 예로부터 해외 문물을 받아들이고 새로운 창조의 공간으로 거듭나게 했고, 새로운 사상과 사유를 가능하게 했다. 이순신이 이러한 공간에서 성장했다는 것은 마찬가지 관점에서 바라봐야 할 필요가 있다. 특히, 고대 이래로 실크로드의 길이면서 대륙과 해양의 문명이 먼저 닿았던 곳이다.

아산에는 하나의 미스터리가 있으니, 무려 20개가 넘는 산성이 있다는 것이다. 특이한 것은 곡교천을 끼고 양쪽 산에 군사가 열병 짓듯이 늘어서 있다는 점이다. 곡교천은 서해와 만나는 삽교천에서 시작해 아산시를 거쳐 천안까지 연결되는 하천이다. 곡교천을 따라 늘어선 20여 개의 산성은 그 자체로 역사의 수수께끼가 아닐 수 없

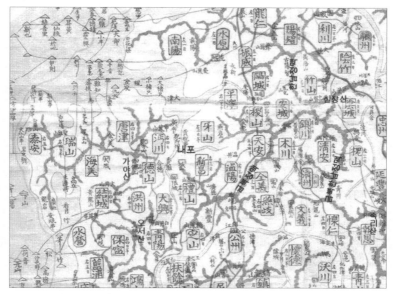

가야산 인근의 내포 지역

다. 남아있는 산성을 꼽아보자면, 금성리산성, 군덕리산성, 학성산성, 기산동산성, 읍내동산성, 성안말산성, 배방산성, 복수리산성, 세교리산성, 매곡리산성, 호산리산성, 무명산성, 꾀꼴산성, 물한산성, 연암동산성, 연암서산성, 용와산성, 성내리산성, 영인산성 등이 있다.

산성을 쌓는 작업은 엄청난 비용과 노동력이 들어가기 때문에 개개인들이 할 수 있는 것이 아니고, 국가적인 사업이 들어가는 대대적인 토목공사라고 할 수 있다. 이런 산성들의 밑바탕은 백제시대로 간주되고 있다. 그 뒤에 성들을 시대마다 개보수한 것으로 보이는 것이다. 그렇다면 왜 백제는 이곳에 많은 성을 쌓았을까? 이는 이순신의 백의종군 길에서 단서를 끌어낼 수 있다.

4월 19일 「기묘」 맑다

일찍 길을 떠나며 어머니 영전에 하직을 고하며 울부짖었다. 천지에 나 같은 사정이 어디 또 있으랴! 일찍 죽느니만 못하다. 조카 뇌의 집에 이르러 조상의 사당 앞에서 아뢰었다. 금곡(광덕면 대덕리)의 강선전(姜宣傳)의 집 앞에 이르니 강정(姜晶)·강영수(姜永壽)씨를 만나 말에서 내려 곡했다. 그 길로 보산원(寶山院, 광덕면 보산원리)에 이르니, 천안군수가 먼저 냇가에 와서 말에서 내려 쉬었다 갔다. 임천군수 한술(韓述)은 중시(重試) 보러 서울로 가던 중에 앞길을 지나다가 내가 간다는 말을 듣고 들어와 조문하고 갔다.

아들 회·면·울, 조카 해·분(芬)·완(莞)과 주부 변존서가 함께 천안까지 따라 왔다. 원인남(元仁男)도 와서 보고 작별한 뒤에 말에 올랐다. 일신역(공주시 장기면 신관리)에 이르러 잤다. 저녁에 비가 뿌렸다.

금부도사가 이미 공주에 가 있어 백의종군하는 길이라 서둘러 가야 했는데 백암리의 조상 사당에 인사를 하고 보산원을 거친다. 금곡(金谷)이나 보산원은 모두 천안에 속한다. 그가 저녁 즈음에 도착한 일신역(日新驛)은 일신(日新) 또는 관동(官洞)이라고 했는데 공주의 금강 곁에 있다. 이순신은 고문을 받은 몸이라 조심해서 이동하고 있었는데 중간에 광덕면의 강선전의 집에 들렀는데도 하루 만에 공주에 도착한다. 이러한 점으로 미루어 보면 아산이 얼마나 전략적으로 중요한 지역인지 알 수 있다. 바로 백제시대에 공주-부여로 가는 직선 통로였던 것이다. 백제의 많은 산성들은 나당연합군의 진격로와 관련이 있었다.

백제 후기의 아산은 신라와 경계를 맞닿아 있었다. 신라가 충북

진천과 경기 화성까지 영토를 확장했으므로 아산은 백제에게 국경 부근이 된 셈이다. 그러므로 방비가 철저해야 했다. 사실 신라는 의자왕 시기에 백제의 압박 때문에 매우 시달리고 있었다. 의자왕은 무왕의 맏아들이었고 해동증자(海東曾子)라 불렸다. 그는 무왕의 강한 국가를 이어받아 641년에 즉위하자마자 준비하여 이듬해 신라를 공격해 미후성(彌候城)을 포함한 40여 성을 한 달 만에 차지한다. 심지어 그는 신라가 매우 중요하게 생각하는 대야성(大耶城 : 합천)을 함락시켰다.

무엇보다 이때 태종 무열왕이 되는 김춘추의 사위이자 성주였던 이찬 김품석(金品釋)과 김춘추의 딸 고타소(古陀炤)가 살해된다. 특히 합천은 곧바로 대구를 거쳐 수도인 신라에 다다를 수 있는 전략적 요충지였다. 이후 위기감과 분노, 공포에 휩싸인 김춘추는 당나라에게 백제 협공을 설득했다. 신라와 당나라를 연결하던 당항성도 공격하여 회복할 찰나에 있었다. 그러나 신라는 당에 조공길이 막힌다고 하며 구원 요청을 하여 백제에 압박을 가하도록 한다. 『대당서』에는 김춘추의 발언이 실려 있는데 "신라는 소국이고 백제는 대국이라서 신라로서는 감당하기가 힘들다. 또한, 백제와 고구려는 당나라를 위협할 수 있는 세력이기에 신라가 백제를 칠 수 있도록 도와 달라"라고 되어 있다.

이때 왜와 관계를 돈독히 하던 의자왕은 당나라에 저항적인 태도를 갖기 시작한다. 마침내 당 태종 이세민의 아들 당 고종은 치매 증상을 보이기 시작하고(『자치통감』 참조) 아버지가 백제와 고구려를 치지 말라고 한 유명을 어긴다. 백제 침공을 결정한 당 고종은 서기 660년 6월 20일, 당나라를 출발하여 당나라의 수백 척 함선들이 아산만과 인접한 덕적도에 상륙한다. 소정방이 이끄는 군사는 13만

명이었다. 김유신이 이끄는 신라군은 덕적도에 상륙하여 당군과 회의를 한다. 이들은 7월 10일 사비에서 만나는 것으로 약속했다.

이렇게 덕적도에 당군과 신라군이 만나는 것을 모를 리 없는 백제는 전쟁대비를 하지 않을 수 없었다. 덕적도에 모인다니 당연히 군사력은 아산만을 중심으로 결집할 수밖에 없었다. 사비가 함락되고 아산의 인근 지역인 예산 임존성에 흑치상지가 이끌어 열흘 만에 3만 명의 부흥군이 모였다는 점은 이쪽 지역에 군대가 포진해 있었다는 것을 말해준다. 아산만은 내포 지형이라 내륙으로 깊숙하게 들어와 있다. 더구나 곡교천은 다시 42km를 내륙으로 향하고 있었고, 공주까지는 하루도 걸리지 않았다. 그러므로 전략적인 대비가 매우 긴요한 지역이었다.

그러나 아산만으로 진입한다고 한 것은 유인 작전이었다. 김춘추는 남천정(이천)에 있다가 김유신이 상륙하자 상주를 거쳐 되돌아가는 것처럼 한다. 위장이었다. 신라군은 옥천에서 갑자기 방향을 틀어 황산벌(논산)로 향했다. 당나라 함선도 아산만에 본격 상륙하는 척하면서 주력부대는 안흥량을 돌아가기 시작했다.

앞에서 봤듯이 안흥량은 항해가 힘든 곳인데 그곳을 당나라 함선들이 돌았다. 그리고는 금강 하구로 향하기 시작했다. 당군은 접안 시설이 없는 갯벌과 습지의 금강 하구에 상륙하여 사비성으로 향했다. 천혜의 해안방어 요건을 갖추고 있었던 백제로서는 전혀 생각하지 못한 일이었다. 에른스트 야코프 오페르트(Ernst Jakob Oppert, 1832~1903)는 조선은 '암초와 난해류라는 전략적 방어물을 가지고 있는 자연환경' 때문에 외침 없이 평화를 유지했다고 밝힌 바 있다.

이런 해안의 조건은 당군에게는 위험을 감수한 역습이었는데, 이 같은 사실을 의자왕은 뒤늦게 인지했다. 그것은 역습이었고 후미를 공격하는 전법이었다. 당시 의자왕은 아산만에 나당연합군이 상륙할 것을 생각해 공산성(공주)에 있었다. 뒤늦게 백제는 신라와 당나라 군대가 부여 앞으로 들이치려고 한다는 사실을 인지한다. 급히 백제는 신라군이 당나라 군대와 연합하지 못하도록 공격군을 보내는데 그가 바로 계백이었다. 5천 결사대의 임명은 최후의 공격이 아니라 나당 연합군의 합류를 최대한 저지하는 것이었다. 그러므로 그들은 모두 희생될 수도 있었다. 그러니 계백은 비장한 각오로 전투에 임해야 했지만, 백제의 운명이 망국(亡國)이라고 생각지는 않았을 것이다.

이때 백제는 왜국에 지원군을 요청한 상태였다. 물론 계백의 5천 결사대는 필사의 항전을 했지만 뚫렸다. 사비성에서 치열한 전투가 벌어지고 있는 때, 공주 공산성에서는 예기치 않은 일이 일어났다. 공산성 성주 예식진이 의자왕을 사로잡아 당군에 항복한 것이었다. 왜군 지원군의 지연으로 결국 백제는 무너지게 되었다. 안타까운 일이었다. 당나라 군대가 들이치자 예식진이 배신을 한 것이다.

의자왕과 신하, 왕족들은 당나라 장안에 끌려갔다. 당 고종은 의자왕을 혼냈으나 곧 사면이 되었고, 부여 융에게 다시 백제 왕통을 주었다. 하지만 이미 백제의 땅을 다 나눠가진 신라가 이를 거부했다. 왜에서 늦게 지원군은 왔으나 그들도 패배했다. 그렇게 백제는 사라져 갔다.

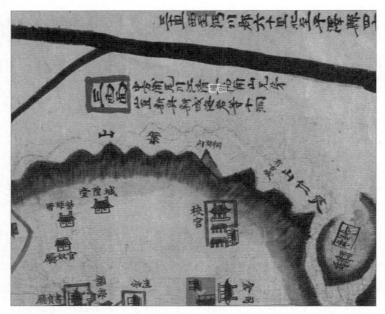

해암포, 중요한 교통로, 이곳에서 타계한 어머니를 대하고 통곡하는 이순신. (1872년 아산현 지방지도)

이렇게 아산만은 백제의 운명을 가른 매우 중요한 바다였고 그렇기 때문에 곡교천 주변에는 백제식 성곽이 많이 축조되어 오늘에 이르고 있는 것이다. 성곽이 많은 아산의 환경을 이순신이 모를 리 없었을 것이다. 백의종군에 나선 이순신은 오늘날 짐작하기로 백암리 본가~온양 신동·남동~배방읍 신흥리~수철리 넙티~보산원(광덕면)~개티 고개~월산리(공주)로 이어지는 길에 나선다. 이 길은 당시 아산만에서 공주로 갈 수 있는 빠른 길이었다.

곡교천은 전략적으로나 해상 물류, 유통에서 중요한 역할을 했다. 그 물길은 항상 정해진 것이 아니라 시시때때로 바뀌었다. 그것은 바다를 알아야 운용할 수 있다는 것을 말하는 것으로 이순신의 해전에서도 잘 드러난 것이다. 만약 이순신이 한양 도성에만 살았다거나 강원도 또는 함경북도 등에서만 살았다면 경험은 커녕 알 수도 없었을 것이다.

그러나 지금 곡교천은 막혀 있어 보통의 천(川)이 되어 있다. 이유는 1979년 10월 26일 오전에 준공식을 마친 삽교천 방조제 때문이다. 이순신을 가장 존경한다며 백암리에 현충사를 확장 공사한 박정희가 이순신의 정신이 깃든 곡교천을 막아버린 것이다. 그것은 후세에 이순신 정신의 계승을 끊은 것과 같다. 그날 저녁 박정희는 김재규의 저격에 죽게 된다.

이순신이 오갔던 그 바닷길의 생명줄을 잇는 것이 이순신의 정신을 다시 살리는 것이 아닐까 싶다. 그 길로 우리나라 해군은 물론 해상무역은 국민을 위해 융성해야 한다. 그런 면에서 아산만 주변에 공업도시가 들어서고 항만 시설에 제2함대, 주한미군주둔지가 생기고 있다는 점을 생각하게 된다. 더구나 대륙이 열리는 상황에서 아산만 그리고 곡교천의 물길은 열릴 운명일 것이다. 새로운 21세기 해상 실크로드의 관문이 열리고 있는 것이다.

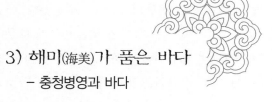

3) 해미(海美)가 품은 바다
- 충청병영과 바다

　1579년 이순신은 귀양지로 1급지의 오지인 동구비보의 권관으로
3년간 근무하고 어렵게 훈련원 봉사로 한양에 왔다. 그런데 이순신
이 8개월 만에 충청병영의 권관으로 내려간다. 병조 정랑 서익의 인
사 청탁을 거부했기 때문에 좌천된 것이다. 이순신은 자신의 원칙
을 향한 소신을 지킨 대가로 변방과 파직 강등을 거듭했고 충청병
영으로 간 것도 이 때문이다. 이런 상황을 한탄하고 분노하여 역사
가 신채호는 다음과 같이 말했다.

　　"당시 이름 높은 벼슬아치 집안의 자식들은 아직 젖비린내가 가
　시지 않은 채로 한 가지 재주도 없으면서도 오늘은 승지, 내일은 참
　판이 되어 좋은 말, 좋은 옷으로 호사를 다하며 동서로 횡행하였다.
　또 기세등등한 권력 가문에 아침저녁으로 문안 올리는 무리들은 유
　능한 데라곤 한 군데도 없으면서 오늘은 절도사 내일은 통제사가 되
　어 좋은 음식 배불리 먹으면서 좌우로 눈치 보기에 바빴다. 심지어
　는 서너 가호만 사는 촌구석에서 욱욱호문(郁郁乎文)을 도도평장(都都

平丈)이라 가르칠 정도로 무식한 무리가 수년만 무릎 꿇고 대기하고 있어도 이조판서로 발탁되어 관용마를 타고 서울로 올라오는 판이었다. 그런데도 세상없는 위인인 이순신 같은 이는 관직에 투신한 지 7,8년이 되어도 승진이 안 된 채 봉사나 권관 등의 미관말직에만 틀어 매인 바 되어 궁벽한 도정(途程)에서 서글픈 마음 못 이기게 하였다.

만일 지위를 일찍 얻어 재주와 지략을 한껏 펴게 하였다면 참담한 풍운을 불어 날려버리고 중국 길림, 봉천의 옛 강토를 회복하여 고구려의 광개토대왕 못지않은 공적비를 다시 세우게끔 할만도 했으며, 대판(大坂, 오사카)과 살마(薩摩, 현재의 큐슈 녹아도-카고시마 일대)의 섬들을 토벌하여 신라 태종대왕의 백마총을 다시 짓게 할만도 하였거늘 비열한 무리들이 조정에 가득 찼음으로 말미암아 동정서벌할 굳센 대장부를 좁디좁은 강산에 오래도록 가두어 두었도다."

— 신채호의 『이순신전』(1908), 「대한매일신문」에서

이 대목에서 '욱욱호문을 도도평장이라 가르칠 정도로 무식한 무리'라는 말이 나온다. 이 말은 제대로 알지 못하는 훈장이 한자가 비슷하게 생긴 도도평장으로 읽었다는 데서 비롯했다. 욱욱호문은 '찬란하도다 주나라의 문화여'라는 뜻이다. 공자가 '나는 주나라를 따르겠노라'라고 말한 데서 쓰이기 시작했다. 도도평장으로 읽으면 전혀 다른 뜻이 되어 버린다. 실력과 역량이 있는 이순신과 같은 인재는 벽지를 떠돌고 그렇지 않은 자들이 승승장구하며 요직을 차지하고 나라를 좌지우지하는 현실을 빗대어 비판하고 있다. 이순신은 그렇게 다시 서울을 떠나 충청병영으로 향한다.

그렇다면, 이순신이 근무했다는 충청병영이 어디일까. 어떤 이들

은 충청병영이 청주라고 말하는 경우도 있다. 그러나 이는 사실과 다르지만, 그렇다고 아주 틀린 것은 아니다. 충청병영은 조선 후기에 청주로 옮겼기 때문이다. 충청병영은 해미(海美)다. 충청병영이라고 하니 내륙이라고 생각하는 경우가 많다. 그러나 이름 자체에 바다 해(海)가 들어가는 해미는 바닷가에 있고, 내포지역에 속하는 곳이라 아산과 다르지 않은 지형이다.

충청병영은 해미읍성이라는 이름으로 남아 있다. 사실 읍성이라고 부르는 것은 잘못인 것이다. 바닷가에 있던 서해안 해미 충청병영에서 10개월 근무한 이순신은 발포만호가 되어 전라도 남해안으로 향한다. 1580년, 36세 가을의 일인데 겉으로는 발포만호(鉢浦萬戶)이지만 정식으로 종4품의 품계를 받은 것이 아니기 때문에 엄밀히 말하면 발포권관이라는 지적도 있다. 그런데 해미는 바다이기 때문에 해미부터 발포까지 근무한 이순신은 본격적인 수군의 현실을 파악한 기회와 경험을 갖게 되었다는 생각이 든다.

해미 지역이 어떤 지역인지 좀 살필 필요가 있을 것이다. 『성종실록』(181권) 1485년(성종 16) 7월 9일 이조에서 계한 글에 '해미는 바닷가의 고을(海美沿邊之邑)'이라는 말이 있다. 해미는 읍성이 있는 곳으로 알려져 있지만 본래 해미읍성은 읍성이 아니었다. 『태종실록』(31권) 1416년(태종 16) 2월 16일 기록을 보면 "도비산(都飛山)에서 몰이하고 돌아와 해미현(海美縣)에 머물렀다"라고 기록되어 있다. 해미는 지금 서산에 속하고, 도비산(352m)도 서산 부석면에 있다.

1416년 2월 16일, 태종은 7천여 명의 군사를 이끌고 사냥대회를 겸한 군사훈련인 강무(講武)를 실시한다. 이때, 충녕대군 그러니까 세종도 함께 와서 참여했다. 2월 8일에 서산에 도착했는데, 마침 비가 내려 2월 10일까지 서산에서 머물고, 11일에 태안 순성에 갔다가 둘러보고 소근산과 대은산, 지령산에서 몰이(강무)를 했다. 15일 인근 굴포의 개착 상황을 점검하고 도비산에서 마지막 강무를 하고, 해미현에서 숙박을 했다. 굴포에서는 안흥량의 험한 뱃길로 세곡선이 침몰하므로 고려 때에 이어 운하를 파는 작업이 있었기 때문에 점검할 필요가 있었다.

또한 이들 지역을 둘러보고 강무를 한 것은 고려 이후로 조선 초기까지 왜구들이 출몰하는 해안이었기 때문이다. 특히, 고려 말부터 조선 초까지 왜현리(倭懸里, 현재 부석면 창리 포구) 등에 왜구의 침입이 잦았다. 그 증거가 대마도 관음사 불상이었다. 2012년 10월, 일본 대마도 관음사의 불상이 한국에 반입된다. 애초에 일본 유물인 줄 알고 도난품으로 여겨 돌려주려 했으나 안에서 불상 결연문(結緣文)이 나온 것을 확인한 결과 본래 금동관음보살좌상은 1330년(고려 충숙왕 17) 부석사에서 제작된 것이다. 1370년 전후 주변 지역을 5차례 이상, 1375년~1381년에는 여섯 차례 침탈한 기록이 있다. 1377년, 1379년 4월에는 해미, 1378, 1381년에는 서산인데 두 지역은 같은 인접 지역이다. 특히 부석사가 있는 도비산은 상륙하기 좋은 조건을 갖추고 있었다. 이런 점에서 왜구들이 부석사에 있는 불상을 훔쳐 대마도로 가지고 간 것으로 여겨지게 했다.

태종은 왜구 방어를 위해 덕산에 있던 충청병영을 이전하기로 결정한다. 이에 충청병영성을 1417년(태종 17)부터 1421년(세종 3)까지 축성 완료시켰다. 성벽 주위에는 탱자나무로 적을 막아 '탱자성'이라고 했다. 이때 충청병마도절제사영이 충청병마절도사영으로 이름이 바뀌었다. 바다를 중요하게 생각지 않게 되면서 충청병마절도사영은 1652년(효종 3) 청주로 옮겨 가게 된다. 대신 호서좌영(湖西左營)성을 설치했고 해미 현감과 영장을 겸하게 하는 겸영장제(兼營將制)

를 실시했다.

전영(前營)을 홍주(현 홍성), 우영은 공주, 중영을 청주, 충주에 후영을 두고 호서를 관할하게 했다. 영장은 토포사(討捕使)를 겸하였다. 호서좌영은 내포지방의 군사권을 행사하던 곳이다. 예하에 13개 군현[대흥군 · 온양군 · 면천군 · 서산군 · 태안군 · 결성군 · 예산군 · 평택현 · 아산현 · 신창현 · 덕산현 · 당진현] 등 호서의 북서부 지역을 관할했다. 겸영장은 군영을 관할하고 재판권을 행사했다. 조선 말 천주교인들이 이곳에 수감된 이유이기도 하다. 겸영장은 병무와 일반행정을 같이 해야 했기 때문에 문무를 겸해야 가능했다. 이순신과 같은 인물이 필요한 관청이었던 셈이다. 1693년(숙종 19)에 해미의 호서좌영이 온양으로 잠깐 이전한 적은 있지만 숙종 38년에 곧 되돌려져 조선과 함께 운명을 같이 했다. 해미에 수군이 있었다는 기록이다.

우의정 박종악이 또 아뢰기를, "해미의 방선(防船)과 병선(兵船)이 정박하는 선창은 조수가 물러가면 육지가 되기 때문에 매번 수군 조련시에는 경내의 장정들을 동원하여 포구를 파낸 뒤라야 겨우 겨우 배를 끌어내리니, 백성의 피해가 매우 큽니다. 만일 급한 일이 있을 경우 어떻게 해볼 수 없는 형편입니다. 선창에서 10리 거리 내인 홍주부(洪州府)의 한 면에 선창을 만들기에 합당한 곳이 있으니, 그곳을 해미에 떼어 붙이소서" 하니, 따랐다.

얼마 안 되어 감사가 불편하다고 말함으로 인하여 도로 취소하였다.

— 『정조실록』(34권) 1792년(정조 16) 3월 15일

정조 때 충청병영은 이미 청주로 이전했고 호서좌영이 설치되어 있던 때였는데도 수군이 배치되어 있는 곳이다. 『신증동국여지승람』에 보면 서거정(徐居正, 1420~1488)은 〈경파부동해징청(鯨波不動海澄淸)〉라는 시에서 해미의 바다 풍광을 노래했다.

> 백마가 힘차게 세류영(細柳營)에서 우는데, 웅장한 번진(藩鎭)의 저
> 절도사(節度使)가 장성(長城)을 이루었네.
> 늦은 가을 하늘 높이 세워진 큰 기의 그림자가 한가롭게 보이고,
> 진종일 투호(投壺)하는 소리마저 자세히 들려온다.
> 아낙네 소라 같은 쪽이 떠오르는 듯 산이 둘러싸 있고,
> 고래 물결 동하지 아니하고 바다는 맑고 깨끗하다.
> 서녘 바람이 얇은 솜옷을 한없이 불어 헤치니,
> 먼 길손 만 리 타향의 외로운 정을 견디기 어렵도다.

매우 평화로운 정경을 아름다운 문장으로 묘사하고 있다. 특히 큰 물결을 고래 물결에 비유하며 바다가 평온하고 맑고 깨끗한 점을 강조하고 있다. 이 시에서 세류영은 옛날 한 나라 문제(文帝) 때에 흉노족의 침략을 막으려고 대장 3명에게 출정을 명령하고, 문제가 친히 순시하는데 주아부(周亞夫)라는 대장이 있는 세류라는 지방이 가장 군기가 정엄하였으므로 황제의 칭찬을 많이 들었다. 그 후에 군사가 잘 정비된 것을 흔히 세류에 비유한다. 진시황은 북방의 흉노족을 방어하려고 만리장성을 쌓았는데, 사람에게 쓸 때 명장이 되는 사람은 그 만리장성에서 나온 장성에 비유한다. 투호는 조그만 병에다 활살같이 된 것을 던져 넣는 놀이인데 무장으로 전쟁이 없기에 그런 놀이나 한다는 것은 태평시대를 뜻한다.

해미읍성 성벽. 해미는 지금과 달리 바닷가에 위치하고 있었다.

해미읍성 청허정(海美邑城淸虛亭)은 이 지역 대표적인 누정(누각과 정자)
이다. 누각은 멀리 넓게 볼 수 있도록 다락 구조로 높게 지어 언덕
이나 돌, 혹은 흙으로 쌓아 올린 곳에 세우므로 대각(臺閣) 또는 누대
(樓臺)로 청허정은 북동부 구릉 정상에 위치하며, 둥근 기둥 8개 위에
우진각 지붕을 올린 전형적인 형태인데 예전에는 바다가 다 보일
수밖에 없었을 것이다. 해미성 옆에는 대표적인 포구로 양릉포(陽陵
浦)가 있었다. 양릉포는 천수만과 연결된다. 천수만을 거쳐 송나라
수도까지 가는 국제 해상로에 연결되어 있었다. 『신증동국여지승
람』(제20권)에는 안흥정(安興亭)이 현 동쪽 11리에 있다고 했는데 내용
은 다음과 같다.

  "고려 문종(文宗) 31년에 나주도 제고사 태부소경(羅州道祭告使大府
少卿) 이당감(李唐鑑)이, '중국 조정의 사신이 왕래하는 고만도(高蠻島)
의 정자는, 수로가 약간 막혀 있어 배의 정박이 불편하오니, 청하건

대 홍주(洪州) 관할하의 정해현 땅에 한 정자를 창건하여 맞이하고 보내는 장소로 삼도록 하소서' 하니 제서[制書, 임금의 명령을 사람들에게 알리려고 적은 문서]를 내려 그 말을 따랐다"

『신증동국여지승람』만이 아니라 『고려사』(高麗史) 「세가」 1077년(문종 31) 7, 8월조에 "보령 고만도에 있는 정자가 사신을 맞는데 어려움이 있어, 안흥정을 설치하였다"라고 되어 있다. 해미면 양림리(良林里)에 있었던 양능포항(良陵浦港)에 배를 대고 해미 동쪽 산수리(産水里)에 있었던 안흥정에서 사신들이 묵고 쉬었다. 안흥정은 단지 정자가 아니라 국가의 국제 객관이라고 할 수 있다. 산수리에는 안흥정지(安興亭址)가 있다.

12세기에 『선화봉사고려도경』(宣和奉使高麗圖經)에 보면, 1123년(인종 1) 송나라의 사신 서긍(徐兢)이 안흥정이라는 객관에 머물렀다. 양릉포는 고려시대만 해도 국제항구였다고 볼 수 있는데, 그 대표적인 사례 가운데 하나가 성리학을 들여온 정신보(鄭臣保, ?~1261)이다. 출생지는 저장성(浙江省)이다. 송(宋)나라 말에 형부원외랑(刑部員外郎)을 지냈는데, 원나라가 대륙을 통일하자 남송에서 배를 타고 고려로 망명했다. 1237년 천수만 간월도(看月島)에 표착했다.

간월도는 조선 개창의 공신 무학대사가 바다에 뜬 달을 보고 깨우침을 얻은 곳이다. 간월도 바다와 해미 충청병영 앞 바다는 이어져 있었다. 이후에 정신보는 도비산이 있는 부석면 인근에 올라 처음 거주했고 서산으로 이주했다. 이후 1269년(원종 10) 인주(麟州, 의주) 태수를 지냈는데 1292년(충렬왕 18) 송나라의 문물과 유학(儒學)을 전한 공적을 평가받아 문하시랑평장사(門下侍郎平章事)에 추증되었다. 여기에서 유학은 공자사상이 아니라 성리학으로 짐작되고 있다. 이

때문에 기존에 성리학을 들여온 이가 안향이 아니라 정신보라는 주장이 설득력을 얻고 있다.

한국 성리학의 공식적인 기원은 1290년경 안향(安珦, 1243~1306)이 들여온 것인데 그것보다 50여년이 빠르다. 첨의밀직사사(僉議密直司事) 채모(蔡謨, ?~1302)는 「정신보 묘갈명」에서 "公以性理之學, 敎誨生徒, 東方之人, 始得觀兩程之書"라고 했는데 그가 성리학을 가르쳤고 많은 이들이 따랐다. 즉 제자들이 많았다는 것을 말한다. 특히 성리학을 집대성한 주희의 스승인 정명도, 정이천의 학문이라는 단어가 명확하게 들어 있다.

정신보는 인근 덕산(德山)의 오영로(吳永老)의 딸 고창오와 혼인해 양렬공(襄烈公) 정인경과 정인준을 낳았다. 문과 급제 후 도첨의중찬(都僉議中贊)을 지낸 정인경(鄭仁卿)이 서산 정씨의 시조가 되었는데 정신보는 본래 명나라 제독 정화(鄭和, 1371~1435)와 같은 가문 출신이다. 절강성 포강현에 있는 의문정씨 '강남제일가'가 남아 있다. 정화는 영락제(永樂帝)의 총애를 받는 자로 영락제의 명령에 따라 대선단을 이끌고 1405년부터 1433년까지 28년 동안 남해에 일곱 차례의 대원정을 했던 인물이다. 300척의 배와 2만5000여 명의 선원이 동원되었고 배 안에는 막대한 물자와 보물이 있었다. 1492년 콜럼버스가 신대륙을 발견하기 70년 전 아프리카까지 항해했다. 스리랑카인 실론왕국과 전투를 벌여 왕을 잡기도 했다.

서산 정씨의 후손으로 정인홍(1536~1623)이 있는데 신채호가 정인홍을 주목하여 대단히 높이 평가했다. 정인홍에게서 사회개혁의 정신을 찾으려 했기 때문이다. 단재는 건강이 악화된 후 벽초 홍명희에게 보낸 편지에서 집필 구상 중이던 『정인홍약전』(鄭仁弘略傳)이 자신의 죽음과 함께 땅에 묻히는 것을 매우 애석하게 생각했다고 한다.

여하간 정신보는 해미 앞바다의 해로를 이용해서 성리학을 들여왔고 그것이 고려 사대부들에게 영향을 주고 조선을 개창하게 만들었다고 해도 지나침은 없을 것이다. 바닷길이라는 점에서 봤을 때 해미를 품고 있는 가야산에는 그런 흔적이 있다. 서산마애삼존불은 산동성 석불을 백제식으로 재창조했고, 당나라 유학을 가려던 원효가 해골물을 마시고 깨우침을 얻었다는 원효봉도 있다. 이곳은 이순신과 또 다른 인연이 있다.

조선 실학자 이긍익(李肯翊)이 집필한 『연려실기술』(燃藜室記述)에 따르면 1598년 2월, 수사도독(水師都督) 진린(陣璘)이 덕적도를 거쳐 절강 병선 500척을 이끌고 충청수영 관내인 당진(포)에 상륙했는데 북쪽 해미 접경지역 대호만이다. 최치원이 부성군(서산시) 태수로 있으면서 명나라 하정사로 오갔던 바다이기도 하다. 이곳에 명나라 배는 정박하고 진린만 따로 배를 타고 한양에 들른 뒤에 다시 이순신이 있는 남해로 길을 떠났다. 한편 이곳은 이양선이 자주 출몰하던 곳이기도 하다. 조선시대 대호만은 해미현 관할이었고, 조선말에 독일 제국의 오페르트가 통상을 요구하던 곳이다.

『고종실록』(3권) 1866년(고종 3) 2월 18일을 보면 "공충 감사(公忠監司) 신억(申檍)이, '이달 11일 이양선(異樣船)이 평신진(平薪鎭)의 조도(鳥島) 앞까지 와서 떠다니다가 12일에는 해미현(海美縣)의 조금진(調琴津, 대호지면 조금리)에 와서 정박했습니다"라고 했다. 이 이양선이 오페르트가 상해에서 타고 온 로나호였다. 그는 조금진에서 조선 정부에 통상을 요구한다. 당시 해미 현감 김응집(金膺集)은 조금진에 이르러 오페르트의 요구에 따라 여러 차례 만난다. 그러나 다른 나라와 통상을 금지하고 있는 조정의 정책 때문에 통상 요구에 응할 수 없었다.

여전히 조선은 바다를 외면하고 있었다. 만약 이순신이라면 해로를 통한 통상의 필요성을 역설했을지도 모른다. 조선 정부가 들어주지 않자, 1868년 오페르트는 아산만에 모선을 정박시키고 삽교천을 따라 들어가 남연군 묘를 파헤치고 유물을 볼모로 삼아 통상을 요구하려 한다. 그러나 물때가 급하여 성공하지 못한다. 바다에는 물때가 있는 것인데 이를 미처 헤아리지 못해 실패한 셈이다. 이순신처럼 바다를 잘 알고 익숙했다면 그런 일은 덜했을 것이다. 해미 병영에는 이순신에 관한 세 가지 일화가 전한다. 이분의 『이충무공행록』을 보면 다음과 같다.

> 그 해 겨울에 공(이순신)이 충청병사(忠淸兵使) 군관이 되었는데, 그가 거처하는 방에는 다른 아무 것도 없고 다만 옷과 이불뿐이었다. 근친(覲親)하러 가게 되는 때면 반드시 남은 양식을 주관자에게 돌려주니 병사가 듣고 경의를 표하였다. 어느 날 저녁 병사가 술에 취해서 공(이순신)의 손을 끌고 어느 군관의 방으로 가자했는데 그 사람은 병사와 평소부터 친한 이로서 군관이 되어 와 있는 사람이었다. 공(이순신)은 대장으로서 군관을 사사로이 가 본다는 것은 마땅하지 않다고 생각하여 짐짓 취한 척 병사의 손을 붙잡고, "사또 어디로 가시오?" 하고 말하자 병사도 깨닫고 주저앉으며, "내가 취했군, 취했어…" 하였다.

1579년(선조 12) 12월 추운 겨울이다. 이순신은 좌천되어 충청병영이 있는 해미로 왔다. 날씨는 추운데 방에는 옷과 이불밖에 없었다. 그의 검소한 생활을 알게 한다. 근친은 귀녕(歸寧)이라고도 하는데 어버이를 뵙는 것을 말한다. 이순신이 어버이를 보기 위해 아산으로 가야 할 날이 있을 터인데, 그때 받은 양식을 그대로 가지고 가지 않고 남은 것은 병영에 돌려주었던 것이다. 남은 양식이니 집에 줄 수도 있지 않을까, 더구나 이순신 집은 그렇게 부자는 아니었는데 말이다. 그는 그렇게 사소한 재물이라도 공용물인 경우에는 자기가 소유하지 않았다.

여기에서 병사는 병마절도사를 말한다. 그가 술에 취해 자신의 벗이지만 군관으로 근무하고 있는 사람을 만나려 한 것은 사사로운 행동으로 이런 행동들은 나중에 객관적이고 합리적인 원칙들을 허물게 된다. 이에 조직의 기본 운영 원칙들을 잘 지키려 했던 이순신이 그 언행을 제지하고 있는 대목을 보면, 이순신은 냉정하기보다는 조직 전체 그리고 그 조직의 목적과 기능을 생각하고 관리들이 이에 부합해야 한다는 점을 생각하게 만든다.

이때의 병마절도사는 어느 기록에도 없지만 짐작을 해보면 이정(李挺)이다. 이정은 1551년(명종 6) 별시 무과에 급제, 1556년(명종 11) 함평 현감을 시작으로 1567년(명종 22)에 부산첨사에 이어 1569년(선조 2)에는 동래부사를 지낸 인물이다. 1571년(선조 4) 경상좌도 수군절도사에 제수되었다가 2년 뒤인 1573년 충청 병마절도사가 되었다고 전한다. 그는 적어도 1581년 봄까지는 해미 충청병영에 있었다. 『선조실록』(15권) 1581년(선조 14) 3월 3일 기사에는 사헌부가 충청병사 이정 등을 탄핵한 내용이 있다.

"사헌부가 아뢰기를, '동부 참봉(東部參奉) 구곤원(具坤源)은 가정에서 행실이 패려하니 파직을 명하소서. 충청병사 이정은 전일 경상수사로 있을 때 탐학하고 비루한 일이 있었으니 파직시키소서. 부사과(副司果) 이의(李艤)는 동류를 모함하고 그 자리를 대신하려고 엿보았으니 파직시키고 서용하지 말게 하소서.' 하니, 답하기를 '구곤원은 아뢴 대로 하고 이정은 체직할 것이며 이의의 일은 윤허하지 않는다' 했으나, 뒤에 윤허했다."

파직은 관직에서 쫓아내는 것이지만 체직은 관직을 바꾸는 것을 말한다. 1579년 이순신이 해미 병영에 근무할 때 이정도 있었을 것이다. 상당히 나이가 많은 노구의 몸이었을 가능성이 많다. 다른 기록에 보면 1575년에 사망한 기록도 보이기 때문이다. 어쨌든 그는 실록에 따르면 1581년까지는 생존해 있었다. 한편 병조참판을 지낸 백담(栢潭) 구봉령(具鳳齡, 1526~1586)은 문집에 당시 병영의 모습을 보여주는 시를 남기기도 하였다. 구봉령은 1581년 대사헌에, 1592년 병조참판·형조참판 등을 지냈는데 동서 붕당 갈등에서 중립을 지키려는 가운데 시문이 기대승에 비견되기도 했다. 「혼천의기」(渾天儀記)를 짓는 등 천문학에 대해서도 관심과 소양이 있었는데 그는 한때 충청도·황해도·호남지역에 어사로 나가 가뭄들의 재난에서 민심을 수습하기도 했다.

그런데 해미는 이제 바다와 멀어졌다. 해미 앞바다로 통하는 천수만에 서산방조제가 1984년에 만들어졌기 때문이다. 초속 8.2m의 강한 조류가 흐르던 곳을 300m의 유조선으로 가로막았다. 방조제로 바다를 막은 것은 천수만과 해미의 숨통을 끊어놓은 것이었다. 역사를 막은 것이고 미래의 희망도 막은 것이다. 담수호가 된 바다는 썩어가고 천수만은 어족 자원이 고갈되었으며 해미 서산 일대의 해로와 해산물로 풍부하던 풍광은 사라졌다. 대륙이 열렸지만 바닷길은 닫혀 있다.

한편, 해미는 원균과 인연이 있는데 삼도수군통제사에 이순신을

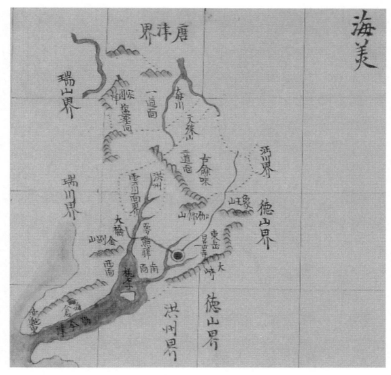

해미의 고지도

앞히고 이순신과 원균이 남해에서 갈등을 빚자 고민을 하던 조정에
서는 1594년 12월 1593년(선조 26) 7월 원균을 충청 병마절도사에 오
르도록 했다. 서울로 가깝게 오게 된 원균이 이순신을 의심하기 시
작하던 조정 대신들에게 이순신에 대한 비판과 공격을 끊임없이 했
다. 그러나 원균은 이미 그 한계가 노출되었다. 『선조실록』 1596년
(선조 29) 5월 7일자에 원균의 실정이 나온다.

　　　"신이 충청도 남포 땅에 있을 때에 보니, 부역(노동 동원)이 많아서 백성이 편히 살지 못하였습니다. (중략) 병사 원균은 상당산성을 쌓으면서 사정도 살피지 않고 어려운 고을이든 넉넉한 고을이든 무조건 각각 2~3백 명씩 부역에 참여하도록 조치하였습니다. 생활 근거가 분명하지 않은 자들은 부역을 피해 떠돌이가 되고, 남아 있는 자들도 앞날을 알 수 없게 되었습니다. 백성이 원망하고 배반한다면 성을 아무리 굳게 쌓은들 누가 지킬 것입니까. 게다가 한창 농사철에 백성을 동원하니 원망이 더욱 극심합니다. 우선 농한기를 기다려 성 쌓기에 백성을 동원하는 것이 마땅합니다."

김응남이 말했다.

"윤형은 잘못된 점을 아뢰었지만 원균 같은 사람은 쉽게 얻을 수 있는 인물이 아닙니다. (중략) 원균은 수군 장수의 재주를 지녔으나 이순신과 서로 의견이 맞지 않으므로 할 수 없으니, 혹 경기 수사를 제수하면 그 재주를 펼 수 있을 것입니다"

원균이 충청병사로 있으면서 잘한 일이 없다고, 그의 실정을 보고하는 글이다. 원균을 옹호하고 두둔하는 김응남은 원균이 수군에 더 적합하다고 말했으나 이미 임진왜란 과정이나 정유재란 당시 칠천량해전의 패배는 그의 한계를 명확하게 말해주고 있다. 초기 수군전투에서도 원균은 제대로 된 독자적 전투를 수행하지 못했다. 초기 전투에서 도피를 했고 이순신이나 이억기가 있어야 가능해서 연합전선을 해야만 할 때도 비협조하는 경우가 많았다.

한편, 많은 평자들이 원균은 육군에 더 맞는 인물이라고 말을 한다. 그가 청주 상당산성이라고 하는 육군 중심의 산성에 신경을 썼는데 그렇게 쌓은 상당산성은 무너져 내렸다. 그렇다면 육전이나 수전이나 이런 전투 형태가 아니라 행정과 내치는 원균이 잘했을까? 즉, 해미의 충청 병영 상황까지 볼 필요가 있다.

> 사헌부가 아뢰기를, "충청병사 원균은 사람됨이 범람(泛濫)하고
> 게다가 탐욕 포학하기까지 합니다. 5~6월에 입방(入防)한 군사를
> 기한 전에 역을 방면하고 그 대가로 씨콩을 거두어 다 농사(農舍)로
> 실어 보냈습니다. 또 무리한 형벌을 행하여 잔혹한 일을 자행하여
> 죽은 자, 앓다가 죽는 자가 많아서 원망하고 울부짖는 소리가 온 도
> 에 가득합니다. 이와 같은 사람은 통렬히 다스리지 않을 수 없으니
> 파직하고 서용하지 마소서."
> ―『선조실록』(66권) 1595년(선조 28) 8월 15일

범람은 강물이 넘치듯이 필요 이상으로 지나친 언행을 하는 행태
를 말한다. 개인적인 성격이 그러하다 해도 탐욕이 있고 형벌 집행
에서 잔혹하기까지 했다. 복무 중인 병사를 통을 대가로 자의적으
로 봐주거나 지나친 형벌로 사람을 상하게 하고 목숨을 잃게 하고
있었다. 적어도 이순신은 이런 탄핵을 받아 본 적이 없다.

이런 원균의 행태는 한시적이 아니었다. 『선조실록』(81권) 1596년
(선조 29) 10월 21일 기록에 김순명(金順命)이 "충청도의 인심이 대부분
불편하게 여긴다고 합니다"라고 말한다. 그런데도 원균은 제지를
받지 않았다. 그것은 조정에서 원균에 대해 옹호하는 이들이 많았
기 때문이다. 선조부터 그러했다. 『선조실록』(81권) 1596년 10월 21
일의 기록을 보면 선조가 원균에 대해 "죽음을 두려워하지 않는다
고 한다"라고 한다. 황해도관찰사 조인득(趙仁得, ?~1598)도 "소신이
일찍이 종성(鍾城)에서 그를 보니, 비록 만군이 앞에 있어도 횡돌(橫突)
하려는 의지가 있었습니다"라고 했다.

선조는 이어 "이와 같은 장수는 많이 얻을 수 없다"라고까지 한다. 원균이 전투에서 두려움을 모르는 선봉의 맹장이니 함부로 내칠 수 없다는 것이다. 그런데 우의정 겸 4도체찰사 이원익은 원균에 대해 매우 비판적이었다. "전투에 임할 때와 평상시와는 같지 않습니다. 원균과 같은 사람은 성질이 매우 거세어서 상사와 문이(文移)하고 절제하는 사이에 반드시 서로 다툽니다"라고 말한다. 그는 전장에서 전투적인 모습이 평상시 인간관계에 그대로 나오기 때문에 다툼이 일어난다고 보고 있다.

한발 더 나아가 이원익은 말한다. "원균에게는 군사를 미리 주어서는 안 되고, 전투에 임해서 군사를 주어 돌격전을 하게 해야 합니다. 평상시에 군사를 거느리게 하면 반드시 원망하고 배반하는 자들이 많을 것입니다" 평소에 군사를 잘 운영하지 못하는 점을 지적하고 있다. 안하무인 독불장군식의 태도를 보이는 수장이라는 점을 생각하지 않을 수 없다. 더구나 이원익은 "원균이 어찌 지극히 청렴하기까지야 하겠습니까"라고까지 한다.

이원익은 더 극단적으로 "원균은 전공(戰功)이 있기 때문에 인정하는 것이지 그렇지 않다면 결단코 기용해서는 안 되는 인물입니다"라고 말했다. 전투에서 세운 공이 없다면 기용해서는 안 되는 자라는 것인데 한편 과연 원균이 공헌이 있느냐 하는 점이다. 이순신이나 이억기 등이 아니라면 홀로 공을 세운 것이 거의 없다. 그러면서 이순신은 공이 없다는 점을 여러 차례 언급했다. 종종 상황은 시간이 지나면 진실을 드러낸다. 『선조수정실록』은 인조~효종 때 『선조실록』을 수정하고 보완하여 다시 기록한 것이다. 이때 기록은 좀 객관적으로 상황을 평가하고 기술하고 있다.

경상우수사 원균을 충청절도사로 옮겨 제수했다. 원균이 이순신
(삼도수군통제사)의 차장(次將, 밑의 장수)이 된 점을 부끄럽게 여기고서
절제(節制)를 받지 않으니 이순신은 여러 차례 글을 올려 사면을 청
하였다. 이에 조정에서는 누차 도원수에게 공죄(功罪)를 조사하게 하
였는데, 원균은 더욱 거침없이 욕지거리를 내뱉어 하는 말이 모두
추악했다.

이순신 또한 원균이 공상(功狀)이 없음을 말하는 가운데 실상과 다
른 한 조목이 끼어 있었다. 그런데 조정에서는 대부분 원균을 편들
었으므로 마침내 모두 탄핵을 당했다.

상(선조)이 다시 비변사에게 조정하게 하였는데, 단지 원균은 체차
(遞差)시켜 육장(陸將)을 삼고 이순신은 병사로 죄책감을 가지고 스스
로 공을 세우게 하였다. 원균은 서울과 가까운 진(鎭)에 부임하여 총
애받는 권신(權臣)과 결탁해 날마다 허황된 말로 이순신을 헐뜯었는
데, 이순신은 성품이 곧고 굳세어 조정에서 대부분 이순신을 미워하
고 원균을 칭찬하였으므로 명실(名實)이 도치되었다.

— 『선조수정실록』(28권) 1594년(선조 27) 12월 1일

1593년 이순신이 새롭게 생긴 삼도수군통제사에 오르고 원균은
수군절도사가 되어 이순신의 부하가 된다. 원균은 같은 수사 위치
에서 이순신이 더 높은 지위에 오르자 불만을 갖게 된다. 삼도수군
통제사는 충청, 전라, 경상도의 수군절도사를 통제하는 위치에 있
기 때문에 이순신은 원균의 상관이었다. 결국 원균은 수군절도사를
거부하고, 이순신은 이런 상황이 되자, 사면(辭免) 즉 삼도수군통제사
자리에서 물러나겠다고 밝힌다. 이러는 가운데 서로 갈등은 심해졌
다. 무엇보다 이순신은 원균이 공적이 없다고 했고, 원균은 이순신

이 허위로 공적을 부풀린 것이 있다고 공격했다.

결국 원균은 충청병마절도사로 자리를 옮기게 하고 이순신은 삼도수군통제사로 옮겼는데 원균은 충청병영이 있는 해미에 있어 서울과 가까워 자신과 친한 권신들에게 이순신에 대한 비판적인 분위기를 계속 조장했다. 조정에는 이순신이 성품이 곧고 굳세어 싫어하는 대신들이 있었지만, 이순신이 결국 옳았음이 증명되었다. 왜 원균은 공적이 별로 없음에도 중요한 인물로 다뤄졌을까. 그것은 결국 정치역학이었다.

신경(申炅, 1613~1653)은 「재조번방지」(再造藩邦志)에 "당시에 서인은 원균을 편들고 동인은 순신의 편을 들어 서로 공격했다"라고 했다. 그런데 선조의 시각에서 볼 필요가 있다. 당시 집권당이었던 동인이 이순신을 천거했고 옹호했기에 선조는 그를 서인이 옹호하는 원균을 통해 견제할 필요성도 있었다. 이순신을 중심으로 세력이 커지는 것도 제어할 필요가 있겠다고 본 것이겠다. 견제와 균형을 통해 자신의 권력을 지켜야 하는 것이 왕이다. 그런데 설마 원균이 그렇게 심하게 패할 줄은 상상도 못했을 것이다. 결국 정치적 역학은 패전으로 이어진다는 것을 원균이 여실하게 보여주었다.

이러한 대목에서 어떤 합의점을 얻어야 할까. 원균은 해상 전투에 대한 기본적인 소양이나 이해가 부족했고, 관심도 별로 없었다. 그가 저돌적이라는 점 때문에 맹장(猛將)이라는 측면도 부각되었지만 장수란 전투에서만 존재하는 것이 아니라, 기관이나 지역을 관리·운영하는 능력도 매우 중요하다. 이순신에 비해 원균은 그 점에서도 많이 부족했다. 다만 원균은 정치적 역학 구조에서 그것을 활용하고 호언장담만 하다가 결국 많은 이들을 위태롭게 만들었다.

그것을 회복시킨 것은 이순신이었다. 이순신이 충청병영에서 보였던 검소하고 사심없는 태도는 임진왜란과 정유재란 때도 여전히 유지되었다. 그러나 원균은 결국 자신뿐만 아니라 수많은 사람들을 고통에 빠뜨리고 나아가 죽음에 이르게 했으니 청년기의 태도가 결국 사람의 삶, 그 결말을 정하는 셈이다. 이러한 이순신의 정신은 그를 의심한 선조도 일단 인정하지 않을 수 없었다.

> "그대의 직함을 갈고 그대에게 백의종군하도록 하였던 것은 역시 이 사람(선조)의 모책이 어질지 못함에서 생긴 일이었거니와 그리하여 오늘 이 같이 패전의 욕됨을 만나게 된 것이라 무슨 할 말이 있으리오, 무슨 할 말이 있으리오."
> ─ 1597년 7월 23일, '기복수직교서(起復授職敎書)'

4) 수군 장군 발포만호 이순신

1580년(선조 13) 이순신은 36세였다. 그해 7월, 해미 군관으로 있던 그는 발포만호가 된다. 발포만호는 종4품 수군 장수로 종8품 군관에 비해 8계급이 높았다. 서익의 일이 오히려 전화위복이 되었다는 평가다. 그런데 발포는 좀 멀었다. 전남 고흥(도화면)에 있었다. 발포만호로 18개월 동안 그는 수군 지휘관이 되었다. 불과 2년여 전에 함경북도 끝에 있던 이순신은 이제 조선에서 가장 끝자락에 속한 병병에 있었다. 그러나 멀리 있어도 그는 이제 군관이나 봉사가 아니라 만호였다.

만호는 본래 진(鎭)을 관장하는 종4품 무관직이었다. 수군만호는 수군첨절제사와 수군절도사의 지휘를 받았는데, 수사는 조선시대의 정3품 당상관이었다. 수군절도사는 줄여 수사(水使)라고 불렀고, 조선 건국 초에는 수군도절제사였다.

1420년(세종 2) 수군도안무처치사(水軍都安撫處置使)로 했다가 1466년(세조 12) 관제 개편에서 수군절도사로 확정했다. 세종 때 수군도안무처치사 밑에 도진무(都鎭撫)와 도만호(都萬戶), 만호(萬戶)를 두었는데 세조 때 도진무를 우후(虞候), 도만호를 수군첨절제사(水軍僉節制使)로 변경했다. 본래 건국 초에는 수군도절제사를 경기좌도·경기우도와 충청도, 전라도, 경상도에 두었다. 역시 세조 때 경기도와 충청도, 경상좌도, 경상우도, 전라좌도, 전라우도에 전임직 수군절도사를 1명씩 두었다.

수군절도사─수군첨절제사─수군만호라는 체계로, 수군절도사는 1인의 첨절제사를 두고 첨절제사는 7~10명의 만호를 둔다. 당상관은 조정에서 정사를 논할 때 당(堂) 위에 올라앉을 수 있는 관직을 말한다. 조선시대 수군의 편제는 왜구를 막기 위한 것이었다. 왜구 방어 때문에 전라와 경상도 해안에만 수군절도사를 두 명 배치하고 수영도 2곳에 설치했다. 그렇기 때문에 경상좌수영과 우수영, 전라좌수영과 우수영이 있게 되었다. 이외 지역에는 관찰사가 수군절도사를 겸했다.

건국 초에는 수군의 독자적인 지휘 권한이 없었지만 세종 시기 이후로 권한을 갖기 시작했다. 하지만 여전히 제한적이었다. 함부로 육지로 이동하거나 옮겨 다닐 수 없었다. 『경국대전』(經國大典)에 따르면 수군절도사의 임기는 720일 근무하는 수영(水營) 소재지를 주진(主鎭)이라 했으며, 경기도는 남양 화량만(花梁灣), 충청도는 보령, 경상좌수영은 동래(東萊, 釜山), 경상우수영은 거제 가배량(加背梁), 전라좌수영은 순천(順天, 麗水) 오동포(烏桐浦), 전라우수영은 해남(海南)에 두었다고 기록하고 있다.

그리고 전함에서 근무를 해야 했고 여러 포를 순찰해야 했다. 뿐만 아니라 군선과 무기의 관리, 군사훈련을 관리해야 한다. 특히 중요한 임무는 선박의 건조와 수리였다. 더구나 배는 바다에서 움직이기 때문에 부식이 있을 수밖에 없었다. 전선(戰船)·방선(防船)·병선(兵船) 등의 배가 있었고 이런 배들을 만들고 수선하기 위해서는 수영별로 관장하는 나무숲이 있었다. 수영은 모두 석성(石城)이고, 직속군이 있으며 속읍·속진에도 군선(軍船)·병력이 배치되는데 엄격하게 정해진 수가 있었다. 배에서 근무하고 여러 포구를 살피면서 다녀야 하기 때문에 육지보다는 더 어려운 점이 있을 수밖에 없었다.

이순신이 수군절도사가 되기 전에 반드시 거쳐야 할 곳이 수군만호의 직위였는데, 1580년에 임명되었다. 임진왜란이 일어나기 12년 전이었다. 수군만호는 해군의 최전방 일선 지휘관이다. 만호라는 용어는 원래 고려시대에 쓰이던 용어인데 글자 그대로 호구 수를 반영했다. 만호의 사람들을 관리하는 직책을 말한다. 조선시대에 들어서면서 호구 수에 관계없이 포(浦)를 관리하는 관직명이 되었다. 종4품 만호부터는 장군이라고 호칭하게 된다. 이순신은 드디어 장군이 된 것이다.

전라좌수사는 흔히 5관(官) 5포(浦)를 관리해야 했다. 5관은 순천, 낙안, 보성, 광양, 흥양이며, 5포(浦)는 방답, 사도, 발포, 녹도, 여도였다. 5관 가운데 하나인 흥양현은 고흥읍이다. 5포 중의 4개, 4포 사도고흥 영남면, 여도점암면, 발포, 녹도도양읍가 모두 고흥군에 있었다. 방답진은 여수 돌산도에 있었다. 흥양현의 수령은 현감이었고 4포의 수령은 사도가 첨사(사도첨사)였다. 나머지 3포는 모두 만호(여도만호, 발포만호, 녹도만호)였다.

고흥이 이렇게 중요하게 여겨지는 것은 그만큼 주변이 거의 바다로 둘러싸여있는 반도지형이기 때문이다. 2006년 3월, 고흥군 포두면 길두리에서 대형 백제 고분이 발견되었다. 포두면 길두리는 북발포만에서 북쪽으로 가까운 바닷가로 들어온 만에 있는 곳이다. 백제는 해상왕국으로 해안을 매우 중요하게 여겼던 나라였다. 무령

왕릉 이후 가장 큰 백제의 고분이어서인지 유물도 달랐다. 이 대형 고분에서는 금동관(金銅冠), 금동신발, 연호문경(連弧紋境, 구리거울), 환두도(環頭刀), 철제갑옷 등 5세기 초 최고 지배자를 뜻하는 위세품(威勢品)이 다량으로 발견되었다. 삼한시대 마한 54소국의 하나였던 고흥 지역은 3세기경 백제에 복속된 것으로 알려지고 있다. 무엇보다 왜 제(倭製) 갑주(甲冑, 갑옷과 투구)여서 당시 이 지역이 왜 나라와 교류가 있던 곳이었음을 짐작할 수 있었다.

반도인 고흥은 동쪽으로 순천만과 여수를, 서쪽으로 보성만과 보성·장흥을, 남쪽으로는 남해바다를 접하고 있었다. 이곳은 육군 장수와 병사, 병장기보다는 수군이 절대적으로 필요한 곳이었다. 또한 그러한 해상활동에 능한 이들이 많을 수밖에 없었다. 이순신의 부하 장수들과 군졸들 중에 고흥 출신이 많았다. 휘하에서 활동했던 장수 144명 가운데 33명(23%)을 배출했다. 무엇보다 이순신이 근무한 발포만호진이 설치된 것은 세종시기이다. 『세종실록』(85권) 1439년(세종 21) 4월 11일을 보면 이렇게 기록되어 있다.

> 병조에서 아뢰기를, "전라도 소흘포(所訖浦)는 방수(防戍)하기에 마땅하지 않아서 이미 발포(鉢浦)에 병선을 이박(移泊)하였사온즉, 청하건대, '포만호(浦萬戶)'라는 칭호로써 인신(印信)을 개주(改鑄)하게 하옵소서" 하니, 그대로 따랐다.

소흘포가 방어하기에 적당하지 않으니 발포에 포만호를 설치해 달라는 요청이었고 그것을 세종이 받아들인다. 발포만호성은 고흥군 도화면 발포리 성촌마을을 중심으로 있다. 그 규모는 어떠했을까. 『성종실록』(245권) 1490년(성종 21) 윤9월 29일 기록을 보면 "전라

발포성 성벽. 이곳에서 이순신은 본격적인 수군 실전 경험을 쌓는다. 발포는 전략적으로도 중요하고 왜선과 맞닿은 최전선에 있었다.

도의 발포성은 둘레가 1천 3백 60척인데, 높이는 모두 13척이었다"라고 되어 있다.

1485년 3월 25일 4도 순찰사 홍응(洪應)이 각 군사 시설에 대해 서계(書啓)했는데 발포의 내용을 보면 발포만호성의 규모가 좀 더 자세히 나와 있다. "발포의 보를 설치한 곳은 좌지가 남향인데, 둘레가 1천 3백 60척이고, 동서의 길이가 4백 척이고, 남북의 너비가 1백 80척이며, 보 안의 샘이 하나입니다"라고 했다. 발포만호성은 다른 성에 비해 좀 작은 규모였다. 가장 큰 성은 좌도 수영의 보(堡)인데 포백척(布帛尺)으로 재면 둘레가 3천 6백 34척, 동서의 길이가 1천 2백 척, 남북의 너비가 9백 8척이며 안의 샘이 여섯이었다.

다음으로 순천(順天) 돌산포의 보는 둘레가 3천 6백 척, 남북의 길이가 1천 2백 56척이고, 동서의 너비가 4백 30척이며, 보 안의 샘이 셋이었다. 녹도의 보는 둘레가 2천 20척, 동서의 길이가 8백 10척, 남북의 너비가 4백 4척이며, 보 안의 샘이 둘이었다. 장흥(長興) 회령포(會寧浦) 보는 둘레가 1천 9백 90척(尺)이고, 남북의 길이가 3백 70척이며, 포(浦) 안의 샘이 다섯이었고, 여도(呂島)의 보는 둘레가 1천 6백 80척, 동서의 길이가 4백 척이고, 남북의 너비가 2백 40척이며, 보 안의 샘이 하나였다. 마지막으로 발포성보다 약간 큰 사량

(蛇梁, 포두면 옥강리)의 보는 둘레가 1천 4백 40척, 남북의 길이가 4백 척, 동서의 너비가 1천 척이며, 보 안의 샘이 둘이었다. 사량진은 서향이고, 좌수영은 동향인데 발포성은 다른 곳과 마찬가지로 햇빛이 잘 드는 남향이었다.

무엇보다 발포만호성은 고흥반도의 최남단에 있기 때문에 고흥 반도 앞바다로 지나는 모든 배들을 관찰하고 정보를 수집할 수 있는 위치에 있었다. 그런 역할을 위해서도 크기가 중요한 것은 아니었다. 발포를 포함한 고흥지역은 왜구의 출몰과 떼어놓을 수 없는 지역이었다. 조선시대로 들어서면서 왜구의 침입이 줄어들기는 했지만 세종 때에도 상황은 같아서, 천호 김정부가 왜인 9인을, 천호 최완이 왜인 38인을 체포하기도 했다.

전라도 관찰사가 치보(馳報)하기를, "금년 8월 15일에 왜인 9인이 나로도(羅老島)에 도착한 것을 발포천호 김정부(金井缶)가 쫓아가 체포하였습니다. 또 19일에는 왜인 38인이 4척의 배를 나누어 타고 개도(蓋島)로부터 나와서 이로도(伊老島)에 향하는 것을 여도천호(呂島千戶) 최완(崔浣)이 뒤쫓아 가서 사로잡았습니다"고 하였다.
　—『세종실록』(97권) 1442년(세종 24) 8월 24일

병조에서 아뢰기를, "전라도 발포·여도에서 체포한 왜인 등은 비록 증명서를 가졌으나, 여러 섬 안에 깊이 들어와서 횡행(橫行)한 것은 매우 온당하지 못했으니 이 뜻으로 우선 타일러서 돌려보내고, 또 예조에게 이르러, 종정성(宗貞盛)에게 서한을 보내어 단속하게 하는 것이 어떻겠습니까" 하니, 그대로 따랐다.
　—『세종실록』(97권) 1442년(세종 24) 8월 27일

이들은 주로 대마도에 근거지를 갖고 있었다. 당시 대마도주(對馬島主)는 종정성(宗貞盛)이었다. 종정성은 대마도 정벌을 불러일으킨 도주였다. 1418년(태종 18) 대마도 정벌이 단행된다. 대마도 통치자 종정아(宗貞茂)가 죽고 아들 종정성이 이어받았으나 그가 아직 어려서 통제가 느슨한 때였는데, 대마도에 가뭄이 드니 조선의 비인(庇仁)·해주(海州) 해안 지역을 약탈했다. 이에 대마도 정벌을 결정한 것이다.

대마도에 도착한 조선군은 종정성에 항복을 요구했으나 응답이 없어 수색하여 1백여 명의 왜구를 참수하고 131명의 명나라 포로를 찾아냈고, 명나라 사람 15명과 조선인 8명을 구출했다. 가옥 2천여 채 이상이 불탔다. 이후 종정성은 항복을 하고 신하의 예를 갖추겠다고 했으며 경상도의 일부가 되기를 원했고 왜구를 통제하며 조공을 바치겠다고 했다.

그러나 정상적인 국교는 힘들었다. 조선이 대마도주의 제안을 거절했기 때문이다. 경제적으로 조선에 의존하고 있던 종정성은 힘든 지경에 이르렀고 이후에 국교를 회복하여 주기를 원했다. 조선은 유화책으로 1426년 삼포개항(三浦開港)은 한다. 웅천(熊川, 현재의 진해)의 내이포(乃而浦, 제포[薺浦]), 동래(현재의 부산)의 부산포(富山浦), 울산의 염포(鹽浦) 등 3곳이었다. 종정성에게 통상권을 주었는데 1510년 중종 11년 4월 4일 삼포왜란이 일어나기 전까지 조선과 평화 시기가 왔다. 1452년(단종 원년) 7월 15일, 경상도 관찰사가 승정원에 "대마도주 종정성이 6월 22일에 죽고, 그 아들 종성직(宗成職)이 종정성을 이어서 도주(島主)가 되었습니다"라는 봉서를 보고한다. 이런 상황 속에서 점점 대마도 왜구들은 조선 바다에 나타나고 있었다. 주로 물고기를 불법으로 잡는 일들이 많았고, 심지어 조선 어민이나 어로 중인 수군을 해치기도 했다.

귀도(대마도) 사람이 우리나라 여러 섬에 와서 고기 낚는 자가 연이어 끊어지지 않으므로 만일 엄격하게 금하고 막는 법을 세우지 않으면 간사한 무리가 반드시 그것을 인하여 사건을 일으킬 것이므로, 선도주와 더불어 약정하기를, '배마다 1인을 남겨두어 볼모로 삼고, 우리나라 수군 1인이 데리고 고초도(孤草島) 등지에 가서 고기를 낚게 한다' 고 하였고, 또 '고기를 낚는 자는 도주의 삼착도서(三着圖書, 도장을 세 번 찍음)를 가지고 지세포(知世浦)에 도착하여 문인(文引)을 본포(本浦)에 납부하면, 만호(萬戶)가 다시 문인을 발급하여 정한 곳 외에는 횡행하지 못하게 하고, 낚시질이 끝나면 지세포에 돌아와 만호가 발급한 문인과 어세(魚稅)를 바친 후 〈만호가〉 도주의 문인에 회비(回批)를 써서 환부하고, 문인 없이 몰래 온 자 및 몰래 무기를 가지고 여러 섬에 횡행하는 자는 도적 배로 논한다' 고 약속했습니다. 이 약속은 매우 엄격한데, 근래에 고기를 낚는 자가 약속에 의하지 않고 여러 섬에 횡행하고, 혹은 우리 변방 백성 가운데 채포(採捕)하는 자를 만나면 서로 겁탈하여 죽입니다. 전에 귀도 사람 좌위문오랑(左衛門五郎)이 변방 백성에게 피살되었는데, 우리가 이미 죽인 자를 국문하여 주벌(誅罰)하였습니다.

금년 1월에 우리나라 전라도 발포(鉢浦)의 선군 26인이 바다에 나가서 채포(해산물 따위를 채취하거나 잡음)하다가 귀도의 횡행하는 자를 만나 전효은(田孝誾) 등 4인이 살해되었고, 배 안의 집물(什物)도 다 약탈하여 갔으니, 족하는 마땅히 추궁하여 간사한 자를 징계해야 합니다. 무릇 원한의 싹은 처음은 비록 지극히 미세하나, 끝은 반드시 하늘에까지 넘치게 되니, 미리 막아야 되지 않겠습니까? 다만 고기 낚는 사람들이 선군에게 인질로 잡혔다가 압령되는 일은 피차 다 기탄하고 있으므로 거행할 수 없으나, 문인에 회비하는 것은 옛 법에 의

하여 시행해야 합니다.

　지금 이렇게 하는 것은 법을 세운 지가 이미 오래되어, 혹 어리석은 백성이 모르고 법을 범할까 두려워서 하는 것이니, 족하는 거듭 밝혀서 검거하고 널리 알려서 틈이 생기지 말게 하십시오.

　　　　　　　　　―『성종실록』(7권) 1470년(성종 1) 9월 1일

　대마도 왜구들이 남해 바다에서 불법으로 고기를 잡거나 이를 제지하거나 체포하는 자들을 해치는 일들이 벌어지고 있었다. 1438년(세종 20)에 정약한 문인제도(文引制度)가 만들어졌다. 조선 바다에 어업을 할 이들은 우선 대마도주의 허락을 받아야 하고 다시 조선바다로 오면 만호의 허락을 받아야 하며 어로가 끝나면 다시 만호의 확인을 받고 세금을 내고 돌아가야 했다. 통제를 논의하기는 했지만 쉽게 통제되지는 않았다.

　1474년 왜선을 포획한 일을 알려와 관원을 파견하여 국문하기도 했다. 『성종실록』(46권) 1474년(성종 5) 8월 15일에 전라도 관찰사 이극균이 치계(馳啓)했는데 다음과 같았다. "흥양현 발포만호 배효수(裵孝修)가 왜선 2척을 소흘라곶이(所訖羅串)에서 뒤쫓아 1척을 포획하여 3인을 쏘아 죽이고 7인을 사로잡아 흥양에 가두었습니다."

　그들은 대마도의 왜구들로 판명되었다. 며칠 뒤 대마도주 종정국(宗貞國)을 대신해 대마도 대관(代官) 종정수(宗貞秀)의 아우 종무승(宗茂勝)이 조선에 와서 이에 대한 확인작업에 들어갔다. 『성종실록』(48권) 1474년 10월 18일 종무승 등 9인을 빈청에서 대하였는데, 신숙주가 명을 받아 감찰했다. 신숙주가 대마도에서 온 대관 종무승에게 말했다.

"지난 7월 사이에 왜선 2척이 전라도 발포 등지에서 도둑질을 하는 것을 쫓아가 1척을 잡으면서 3인은 쏘아 죽이고 7인을 사로잡았는데, 조관(朝官)을 보내어 그 연유를 국문하고 서울로 잡아다가 대신을 시켜 심문하였더니, 다름 아닌 대마도 종수구랑(宗秀九郞) 관하의 왜인이었다." 이어서 적왜(賊倭)의 공사(供辭)를 내어 보이고 곧 일렀다.

"이 왜인들은 도주의 문인(文引)을 받아 가지고 고초도(孤草島)에서 고기를 낚고, 무음도(無音島)를 지나는 길에 본국의 어선 4척을 만나 약탈해 가지고 가다가 변장(邊將)한테 잡히었는데, 그 4척의 배에서 겁탈한 물품이 무려 수백 가지였고, 다른 곳에서 겁탈한 물건도 또한 많았다. 그러나 형벌로 심문하지 않아서 아직 다 자복하지 않았다. 이제 조정 관리를 시켜서 본도로 압송하려고 하였는데, 마침 너희들이 왔으니 그들을 데리고 돌아가서 도주에게 고하여라."

이에 종무승이 말했다. "이는 진실로 우리 형(兄)의 관하 사람입니다. 형이 만약 이 사실을 들으면 반드시 크게 부끄럽게 여길 것이며, 저도 또한 심히 부끄럽습니다."

이렇게 대마도의 책임자들은 잘못을 인정하고 재발 방지를 약속했지만 쉽게 없어지지는 않았다. 1510년 삼포왜란이 일어나고 1512년(중종 7)의 임신약조(壬申約條)에 대마도주의 세견선이 50척에서 25척으로 줄었다. 전체 세견선 숫자도 삼포왜란 전에는 1443년(세종 25) 계해약조에 따라 210여 척이었는데, 임신약조 후에는 60여 척으로 줄었다. 1522년 5월 추자도(楸子島) 왜변이 있었고, 1544년(중종 39) 사량진(蛇梁鎭) 왜변이 있었다. 이때 왜선 20여 척이 경상도 사량진에 침입해 인마(人馬)를 약탈해 조정이 임신조약을 파기하고 왜인의 왕래를 금지시켰다. 조선은 대마도와 통교를 단절했다.

이후에 시간이 지나자 1547년(명종 2) 국교를 다시 허용하는 정미약조(丁未約條)를 맺어 교역 재개를 허락했다. 부산포만 개항됨에 따라 대마도주의 세견선 25선은 모두 부산포에 기항했다. 가장 컸던 을묘왜변은 1555년(명종 10) 5월에 전라도 바다에서 일어났다. 왜 선박 70여 척이 해남 달량포(達梁浦)에 상륙해 전라병사 원적(元績)과 장흥부사 한온(韓蘊)을 살해하고 강진과 장흥에 이어 영암까지 침입했다.

이순신의 장인 방진과 동문수학을 했던 이준경(李浚慶)을 전라도 도순찰사 등으로 삼았는데 그가 이끄는 조선군이 영암에서 왜적을 격파한다. 을묘왜변 이후 비변사를 설치하고 왜구 포로를 참수하는 등 강경한 입장을 견지했다. 또한 1557년에 정사약조(丁巳約條)를 맺었다. 세견선이 30선이 되었다. 임진왜란 전까지 계속되었다. 1587년 왜를 전국 통일한 도요토미 히데요시는 사신을 파견해달라고 조선에 요구하기에 이른다. 1479년(성종 10) 이후로 사신을 파견 한 적이 없었기 때문이다.

조선은 왜국을 가본 적이 없기 때문에 그들의 내부 사정을 몰랐다. 그저 그들이 남쪽 지방에서 문제를 일으키지 않으면 되는 대상일 뿐이었다. 문제는 대부분 대마도 왜구들과 일어났다. 따라서 발포를 포함한 남해안에서는 간혹 일본의 해적들이 문제가 된다고 생각했을 뿐 왜국의 대함대가 침략해 온다는 생각은 하지 않았다. 왜란이 일어났어도 결국에는 진압되었었기 때문에 설마 대규모 전쟁이 일어날 것인지 의문을 표하는 이들이 대부분이었다.

그랬기 때문에 이 지방이 전략적으로 매우 중요한 지역이었음에도 불구하고 방비가 소홀하기 쉬웠다. 왜란이 일어나도 결국 모두 진압되었던 전력은 더욱 이렇게 둔감함을 낳기 쉬웠다. 위기감이

발포 해안

없는 곳일수록 안일한 생각을 하고 부정부패하며 다른 꼬투리로 군기를 잡는 일이 많아지게 된다. 그럼에도 불구하고 이순신은 자기의 원칙을 지키기 위해 노력을 했다.

그러다 보니 오히려 발포만호에 근무하는 나날이 이순신에게는 힘겨웠다. 그것은 단순히 직무가 힘들었다기보다는 그를 비방하고 고통을 가하는 이들 때문이었다. 이순신이 발포만호에 있자, 그를 헐뜯는 말이 돌았다. 우리가 알고 있는 익숙한 사건들이 발포만호 성에서 일어나게 된다.

감사 손식(孫軾)이 참소(讒訴)하는 말을 듣고 공(이순신)에게 벌을 주려고 하여 순행(巡行)차로 능성(綾城)에 와서 공(이순신)을 마중오라 불러다가 진서(陣書)에 대한 강독을 끝내고, 또 진도(陣圖)를 그리게 했다. 공(이순신)이 붓을 들고 정묘하게 그려내니 감사가 꾸부리고 한참 동안 들여다보다가 말했다.

"어쩌면 이렇게도 정묘하게 그리는고?"하며 그 조상을 물어보았다. "내가 진작 몰랐던 것이 한이다"라고 하며 그 후로는 정중하게 대우했다."

— 이분, 『이충무공 행록』

　장수가 진서를 숙독하고 진법을 잘하는 것은 반드시 필요한 일이다. 호조참판을 역임했던 감사 손식은 능성(현재 화순군 능주면)에 나가 이순신을 괴롭히려고 일부러 수고스럽게 오라고 한다. 진법에 관한 책을 강독하고 진도를 그리게 했던 것이다. 그런데 왜 진법을 강조했을까. 육전에서는 진법을 구사하는 것이 당연했지만 수군에서 전선으로 진법을 치는 것은 익숙한 것이 아니기 때문에 이순신이 진법을 잘 그릴 것이라 생각하지 못했기 때문이다. 사실 이순신은 해전에서 탁월하게 진법을 구사했다.

　『이충무공 행록』을 보면 바다 위에서 진법을 치는 장면이 여러 번 나온다. 1592년 임진왜란이 일어났을 때 "5월 초8일 고성(固城) 월명포(月明浦)에 이르러 진을 치고 군사들을 휴식시켰다"라거나 "6월 초1일 사량 뒤 바다로 나가 진치고 초2일 아침에 당포 앞에 이르러 적선 20여 척을 만났다"

　혹은 "6월 초4일에 당포 앞바다로 나가 진을 쳤는데 마침 전라우수사 이억기(李億祺)가 전선 25척을 거느리고서 돛을 달고 군악을 울리며 왔다"라는 대목이 여기에 해당된다. 『난중일기』에도 등장하는데 "5월 2일, 오정 때에 배를 타고 바다로 나가 진을 치고, 여러 장수들과 약속을 하니, 모두 기꺼이 나가 싸울 뜻을 가졌다"라거나 "6월 초1일, 사량도(통영시 사량면 금평리) 뒤 바다에서 진을 치고 밤을 지냈다"라고 되어 있다.

이순신이 조정에 올린 「장계」에도 등장한다. 7월 초8일 「장계」에서 "그때야 여러 장수들에게 명령하여 '학익진'을 펼쳐 일시에 진격"하거나 7월 초10일 「장계」에서 "함대를 이끌고 '학익진'을 형성하여 먼저 진격"했다는 대목이 그렇다. 9월 초1일 「장계」에서는 "여러 배들은 곧 이 때를 이용하여 승리한 깃발을 올리고 북을 치면서 '장사진'으로 돌진했다"라고 하여 '학익진'(鶴翼陣)에 이어 '장사진'(長蛇陣)이 등장한다.

이런 진법들은 이순신이 임진왜란과 정유재란에서 혁혁한 전투 승리를 이끌어낸 핵심요인이기도 했다. 진법 훈련은 상당한 훈련을 반복적으로 하면서 공이 들어가는 것이기 때문에 철저한 관리와 체계성을 숙달시키도록 하지 않는다면 힘든 것이기도 하다. 육지에서도 진법이 쉽지 않은데 바다에서 구사한다는 것은 마음대로 되지 않는 면이 많기 때문이다. 전하는 일화를 미루어 본다면, 이렇게 이순신이 발포만호 때부터 진법을 자유자재로 구사한다는 것은 해상에서 진법을 구사하는 계기로 삼았을 것이라는 짐작을 하게 만든다.

이순신이 자주 구사한 것이 학익진·장사진·횡열진(一字整陣)인데 이러한 진형은 어린학익진(魚鱗/魚麗鶴翼陣)·팔진기법(八陣奇門法) 등에서 활용한 것으로 짐작되고 있다. 어린학진은 물고기의 비늘이 벌려진 것 같은 진형과 날개를 편 것 같은 진형이다. 어린은 물고기 비늘처럼 잇대는 진형을 말한다. 팔진기문법은 적군의 위세를 손상하고 아군의 형세를 증강하는 형세다. 팔진은 홍범(洪範)의 팔방(八方)을 바다에서 적용한 것이다. 그 가운데 삼방(三方)에 복병을 두었다가 적군이 헛점을 보이면 즉시 쇄도, 공격하는 방진(方陣)이다. 방진은 두 개의 네모진 진형인데, 안쪽 네모진은 지휘함을 보호하는 것이고, 바깥 진은 실제 전투를 벌이는 임무를 갖는다. 방진은 직진(直陣)

이라고도 한다. 이러한 진법을 이미 이순신이 발포만호 때 다양하게 알고 있었고 해상에서 적용할 것을 생각할 수도 있다.

다음으로 언급할 수 있는 사건은 오동나무 벌목이다.

> 좌수사 성박(成鏄)이 발포로 사람을 보내어 객사 뜰에 있는 오동나무를 베어다가 거문고를 만들려 하므로 공(이순신)은 허락하지 않으며 말했다. "이것은 관청 물건이요, 또 여러 해 길러온 것을 하루아침에 베어 버릴 수 있을 것이냐?" 하고 돌려보내니 수사가 크게 성내었으나 감히 베어 가지는 못하였다.

발포만호성에는 여러 해 키운 오동나무가 있었는데 아마도 나무가 꽤 좋았을 것으로 생각된다. 왜냐하면 직속상관인 전라좌수사 성박이 사람을 시켜 그 오동나무로 거문고를 만드는 데 사용하려고 베어오라고 했기 때문이다. 만약 성박이 거문고가 아니라 다른 군기(軍器)를 만들기 위해 오동나무를 베어오라고 했다면 이순신은 어떻게 했을까. 아마도 다른 태도를 보였을 수도 있다.

더구나 수군 장수가 해야 할 일은 선박의 제조와 수리라고 할 수 있다. 이를 위해서 나무를 가꾸는 심리를 갖고 이를 관리하는 것도 중요한 일이다. 따라서 관청에 있는 나무를 잘 관리하는 것도 발포만호가 잘 수행해야 할 책무인 것이다. 수군절도사는 이런 목재에 관해서 치밀하게 관리해야 하는데 오히려 이를 외면하고 있기 때문에 이순신이 분노하고 거부한 것이다. 만호가 그런 짓을 할 때 통제 감독해야 할 수사가 오히려 더 자행하니 당연히 지적을 받아야 한다. 얼마 뒤 성박의 후임으로 이용(李戴)이 부임한다. 그런데 이용도 이순신을 달가워하지 않았다.

이용이 수사가 되어 공(이순신)이 고분고분히 섬기지 않는 것을 미워해서 일을 얽어 벌을 주려고 하여 소속 다섯 포구를 불시에 점검하였는데 네 곳에 결원된 수효가 많았으나 이곳에는 세 사람뿐이었건만 수사는 공(이순신)의 이름을 들추어 「장계」하여 죄를 줄 것을 청하였다. 공은 그것을 미리 알고 먼저 네 곳 결석원 명단을 얻어 가졌는데 본영의 부하 장령들이 수사에게 말했다.

"발포의 결원이 제일 적을 뿐더러 이모(李某, 이순신)가 또 네 포구의 결원 명단을 얻어 쥐고 있으니 이제 만일 「장계」를 올렸다가는 뒷날 후회할 일이 있을지도 모르겠소"라고 하자 수사도 그렇겠다 하고 급히 뒤쫓아 보내어 「장계」를 돌려왔다.

수사와 감사가 같이 모여 관리들 성적의 우열을 심사하면서, 공을 맨 아래에 두려하자 조헌(趙憲)이 도사(都事)로서 붓을 들고 있다가 쓰지 않고 말했다.

"이모(이순신)의 군사를 어거(馭車)하는 법이 이 도(전라도)에서는 제일이라는 말을 들어왔는데 다른 여러 진이 모두 하하(下下)에다 둘망정 이모(이순신)는 폄(貶)할 수 없을 것이오" 이렇게 말하니 그만 중지했다.

아마도 전임 좌수사 성박이 후임 이용 수사에게 부정적으로 말을 했다는 것을 짐작할 수 있겠다. 이때 불시에 이용 좌수사가 5포(浦)를 점검했는데, 5포(浦)는 방답, 사도, 발포, 녹도, 여도를 말한다. 방답, 사도, 녹도, 여도 등의 만호가 결원이 많았는데, 이순신이 담당하고 있는 만호만 특별히 트집을 잡았던 것이다. 일단 좌수영의 장령 등이 이에 대한 부당함을 말하고 있다. 부당하게 「장계」를 올린다면 진실이 아니기 때문에 나중에 본인에게도 분명 해가 미칠 수

오동나무 사건을 보여주는 표지석

있었기 때문이다. 사사로이 죄를 주는 것도 결국엔 자신의 죄로 돌아올 수 있는 것이다.

수사와 감사가 다시 이순신을 낮게 평가하려고 하자 당시 이를 평가 기록하는 도사 조헌이 반대를 한다. 제일 잘하는 곳을 낮게 평가 기록한다면, 이미 널리 알려진 사실을 뒤집기 때문에 이 역시 이후에 나쁜 결과로 돌아올 수밖에 없다. 그런데 이순신이 이렇게 뛰어난 것은 남다른 의미를 가질 수 있는 점이 있다.

수군은 본래 다른 육군에 비해서 인원을 유지하는 것이 어렵고, 다른 군역보다 힘들다. 바다에서 생활해야 하기 때문이고 배의 제조와 수리가 쉬운 일만은 아니다. 그렇다고 해서 성곽의 관리 유지가 없는 것도 아니다. 그렇기 때문에 수군은 세습이 된다. 자신이 선택할 수 있는 것이 아니고 한 번 수군이 되면 자식도 수군이 되는 것이다. 그렇기 때문에 빠지려 하거나 도망가는 경우가 많아서, 결원이 많이 생길 수 있는 것이다.

이순신은 이러한 현실에서 다른 곳보다 실질적으로 인원을 채워

놓았던 것이다. 이런 경험이 나중에 임진왜란 상황에서도 잘 관리를 할 수 있었던 것이다. 물론 이순신은 내내 이런 인원관리 때문에 골머리를 앓았지만, 발포만호 경험이 이를 준비하게 할 수 있었다.

이 일화에 나오는 조헌(趙憲, 1544~1592)이 이순신을 인정하자 이순신에 대한 신뢰성이 높아진다. 그는 의병장으로 이름이 알려졌지만 혁신적인 인물이기도 했다. 1581년에 공조 좌랑에 임명되었고, 전라도사로 나가서 소(訴)를 올려 연산군 때의 공안(貢案)이 민폐가 되므로 개혁할 것을 청하기도 했다. 이후에도 많은 개혁안을 상소하고 정론(正論)을 폈다. 그는 단순히 개혁안을 구상하는 정책가에 그치는 것이 아니라 전투에 나선 장수였다. 1592년 임진왜란이 일어나자 호서에서 최초로 의병을 일으켜 승장 영규와 청주성을 탈환하기도 했다. 금산에서 충청도로 확장하는 왜군에 맞서 나아갔으나 권율과의 협조시간이 어긋나 패했지만 호남 방어의 근거지였던 금산을 찾는다. 이런 조헌이 이순신의 진가를 일찍이 알아보고 있었던 것이다. 어떻게 보면 조헌도 이순신과 같이 문무를 겸비한 사람이었기 때문에 이순신에 대한 견해를 이같이 밝혔는지 모른다.

이순신은 이렇게 엄격하게 관리하고 만전을 기해 위기를 피했다. 그러나 이순신에게 큰 위험이 닥치게 된다. 1582년(선조 15) 1월, 군기경차관(軍器敬差官)이 발포에 내려온다. 군기경차관은 지방 군제의 군기(軍器)에 관련한 임금의 특명을 받은 감사관이다. 그런데 이 군기경차관은 이상한 트집이나 흠을 잡아 발포만호 이순신의 군기관리가 엉망이라고 「장계」를 올린다. 군기경차관은 서익(徐益)이었다. 서익은 이순신이 훈련원에 근무할 때 인사청탁을 거절했던 인물이었는데 그것에 앙심을 품고 복수를 한 것이었다. 뼈아픈 최초의 파직이었다. 이를 보고 모두들 이순신이 군기를 수보하는 것은 정밀한

이순신에게는 끊임없는 시련이 왔지만 이순신은 더 단단해져 간다. 발포만호성 앞 옛 주거지 표지석

데 파직을 받은 것은 이순신이 지난날 훈련원에서 굽히지 않았던 일 때문이라고 했다. 이후 이순신은 넉 달 동안 별다른 직책이 없다가 훈련원에서 종9품 봉사로 대기 근무하는 신세가 되었다.

이순신은 발포만호를 지냈기 때문에 수군의 현실이 어떤지 잘 알고 있었다. 무엇보다 독자적으로 자신이 진을 경영하면서, 수군이 처한 현실도 알게 되었다. 고흥을 중심으로 한 지역성을 파악하고 있었고 전라좌수영 관내의 실정에 대해 파악하게 되어 나중에 임진왜란에서 좌수영을 튼실하게 만들 수 있는 배경 경험을 갖게 되었던 것이다. 임진왜란에서 핵심적인 주축이 되었던 것은 발포를 중심으로 한 고흥 사람들이었다.

『호남절의록』은 이순신 휘하에서 조방장이나 군관으로 지냈거나 자원 출전하여 수군 지도자로 활약한 인물 144명의 약전을 기록하고 있다. 144명의 명단은 『이충무공전서』, 『난중일기』에서 모두 그 이름이 확인된 인물이라고 한다. 그들은 전라도 연해 지역 23개 읍에 걸친다. 그 가운데 다수 순위를 보면 흥양 33명, 순천 18명, 나주 14명, 함평 11명, 무안 10명, 보성 7명, 영암 7명, 강진 6명, 해남 4명 순서로 나타나 있다고[1] 한다. 흥양 경내 1관 4포 중 수군병력만도 1,100~1,400명 정도로 추산된다. 이에 판옥선 1척에 100~120명의 수군이 승선했을 것이라는 추측도 있다. 이순신 전라좌수영 함대의 기본 주축은 바로 이들이었다는 점에는 이견이 있을 수 없다.

1592년 이순신이 전라좌수사로 임명되어 온 뒤에 가장 먼저 시찰을 한 것은 발포를 포함한 고흥반도의 5포이었다. 4월 1일부터 9일(양력)까지 여도부터 영주(고흥), 흥양, 녹도, 발포, 사량, 사도, 방답 등을 순시하며 잘하고 못한 상태를 냉정하게 따져 묻고 벌을 주기도 하고 흡족해하며 현실의 장벽을 절감하기도 한다. 바다와 해로가 인접한 해미성에 이어 발포만호의 경험없이 전라좌수사에 부임했다면 어떠했을까. 그것은 아무리 이순신이 천재였다고 해도 힘든 면이 있었을 것이다. 그런데 또 하나의 경험이 이순신에게 작용하였을 것이라는 점이 간과되는 경향이 있다. 그것은 바로 조산보만호 겸 녹둔도 둔전관이었다.

---

1) 순천대 사학과 조원래 교수.

5) 녹둔도는 수군(水軍)이 지키는 섬이었다

　이순신은 아버지 이정의 3년 상 탈상 후인 1586년 1월, 42세 함경도 경흥의 조산보만호(造山堡萬戶) 종4품의 직에 나간다. 여진족의 변방 침입이 잦았고 북쪽 국경이 불안하였기에 인재를 찾고 있던 차에 이순신이 발탁된 것이다. 1583년(선조 16) 10월 이순신은 함경도의 경원에서 남쪽으로 40리쯤 떨어진 변방 건원보의 권관으로 임명되면서 우을기내를 사로잡은 일이 크게 반영되었다. 『선조실록』을 보면 이순신을 조산보만호로 추천한 사람은 류성룡이었다. 1587년 8월에는 함경도 관찰사 정언신의 추천으로 녹둔도의 둔전관을 겸하게 했다. 그런데 이순신이 이곳 둔전관까지 겸하게 된 것은 단순히 그냥 이뤄진 것은 아니었다. 이것도 바다와 연관성이 있기 때문이다.

　녹둔도는 어떤 곳일까. 세종 때 6진을 개척하면서 조선의 영토가 된 이 섬에 토성과 목책을 쌓았고, 세조 때에 녹둔도라 부르게 되었다. 1432년 세종은 녹둔도에 길이 1천246척, 높이 6척의 녹둔토성을 쌓아 방비했다. 농토를 개간한 것은 그 이후다. 녹둔도의 또 다른 이름은 사슴섬이었다. 실제로 녹(鹿)이 사슴을 뜻했다. 사슴이 노니는 농사지을 만한 섬이라는 의미였는지 모른다.

녹둔도에서 농사를 언제 지었는지는 『세조실록』(2권) 1455년(세조 1) 8월 10일의 기사에 나온다. 사조하는 함길도 도절제사 양정에게 여러 가지 해야 할 일의 목록을 주는데 이 가운데 녹둔도에 관한 일도 있었다.

> "1. 조산 구자(造山口子)·녹둔도(鹿屯島)의 농민들이 들에 흩어져 있을 때 골간올적합(骨看兀狄哈) 등이 배를 타고 몰래 들어와 약탈할까 염려되니, 은밀히 진장(鎭將) 및 만호에게 유시하여 그 방어를 엄히 더하도록 할 것."

골간올적합은 경흥 지역에 주로 살고 있었던 여진족들의 우두머리였다. 조선을 침입하고 노략질을 하였다. 이 때문에 위험인물로 통제 관리되어야 했다. 『성종실록』(252권) 1491년(성종 22) 4월 25일의 기록을 보면 이조 판서 이극균(李克均)이 올접합에 대해 보고한다.

"신이 평소에 올적합과 올량합(兀良哈)을 알고 있는데, 성질이 굳세고 사나워 싸움하기를 즐겨하며 죽고 사는 것을 따지지 않고 진중(陣中)으로 깊숙이 들어갑니다. 그리고 평상시에는 한곳에 모여 사는데, 3, 4백 명에 밑돌지 않습니다. 그러나 3, 4백 명으로도 우리나라의 1만 군사를 당해낼 수 있습니다."

이에 비해 조선 군사들은 한참 미치지 못한다는 것이 보고의 주된 내용이었다. 단순히 방비를 하는 것이 아니라 체계적이고 전략적인 관리가 필요하다는 것을 인식하고 이것을 시행하게 된 것은 한참 뒤에 이뤄진다. 1510년(중종 5) 3월 5일의 일이다. 좌의정 유순

정이 관찰사 고형산에게 녹둔도의 경작 여부에 관해 치계할 것을
청했는데 이때 좌의정 유순정이 말했다.

"신이 들으니, 함흥에 입거(入居)한 1백 호에게는 경작할 땅이 없
다 합니다. 녹둔도가 비옥하여 경작할 만한데, 송일(宋軼) 등이, 의논
하여 아뢰기를, '후일의 적변(賊變)이 두려우니, 경작을 허가할 수 없
다' 하였습니다. 그러나 신이 듣건대, 녹둔도는 적의 길은 물이 깊어
왕래하기 어렵고, 우리나라 사람이 가서 경작하는 길은 물이 얕아
다니기가 쉽다 합니다. 조산보만호에게 그곳으로 보를 이설(移設)하
게 하여, 경작 수확할 때에 수호하면 적이 요격할 수 없고, 백성은
경종(耕種)할 수 있습니다. 관찰사 고형산(高荊山)이 그곳의 험하고 평
탄함을 자세히 아니, 청컨대 고형산에게 효유하여 조산보를 옮기는
이해와 경종할 때에 수호하는 편리 여부를 심사하여 치계하게 함이
어떠합니까?"

건의한 내용을 그대로 하게 하여 경작이 시작된 것이다. 세종 때 개
척된 4군6진으로 남쪽의 사람들을 이곳에 이주시켰다. 그런데 사람은
늘어나는데 농토가 부족해서 문제였다. 그래서 녹둔도의 경작이 추진
된 것이다. 다만, 여진족이 가깝기 때문에 그 침탈이 우려되어 농사짓
는 사람들을 위해 군사 배치가 필요했다. 그것을 이순신이 맡게 될 조
산보만호가 해야 한다고 구체적으로 언급하고 있다.

그 후 선조대에 와서 이 섬에 군사용 둔전을 만들었다. 기록에 따
르면 1583년(선조 10) 12월부터 조선 군사들이 둔전을 경영하고 있었
다. 군사들의 군량이 부족하자 순찰사 정언신이 녹둔도에 둔전을
설치해 군량을 해결하자는 건의를 했는데 이를 선조가 받아들여 부

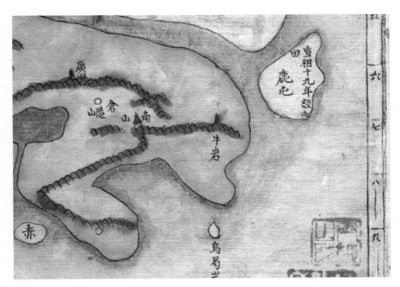

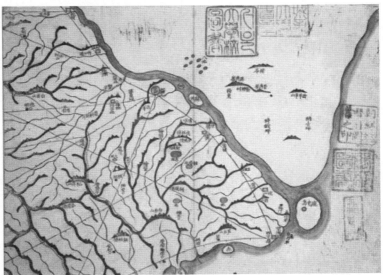

녹둔도 조선 고지도. (위)이순신의 녹둔도는 사실상 바다에 있었고 육전만이 아니라 수전의 능력도 필요로 했다. / (아래) 〈대동여지도〉에 묘사된 녹둔도 지도(서울대규장각한국학연구원 소장)

사(府使) 원호(元豪)의 주관 하에 둔전을 실시하고 병사 약간을 두어 방비하도록 하였다. 정언신이 제안한 녹둔도 둔전을 이순신이 맡도록 정언신이 추천도 하였다.

둔전은 군대에서 필요한 군량을 충당하기 위해 군사들에게 농사를 짓게 하는 일이나 그 토지를 말한다. 군졸, 서리, 평민, 관노비들에게 미개간지를 개척하여 경작하도록 하고, 나오는 수확물을 지방 관청의 경비나 군량 등으로 사용하게 했다. 개척하고 경작을 하도록 했다는데 그렇다면 본래 어떤 섬이었을까? 『세종실록』(121권) 1448년(세종 30) 8월 27일의 기록을 보면, 의정부에서 병조의 첩정에 의거해 소나무에 관한 감독 관리에 대해 상신했다.

"병선(兵船)은 국가의 도둑을 막는 기구이므로 배를 짓는 소나무를 사사로 베지 못하도록 이미 일찍이 입법을 하였는데, 무식한 무리들이 가만히 서로 작벌(斫伐)하여 혹은 사사 배를 짓고, 혹은 집재 목을 만들어 소나무가 거의 없어졌으니 실로 염려됩니다. 지금 연해(沿海) 주현(州縣)의 여러 섬[島]과 각 곶(串)의 소나무가 잘되는 땅을 방문하여 장부에 기록하였는데… 경흥부(慶興府)의 두이산(豆伊山)·녹둔도…"

녹둔도는 소나무 숲이 우거진 곳이라 사슴이 살고 있었는지도 모른다. 적어도 세종 때에는 소나무가 많아서 이를 보호하려 했다. 물론 소나무를 보호한 이유는 조선에서 배를 만드는 데 핵심적인 목재였기 때문이다. 그렇기 때문에 좋은 소나무 숲은 사사로이 베지 못하게 국가가 보호 관리했다. 송림이 우거진 녹둔도는 대신 평지로 개간할 여력이 많은 땅이었던 것이다. 다만 단순히 모래가 쌓인 땅으로만 생각하는 것은 오류일 수 있다. 본래 육지였으나 강물이 섬이 되고 모래 등이 덧붙여진 것으로 생각하는 것이 맞을 것이다.

녹둔도는 조산보 너머 두만강을 끼고 있는 섬으로 알려져 왔다. 이순신은 곧 녹둔도 둔전관을 겸하게 되는데 함경북도 경흥 조산보에서 4km 떨어져 있었다. 그런데 녹둔도가 함경도 경흥에 있기 때문에 섬이라고 생각 못하는 경우가 많고 비록 섬이라고 해도 두만강 중간에 있는 작은 섬으로 생각하는 경우가 있다. 마치 한강에 있는 밤섬 같은 분위기를 연상하게 된다. 일단 크게는 여의도 넓이의 4배 적게는 두 배 정도를 말하기도 한다. 러시아는 두만강 하구 32km²를 군사지역으로 설정하고 출입을 통제하고 있는데, 이 전부를 녹둔도로 보는 견해[2]도 있다.(「동아일보」, 2004.6.10) 19세기말 조선아국여지도의 녹둔도는 남북 70리(28km), 동서 30리(12km)에 이른다. 면적이 300km²가 된다.

더구나 녹둔도는 여러 고지도를 봐도 두만강 하구에 위치하고 있다. 사실상 동해바다에 있다고 해도 지나침이 없다. 농민들과 군사들은 배를 타고 이 섬에 들어와 농사를 지었다. 조선인들은 벼, 조, 옥수수, 보리 등을 재배했고, 섬 주변에서는 연어, 황어, 숭어 등이 주로 잡혔다고 한다. 근세기까지 조선의 영토가 확실했다. 1883년 서북경략사 어윤중은 "녹둔도에 살고 있는 사람들은 모두 조선 사람들이고 다른 나라 사람들은 한 명도 없다"고 조정에 보고했다. 이에 조정에서 김광훈과 신선욱을 조사관으로 파견해 녹둔도 현황을 파악하니 1884년 경 녹둔도에 113가구, 822명의 조선 사람들이 살고 있었고, 다른 나라 사람은 한 명도 없었다고 한다. 1921년 독립운동가 신필수는 옛 녹둔도인 녹동에 있으면서 일기에 한인마을이

---

2) 서울대 이기석 교수.

40가구에 이른다고 적었다. 녹둔토성 추정지는 중요한 단서가 되는데. 높이 6~7m, 길이 4km의 토축물이다.

이제 녹둔도가 당시 어떤 상황이고 어떤 고민을 안고 있었는지 볼 필요가 있다. 『중종실록』(8권) 1509년(중종 4) 4월 29일의 기록을 보면 다음과 같은 대목이 있다.

> 녹둔도는 비옥하여 경작할 만하나, 다만 조산보(造山堡)의 수자리 사는 군졸은 모두 수군(水軍)으로 거의 모두가 잔열(殘劣)하고 적을 대비할 기구 또한 허술합니다. 만약 경작하는 시기에 혹 적변(賊變)이 있으면 반드시 창로(搶擄, 노략질)를 입을 것이니 그 이해를 따져 보면 예전처럼 경작을 금하는 것만 같지 못합니다.

여기에서 눈에 들어오는 단어는 '수군'이다. 함경도 경흥에 여진족을 맞아 수군이 배치되어 있는 것이다. 이는 당연히 주변 환경이 물에 관련하기 때문이겠다. 세조 때의 기록에는 "골간올적합 등이 배를 타고 몰래 들어와 약탈할까 염려된다"라고 했고, 중종 때는 "녹둔도는 적의 길은 물이 깊어 왕래하기 어렵고, 우리나라 사람이 가서 경작하는 길은 물이 얕아 다니기가 쉽다 합니다"라는 대목이 있다. 녹둔도를 오가려면 배가 필요했던 것이다.

그런데 여진족 거주지 쪽으로 물이 더 깊다. 이 때문에 거꾸로 여진족들은 배를 잘 타야 한다. 단순히 그들이 산에 거주하는 야인으로 생각하면 곤란한 것이다. 조선 군사들은 이에 대응하여 수군으로 배치되어 있었다. 아마도 수군이기 때문에 육지전에 약하다고 하여 낮춰 언급하고 있는 것으로 보인다. 여진족의 침입이 더욱 더 우려되는 상황이기 때문에 녹둔에 안(岸)의 방비를 위해서 방어 시설을 강화하는 방안이 모색된다. 『성종실록』(188권) 1486년(성종 17) 2월 22일 기록을 보면 정성근(鄭誠謹, ?~1504)이 영안도 및 육진의 방비 상태와 폐단을 제기하고 대신들과 의논하게 했는데 이때 정성근이 글로 말했다.

"조산(造山)의 군사와 백성들은 출입하기를 꺼려서 녹둔도에 머물러 방수하고자 합니다. 그러나 야인(野人)들이 아무 때나 출몰하고 또 홍수를 만나면 물에 떠내려갈까 두려우니, 그대로 거처하게 할 수 없습니다."

이에 이계동(李季仝)은 논했다.

"유원진(柔遠鎭)의 토성(土城)은 흙비가 올 때마다 바로 붕괴되어서, 수축하는 폐단이 적지 않을 뿐만 아니라 또한 먼 곳에 사는 사람들에게 위엄을 보일 수도 없으니, 청컨대 말한 바대로 석성(石城)을 쌓게 하소서. 조산의 군사와 백성들은 봄에 녹둔도에 들어가서 농사짓고, 수확하고 나면 본보(本堡)로 돌아와서 방수하는데, 그 왕래에 반드시 배를 사용하므로 백성들이 매우 고생스러워, 모두 섬에 남아 살면서 방수하고자 합니다. 그러나 이 섬에는 땅에 진흙이 없어서 그 보(堡)의 벽을 모두 풀이나 지푸라기를 쓰고 모래와 섞어서 바르는데, 바람이 불거나 비가 한 차례 지나가면 무너져서 남는 바가 없습니다. 만약 적변(賊變)이라도 당하게 되면 어떻게 방수하겠습니까? 또 홍수가 나면 반드시 물에 떠내려갈 것이니, 백성들로 하여금 머물러 살게 할 수 없습니다."

이에 성종이 영돈녕(領敦寧) 이상과 의정부에 명하여 의논하게 하였다.

세종이 녹둔도에 토성을 쌓은 바가 있는데 이것만으로는 한계가 있다는 점이 여실히 지적되고 있는 내용이다. 녹둔 토성이 비에 쓸리는 경향이 있고 더구나 홍수가 지면 속수무책인 점이 있기 때문에 돌로 된 성을 쌓아야 한다는 점을 강조하고 있다. 더구나 녹둔도는 진흙이 없고 모래 즉 사질토라는 점을 알 수 있다. 석성을 쌓지 않고 토성으로 시시때때로 무너지는 성이라면 조선의 중앙정부에서 깊게 관여하고 있지 않다는 인상을 줄 수 있다. 이러한 인상을 주게 되면 여진족에게는 쉽게 침입해도 후환이 덜 있을 것이라는 생각을 갖게 만들 수 있다.

결국 조산보에서 비극적인 일이 일어나고 만다. 1491년 여진족 이마거(尼麻車)가 조산보(造山堡)로 침입했다. 조산보 성을 에워쌌고 1486년(성종 17) 임명된 경흥부사 나사종(羅嗣宗, 1440~1491)이 군사를 이끌고 쫓아가 공격하였고 두만강 10여 리까지 건너가 전투를 벌였다. 하지만, 다른 10여 명과 함께 화살에 맞아 죽고 말았다. 『성종실록』(249권) 1491년(성종 22) 1월 19일 영안북도 절도사 윤말손(尹末孫)이 보고한 내용은 다음과 같다.

"이번 정월 12일 밤 오고(五鼓, 오경)에 올적합 1천여 명이 조산보를 에워싸고 3인이 성을 넘어 들어와서 동문의 자물쇠를 부수고 마구 들어와 서로 싸워 군사(軍士) 3인을 쏘아 죽였는데, 또 만호 및 군사 26명을 쏘아 부상을 입히고는 성중의 남녀 모두 7명과 말 5필, 소 11두(頭)를 노략하여 갔습니다.

경흥 부사 나사종이 이 사실을 듣고 군사를 거느리고 강을 넘어 저들의 땅으로 10여 리쯤 들어가서 적과 더불어 싸우다가 화살에 맞아 죽었습니다. 우후(虞候) 최진하(崔進河)가 처음 도둑 무리가 조산보를 포위했다는 말을 듣고 군사 3대(隊)를 거느리고 조산으로 달려가다가 길에서 경흥 군관 박인손(朴仁孫)을 만나 나사종이 죽었다는 말을 듣고 강을 건너 추격하여 보니, 나사종이 10여 명과 더불어 과연 죽어 있었고 군관 2명과 군사 10여 명이 화살에 맞았으므로, 최진하가 거느리고 돌아왔습니다. 처음 조산보에서 서로 싸울 때 저쪽 적의 죽은 자는 2인이었고 적의 각궁(角弓) 둘, 골전(骨箭) 66개, 기관(箕冠) 하나, 말 1필을 얻었으며, 죽었거나 사로잡혀간 인축(人畜)은 시간이 급하여 미처 추쇄(推刷)하지 못하였습니다. 마땅히 뒤에 수시로 계문(啓聞)하겠습니다.”

약간의 기록 차이가 있는데 『선조실록』(7권) 1573년(선조 6) 2월 5일을 보면 나사종을 죽인 것은 올적합이 아니라 우지개(于之介)였다. 당시 옥당 유희춘(柳希春, 1513~1577)이 말하기를, “우지개가 변장 나사종을 야춘강(也春江)가에서 죽였다”라고 언급하고 있다. 우지개는 나중에 ‘니탕개의 난’ 때 같이 준동하는 자로 알려져 있다. 그런데 조산보를 공격한 노선이 주목되었다. 무엇보다 이때 침입한 곳이 조선보 옆의 녹둔도였다. 『성종실록』(250권) 1491년(성종 22) 2월 4일에 성종이 영안도 관찰사 허종 등에게 외침을 대비하는데 경솔함이 없도록 하라는 유시를 내렸다.

“지난날 조산의 적이 녹둔을 경유하여 침입하였다면 이것은 골간 올적합이 살고 있는 지역을 거쳐서 침입한 것이다. 만일 골간(骨看) 등이 안에서 호응하지 않았다면 틀림없이 그들이 오는 길을 끊었을 것이고, 분주하게 변방에 알릴 겨를이 없었으면 적이 물러간 뒤라도 틀림없이 변장을 와서 보고 우리 군사가 패배한 것을 위로하였을 터인데, 적이 물러간 뒤로 구신포(仇信浦)·금천(金千) 등지에 살고 있던 올적합 등이 곧바로 집을 비워두고 도망친 채 돌아오지 않으니, 그들이 안에서 호응한 실정과 흔적이 이미 드러난 것이다.

　이렇게 안에서 호응하였다면 북도(北道) 온성(穩城) 이하 여러 진의 군사와 말이 허약한 것과 나사종이 죽고 사졸이 죽거나 다친 것도 틀림없이 낱낱이 알고 스스로 여기서 일찍이 이익을 보았다고 여겨 반드시 교만하게 우리를 가볍게 여기는 마음을 가지고 다시 침입하여 노략질할 것이다. 더구나 두 군데에서 와서 적의 변고를 알려 주는 것이 비록 믿을 수 없는 것이라고는 하나 우리들이 대비하고 방어하는 도리에 있어서는 경솔하게 할 수 없다. 그리고 또 북도의 병력은 예전만 못하니 남도 절도사 변종인(卞宗仁)으로 하여금 정예의 군사를 거느리고 급히 가서 경의 절도를 듣게 하고 경도한 마음으로 협력하고 기구[器械]를 수선하고 다음으로 군대를 정돈하고 경계하여 척후(斥堠)를 멀리하여 봉수(烽燧)를 조심스럽게 하며, 늘 적이 이른 것 같이 방법을 따라서 대비하도록 하라." 또 이것을 남도 절도사 변종인에게 유시하고 본도(本道)의 방어는 평사(評事)로 하여금 조치하도록 하였다.

　경흥 부사 나사종의 죽음은 매우 충격적인 사건이었다. 여진족이 단순히 노략질을 위해 침입을 한 것이 아니라 조선의 장수를 쏘아 죽인 사건이기 때문이다. 더구나 나사종이 적극적으로 토벌을 수행하다가 벌어진 일이었다. 때문에 조정에서는 열띤 격론을 통해 방비책을 모색해야 했다. 또한 임금이 확실하게 사건의 원인과 진상을 정리해주고 재발 방지를 위한 의사결정을 해야 했다.

　유시(諭示)는 임금이 신하에게 내려주는 글이기도 하고 뜻을 타일러 훈계하는 것 혹은 관청에서 구두나 문서로 타일러 가르치는 것을 말한다. 그렇기 때문에 밝혀진 사실을 정확하게 널리 알리고자 하는 글이다. 이 때문에 조산보를 공격할 당시 기본 공격 루트가 녹둔도였고, 그것을 방조하거나 협력한 것은 그 일대에 살고 있었던 골간올적합 등의 여진족들이었다는 것이다. 이는 녹둔도가 경흥과 조산보 방어에서 매우 중요한 지역임을 다시 한 번 알게 한다. 그렇다면 왜 이쪽 지역을 선택할 수 있었을까.『중종실록』(21권) 1514년(중종 9) 10월 13일, 지중추부사 안윤덕 등 14명의 무신이 변방 방비책을 서계한 내용을 보면 흔히 연상하게 되는 여진족에 대한 편견과는 많이 다르다는 점을 명확하게 기록하고 있기 때문에 주목된다. 다음과 같은 대목이 있다.

경흥 지방은 북쪽은 두만강에 이르고, 동쪽은 대강(大江)에 이르러 경원과는 멀리 떨어져 있어서 형세가 매우 외로운 편입니다. 골간올적합으로 바닷가에서 거주하는 자들은 그 종족이 날로 많아져서 마을의 경계가 서로 이어질 정도인데 또 능히 배를 익숙하게 잘 부리니, 진실로 잘 어루만지고 다스리지 못하여서 저들에게 진장(鎭將)을 가벼이 보는 마음을 갖도록 한다면, 조산보와 녹둔도의 땅에 어찌 걱정이 없을 것을 보장할 수가 있겠습니까? 전의 나사종의 죽음은 비참하다고 하겠습니다. 방어의 중요한 것이 마땅히 4진보다 가볍지 않은데도 그 부사는 간혹 당하관으로 임명하니, 그것을 야인이 어떻게 보겠습니까? 마땅히 당상관으로 그 재간이 문식(文識)과 무략(武略)을 겸비한 사람을 뽑아 보내어, 그들에게 은혜와 위력을 함께 드러내 보여준 뒤에야 골간 등 여러 오랑캐를 제어할 수가 있을 것입니다.

녹둔도 주변의 여진족들은 단지 말이나 잘 타고 화살을 날리는 무리들이 아니라는 점이 명확하다. 그들은 험한 산에 거주하는 이들이 아니라 바닷가에 거주하고 있었다. 사실상 녹둔도에서 여진족 거주지들은 험준한 산악과는 거리가 있다. 그들이 바닷가를 오가며 배를 잘 부린다는 점을 확실히 규정하고 있기 때문에 육전으로 대응하는 것은 한계가 있다는 점을 잘 인식하게 된 것이다. 그렇기 때문에 수군이 방비해야 할 필요성이 있었던 것이다. 왜구가 배를 잘 타는 것은 이해될 수 있지만 여진족이 배를 잘 탄다는 사실은 조정에서도 인식을 잘 못하는 것이었다. 배를 타고 녹둔도에 침입을 하고 다시 배를 타고 조산보나 경흥으로 침입을 하는 것이다. 이러한 공격 방법과 공격 노선을 생각하지 않을 수 없게 된 것이다. 『중종실록』(98권) 1542년(중종 37) 5월 21일을 보면 북방 변경의 군비 강화책 중에 녹둔도에 대해 지평(持平) 임형수(林亨秀)가 의견을 말했다.

시종(侍從)의 직에 있는 신이 차출되어 갔으므로, 경흥 관내의 조산보 사람들이 말 머리에 모여서 정소(呈訴)하습니다. 그 뜻은 '전일 경흥 본진(本鎭)에 강제로 입거(入居)시켰던 사람들을 조산보에 많이 들여보냈는데 땅은 좁고 사람은 많으므로 조정이 의논하여 녹둔도에 들어가는 것을 허가하였다. 이제는 입거한 사람이 죄다 유망(流亡)하고 겨우 열 집이 있는데도 녹둔도에 가서 경작한다. 봄에 농사지을 때가 되면 만호가 군민을 거느리고 본보를 비우고 녹둔도에 가서 성과 기계를 만들다가 가을이 되면 본보로 돌아오는데, 갈 때와 돌아올 때에 모두 가산(家産)을 나르므로 이 때문에 백성에게 항산(恒産)이 없어서 거의 다 유망하였다. 만호 등이 왕래하지 않으려 하나 감사에게 의심받을까 하여 마지못해서 한다' 는 것입니다. 신이 보건대, "이쪽에도 황지(荒地)가 많고 또한 죄다 개간하지 못하는데 여전히 녹둔도로 넘어가서 경작하므로 백성들이 지탱하지 못하니, 지극히 온편하지 못합니다." 하니, 상(중종)이 이르기를, "북도의 폐단을 조정이 함께 의논하여 선처하도록 하라" 하였다.

정소(呈訴)는 소장을 관청에 바치는 것을 말한다. 임형수에게 사람들이 소장을 낸 내용은 대략 이런 것이다. 조산보에 사람이 많아지니 농사지을 땅이 없어서 녹둔도에 들어가 농사짓는 것을 허가하게 되었는데 그 농사짓는 땅이 제대로 남아 있지 않은데도 만호와 군사들이 조산보를 비우고 사람들을 동원하는 것에 대한 폐해를 말하고 있는 것이다. 본래 녹둔도에 적극적인 경작을 장려했고, 그들을 보호하기 위해 성곽과 각종 도구, 설치물을 만들어야 했다. 이 과정에서 많은 일반 사람들을 인력 동원하는 것이 필요했다.

그러나 녹둔도에 농사를 짓는 사람이 열 집 정도밖에 안 되는데 많은 사람들이 녹둔도에 가서 일을 해야 한다. 더구나 봄에 녹둔도에 갔다가 가을에 다시 조산보로 올 때마다 가산을 모두 옮겼다가 옮겨와야 하기 때문에 안정된 생업이 없어진다. 항산(恒産)이 없다는 것은 생업이라는 뜻이다. 당연히 생업이 안정이 되지 않고 흔들리면 마음이나 정신도 흔들리는 법이다. 봄부터 가을은 너무 긴 기간이다. 이 때문에 더 이상 녹둔도는 일반 백성들이 농사를 짓게만 할 수는 없었다. 순찰사 정언신이 이를 보고 제안을 하게 된다.

이 해에 경흥 녹둔도 '두만강이 바다로 들어가는 곳'에 둔전을 실시하였는데, 이는 순찰사 정언신의 건의를 따른 것으로 부사 원호(元豪)가 주관하였다. 녹둔도는 강 북쪽 언덕과 가까워 사람들과 말이

통행했으며 오랑캐 마을과 지극히 근접해 있었으므로 방책을 설치
하고 이졸(吏卒) 약간 명을 두어 방수(防戍)케 하였으나 수비가 매우
약하여 지방 사람들이 걱정했다.
　　　　　　　－『선조수정실록』(17권) 1583년(선조 16) 12월 1일

　　일반 사람들이 농사를 주로 짓게 하던 것은 둔전 그러니까 군인
들이 병영에 필요한 곡식을 생산하기 위한 농토로 사용하게 했다.
물론 일반인들이 농사를 지을 때보다 더 효과적일 수 있었다. 군대
둔전으로 사용하기 때문에 더 방비를 튼튼하게 할 수 있는 물적 토
대를 생산할 수 있었다. 녹둔도의 농사는 잘되고 있었고 그럴수록
여진족들이 탐을 낼 수밖에 없었다.

　　『중종실록』 1514년 10월 13일 기록에서 눈에 띄는 것은 "당상관
으로 그 재간이 문식(文識)과 무략을 겸비한 사람을 뽑아 보내야 한
다"라는 대목이다. 겉으로만 보면 능력 있는 관리를 파견해야 한다
는 점을 강조한 것이지만, 속으로 보면 녹둔도 주변의 특수성을 감
당할 수 있는 혜안과 능력 그리고 실무적인 경험을 가지고 있는 인
물이 필요했던 것을 알 수 있다. 이러한 인물에 적합한 이는 이순신
밖에 없었을 것이다. 녹둔도는 또 다른 문제가 있었고 그것이 바로
둔전을 마련하게 된 이유일 것이다. 정언신은 이러한 점을 생각한
것이다. 물론 만호는 당상관은 아니지만 현실적으로 이쪽에 당상관
을 임명하는 것은 쉽지 않았다. 이순신을 임명한 것은 이순신이 수
군에서도 만호로 근무했기 때문이다. 제아무리 능력과 경험이 있는
이순신이라도 어려움은 있을 수밖에 없었다.

　　1586년, 7월 신임 이순신은 조산보만호로 육진(陸鎭)도 관리해야
하고, 녹둔도 둔전관으로 조산보에서 4Km 떨어진 섬도 관리를 해

나선 이충무공승전대비 비각 정면.
해당 비석은 이순신이 이경록과 함께 여진족을 섬멸한 것을 기린 것이다. 함경북도 나
선시에 위치했고, 일제강점기 때 촬영됨. (한국학중앙연구원)

야 했다. 섬과 육지를 오가면서 관리를 해야 했기 때문에 힘이 드는 일이었다. 더구나 녹둔도는 조산보 쪽이 아니라 반대쪽 여진족 부락에 더 가까웠다. 다만 수심(水深)이 있을 뿐이었다. 언제든지 배를 잘 이용하면 녹둔도에 상륙할 수 있었다. 물론 조산보보다 여진족들의 거주지가 가까웠다. 더구나 병력이 절대적으로 적을 수밖에 없었다. 그렇기 때문에 이순신은 병력의 보충을 계속 요구했으나, 당시 함경병사 이일(李鎰)은 계속 묵살했다.

　1587년(선조 20) 가을에 여진족은 마침내 기습 공격을 감행한다. 이순신이 부임하고 두 번째 맞는 가을 수확철이었다. 이순신이 씨를 뿌린 첫해이기도 하다. 그런 점이 이순신에게는 각별한 의미를 지니는 가을이었다. 특히 전년과는 달리 이 해에는 더욱 농사가 잘

되었다. 이것을 노렸음이 분명했다. 또한 녹둔도가 버려질 지경에
이르러야 하는데 더 잘된다면 여진족에게는 좋은 일이 아니었다.
잘되는 것은 그들에게 재앙이고 막아야 하는 대상이 되는 것이었
다. 더구나 이순신이 잘 처리해 나가고 있었다. 잘 될수록 여진족의
위험은 커진다는 사실을 이순신도 알았을 것이다.

> 정해년(1587, 43세) 가을에 녹둔도 둔전관의 소임을 겸하게 되었는
> 데 이 섬이 외롭고 멀리 있으며 또 수비하는 군사가 적은 것이 걱정
> 스러워 여러 번 병사 이일에게 보고하여 군사를 증원시켜 달라고 청
> 하였으나 일(鎰)이 듣지 않았다. 그러자 8월에 적이 과연 군사를 데리
> 고 와서 공의 울타리를 에워싸는데 붉은 모전을 입은 자 몇 명이 앞
> 장서서 지휘하며 달려오므로 공이 활을 당겨 연달아 쏘아 맞히어 붉
> 은 옷 입은 자들이 모두 땅에 쓰러지자 적들이 달아나는데 공은 이
> 운룡과 함께 추격하여 사로잡힌 우리 군사 60여 명을 도로 빼앗아
> 가지고 돌아왔다.
> 그날 공도 오랑캐의 화살에 맞아 왼쪽 다리를 상했으나 여러 부
> 하들이 놀랄까 하여 몰래 화살을 뽑아 버리고 말았다.
> ― 이분, 『이충무공 행록』

'외롭고 멀리 있는 섬'이라는 말이 있다. 그 안에 있으면 이순신
도 어려운 지경에 노출되는 것은 당연했다. 여진족의 갑청아(甲靑阿),
사송아(沙送阿) 등이 여진족 병력으로 둔전의 방책을 포위 공격했다.
당시 요새 안에는 10여 명의 병사들만이 있었다. 나머지 병력은 모
두 경흥 부사 이경록과 이순신을 중심으로 둔전의 벼를 추수하고
있었다.

침입자들은 추도(楸島)에 살고 있던 여진족들이었다. 당연히 배를 이용할 수밖에 없었을 것이다. 붉은 모전(毛氈)을 입은 적들이 앞장서 공격했다. 이순신은 유엽전(柳葉箭) 즉 활촉이 버들잎 모양으로 생긴 화살로 그들을 쓰러뜨렸다. 호추(胡酋) 마니응개(亇尼應介)는 참루(塹壘)를 뛰어넘어 들어오다가 수장(戍將) 이몽서(李夢瑞)에게 사살되기는 했는데, 기습 공격으로 수장(戍將) 오향(吳享)과 임경번(林景藩) 등 조선군 11명이 죽고 160명의 인명과 15필의 말이 잡혀갔다. 이순신은 가만있지 않고 이경록, 이운룡과 추격하여 여진족 3인을 베고 50여 명을 찾아왔다. 『선조수정실록』(21권) 1587년(선조 20) 9월 1일 기록을 보면 더 구체적인데 다음과 같다.

적호(賊胡)가 녹둔도를 함락시켰다. 녹둔도의 둔전을 처음 설치할 적에 남도(南道)의 궐액군(闕額軍)을 예속시켜 경부(耕夫)로 삼았는데 마침 흉년이 들어 수확이 없었다. 이 해에 조산만호 이순신에게 그 일을 오로지 관장하게 하였는데 가을에 풍년이 들었다. 부사 이경록이 군리(軍吏)를 거느리고 이순신과 추수를 감독하였다. 추도의 호추(胡酋) 마니응개가 경원 지역에 있는 호인의 촌락에 화살을 전달하고서 군사를 숨겨놓고 몰래 엿보다가 농민이 들판에 나가고 책루(柵壘)가 빈 것을 보고 갑자기 들어와 에워싸고 군사를 놓아 크게 노략질하였다. 수호장(守護將) 오형·임경번 등이 포위를 뚫고 책루로 들어가다가 모두 화살에 맞아 죽었다. 마니응개는 참루를 뛰어넘어 들어오다가 수장(戍將) 이몽서(李夢瑞)에게 사살되었다. 적호(賊胡)가 10여 인을 살해하고 1백 60인을 사로잡아 갔다.

이경록·이순신이 군사를 거느리고 추격하여 적 3인의 머리를 베고 포로된 사람 50여 인을 빼앗아 돌아왔다.

추격하여 쫓아갔다는 것은 무엇을 말하는 것일까. 아마도 배를 타고 이동하는 그들을 쫓아갔다는 의미일지도 모른다. 1백 60여 명을 이동시키려면 배가 적합하고 그들은 배를 타고 녹둔도에 왔기 때문이다. 만약 배에 익숙하지 않은 이순신이라면 그들을 빼앗아 올 엄두를 내지 못했을 수도 있다. 마니응개가 계획적으로 침입했음을 알 수가 있다. 그러한 주도면밀한 공격에 일격을 당하지 않을 수는 없었을 것이다. 그럼에도 이순신은 분투했다. 배로 이동하는 그들 가운데 달려들어 배를 가로챘기 때문에 50여 명을 데려올 수 있었는지 모른다. 어쨌든 이것도 전투 승리이며, 성과이다.

그러나 상관은 오히려 이를 인정하기보다는 자신에게 돌아올 화를 막으려고 애를 썼다. 『선조실록』(21권) 1587년(선조 20) 10월 10일에 북병사 이일이 여진족이 침입했을 때 군기를 그르친 경흥 부사 이경록 등을 가두었다고 보고했다. 북병사 이일이 치계했는데 "적호가 녹둔도의 목책(木柵)을 포위했을 때 경흥 부사 이경록과 조산만호 이순신이 군기를 그르쳐 전사(戰士) 10여 명이 피살되고 106명의 인명과 15필의 말이 잡혀갔습니다. 국가에 욕을 끼쳤으므로 이경록 등을 수금(囚禁)하였습니다"라고 했다.

이날의 기록을 보면 이일과 이순신 간에 치열한 논박이 있음을 알 수 있다. 더구나 이일은 자신의 책임이 아니라는 점을 드러내기 위해 이순신에게 모든 것을 책임지우고 있었다. 심지어 끔찍하게도 이일은 이순신을 참수하려 했다. 자칫 임진왜란을 승리로 이끌게 한 이순신이 이때 참수 되었다면 어찌 되었을까. 참담한 일이 일어날 수도 있었던 것이다. 그런데 다행스럽게도 이 상황을 조정에서도 알고 있었다. 그때의 기록을 보면 "병사(兵使) 이일이, 이순신에게 죄를 돌림으로써 자신은 벗어나기 위하여 형구를 설치하고 그를 베려 하자 이순신이 스스로 변명하기를, '전에 군사가 적은 것을 보고 신보하여 더 보태주기를 청하였으나 병사가 따르지 않았는데 그에 대한 공첩(公牒)이 있다' 하였다. 이일이 수금하여 놓고 조정에 아뢰니 '백의종군하여 공을 세워 스스로 속죄하도록 하라'고 명하였다" 라고 기록하고 있다.

이순신은 자신이 계속 군사를 보충해달라고 요구했는데 그렇지 않았다는 점을 주장했다. 추수철이기 때문에 당연히 부족한 인원에서 다시금 더욱 부족한 상황이기 때문에 지원 병력이 필요한 상황이었다. 최소한 추수철에만 지원이 필요한 것이다.

> 일(鎰)이 패군한 심문서를 받으려 하므로 공은 거절하며, "내가 병력이 약하기 때문에 여러 번 군사를 증원해 주기를 청했으나 병사가 들어주지 않았는데 그 공문이 여기 있으니 조정에서 만일 이것을 알면 죄가 내게 있지 않을 것이요, 또 내가 힘껏 싸워서 적을 물리치고 추격하여 우리 사람들을 탈환해 왔는데 패군으로 따지려는 것이 옳단 말이오?' 하며 조금도 말소리나 동작을 떨지 않으니 일이 대답하지 못하고 한참 만에 가두기만 하였다.
> — 이분, 『이충무공 행록』

여기에서 눈길을 끄는 단어는 공문이다. 이순신은 공문을 제시하며 자신이 그동안 수차례 병력 증원을 요구했다는 사실을 증명했다. 이순신은 기록과 근거가 매우 중요하다는 것을 알고 있었고 이를 대비하여 남기고 있었던 것이다. 그만큼 기록의 중요성을 잘 알고 실천한 사람도 드물다. 그가 문신과 무신의 절충을 잘한 장수였기 때문에 가능했다. 이러한 증거가 있으니 이순신에게 벌을 주는 것은 조정에서도 궁색할 수밖에 없었다.

더구나 이순신은 최선을 다해서 노력하고 있었다. 만약 다른 태만한 상황에서 급습을 받았다면 벌을 내려야 하겠지만 추수 감독 중이었고 병력 지원을 했지만 거부당한 입장에서 기습을 당했으니 이는 일어날 일이 일어난 셈이다. 또한 기습을 받은 중에도 사로잡힌 병사와 백성을 다시 찾아오기 위해 분투한 것은 대단한 용기와 책임의식이다. 만약 이런 최선의 행동을 한 자에게 벌을 주게 되면 특히 참수 같은 것을 하게 되면 나쁜 선례가 되며 군사들의 사기에도 도움되지 않을 것이고, 누가 적극적으로 분투하겠는가.

『이충무공 행록』에는 "이 일이 위에 들리자 위에서는, '이모는 패군한 사람이 아니다' 하고 평복으로 종군하여 공을 세우도록 하였다가 그 해 겨울에 공로가 있어 특사를 입었다"라고 되어 있다. 이순신에게 백의종군하도록 하였는데 그렇다면 왜 조정에서는 이순신에게 죄를 더 이상 묻지 않았을까?

> 이경록과 이순신 등을 잡아올 것에 대한 비변사의 공사(公事)를 입계 했는데 선조가 전교했다. "전쟁에서 패배한 사람과는 차이가 있다. 병사(兵使)에게 장형(杖刑)을 집행하게 한 다음 백의종군으로 공을 세우게 하라."
> ―『선조실록』(21권) 1587년(선조 20) 10월 16일

이순신은 그냥 놓여난 것이 아니고 장형 그러니까 매를 맞고 백의종군하게 되었다. 그것이 첫 번째 백의종군이었다. 더구나 이때 1587년(선조 20) 9월 1일 기록에 보면 "상이 수병(戍兵)이 죽은 것을 애도하여 호당(湖堂)에 명하여 시를 지어 조문하게 하였다. 이로부터 둔

전이 폐지되었는데, 논하는 이들은 정언신이 실책한 것으로 탓하였다"라고 하여 근본적으로 둔전 정책이 오류라는 점을 생각하고 있었다. 어쨌든 이순신은 백의종군해야 했는데 그 다음해 1월에 공격이 있었다. 1588년 1월, 북병사 이일은 만회하기 위해 군사를 이끌고 여진족의 본거지를 기습 공격했다. 강을 건너 도망가지 못하도록 사방에서 에워싸고 공격했는데 200여 호를 불태우고 적 380여 명을 죽였다. 말 30필, 소 20두를 획득했다. 『선조실록』(22권) 1588년(선조 21) 1월 27일 북병사가 녹둔도에서 변을 일으킨 오랑캐를 소탕했다고 보고 한다.

> 북병사(北兵使)의 계본에, 경원의 번호(藩胡) 중 녹둔도에서 작적(作賊)한 시전부락(時錢部落)에 이달 14일에 본도(本道)의 토병(土兵) 및 경장사(京將士) 2천 5백여 명을 거느리고 길을 나눠 들여보내, 이경(二更)에 행군하고 삼경에 강을 건넜다가, 15일 평명(平明)에 그들이 궁려(穹廬, 유목민 막사) 2백여 좌(坐)를 분탕(焚蕩)하고 머리 3백 80급(級), 말 9필, 소 20수(首)를 참획(斬獲)하고 전군이 무사히 돌아왔다고 하였다.

추도를 넘어서서 시전부락이라고 하는 꽤 큰 근거지를 공격한 것이다. 아마도 조선군의 위세를 보이며 저항하지 못하도록 보복 차원의 소탕이었을 것이다. 이 전투에서는 이순신의 임진왜란 전투를 위해 중요한 무기와 직책이 등장하는데, 그림에서 단서를 찾을 수 있다. 녹둔도 전투와 관련한 그림이 두 점 전하는데 하나는 '수책거적도'(守柵拒敵圖)와 '장양공정토시전부호도'(壯襄公征討時錢部胡圖)이다. '수책거적도'는 녹둔도에 침입한 여진족에 맞서는 이순신 수하 군사들의 전투를 그린 그림이고 '장양공정토시전부호도'는 이일이 이

북관유적도첩(北關遺蹟圖帖)에 수록된 '수책거적도' (守柵拒敵圖, 고려대 박물관 소장)
'북관유적도첩'은 고려 예종 때부터 조선 선조 때까지 북관(北關), 즉 지금의 함경도 지방에서 용맹과 기개를 떨친 장수들의 업적을 그린 역사화 여덟 폭을 묶은 그림첩이다. 이 중 '수책거적'이란 일곱 번째 그림에 바로 이순신의 당시 활약이 그려져 있다. 이순신의 업적을 묘사한, 지금까지 확인된 유일한 조선시대 그림이다.(KBS 김석 기자)

'장양공정토시전부호도(壯襄公征討時錢部胡圖)'

함경북도 병마절도사 이일(李鎰, 시호 장양공, 1538~1601)이 이끄는 조선군이 1588년 (선조 21) 여진족의 시전부락을 토벌하는 장면을 담은 기록화이다. 이일의 손자인 이견 이 조부의 업적을 기리기 위하여 17세기에 그린 그림을 본떠 1849년(헌종 15) 다시 제작 하였다. 서울특별시유형문화재 제 304호이다.(육군사관학교 육군박물관 소장)

끄는 조선군의 시전부락 정벌을 담은 그림이다. 장양공은 이일을 말한다. 그런데 이 '장양공정토시전부호도'에는 〈우화열장 급제 이순신(右火烈將 及第 李舜臣)〉이라는 문장이 있다. '우화열장'에서 화열장은 '총포대(銃砲隊)의 장수'라는 뜻이다. 여기서 말하는 총포는 '승자총통'(勝字銃筒)일 가능성이 있다. 1583년 니탕개의 난에는 선조 때 김지(金墀)가 개발한 승자총통이 사용됐다.

『선조실록』(17권) 1583년(선조 16) 6월 11일에 "고(故) 병사(兵使) 김지가 새로 만든 승자총통이 지금 북방의 사변에서 적을 물리칠 때 많은 힘이 되고 있으므로, 상이 그에게 증직(贈職)을 명하고 또 그의 아들에게도 관직을 제수하였다"라고 했다. 승자총통은 1583년에 처음 등장하는데 남은 유물이 1573년(선조 6)이었고, 그 이전에 개발되었을 가능성이 크다. 1588년(선조 21) 여진 정벌에도 승자총통이 사용되어 활약했다. 그러므로 이순신의 총포대는 승자총통부대일 가능성이 크다. '우화열장'이라면 우위장이었던 온성부사 양대수(楊大樹)의 수하로 참전한 셈이 된다. 좌위장은 회령 부사 변언수(邊彦琇)였다. 당시 종성도호부사(약칭 종성부사·종3품)였던 원균은 '우위, 1계원장(一繼援將)'으로 참전해 이순신과 같은 등급이었다. 좌위(左衛) 장수가 22명, 우위(右衛) 장수가 24명이었다는데 이순신은 오히려 원균보다 중요한 역할을 했으며 원균이 부대를 진두지휘했다는 일설은 근거가 없는 셈이다.

승자총통은 휴대용 화기로 종래의 총통보다 부리를 길게 해 사정거리를 늘이고 명중률을 높인 총으로 총신에 나무로 개머리판 형태로 부착하여 사용했다. 한 번에 철환 15개와 피령목전(皮翎木箭)을 발사하며 사정거리가 600보였다. 『난중일기』를 보면 1592년 6월 2일 해전에서 대승자총통과 중승자총통을 사용했다. 니탕개가 종성진에 침입했을 때 그는 승자총통의 쓰임을 잘 보았고 숙지했기 때문

'승자총통'(勝字銃筒)

에 우화열장으로 참여했고 이는 최신 무기였다. 화살과 칼, 창만 있고 화기가 없던 여진족들에게는 치명타를 주는 최첨단 무기였다. 그것을 담당한 것이 이순신이었던 것이다. 더구나 원거리에서 화기로 진법에 따라 원거리 공격하는 것을 능숙하게 해냈던 경험은 임진왜란에서도 중요하게 작용할 수밖에 없다. 해전에서의 핵심은 원거리 타격이었다.

시전부락 여진 토벌 과정에서 이순신이 어떤 공을 세웠는지는 구체적으로 언급되지 않는다. 공이 있었기 때문에 백의종군에서 풀렸다는 기록만 전한다. 이순신은 임진왜란 당시 휘하의 장교들이 기여한 공을 상세하게 적어서 장계를 올린다. 그 당시 많은 상급자들은 부하의 공도 자신의 공이라고 세우기 바빴으며 그것이 당연하다고 생각했다. 자신은 결정적으로 한 것도 없으면서 같이 있었다는 이유로 공훈을 나누고 위세를 갖는 것이 일반적이었다. 어쨌든 이순신은 다시 발탁이 된다. 시전부락 소탕이 있은 그 다음 해였다.

『선조실록』(23권) 1589년(선조 22) 7월 28일의 기록을 보면 황우한이 하삼도 병·수사를 선발한 비변사의 밀계를 하니 선조는 이경록·이순신 등도 채용하려 하니, 아울러 참작해서 의계(議啓)하라고 전교했다. 물론 그 뒤에 이순신이 다시 등장한다. 그러나 그를 알아보는 사람이 있었기 때문이지 절대 혼자 될 수는 없는 일이었다.

순찰사 정언신이 그에게 녹둔도 둔전 방어를 맡겼을 때 일이다. 안개가 자욱한 어느날 군사들은 모두 나가 곡식을 거두고 있었고 진영에는 십수 명만 남아 있었다. 그때 갑자기 적기병의 급습을 받았다. 이순신은 급히 진영의 문을 닫고 유엽전을 쏴 수십 명의 적을 말에서 떨어뜨렸다. 그러자 적들이 놀라 모두 달아나기 시작했다. 이순신이 고함을 치며 혼자 말을 타고 그들의 뒤를 쫓았다. 적들은 깃발도 버리고 약탈한 물건도 모두 버리고 달아나기 바빴다.

이외에도 이순신이 세운 공은 참으로 많았다. 그러나 누구도 그를 추천하지 않았다. 과거에 급제한 지 10여 년 만에 겨우 정읍 현감에 올랐을 뿐이다. 당시 왜적의 태도가 날로 극성스러워지자 임금께서 비변사에 명령을 내려 뛰어난 장수를 천거하라고 하셨다. 내가 이순신을 천거해서 수사의 지위에 오르게 되었다. 그러나 이순신의 갑작스런 승진에 의심의 눈길을 보내는 사람도 있었다.

— 류성룡, 『징비록』

류성룡은 다른 이들의 반대에도 불구하고 이순신을 여러 단계 건너 띄어 전라좌수사에 임명한다. 사람들은 의심했지만 그 의심은 곧 확신으로 바뀌게 된다. 그것은 이순신의 개인적인 정신과 철학에 여러 전투 경험과 그에 따른 혜안이 결합된 결과였다. 임진왜란에서 이런 것들이 적용될 수순이었다. 전체에 걸쳐 해미 병영 그리고 발포만호와 녹둔도의 경험은 수군의 방비에 대한 경험과 혜안을 높여 주었고, 조선 수군의 새로운 전략을 가능하게 했다.

3부

영원한 청년 이순신,
임진왜란을 승리로 이끌다

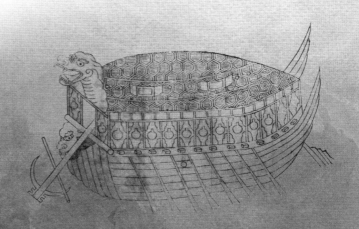

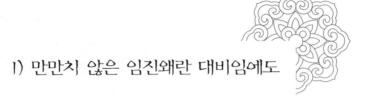

1) 만만치 않은 임진왜란 대비임에도

1591년 2월, 이순신은 전라좌도 수군절도사에 임명된다. 이순신이 임명된 것은 1592년 4월, 임진왜란이 일어나기 1년 2개월 전이다. 47세에 정3품 당상인 절충장군(折衝將軍)이었다. 부제학 김성일(金誠一) 등 많은 이들이 그를 반대했지만 녹둔도 전투 때문인지 아니면 류성룡·이산해 등의 천거 때문인지 선조는 이순신을 임명했다. 전라좌수영이 있던 여수는 녹둔도 전투가 있던 함경도 경흥에 비하면 극과 극에 해당한다. 이순신은 변방에서 변방으로 이동을 했지만 늘 하던 대로 했다. 각 진의 방비를 점검하고 무기와 인력, 군량미를 관리했다. 여기에 판옥선과 거북함의 건조를 추진했다. 그런데 이러한 이순신의 행동이 오늘날의 관점으로는 당연해 보이지만 절대 당연스러운 것이 아니었다. 비단 조정이나 정치세력만이 국방에 대해 안일하게 생각했던 것이 아니었기 때문이다.

임진왜란 7년여 전부터 유구(琉球)는 진공사(進貢使) 공물을 바치기 위해 보내는 사신 편을 통해 왜나라가 조선은 물론 명나라까지 침략할 것이라는 보고를 계속 올렸다. 히데요시가 유구국에 명나라를 칠 테니 협조하라고 명령했기 때문이었다. 유구국은 이런 사실을 명나라에 알린 것이다. 실제로 도요토미 히데요시는 1585년경부터 대륙침략을 언급했다. 그러나 조선은 관심이 없었다. 오랫동안 왜에 보낸 사신단도 없었다. 왜에 잡혀 있던 허의후, 진신이 왜가 전쟁 준비를 하고 있다는 그들의 내정에 대해 몰래 보고했다. 조선이 아무 말이 없자, 명나라가 조선을 의심하면서 조선은 사신을 보내 의향이 무엇인지 밝혀야 했다. 류성룡은 『징비록』에서 가까스로 "명나라 각로(閣老)가 조선이야 말로 우리를 섬기는 나라다. 일본과 내통한다니 믿을 수 없다. 기다려봅시다"라고 한다.

일단 의심이 누그러지는 사이 김응남이 명나라에 도착하여 설명을 하게 된다. 조선은 그렇게 스스로가 아니라 명나라의 의심 때문에 왜국에 관심을 갖게 되었다. 류성룡은 "그때부터 우리 조정에서는 일본을 경계하기 시작했다. 국경 사정에 밝은 인물을 뽑아 삼도의 방어를 맡겼다. 경상감사에 김수, 전라감사에 이광, 충청감사에 윤선각을 임명하고 준비하고 성과 해자를 축조하도록 했다. 그 가운데에서도 특히 경상도에 특히 많은 성을 쌓고, 영천, 청도, 삼가, 대구, 성주, 부산, 동래, 진주, 안동, 상주 등에 병영까지 신축하거나 고치게 했다"라고 했다.

1590년 일본에 황윤길, 김성일을 대표로 조선통신사를 보냈는데 오히려 명나라는 이를 의심했고, 히데요시는 처음에 항복 사신단이라고 생각했다. 1591년 4월 황윤길·김성일은 서로 다른 보고를 했고, 조정은 히데요시가 명나라를 침략하자는 제안을 거절했다고 성절사(聖節使) 김응남(金應南)의 사행(使行) 편에 그 사유를 전했다. 명의 의심은 풀리는 듯 했지만 완전히 없어지지는 않는다. 『난중일기』 2

월 초10일에 보면 "중원에서 우리나라와 왜 사이에 무슨 딴 뜻이 있는가 의심하기까지 했으니, 그 흉칙함을 무엇이라 말할 수 없다"라고 하여 이순신도 명나라의 태도에 대해서 분노했다. 어쨌든 조선은 1591년 국내 방비를 한다.

"호남·영남의 성읍을 수축하였다. 비변사가, 왜적은 수전에 강하지만 육지에 오르면 불리하다는 것으로 오로지 육지의 방어에 힘쓰기를 청하니, 이에 호남·영남의 큰 읍성을 증축하고 수리하게 하였다. 그런데 경상감사 김수(金睟)는 더욱 힘을 다해 봉행하여 축성을 제일 많이 하였다. 영천·청도·삼가(三嘉)·대구·성주·부산·동래·진주·안동·상주·좌우 병영에 모두 성곽을 증축하고 참호를 설치하였다. 그러나 크게 하여 많은 사람을 수용하는 것에만 신경을 써서 험한 곳에 의거하지 않고 평지를 취하여 쌓았는데 높이가 겨우 2~3장에 불과했으며, 참호도 겨우 모양만 갖추었을 뿐, 백성들에게 노고만 끼쳐 원망이 일어나게 하였는데, 식자들은 결단코 방어하지 못할 것을 알고 있었다."
— 『선조수정실록』(25권) 1591년(선조 24) 7월 1일

"그뿐이 아니었다. 경상도, 전라도에 쌓은 성들 또한 바른 형태를 갖추지 못하고 쓸데없이 규모만 클 뿐이었다. 특히 진주성은 본래 험한 한을 이용해 쌓았기 때문에 방어의 요새로 충분했다. 그런데 성이 너무 작다며 동쪽의 평지를 옮겨 크게 지었다. 결국 적의 침입을 받자위에 무너졌다. 성은 작더라도 견고한 것이 무엇보다 중요한데 반대로 크게만 만들어 놓은 것이다. 이는 당시 전쟁에 대한 이견이 분분했기 때문인 것으로 보인다. 나라가 품고 있던 모든 힘이 한

곳에 집중될 수 없었던 것이다. 또한 병법의 활용, 장수선발, 군사훈련 방법 등 어떠한 것도 제대로 갖추지 못한 까닭에 전쟁이 발발하자 폐하고 만 것이다."

― 류성룡, 『징비록』

1591년은 임진왜란이 일어나기 전 해이다. 이미 축성을 하면서 전쟁 대비를 한다고 하고 있었지만 문제가 있었다. 우선 육전을 중심으로 생각하여 호남과 영남에 큰 읍성을 많이 쌓았다. 이는 상대적으로 이순신이 지키고 있는 수군을 소홀하게 생각했던 점을 생각할 수 있다. 그런데 성곽을 쌓는 일을 소모적으로 낭비하며 쓸데없이 쌓고 있었다. 무조건 크게 쌓고 많은 사람들을 수용 가능하게 빨리 쌓으려고 평지를 선택하는 등의 행태는 전략과 전투에 대한 사고가 부족했던 것이다. 병법도 모르고 장수를 어떻게 선발하고 군사를 어찌 훈련시켜야 하는지 전혀 체계가 없었다.

정작 문제는 따로 있었는지 모른다. 붕당과 당쟁에 휩싸여 미리미리 대비하지 못한 정치권이나 권력집단도 문제였지만 뒤늦게 대비를 하려 해도 일반 백성에 이르기까지 왜침에 대한 대비 필요성을 피부로 직접 느끼지는 못했다. 당시에는 대부분의 조선인들이 전쟁을 겪어보지 않았다. 여진족이 문제를 일으킨 것은 매우 먼 북쪽 변방이었고, 가끔 나타나는 왜구들에 대해서도 전쟁으로 생각하지는 못했던 것이다. 이 같은 점을 류성룡은 직접적으로 지적했다.

당시 나라는 평화로웠다. 조정과 백성 모두가 편안하던 까닭에 노역에 동원되었던 백성들은 불평을 늘어놓기 시작했다. 나와 동년배인 전(前) 전적(典籍) 이로(李魯)도 내게 글을 보내왔다.

'이 태평한 시대에 성을 쌓다니 무슨 당치 않은 일이오? 그러고는 조정의 일에 불만을 늘어놓았다.

'삼가 지방만 보더라도 앞에 정진 나루터가 가로막고 있소. 어떻게 왜적이 그곳을 넘는단 말이오. 그런데도 무조건 성을 쌓는다고 백성을 괴롭히니 참으로 답답하오.'

아니 넓디넓은 바다를 사이에 두고도 막지 못한 왜적을 이까짓 한 줄기 냇물로 막을 수 있다니 내가 더 답답했다. 당시 사람들의 의견이 한결같이 이러했고 홍문관도 또한 그러한 의견을 내놓았다.

— 류성룡, 『징비록』

전쟁이 무엇인지 사대부나 지배층도 알지 못했다. 이러한 상황이 있었기 때문에 왜침에 대한 방비는 귀찮고 하찮은 것이었다. 당시에는 당장에 반드시 해야 하는 군역조차도 사소한 것으로 생각하고 있던 터였는데 일어날지 알 수 없는 왜란을 방비하겠다고 하니 헛된 일이라고 생각하고 있던 것이다.

『선조수정실록』(26권) 1592년(선조 25) 3월 3일에 따르면 경상감사 김수(金晬)가 「장계」하기를 '성을 쌓는 역사에 대해 도내(道內)의 사대부들이 번거로운 폐단을 싫어한 나머지 이의를 제기하는 바람에 저지되고 있다' 하였고 이에 따라 김성일을 경상우병사로 삼아서 이같은 일들을 없게 하려 했는데 김성일이 유화적으로 보고를 한 당사자이기 때문이다. 나라의 위기를 먼저 인지하고 솔선수범으로 나서야 할 사대부들마저 오히려 왜란을 가볍게 여기니 방비가 제대로 될 리 없었는지 모른다.

설마 왜란이 일어날까 하는 생각 때문에 왜란에 대한 준비를 다들 별로 좋아하지 않았던 것이다. 더구나 삼포왜란처럼 국지적으로 일어날 왜변을 이렇게 전국적으로 특히 전라도처럼 비켜 있는 곳도 준비해야 하는지 의문이었을 것이다. 이러한 가운데에서 이순신은 이중고에 있었다. 이순신이 담당하고 있는 곳은 수군 관할영역이었다. 육군에 비해서 상대적으로 외면 받은 곳이었다. 하지만 이순신은 원칙에 맞게 점검하고 대비하도록 했다. 1592년에 들어서면서 조정에서도 왜의 상황이 심상치 않은 것을 직감하게 되었다. 더욱 육전 중심의 대비를 종용했다. 그러나 이순신은 "수륙의 전투와 수비 중 어느 하나도 없애서는 아니 됩니다"라고 주장하며 계속 방비를 했다.

> "조정이 신립(申砬)의 「장계」로 인하여 수군을 파하고 육전에만 전력하자 공이 곧 「장계」하되, '바다로 오는 적을 막는 데는 수군만 한 것이 없으니 수군과 육군의 어느 한 가지도 없앨 수는 없습니다' 고 하니 조정에서도 그 의견을 옳게 여기었다"
> ― 이분, 『이충무공 행록』

이후에 이순신이 수군 증강에 진력하여 어느덧 전선은 20여 척으로, 최대 30여 척 가까이 늘어났다. 그가 군비를 점검하는 것은 원칙을 중시하는 그의 정신을 보여준다. 1월 16일에 "방답의 병선을 맡은 군관들과 색리들이 그들 병선을 수리하지 않았기 때문에 곤장을 쳤다"고 했다. 꼭 관아 사람들만 벌을 준 것은 아니다. "성 밑에 사는 박몽세(朴夢世)는 석수인데 선생원 돌 뜨는 곳에 가서 해를 끼치고 이웃집 개에게까지 피해를 입혔으므로, 곤장 여든 대를 쳤다"고 했다. 또한 2월 15일에는 "새로 쌓은 해자 구덩이가 많이 무너져 석수(石手)들에게 벌을 주고 다시 쌓게 했다"고 적었다.

특히 고흥 일대의 5포를 챙겼는데 2월 25일에 "여러 가지 전쟁 방비에 탈난 곳이 많아서 군관과 색리들에게 벌을 줬다"고 했다. 이어 2월 26일에는 방답에 이르러 공사례를 마치고서 무기를 점검했는데 장전과 편전은 하나도 쓸 만한 것이 없어서 고민이라고 했다. 그래도 이순신은 해전에서 중요한 전선(戰船)은 좀 온전한 편이라 기뻐했다.

관내뿐만 아니라 여수영 자체에도 만전을 기했다. 3월 초6일에 "출근하여 군기물을 점검했는데, 활·갑옷·투구·전통·환도 등이 깨지고 헐어진 것이 많아 색리·궁장·감고 등을 문책했다"라고 적었다. 또한 3월 20일에 "순천 관내를 수색하는 일이 제 날짜에 미치지 못했기 때문에 대장·색리·도훈도 등을 문책했다"고 했다. 임진왜란을 앞둔 이순신의 일상은 이런 검사와 평가, 점검이 일상이었다.

또한 단순히 물적 인적 자원의 방비뿐 아니라 새로운 실험과 도전을 통해 적에 대응하려 했던 대표 사례가 거북함이었다. 『난중일기』에 따르면 1592년 2월 초8일에 "거북함에 쓸 돛베 스물아홉 필을 받았다"고 했다. 그리고 3월 27일에는 "거북함에서 대포 쏘는 것도 시험했다"라고 했다. 거북선에는 원래 대포가 장착되지 않아서 새전함에 시험이 필요했다.

『난중일기』 4월 15일 기록에는 '영남우수사(원균)의 통첩에, 왜선 아흔여 척이 와서 부산 앞 절영도(영도)에 정박했다'고 한다. 이와 동

· 색리 : 色吏, 호장층과 6방 향리층을 제외한 모든 향리를 '색리층'이라 했고, 조선 후기는 일반적으로 말단 향리를 '색리'라 부르기도 했다.
· 궁장 : 弓匠, 군기감의 궁전색에 속하여 활과 화살을 만드는 일을 맡아 하던 장인.
· 감고 : 監考, 정부의 재정부서에서 전곡 출납의 실무를 맡거나, 지방의 세금 및 공물의 징수를 담당하던 벼슬아치.
· 대장 : 臺長, 사헌부의 장령과 지평을 달리 이르던 말.
· 도훈도 : 수학에 능통한 하급관리

시에 경상좌수사 박홍의 공문이 왔는데 '왜적 350여 척이 이미 부산포 건너편에 도착했다'는 것이다. 이것이 임진왜란의 시작이었다. 4월 16일 밤 열 시쯤 영남우수사의 공문에 '부산진이 이미 함락되었다'는 내용이 있었다. 이를 읽은 이순신은 일기에 '분하고 원통함을 이길 수가 없다'고 적었다.

4월 20일 영남관찰사 김수의 공문이 왔는데 '많은 적들이 휘몰아 쳐들어오니 이를 막아낼 수가 없고 승리한 기세가 마치 무인지경을 드는 것과 같다'고 하면서 전선을 정비하여 내게 와서 후원해 주기를 바란다고 조정에 「장계」하였다는 내용이었다. 또한 좌부승지 민준이 유리한 상황이라면 협의하여 적선을 요격하라고 했으나 이순신은 '일개의 주장으로서 마음대로 처리하기 어렵다'고 4월 26일 「장계」에서 밝힌다.

이순신은 자신의 상관에 해당하는 겸관찰사 이광(李洸)·방어사 곽영(郭嶸)·병마절도사 최원(崔遠) 등에게 이 같은 사정과 생각을 알린다. 또한 「장계」를 통해 경상도 순변사 이일과 겸관찰사 김수·영남 우수사 원균 등에게는 '두 도의 물길 사정과 수군이 모처에 모이기로 약속하는 내용과 함께 적선의 많고 적음과 현재 정박해 있는 곳과 그 밖의 대책에 응할 여러 가지 기밀을 모두 급히 회답해 달라'고 한다. 즉각 출동하겠다는 말이 아니라 출동할 경우에 해야 할 상황을 알려달라는 내용이었다. 이순신은 당장에 경상도 지역으로 출전하는 것은 합리적이지도 옳지도 않다고 생각했다. 당시 상황을 류성룡은 『징비록』에서 이렇게 적었다.

처음에 적이 바다를 건너 상륙하자 원균은 적의 규모에 놀라 나가 싸우지 못하고 오히려 100여 척의 배와 화포, 무기를 바닷물 속에 던

저버렸다. 그런 후 비장 이영남, 이운룡 등만을 대동하고 배 네 척에 나누어 탄 채 달아나 곤양 바다 어귀에 상륙해 적을 피했다. 이렇게 되자 그 수하의 수군 만여 명이 모두 사라지고 말았다.

이 모습을 본 이영남이 말했다.

"공께서는 임금의 명을 받아 수군절도사에 오르셨습니다. 그런데 군사를 모두 버리고 육지로 피하신다면 훗날 조정에서 죄를 물을 때 뭐라고 답하시겠습니까? 제 생각으로는 전라도에 구원병을 요청해 적과 부딪혀 보고 싸움에서 지면 그때 도망쳐도 늦지는 않을 것입니다."

이 말을 들은 원균은 좋은 생각이라고 말하며 이영남을 이순신에게 보냈다. 그러자 이순신은 구원을 요청하는 이영남에게 이렇게 답했다.

"병사에게는 제각기 역할과 임무가 주어져 있다. 따라서 조정의 명이 있기 전에는 내 마음대로 경계를 넘어 갈 수 없다."

그러나 원균은 그 후에도 대여섯 차례에 걸쳐 이영남을 보내 원군을 청했으며 그때마다 뱃머리에 앉아 통곡했다.

당시 명령체계는 비록 전라좌도와 경상우도가 붙어 있어 경상우수사가 전라좌수사에게 원군을 요청한다고 해서 넘어갈 수 있는 것이 아니었다. 경상우수사 원균이 상관들에게 보고를 하고 그 상관들이 다시 조정에 허락을 얻어서 다시 좌수사 이순신에게 통고를 해주어야 한다. 이는 중앙집권적인 보고 결정 하달체계였기 때문이다. 만약 사사로이 움직여서 일이 잘못되면 모두 이순신의 책임이 되는 것이었다.

더구나 이순신은 자신의 처지를 잘 알고 있었다. 전라좌수영의 전력만으로는 한계가 있다는 것을 알고 있었다. 『이충무공 행록』에

전라 좌수영에서 본 남해안. 전쟁이 일어나겠냐는 회의론 속에서 소상히 얻은 정보를
바탕으로 이순신은 묵묵히 준비해 나간다.

 '5월 초1일 원근 여러 장수들이 모두 본영 앞바다에 모이니 전선은
24척이었다' 라고 했다. 수백 척의 왜선에 비해 이순신 진영에는 24
척밖에 없었다. 그렇기 때문에 전라우수영의 병력들을 합하는 전력
의 연대와 협력이 무엇보다 중요하다는 것을 인식하고 있었기 때문
에 신중했다.

  드디어 명령이 떨어졌다. 명령은 '경상도를 구원하러 출전하라' 는
것이었다. 이순신은 진관 체제의 단점을 보완하고자 고안된 전략인
제승방략(制勝方略)을 추구했다. 적의 침입에 맞서 각 지역의 군사를
요충지에 집결시켜 통솔하는 방식인데 이미 북방 여진족 토벌 때 사
용된 바가 있었다. 4월 27일 「장계」에서 '수군에 소속된 방답·사
도·여도·발포·녹도 등 5개 진포의 전선만으로는 세력이 심히 고
약하기 때문에 수군이 편성되어 있는 순천·광양·낙안·흥양·보
성 등 5개 고을에도 아울러 방략에 의해서 거느리고 갈 계획' 이라고

밝혔다. 그러나 이순신은 시간이 급해 모두 모이기가 어려울 수 있으니 도달 가능한 병력부터 모이라고 전달하는 유연성을 보인다.

4월 30일 새벽 네 시에 출전하기로 정하고 이에 맞춰 각 지의 군사들이 연합하기로 약속했다. 경상우도 남해현 미조항과 상주포·곡포·평산포 등 네 개 진영의 장수와 관리도 포괄했다. 이 가운데 도망하는 자들을 처벌하여 군율을 엄히 세워야 했다. 「장계」에서 "길목에 포망장(도망자 잡는 장수)을 보내어 도망자 두 명을 찾아내어 우선 목을 베어 군중에 효시하여 군사들의 공포심을 진정시켰다"라고 밝혔다. 그러나 명령이 떨어졌어도 이순신은 마지막까지 기다릴 수밖에 없는 이유가 있었다.

남해에 첨입된 평산포 등 네 개의 진영의 진장과 현령 등이 왜적들의 얼굴을 보지 아니하고 먼저 도피하였으므로, 나는 남의 도의 군사이니 그 도의 물길이 험하고 평탄한 것도 알 수 없고 물길을 인도할 배도 없으며, 또 작전을 상의할 장수도 없는데, 경솔하게 행동한다는 것은 천만뜻밖의 실패도 없지 않을 것이다. 소속 전함을 모두 합해봐야 30척 미만으로서 세력이 매우 고약하기 때문에 겸관찰사 이광(李洸)도 이미 이 실정을 알고 본도 우수사(이억기)에게 명령하여 "소속 수군을 신의 뒤를 따라서 힘을 모아 구원하도록 하라"고 하였다. 그래서 일이 매우 급하더라도 반드시 구원선이 다 도착되는 것을 기다려서 약속한 연후에 발선하여 바로 경상도로 출전해야 하겠다.
— 1592년 4월 29일 「장계」에서

이순신이 잘 아는 좌수영 바다가 아니었다. 당연히 그곳을 안내해주는 이들이 있어야 하지만 다 도피했기 때문에 쉽지 않은 상황이었다. 상의할 장수도 없고 물길도 잘 모르기 때문에 위험부담이 컸다. 더구나 전함이 30척 미만이기 때문에 이억기가 이끄는 전라우수영 병력이 필요했다. 예정된 날짜가 지나고 있었다. 그런데 5월 3일에 드디어 기다리던 전라우수영 군대가 오는 것으로 생각한다.

"전라우수사가 수군을 끌고 와서 같이 약속하고서 방답의 판옥선이 첩입군을 싣고 오는 것을 우수사가 온다고 기뻐하였으나, 군관을 보내어 알아보았다. 그러나 그건 방답의 배였다. 실망하였다"라고 했다. 실망이라는 단어를 직접적으로 사용하니 이를 통해 얼마나 많이 기다렸는지 알 수가 있다. 하지만 언제까지나 기다릴 수는 없었다.

차츰 군사들이 흔들리고 있었다. 이순신은 '여도수군 황옥천(黃玉千)이 왜적의 소리를 듣고 달아났기에 자기 집에서 잡아와서 목을 베어 군중 앞에 높이 매달았다'라고 했다. 동요를 막기 위한 고육지책이지만 원칙 준수였다. 그가 적었듯이 우수사가 오지 않고 만약 기회를 늦추다가는 후회해도 소용없다는 것이었기에 곧 중위장을 불러 내일 새벽에 떠날 것을 약속하고 「장계」를 고치게 된다. 더 이상 기다리다가는 되돌릴 수 없는 결과를 낳을 수 있었기 때문이다. 드디어 5월 초4일 먼동이 틀 때에 출항했다. 이순신의 첫 출정이었다. 다음과 같은 마음으로 출진했을 것으로 보인다.

경상도 연해안 고을에는 깊은 도랑과 높은 성으로 든든한 곳이 많은데, 성을 지키던 비겁한 군졸들이 소문만 듣고 간담이 떨려 모두 도망갈 생각만 품었기 때문에 적들이 포위하면 반드시 함락되어 온전한 성이라고는 하나도 없다. 지난번 부산 및 동래의 연해안 여러 장수들만 하더라도 배들을 잘 정비하여 바다에 가득 진을 치고 엄습할 위세를 보이면서 정세를 보아 전선을 알맞게 병법대로 진퇴하여 적을 육지로 기어오르지 못하도록 했더라면 나라를 욕되게 한 환란이 반드시 이렇게까지는 되지 않았을 것이다. 생각이 이에 미치니 분함을 더 참을 수 없다.

이제 한 번 죽을 것을 기약하고 곧 범의 굴로 바로 두들겨 요망한 적을 소탕하여 나라의 수치를 만에 하나라도 씻으려 하는 바, 성공하고 안하고, 잘 되고 못 되고는 내 미리 생각할 바가 아니리라.

　　― 1592년 4월 29일 「장계」

이순신은 절대 제 한 몸을 우선하는 이가 아니다. 언제나 앞장서서 나섰으며, 위험을 감수했다. 우을기내를 사로잡기도 했고 녹둔도에서는 50여 명을 구출하기도 했다. 임진왜란 초기에 경상도 지역에서 잘 대응했다면 전쟁의 확산을 막을 수도 있었거나 상대에게 타격을 줄 수 있고 지연이 가능할 수 있었다는 점을 말하고 있다. 경상좌수사 박홍도 제대로 대응하지 못하고 병력과 전선을 버리고 후퇴했다. 경상좌도나 우도는 수군 가운데 가장 많은 병력과 함선을 가지고 있는 곳인데 제대로 대응을 못하고 말았다. 상대적으로 그 뒤에 해당하는 전라좌수영의 이순신은 비록 적은 규모의 함대였음에도 불구하고 중심축으로서 혁혁한 전투성과를 보인다. 만약 병력이나 함선, 장비, 무기들의 규모를 탓하기만 했다면 절대 낳을 수 없는 결과라고 할 수 있다.

무엇보다 "성공하고 안하고, 잘 되고 못 되고는 내 미리 생각할 바가 아니다"라고 하는 것은 이순신의 대표적인 신조라고 할 수 있다. 이것은 어느 위치에 있는가에 관계없이 최선을 다하는 이순신의 청년정신이기도 하다. 명분과 목표가 정당하게 세워지면 그것의 실패나 성공을 통한 감정을 생각하지 않고 최선을 다할 뿐이다. 그런 마음으로 나아갔기 때문에 이순신은 전투에서 이길 수 있었다.

　무엇보다 그는 혼자만의 어떤 초인적인 능력으로 정보를 알아내고 준비하지 않았다. 초인적인 능력을 강조하는 것은 위인전에서 현실을 왜곡하는 것이다. 『난중일기』나 「장계」 등에서 여실히 알 수 있지만 정보는 사람에게서 나온다. 그는 혼자만의 세계에 갇혀 있지 않고 끊임없이 사람들 속에서 이야기하고 대화하면서 정보를 얻고 그것을 그들을 위해서 활용했다. 그 사람들은 휘하의 장수일 수도 있고 바닷가에서 생업에 종사하는 사람들이기도 했다. 누구라도 막론하고 진실과 사실을 알고 있는 이들과 함께했다. 그것이 연전연승의 토대이자 시작이었다. 또한 그것은 젊은 시절부터 사람들 사이에 있던 이순신의 특기이자 장점이기도 했다.

　　충무공 이순신이 처음 호남 좌수사에 제수되었을 때 왜적이 침입한다는 정보가 다급했다. 왜적을 막는 일은 바다에 달려 있었으나 공은 바다를 방비하는 요해처를 알지 못했다. 그래서 공은 날마다 남녀 백성들을 좌수영 뜰에 모아놓고 저녁부터 새벽까지 짚신도 삼고 길쌈도 하는 등 하고 싶은 대로 하게 하면서 밤만 되면 술과 음식으로 대접하였다. 공은 평복차림으로 그들과 격의 없이 즐기면서 대화를 유도하였다. 포구 백성들이 처음에는 매우 두려워했으나 시간이 갈수록 친숙해져 함께 웃으면서 농담까지 하게 되었다. 대화 내용은 모두 고기 잡고 조개 캐면서 지나다닌 곳에 관한 것들이었다. '어느 항구는 물이 소용돌이쳐서 들어가면 반드시 배가 뒤집힌다.' '어느 여울은 암초가 숨어있어 그쪽으로 가면 반드시 배가 부서진다' 라고 하면, 공이 일일이 기억했다가 다음 날 아침 몸소 나가 살폈으며, 거리가 먼 곳은 휘하 장수를 보내 살펴보게 하였는데 과연 그러하였다.

급기야 왜군과 전투를 하게 되어서는 번번이 배를 끌고 후퇴하여 저들을 험지로 유인해 들였는데 그때마다 왜선이 여지없이 부서져 힘들여 싸우지 않고도 승리하였다. 좌의정 송시열이 예전에 손님에게 이 이야기를 해 주면서 "장수만 아니라 재상 역시 그처럼 해야 한다" 하였다. 그러나 충무공이 물길에 익숙했던 것은 포구 백성에게 들어서만이 아니라 여러 차례 해진의 장수를 지낸 어영담이 물길을 잘 알았기 때문에 공을 도운 것이 많았으니 견내량해전과 명량해전은 오로지 지리를 이용해 승리를 거두었다.

— 성대중, 『청성잡기』「성언(醒言)」

2) 연전연승의 비결

마침내 전투는 시작되었다. 경상도 해안의 지원 출전이었다. 첫 번째 해전은 옥포해전이었다. 그리고 이것은 이순신의 첫 승리였고, 조선 수군의 첫 승리이기도 했다. 연전연승의 시작이기도 했으며 조선의 무력감을 떨치고 자신감을 갖게 된 시작이었다. 그리고 이순신의 삶의 원칙들과 소신이 가치를 발휘하기 시작했고, 그는 세상에 알려지기 시작했다.

6월 16일 정오, 경상도 바다로 간 이순신 함대는 옥포에 정박해 있던 왜군을 공격해 26척을 격침시켰다. 오후에 웅천현의 합포 앞바다에서 대선 즉 큰 배 한 척을 격파시켰다. 아마도 대장선을 격파한 것으로 보인다. 6월 17일에도 적진포에서 왜선 13척을 격침시켰다. 이때 조정은 한양에서 파천을 해 북쪽으로 도피하고 있었는데, 6월 27일 임진강 방어에 실패하고 실망에 젖어 있을 때, 승리 소식을 전함으로써 희망을 주었다.

이 전투에서 이순신은 원칙이 있었다. 포구에 몰려다니는 왜선에 거리를 두고 포격이나 사격 공격을 하며 육지에 오른 왜적들을 쫓지 않았다. 이것은 좌수영의 장점과 전력을 잘 활용하는 방법이었다. 왜군에게는 조총이 있었고 육박전에 강했기 때문에 맞붙는 것은 위험했기 때문에 원균처럼 무작정 붙는 전투는 필패였다. 『이충무공 행록』에는 '초7일 옥포에 도착하여 왜선 30여 척이 포구에 줄지어 있는 것을 보고 공이 기를 휘두르며 진군하자 여러 장수들도 용감히 앞을 나서서 적선을 모조리 잡아 없앴다. 그래서 이때의 전공으로 가선대부(嘉善大夫)에 승진되었다' 라고 했다. 스스로 세운 전투의 승전으로 그는 가선대부에 오른 것이다. 그러나 있는 힘을 다해 싸웠기 때문에 승리했어도 조선 수군은 많이 피로한 상태였다. 그때까지도 전라우수영 이억기 수군은 오지 않은 상태였다.

전라우수영군의 합류가 늦어져, 7월 8일, 이순신은 뱃머리를 돌려 노량으로 향한다. 『난중일기』 5월 29일에 '우수사(이억기)가 오지 않으므로 홀로 여러 장수들을 거느리고 새벽에 출항하여 곧장 노량에 이르니, 경상우수사 원균은 미리 약속한 곳에 와서 만나 그와 함께 상의했다' 라고 기록했다. 그러나 원균의 군대는 사실상 군대라고 할 수도 없었다.

> "그때 원균은 전선 73척이 모조리 적에게 패해 버리고 다만 남은 것이라고는 옥포만호 이운룡과 영등포만호 우치적(禹致績)이 타고 있는 배가 각각 한 척씩이요, 원균은 작은 배 한 척을 타고 걸망포(傑望浦)에 있었다."
>
> ─ 이분, 『이충무공 행록』

전선 73척이면 전라우수영과 전라좌수영의 배를 모두 합친 것보다 많은 전투선이 바다에 가라앉았다. 만약 원균의 배들이 그대로 있었다면, 조선 수군의 승리는 더욱 더 많았을 것이고 부산포도 무리 없이 진격할 수 있었다. 원균은 수시로 부산포로 진격해야 한다고 했지만 그것은 사실 자신이 했어야 하는 일이었다. 여러 기록은 '다만 그가 영남의 해안을 잘 알 수 있으니 길잡이를 할 뿐이었다'라고 했다. 이순신은 당시 해전을 『난중일기』에서 이렇게 적었다.

> 왜적이 머물러 있는 곳을 물으니, "왜적들은 지금 사천 선창에 있다"고 한다. 바로 거기로 가보았더니 왜놈들은 벌써 뭍으로 올라가서 산 위에 진들을 치고 배는 그 산 아래에 줄지어 매어 놓고 항전하는 태세가 재빨리 튼튼해졌다. 나는 장수들을 독려하여 일제히 달려들며 화살을 비 퍼붓듯이 쏘고, 각종 총포들을 우레 같이 쏘아대니, 적들이 무서워서 물러났다. 이때 화살을 맞은 자는 헤아릴 수 없을 정도고, 왜적의 머리를 벤 것만도 많았다.

사천에 있던 왜적들은 능동적이었다. 아마도 옥포해전의 소식을 왜군이 들었기 때문에 적극적인 공세를 취한 것으로 볼 수 있다. 그럼에도 이때 사천 선창에 정박해 있던 왜선을 공격해 30여 척을 격파했다. 여기서 중요한 것은 각종 총포들을 우레 같이 쏘아댔다는 것이다. 이를 통해 적군이 무서워했다니 승자총통이나 화포의 위력을 말하는 것이겠다. 이는 북방에 있을 때 효과를 봤던 총포와 전법이었다. 그것을 이순신이 해전에서 사용한 것이다. 해전에서 새롭게 선보이는 전술이자 전투 방법이었기 때문에 아마도 왜적은 많이 당황했을 것이다. 산으로 대피하고 선박을 줄지어 매어 놓아도 소용없었다. 이미 조선 수군의 사정거리 안에 있었기 때문이다. 결국 조선 수군의 승리로 돌아갔다.

특히 눈여겨볼 것은 이순신이 거북선을 처음 선보인 해전이기도 하다. 거북선에 대해 『이충무공 행록』에는 다음과 같이 적었다.

공(이순신)이 수영(전라좌수영)에 계실 때에 왜적이 반드시 들어올 것을 알고 본영과 소속 포구에 있는 무기와 기계를 모두 보수하고 또 쇠사슬을 만들어 앞바다를 가로막았다. 그리고 또 전선을 창작하니 크기는 판옥선(板屋船)만 하며 위에는 판자를 덮고 판자 위에 열십자(十字) 모양의 좁은 길을 내어 사람들이 올라가 다닐 수 있게 하고 그 나머지는 온통 칼과 송곳을 꽂아 사방으로 발붙일 곳이 없도록 했다. 앞에는 용의 머리를 만들었는데 입은 총구멍이 있고 뒤는 거북의 꽁지처럼 되었는데 그 꽁지 밑에도 총구멍이 있고 좌우에는 각각 여섯 개씩의 총구멍이 있었다. 대개 그 모양이 거북 형상과 같기 때문에 이름을 거북선이라 했다.

뒷날 전쟁할 때에는 거적으로 송곳 위를 덮고 선봉이 되어 나가는데 적이 배 위로 올라오려 들다가는 칼날과 송곳 끝에 찔려서 죽고 또 에워싸고 엄습하려 들다가는 좌우 앞뒤에서 한꺼번에 총알이 터졌다. 이에 적선이 아무리 바다를 덮어 구름같이 모여 들어도 이 배는 그 속을 마음대로 드나들며 가는 곳마다 쓰러지지 않는 놈이 없었다. 때문에 전후 크고 작은 전투에 이것으로써 항상 승리한 것이었다.

본래 거북선은 조선 수군에 있었다. 『태종실록』에도 거북선 그러니까 귀선(龜船)에 대한 기록은 있다. 하지만 이순신은 왜군과 벌일 싸움에 맞게 새롭게 만들었다. 왜 수군의 정체를 정확히 알고 있었기 때문에 가능한 일일 것이다. 이는 남해안에 출몰했던 왜군들이 어떤 전법을 사용하였는지와 발포만호 때를 통해 인지했기 때문에 가능한 일이기도 했다.

그럼 왜 수군의 상황을 이순신은 어떻게 알았던 것일까. 왜군이 정규 해군이 아니라 해적을 수군으로 편제 삼았기 때문에 등선 육박전에 강하다는 것을, 그래서 타고 올라오지 못하도록 철갑을 씌우고 쇠창살을 박은 것이다. 무엇보다 이 함선은 돌격용, 격파용이었다. 함대의 전열을 흩어 놓는 용도로 사천해전에서 처음으로 실전 시험되는 셈이었다.

그러나 이 싸움에서 이순신은 탄환에 맞는다. 『난중일기』에 "이 싸움에 군관 나대용(羅大用)이 탄환에 맞았고, 나도 왼쪽 어깨 위에 탄환을 맞아 등을 관통하였으나, 중상은 아니었다. 활꾼과 격군 중에서 탄환을 맞은 사람이 또한 많았다"라고 했다. 이어서 "적선 열세 척을 불태워버리고 물러나 머물렀다"라고 했다. 왜군 또한 자신들의 전력을 믿고 적극적인 공세를 펼쳐서 조선 수군의 피해도 있었던 듯하다.

이 와중에 이순신은 자신이 부상을 당했음에도 중상이 아니라면서 다시 전투에 나섰다. 『징비록』에 "이순신이 전투하던 때의 일이다. 앞서 싸움을 독려하던 그가 총알을 맞았다. 피가 어깨에서 발꿈치까지 흘러내렸지만 그는 아무런 반응도 보이지 않았다. 싸움이 끝난 뒤에야 비로소 박힌 총알을 빼냈다. 칼로 살을 가르고 5.6cm나 박힌 총알을 빼내는 동안 곁에서 보는 사람들은 얼굴이 까맣게 변했지만 태연히 말하고는 웃는 모습이 전혀 아픈 사람 같지 않았다"라고 기록되어 있다. 이는 마치 28세의 청년이 별시 무과시험을 볼 때 다리가 부러졌는데 버드나무가지로 묶고 무과시험을 본 이순신의 정신과 행동을 연상하게 만든다.

6월 초2일 「경인」 맑다.

아침에 떠나 곧장 당포 선창(船倉)에 이르니, 적선 스무여 척이 줄
지어 머물러 있다. 둘러싸고 싸우는데, 적선 중에 큰 배 한 척은 우
리나라 판옥선만 하다. 배 위에 다락이 있는데, 높이가 두 길은 되겠
고, 그 누각 위에는 왜장이 떡 버티고 우뚝 앉아 끄떡도 하지 않았
다. 또 편전과 대·중·승자총통으로 비오듯 마구 쏘아대니, 적장이
화살을 맞고 떨어졌다.

그러자 왜적들은 한꺼번에 놀라 흩어 졌다. 여러 장졸이 일제히
모여들어 쏘아대니, 화살에 맞아 거꾸러지는 자가 얼마인지 헤아릴
수도 없다. 모조리 섬멸하고 한 놈도 남겨두지 않았다.

이 전투에서도 대·중·승자총통이 큰 역할을 했다. 지자총통(地
字銃筒)의 역할도 매우 컸다고 한다. 지자총통은 조선시대 대형 총통
중에서 두 번째로 큰 총통인데 총통 이름은 그 크기 순서에 따라
천·지·현·황 등의 이름을 붙였다. 철환은 토격을 이용하여 200
개를 발사하고 거리는 800보(약 700미터)까지 나갔다. 이런 지자총통
등의 효율적인 사용으로 승리를 했던 해전이었다.

어깨에 부상을 입고도 이순신은 당포에 이르러 전투를 벌여 승리
를 이끌어냈지만 그의 몸은 정상이 아니었다. 이 해에 쓴 초서체 편
지글을 보면 "적탄을 맞은 자리가 아파서 소식을 알려드릴 수 없었
습니다"라고 했다. 『이충무공전서』에 실린 글을 보면 "나아가 알현
하고자 했으나 몸을 돌보지 않고 먼저 시석(矢石)을 무릅쓰고 분투하
다가 적의 탄환을 맞아 뼈를 다쳐 매우 무겁게 되었고 비록 죽을 만
큼 다치지는 않았으나 어깨의 큰 뼈까지 깊이 다쳐 구멍이 헐어서
진물이 줄줄 흘러 옷을 입을 수 없으며 뽕나무 잿물로 연이어 씻으

며 온갖 약으로 치료하지만 별 차도가 없습니다. 치료하러 다니나 아직 고비를 넘기지 못하고 있어 민망합니다"라고 했다. 이순신이 가벼운 부상이 아니라 상당한 부상을 입었음을 알 수 있다.

그럼에도 불구하고 자신의 부상을 진중에 알리지 않고 있었던 것이다. 이러한 태도는 진중이 동요할 것을 염려한 것인데 이는 노량해전에서도 같은 모습을 보인다. 다른 장수들이라면 자신이 분투하다 부상을 당했다면 그 사실을 널리 알리기 바쁠 것이다. 물론 그 부상을 당하지 않게 자신의 안위만을 생각할 수도 있다. 그러나 이 와중에도 이순신이 계속 생각하는 것은 이대로 전투를 수행하기에는 힘이 모자란다는 것이었다. 게다가 아직 전라우수영 함대는 오지 않고 있었다.

『난중일기』 6월 초4일을 보면 당시의 초조함과 환호가 교차하는 심정이 그대로 드러난다.

> "우수사(이억기)가 오기를 목을 빼고 기다리면서, 왔다갔다 형세를 관망하고 대책을 결정짓지 못하고 있는데, 정오가 되니 우수사가 여러 장수들을 거느리고 돛을 올리고서 왔다. 진중의 장병들이 기뻐서 날뛰지 않는 이가 없었다."

이로써 본격적인 조선 수군의 연합 함대가 이뤄졌고, 합동 작전을 통한 전투가 펼쳐진다. 그 다음날인 6월 초5일 고성 당항포에 이르러 큰 왜선 한 척과 중간 크기의 배 12척, 작은 크기의 배 20척을 격파한다.

> "왜놈의 배 한 척이 판옥선과 같이 큰데, 배 위에 누각이 높고 그

북방 여진족 전투에서 얻은 화포장 경험을 해상 포격 해전에 응용해 연전연승한다.(전남 여수시 소재 거북선 복원도 내부)

위에 적장이 앉아서, 중선 열두 척과 소선 스무 척(계 서른두 척)을 거느렸다. 한꺼번에 쳐서 깨뜨리니, 활을 맞은 자가 부지기수요, 왜장의 모가지도 일곱 급이나 베었다. 나머지 왜놈들은 뭍으로 내려가 즉시로 달아났다. 그래봤자 나머지 수는 얼마 되지 않았다. 우리 군사의 기세가 크게 떨쳤다.”

이때 조선 수군들의 기세가 매우 드높았음을 알 수 있다. 연합 함대가 비로소 이루어진 가운데 왜장들을 일곱이나 베고 거의 격멸시킨 완벽한 승리를 했기 때문이다. 다시 6월 초7일에 왜선 다섯 척을 추가로 격파했다. 당시로서는 엄청난 성과였다. 아니 역사 이래 수군이 이렇게 적선을 격파한 적은 없었다. 『이충무공 행록』에 “그리하여 군대의 위엄이 크게 떨쳤기에 자헌대부(資憲大夫)로 승진되었다”라고 했다. 당연히 이런 치하를 받을 만했다.

여기에 시간이 흐르면서 조선 수군의 함대는 전력보강이 더 강화된다. 중간에 전라좌수영 수군과 합류했기 때문에 7월 5일, 전라우수사 이억기와 함께 전라 좌·우도의 전선 48척이 좌수영 여수 앞바다에서 합동훈련을 했다. 7월 6일 출진 노량에서 경상우수사 원균의 7척이 합세하여 전력은 55척이 되었다. 물론 원균이 가지고 있던 전투선에 크게 못 미치기는 했지만 이순신의 전라좌수영 소속 배들만 있었을 때보다 훨씬 보강된 전력이었던 것이었다.

7월 초8일 당포에 이르렀다. 이때 견내량(거제시 사등면 덕호리)에 적선이 나타났다는 보고가 들어왔다. 이에 이순신 연합 함대가 출진했는데, 이것이 임진왜란 3대 대첩인 한산도대첩의 시작이었다. 첫날인 8월 14일 큰 배(대선) 36척, 중간 배(중선) 24척, 작은 배(소선) 13척을 만나 전투가 벌어졌다. 바로 그 유명한 와키자카 야스하루(脇坂安治, 1554~1626)의 함대 73척이었다.

그런데 이때 이순신이 구사한 전법은 다른 때와 사뭇 달랐다. 그것은 왜군이 자신들에게 유리한 바다에 있었기 때문이다. 7월 초8일 「장계」에서 이순신은 당시 상황을 "견내량의 지형이 매우 좁고, 또 암초가 많아서 판옥전선은 서로 부딪치게 될 것 같아서 싸움하기가 곤란했다. 그리고 왜적은 만약 형세가 불리하게 되면 기슭을 타고 뭍으로 올라갈 것"이라고 기록했다. 왜적선들은 이미 자신들에게 유리한 지형을 파악하고 이에 맞서 웅거하고 있었던 것이다. 그렇기 때문에 이순신도 이에 대한 대응책을 순간적으로 모색해서, 한산도 앞바다로 전투 공간을 옮기기로 한다. 이유는 "한산도 바다 가운데로 유인하여 모조리 잡아버릴 계획을 세웠는데 한산도는 사방으로 헤엄쳐 나갈 길이 없고, 적이 비록 뭍으로 오르더라도 틀림없이 굶어 죽게 될 것"이기 때문이었다.

이때 이순신이 취한 전략은 유인전략이었다. 이순신은 「장계」에서 "먼저 판옥선 대여섯 척으로 먼저 나온 적을 뒤쫓아서 엄습할 기세를 보이게 하니, 적선들이 일시에 돛을 올려서 쫓아 나오므로 우리 배는 고의로 물러나면서 돌아 나오자, 왜적들도 따라 나왔다"라고 했다. 몇 척의 판옥선만 보내니 왜선이 붙었고 점차 이들이 한산도로 진입해 들어오게 했던 것이다. 이러한 전략에 대해서 이견이 있었다. 이견을 제기한 사람은 다름 아닌 원균이었다.

> 얼마 후 이순신이 판옥선 40여 척을 이억기와 함께 거느리고 거제로 나와 원균의 군사와 합세했다. 그리고 견내량에서 적과 부딪히게 되었다. 이때 이순신이 말했다. "이곳은 바다가 좁고 물이 얕아서 배를 움직이기가 어렵습니다. 고의로 도망친 후 적을 넓은 바다로 유인해 싸우도록 합시다." 그러나 원균은 분한 마음에 즉시 나아가 싸우자고 했다. 이순신은 다시 말했다.
> "공께서는 병법을 모르는구려. 그렇게 하다가는 반드시 패하고 말 것이오." 그리고는 깃발을 흔들며 패한 것처럼 달아나기 시작했다. 이 모습을 본 적들은 옳다구나 싶었던지 앞다퉈 우리 배들을 뒤쫓았다.
> ― 류성룡, 『징비록』

이러한 기록만 봐도 원균이 병법에 대해 아는 것이 별로 없음을 알 수 있다. 마치 평지에서 육군이 맞붙어 전투하듯이 무조건 앞으로 가서 맞붙으면 전투가 이뤄진다고 생각하고 있는 것이다. 사실 이러한 사고방식은 원균에만 해당되지는 않는다. 흔히 전쟁이라는 것을 무조건 앞에서 용감하게 나아가 싸우는 것만으로 생각하기 때문이다.

용장이나 맹장이 장수나 지휘관의 이상에 가까운 모습이라고 생각하는 경향이 있다. 전쟁과 전투는 고도의 심리전이면서 이에 맞추어 병법이 구사되어야 한다. 또한 진법을 어떻게 사용하는가도 중요하다. 특히 바다는 예측하기 어려운 다양한 자연 환경이기 때문에 그에 상응하는 전술이 구사되어야 한다. 그런 전술이 없다면 군대의 패배는 물론 나라의 존망을 결정하는 전쟁에서 그것은 만용에 불과하고 매국 행위가 된다. 더구나 상대가 간악한 술법을 사용하는 바에야 치밀하고 현명해야 한다. 이때의 전술에 대해 『징비록』은 "너른 바다가 나오자 이순신은 북소리를 크게 한번 울렸다. 그러자 모든 배가 일제히 뱃머리를 돌리고 열을 벌렸다. 적선과의 거리는 수십 보에 불과했다"라고 했다.

> "그때서야 여러 장수들에게 명령하여 〈학익진〉을 펼쳐 일시에 진격하여 각각 지자·현자·승자 등의 총통들을 쏘아서 먼저 두세 척을 깨뜨리자, 여러 배의 왜적들은 사기가 꺾이어 물러났다."
> ― 이순신, 「장계」

이순신의 조선 수군이 일제히 각종 총통을 쏘아 공격하자 왜선들은 당황하고 꺾일 수밖에 없었다. 그들에게는 조선 수군에게 있는 화포들도 제대로 없었다. 함선에서 그런 포들이 쏟아져 나올 줄은 몰랐다. 「장계」에는 이어서 "여러 장수와 군사와 관리들이 승리한 기세로 흥분하며, 앞 다투어 돌진하면서 화살과 화전을 잇달아 쏘아대니, 그 형세가 마치 바람 같고 우레 같아, 적의 배를 불태우고 적을 사살하기를 일시에 다 해치워 버렸다"라고 했다.

"모든 배들이 돛을 높이 달고 돌진하며 대포와 화살을 우레처럼 쏘아내자 연기와 불꽃이 하늘을 뒤덮은 속에서 잠깐 새에 붉은 피로 바다를 물들였으며 적선 73척이 한 척도 돌아가지 못하니 사람들이 이것을 〈한산대첩(閑山大捷)〉이라고들 일컬었다"라고 했다.

— 이분, 『이충무공 행록』

이순신은 한산대첩의 놀라운 전과를 통해 정헌대부(正憲大夫)로 임명되었다. 해상에서의 전투함대들을 상대로 맞붙어 싸워 이렇게 수많은 전투선을 격파한 해전의 승리는 유례가 없었다.

"당시 이순신이 탄 배는 거북선이었는데 판자로 배 위를 덮어 그 모습이 거북이 같았기 때문이다. 전투병과 노를 젓는 인부는 모두 안에서 활동했으며, 사방에는 화포를 싣고 이리저리 움직이는 모습이 마치 베를 짜는 북이 오락가락 하는 듯했다. 이순신은 적선과 만나자 대포를 쏴 이들을 공격했는데 여러 척의 배가 합세해 공격하자 수많은 적선이 연기와 불꽃을 공중으로 쏴 올리며 파괴되었다."

— 류성룡, 『징비록』

본격적으로 거북선의 기능과 역량을 발휘한 것은 한산도대첩이었다. 한산도에서 왜군과 싸울 때 거북선이 활약한 것은 여러 가지 요인이 맞물려 있었다. 한산도대첩에 나서기 전에 이순신과 이억기는 합동 훈련을 했는데, 이는 거북선과 학익진을 활용한 훈련이었다. 바다 위를 하나의 거대한 전투공간으로 활용하고 진법을 적용하는 방식이었다. 그 전투 형식에서 거북선과 학익진은 서로 빠질 수 없었다. 견내량은 수심이 얕고 암초가 많으며 육지에 가깝기 때문에 왜적을 모두 섬멸할 수 없기에 적군의 오만함을 자극하여 한산도 앞으로 이끌어 학익진을 사용했다. 구체적으로는 '어란(魚鱗)학익진'으로 마치 물고기 비늘처럼 좌우로 학의 날개를 만드는 형상의 진법이었다. 이를 위해서 함대는 주변에 은거하고 있다가 목표 지점에 왜선들이 나타나자 일시에 진법을 만들고 공격을 시작했다. 이때 중요한 것은 거북선이었다. 거북선이 쉽게 깨지거나 육박전으로 점령당하지 않기 때문에 왜선의 진영을 흩어놓으면 각 조선 함대들은 흩어진 왜선들에 포격을 퍼부었다. 그 돌격 거북선에 이순신이 타고 있었던 것이다. 보통 장수들이 뒤에서 지휘만 하는 것과는 다른 태도였다.

전투에서 각 장수들이 공을 많이 세웠는데 이순신은 그 공적을 하나하나 자세히 적었다. 이는 다른 통제 장수들이 하던 방식과는 다른 것이었다. 부하들의 공을 자신이 차지하고 구체적으로 언급하지 않는 경우가 태반이었기 때문이다. 북방에서 근무할 때 이순신의 상관들은 자신들의 공만을 강조할 뿐 일선 장수나 부하들의 공에 대해서는 무시하거나 빼앗는 경우도 있었고, 시샘을 하거나 자신이 위험에 처할 수 있게 되는 경우에는 모함을 하는 경우도 있었다. 이러한 젊은 날의 아픈 경험 때문에 이순신은 해전 승리의 공적을 자신에게만 돌리지 않고 자세하게 밝혀 「장계」로 올렸다. 이는 비단 도덕 윤리에 관한 것이 아니라 진영을 이끌어가는 지도자의 영도력에 중요한 문제이자 관건이기도 하다. 그렇다고 해서 공적을 우선하라고 한 것도 아니다.

"공(이순신)은 전쟁할 때마다 여러 장수들에게 약속하되, '적의 머리 한 개를 베는 동안에 많은 적을 쏠 수가 있는 것이니 머리 많이 못 베는 것은 걱정하지들 말고 그저 쏘아 맞히는 것만을 먼저 하라. 힘써 싸운 여부는 내가 직접 눈으로 보는 바가 아니냐」고 하였다. 그 때문에 전후 전쟁에서 오직 쏘아 죽이기만 많이 하고 머리 베어 올려 상 타는 일에는 힘들이지 않았다."

— 이분, 『이충무공 행록』

원균이 왜군의 목을 베는 데 더 중점을 두어 이순신과 갈등을 벌인 이유가 여기에 해당되는 것이다. 원균은 자신의 함대가 거의 없기 때문에 왜적의 머리를 베어 자신의 공을 증명하려 했던 것이다.

이어 7월 초10일에는 안골포에 적선 40여 척이 있다는 보고를 받고 이순신이 그곳에 가서 구키 요시타카(九鬼嘉隆, 1542~1600)와 가토 요시아키(加藤嘉明, 1563~1631)의 함대와 전투를 벌였는데 이때는 다른 상황이 펼쳐졌다. 왜군이 앞선 전투에서 얻은 학습 효과 때문에 유인 전략에 말리지 않았다. 상황은 처음에 곤혹스럽게 전개되었다. 당시 상황에 대해 이순신은 「장계」에서 "포구의 지세가 좁고 얕아서 조수가 물러나면 뭍이 드러날 것이고 판옥대선으로는 쉽게 드나들 수가 없었다"라고 했다. 따라서 그들을 유인하는 것이 필요했지만 쉽게 나서지 않았다.

그렇게 한 이유에 대해서는 "그들의 선운선(先運船) 쉰아홉 척을 한산도 바다 가운데로 유인하여 남김없이 불태우고 목 베었기 때문에 형세가 궁해지면 뭍으로 내려갈 계획으로 험한 곳에 배를 매어둔 채 두려워 겁내어 나오지 않았다"라고 썼다. 앞서서 한산도 유인 전략 때문에 59척의 배를 격파 당했기 때문에 불리하면 바로 육지에 오를 수 있는 곳에 배를 대고 있었던 것이다. 전쟁이란 이렇게 고정 법칙이 아니라 그때의 상황 상황에 맞게 움직이고 대응해야 하는

한산도 대첩이 열린 한산도 앞바다. 화도와 통영 동호만 일대가 대첩이 벌어진 곳이다.

것이다. 병법 원칙만 고집한다고 되는 것이 아니라 그때마다 펼쳐지는 상황에 맞게 전술과 전투 방식을 바꿔주어야 하는 것이다. 그것이 정말 전투 현장의 명지휘관이라고 할 수 있겠다. 「장계」에서 이순신은 이렇게 당시 상황을 묘사했다.

여러 장수들에게 명령하여 서로 교대로 드나들면서 천자·지자·현자 총통과 여러 총통뿐 아니라 장전과 편전 등을 빗발 같이 쏘아 맞히고 있을 적에, 본도 우수사가 장수를 정하여 복병시켜 둔 뒤 급히 달려와서 협공하니, 군세가 더욱 강해져서 삼층방 대선과 이층방 대선을 타고 있던 왜적들은 거의 다 사상하였다. 그런데 왜적들은 사상한 자를 낱낱이 끌어내어 소선으로 실어내고, 다른 배의 왜적들을 소선에 옮겨 실어 층각대선으로 모아들였다. 이렇게 종일토록 하여 그 배들을 거의 다 깨부수었다.

한산도 전투지도

　상황은 다변이자 예측불허였다. 이순신은 한산도대첩과 같이 학익진을 했다가 먹히지 않는다는 것을 알고 바로 여러 총통과 화살을 교대로 쏘는 해상 포격전으로 전법을 바꾼다. 장전이나 편전은 모두 멀리 날아가면서도 강력하게 꽂히는 화살이었다. 또한 진법에 따라 우수사 이억기는 처음부터 뒤편에 예비대로 복병하고 있었다. 전술 방법은 앞에 나선 함선들이 포격을 하고 뒤에 있던 함대는 장전을 했으며 잠시 쉬었다가 다시 교대하여 하루 종일 포격을 한 것이다. 왜적들은 얕은 곳에 있으면서 멀리서 교대로 포격을 할 줄은 몰랐기 때문에 어쩔 줄 몰라 했다.

　살아남은 왜적들은 모두 뭍으로 올라갔는데, 뭍으로 간 왜적들을 다 사로잡지는 못했다. 그곳 백성들이 산골에 잠복해 있던 자가 무척 많은데, 그 배들을 모조리 불태워 궁지에 몰린 도적이 되게 한다면, 잠복해 있던 그 백성들이 오히려 비참한 살육을 면치 못할 것이다.

그래서 잠깐 일 리 쯤 물러나와 밤을 지냈다.
— 이순신, 「장계」

변수가 생겼다. 뭍에 오른 왜적들이 있었지만 즉시 따라가서 전
멸시키지 못한 것이다. 이유는 간단했다. 백성을 보호하기 위해서
였다. 육지로 쫓아 올라가면 피난해 있는 백성들을 볼모로 잡아 위
협할 수 있기 때문이었다. 막바지에 몰린 왜적들을 쫓아 궁지에 몰
기 보다는 그들의 배들을 불태우지 않고, 물러나 시간을 준 것이다.
이순신이 급박한 상황에서도 백성을 먼저 생각하고 있는지 여실히
드러나는 장면이다.

백성을 생각하는 마음이야 그가 청년기 때부터 일관되게 보인 모
습이기도 하다. 그는 일반 민중들과 동고동락하면서 살아온 사람이
다. 또한 만약 공훈을 탐내는 무장이었다면, 그들을 쫓아가 목을 베
라고 했을 것이고 이를 통해 공훈을 과시하려고 하였을 것이다. 그
러나 자신이 공훈을 세우려 하지는 않았어도 공훈을 세운 자들에게
사기를 진작 시키는 것이 얼마나 중요한지는 너무나 잘 알고 있었
다. 7월 15일 「장계」에서 다음과 같이 적고 있다.

여러 장수와 군사 및 관리들이 제 몸을 돌아보지 않고 처음부터
끝까지 여전하여 여러 번 승첩을 하였다만 조정이 멀리 떨어져 있고
길이 막혔는데, 군사들의 공훈 등급을 만약 조정의 명령을 기다려
받은 뒤에 결정한다면, 군사들의 심정을 감동케 할 수 없으므로, 우
선 공로를 참작하여 1·2·3 등으로 별지에 기록했습니다. 당초의
약속과 같이 비록 왜적의 머리를 베지 않았다 하더라도 죽을 힘을
다해 싸운 사람들은 내가 본 것으로써 등급을 나누어 결정하고 함께

기록했습니다.

9월 초1일 이순신은 닭이 울자 출항했다. 왜선이 제일 많이 있는 부산포로 진격하는 것이었다. 그런데 날씨가 좋지 않았다. 샛바람이 일고 파도가 높았다.

> 화준구미에 이르러 왜 대선 다섯 척을 만나고, 다대포 앞바다에 이르러 왜 대선 여덟 척, 서평포 앞바다에 이르러 왜 대선 아홉 척, 절영도에 이르러서는 왜 대선 두 척을 각각 만났다.
> ― 이순신, 「장계」

부산포로 가던 이순신은 화손대 부근의 '화준구미'(花樽龜尾, '구미'는 길게 뻗은 곳이 후미지게 휘어진 지형을 가리키는 말)에서 전투를 벌이게 된다. 날씨가 나빠 왜적들도 서로 배를 묶고 정박하고 있었는데 조선 함대를 보고 육지로 도망갔고, 이순신 함대는 이 배들을 깨부수고 더 이상 못쓰도록 불태웠다고 기록했다. 다대포와 서평포, 절영도를 지나며 잇달아 왜선들을 침몰시키며 부산으로 향했다. 첩보에 따르면 "대개 오백여 척이 선창 동쪽 산기슭의 언덕 아래 줄지어 대었으며, 선봉 왜 대선 네 척이 초량목으로 마주 나오고 있다"고 알려왔다. 여러 수사들과 우리 군사의 위세로써 만일 지금 공격하지 않고 군사를 돌이킨다면 반드시 적이 우리를 멸시하는 마음이 생길 것이다라고 합의하고 귀선 돌격장 군관 이언량(李彦良)과 부장 녹도 만호 정운(鄭運) 등을 내세워 앞선 네 척의 왜선을 깨부순다. 이렇게 승기를 잡아 이때를 이용하여 승리한 깃발을 올리고 북을 치면서 '장사진'으로 돌진했다고 하는데 상황은 이전과 또 달랐다.

이때 부산성 동쪽 한 산에서 오 리쯤 되는 언덕 밑 세 곳에 둔박한 왜선이 모두 사백일흔여 척이었는데, 우리의 위세를 바라보고 두려워서 감히 나오지 못하고 있으므로 여러 전선이 곧장 그 앞으로 돌진하자, 배 안과 성 안·산 위·굴 속에 있던 적들이 총통과 활을 갖고 거의 다 산으로 올라 여섯 곳에 나누어 머물며 내려다보면서 철환과 화살을 빗발처럼, 우레처럼 쏘는 것이었다. 그런데 편전을 쏘는 것은 우리나라 사람들과 같았으며, 혹 대철환을 쏘기도 하는데, 크기가 모과만 하며, 혹 수마석을 쏘기도 하는데, 크기가 주발덩이만한 것이 우리 배에 많이 떨어지곤 했다.

그러나 여러 장수들은 한층 더 분개하여 죽음을 무릅쓰고 다투어 돌진하면서, 천자·지자총통에다 장군전·피령전·장전과 편전·철환 등을 일시에 쏘며, 하루 종일 교전하니 적의 기세는 크게 꺾이었다. 그래서 적선 백여 척을 삼도의 여러 장수들이 힘을 모아 쳐부순 뒤에 화살을 맞아 죽은 왜적으로써 토굴 속에 끌려 들어간 놈은 그 수를 헤아릴 수 없었으나, 배를 쳐부수는 것이 급하여 머리를 벨수는 없었다.

　　　― 이순신, 「장계」

왜적들은 바다에 나오지 않고 모두 육지에 웅거하고 있었다. 미리 보낸 네 척이 침몰하는 것을 보고 육지에서 나올 생각없이 조선에서 노획한 총통이나 철환, 화살을 사용해서 조선 수군을 공격했다. 심지어는 사로잡힌 조선인들이 조선 수군을 향해 공격하는 상황이 되었다. 이에 조선 수군도 응사하여 공격을 했다. 육지의 왜적과 바다의 조선 수군이 포격전을 하는 상황이 되었다. 적들을 섬멸하기 위해서는 상륙을 해야 했지만 쉽지 않았다.

여러 전선의 용사들을 뽑아 뭍으로 내려서 모조리 섬멸하려고 하였으나, 무릇 성 안팎의 예닐곱 곳에 진치고 있는 왜적들이 있을 뿐아니라 말을 타고 용맹을 보이는 놈도 많은지라, 말도 없는 외로운 군사를 가벼이 뭍으로 내리게 한다는 것은 빈틈없는 계획이 아니며, 날도 저물었는데, 적의 소굴에 머물러 있다가는 앞뒤로 적을 맞게 될 환란이 염려되어 하는 수 없이 여러 장수들을 거느리고 배를 돌려 한밤중에 가덕도를 돌아와서 밤을 지냈다.

— 이순신, 「장계」

이순신은 상륙할 생각이 없었다. 상황은 불리했다. 왜군은 육상전에 능숙했지만, 조선 병사들은 그렇지 못했다. 더구나 왜군은 조선 수군에 없는 기병까지 갖고 있었다. 상륙한다면 협공을 당할 가능성이 많았고 그것은 적들이 원하는 것이었다. 이미 부산은 왜군의 소굴이 되어 쉽게 소탕할 수 없었고, 적의 자세한 매복 상황이 어느 정도 되는지 가늠할 수 없는 상황이었다.

부산성 안의 관사는 모두 철거하고 흙을 쌓아서 집을 만들어 이미 소굴을 만든 것이 백여 호 이상이나 되며, 성 밖의 동서쪽 산기슭에 여염집이 즐비하게 있는 것도 거의 삼백여 호이며, 이것이 모두 왜놈들이 스스로 지은 집인데, 그 중의 큰 집은 층계와 희게 단장한 벽이 마치 불당(절간)과도 비슷한 바, 그 소행을 따져보면 매우 분통하다.

— 이순신, 「장계」

이미 많은 집들을 만들어 놓고 위장하고 있었기 때문에 어느 정

이순신은 초대 삼도
수군통제사에 올라
한산도 통제영에서
근무한다. 무리한
부산 공격 압박을 견
디며 끝내 조선 수군
을 지켜낸다. (제승
당, 제승당 현판)

◀왜성 : 임진왜란과 정유재란 때 부산 지역에 일본군이 축조한 일본식 성. (위쪽부터 기
장 죽성리 왜성, 구포 왜성, 가덕도 왜성)

도의 병력이 있는지 알 수 없었던 것이다. 그렇다면 이는 수군이 아니라 육군의 협력이 필요한 사안이었다. 이러한 당시 상황에 대해 9월 초2일의「장계」에서 이순신이 보고한 내용이다.

> 다시 돌진하여 그 소굴을 불태우고, 그 배들을 모조리 깨부수려고 하였는데, 위로 올라간 적들이 여러 곳에 널리 가득 차 있으므로 그들의 귀로를 차단한다면, 궁지에 빠진 도적들의 반격이 있을 것이 염려되어 하는 수 없이 수륙으로 함께 진격해야만 섬멸할 수 있을 것이며, 더구나 풍랑이 거슬러 전선이 서로 부딪쳐서 파손된 곳이 많이 있으므로 전선을 수리하면서 군량을 넉넉히 준비하고 또 육전에서 크게 물러나오는 날을 기다려 경상감사 등과 수륙으로 함께 진격하여 남김없이 섬멸해야 하기 때문에 진을 파하고 본영으로 돌아왔다.

부산진에 상륙하여 전투를 벌이는 것은 이순신 함대의 그간 전투와는 전혀 다른 것이었다. 이순신 함대는 육지에 상륙하여 본격적인 전투를 벌인 적이 없었다. 이순신은 지피지기면 백전백승이라는 손자병법의 원리를 잘 준수해 왔다. 부산포는 이미 왜군의 근거지였기 때문에 소탕해야 했지만, 아무리 이순신 함대가 연이어 승리를 했다고 해도 자만심에 빠지면 안된다는 것을 이순신은 너무나 잘 알고 있었다. 만약 전공에 더 눈이 어두워져 진격을 하거나 조정 또는 임금이 바라는 기대에 부응하기 위해 섣불리 공격을 하게 된다면 막대한 피해를 입을 수 있는 상황이었음을 잘 파악하고 있었기 때문이다.

이순신은 북방의 전투경험 때문에 단기적이고 근시안적인 전투가 나중에 어떤 결말을 낳는지 잘 알고 있었다. 얼마나 많은 무관들이 전투 경험이 없었던가. 혈기와 분노로 돌진하는 것도 마찬가지다. 실제로 이날 정운은 무리하게 돌진하다가 마침내 목숨을 잃기도 한다. 평소 돌격장으로서 용맹했던 장수였는데, 그날의 상황은 해전처럼 할 일이 아니었다. 사실상 육지에서 발사하는 포들과의 싸움이었기 때문이라 수군해전이 아니라 조선함선을 위협했다. 물리적 한계는 파악하고 인정하며 우리에게 유리한 전투를 해야 했다.

1593년 9월 이후 쓴 글에서는 "오랑캐의 근성은 언행이 경박하고 거칠며, 칼과 창을 잘 쓰고 배에 익숙해 있으므로, 육지에 내려오면, 문득 제 생각에, 칼을 휘두르며 돌진하고, 우리 군사는 아직 정예롭게 훈련되어 있지 않은 무리이므로, 일시에 놀라 무너져 그 능력으로 죽음을 무릅쓰며 항전할 수 있겠습니까"라는 대목이 있어 당시 왜군과 벌일 전투에 대한 이순신의 생각을 읽을 수 있다.

그럼에도 부산 전투에서 이순신 연합함대는 400여 척의 배 중 적선 100여 척을 쳐부수었으며, 2일까지 전투를 벌인 다음 본영으로 돌아왔다. 수군으로서 승리한 것이었다. 이때 무엇보다 이순신은 수군 혼자만이 아니라 육군과의 연합 작전을 중요하게 부각시킨다. 이순신은 항상 협력 연합 공동 작전과 전투를 중요하게 생각했다. 이러한 것은 당시 제승방략이라고 하는 전투형태와 부합하는 것이었기 때문에 조정에서도 이의제기를 할 수 없었다.

이후에 전투는 소강상태가 되는데 이는 왜군이 조선 수군의 위력을 실감하게 되었고, 이순신이 있는 이상 힘들다는 것을 확실하게 알았기 때문이었다.

일례로 1593년 2월 10일 웅천현 웅포해전을 통해 조선과 왜군의 해전은 다른 양상으로 확실하게 굳어진다. 더 이상 왜군은 바다로 움직이지 않았고 유인에 말려들지도 않았다. 왜성을 쌓고 그 안에 웅거하는 전략을 사용했다. 이순신의 수군을 돌파하며 임진왜란 초기처럼 대규모 병력과 물자를 싣고 평양이나 한양에 갈 이유가 없어졌다. 조선 3도 수군은 견내량에 방어선을 삼았다. 육군이 맞공격을 해오지 않고는 왜적들을 소탕하기가 어려웠기 때문에 조선 수군은 한산도에 본진을 설치하고 대치에 들어갔다. 적들은 조선수군이 나타나면 정면으로 마주치는 것을 피하고 도망하였다.

이런 상황에서 조정이 수군의 전투역량을 강화하기 위해 새로운 인사조직체계를 고안한다. 바로 삼도수군통제사제도로, 1593년 가을에 들어설 무렵(음력 8월 1일) 조정은 이순신을 임명했다. 삼도수군통제사는 하삼도(下三道)는 경상도, 전라도, 충청인데 그 3도의 수군을 모두 총괄하는 자리로 종2품에 해당했다. 그의 휘하에는 5명의 수사가 있어야 했다. 이렇게 삼도수군통제사를 만들고 진영을 갖춘 상황에서 이순신은 자체적인 경영도 더 한층 강화한다.

3) 승리의 병법은 기다림이라
– 대치전과 반간계(反間計), 진실의 힘

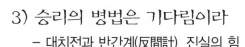

> 드넓은 바다 가을바람 불어오는 밤
> 홀로 앉아 수심에 잠겼는데,
> 언제쯤 평화로운 날 도래할 것인가.
> 심히 나라가 위기에 처했나니…
> 임금은 나의 공을 알아주지 않건만,
> 세상은 나의 이름을 기억해 주리라!
> 변방을 넉넉히 다스린 뒤에는,
> 도연명의 귀거래사 나도 읊으리!

이 시야말로 당시 이순신의 심정을 잘 대변하고 있지 않나 싶다. 이순신의 시에서 인상적인 대목이 임금은 나의 공을 알아주지 않건만(業是天人貶) 세상은 나의 이름을 기억해 주리라!(名猶四海知)라는 대목이다. 이 시는 아마도 한산도에 통제본영을 두고 왜군과 대치전을 벌일 때 지은 것으로 보인다. 조선 수군의 상황은 여러모로 나아졌지만 이순신은 괴로운 상황이었다.

시간이 지날수록 상황은 교착이었다. 명나라는 강화회담에 의존하려 했고, 조선은 왜군을 몰아내고 싶었지만 독자적으로 육전을 펼칠 역량이 되지 않았다. 왜군들은 각 지역에 왜성을 쌓고 웅거하는 전략에 들어갔다. 이순신은 견내량을 경계로 왜군 지역에 나아가지 않았다. 만약 나간다면 유인 작전에 걸려들어 공격을 당할 수 있었고, 더구나 이미 육지에 많은 요새를 만들어 놓았기 때문에 공격에 노출될 가능성이 많았던 것이다. 왜군은 이미 해상에서 조선 수군과 전투를 벌여서는 승산이 없다는 것을 잘 알고 있었다. 최대한 육지와 가까운 곳에 전선을 잇닿아 놓고 조선의 무기로 오히려 조선 함대에게 포격전을 가할 가능성이 높았다. 더구나 조선 수군 처지에서는 육군에서 동시에 들이치지 않고서는 경상도 해안의 왜적을 섬멸한 방법이 마땅하지 않았다.

1593년 2월 10일 웅천해전 이후 1594년 3월 4일 제2차 당항포(唐項浦)해전이 벌어졌을 뿐이다. 진해 선창에서 나오는 1척을 격침시키고, 다음날에는 당항포에 정박한 21척의 왜선을 공격했는데 왜적들은 배를 버리고 육지로 도망가자 조선군은 왜적의 배를 불살랐다. 이때 순변사 이빈에게 육군의 공격을 사전에 부탁했으나 성사되지 못하고 왜적은 도망갔다.

여름을 지나 9월이 되니 해상 전투가 아니라 섬에 있는 왜적 소탕 문제가 크게 불거졌다. 실제로 1594년 9월 29일부터 10월 4일까지 장문포 상륙작전이 있었다. 다른 곳의 왜적들은 강화회담 중이라 노략질을 하지 않는데 장문포를 중심으로 한 거제도 왜적들은 그 노략질이 유독 심했다. 윤두수는 이에 대해 벌을 주는 차원에서 소탕작전을 해야 한다고 했으나 비변사는 육군은 전력이 부족하다고 불허한다. 그러나 도제찰사 윤두수는 이와 관계없이 독자적으로 장문포에 상륙시키는 명령을 내린다.

그런데 비변사는 이순신에게 영등포를 공격하라는 명령을 19일에 내린다. 영등포를 소탕하고 조선 수군을 배치하여 부산과 웅천 사이의 통로를 끊으라는 것이었다. 이순신은 윤두수의 말과 조정의 말을 다 들어야 하는 상황이 되었다. 우선 9월 27일 적도(통영시 화도)에서 김덕령, 곽재우 같은 육군 장수와 천여 명의 병력을 싣고 장문포에 상륙한다. 뒤이어 10월 1일에 원균과 이억기는 장문포를 공격하게 하고, 이순신은 영등포를 공격한다. 이순신의 공격은 장문포에 영등포 왜군의 지원을 막기 위한 것이었다.

10월 4일에는 장문포에 상륙한 곽재우, 김덕령 등이 조선 육군을 이끌고 본격 전투를 시도한다. 이순신 수군이 포격을 하기도 했다. 그러나 그들은 이미 높은 곳에 진지를 쌓고 나올 생각을 하지 않았다. 10월 6일에도 적극적으로 싸우려고 했지만 왜군은 화친 협상 중이기 때문에 싸움에 응하지 않겠다고 한다. 사실 이순신은 남해안에서 장기 대치전을 준비하고 있었다. 이를 위해 둔전경영을 전면에 내세운다.

> 공(이순신)이 진중에 있으면서 매양 군량 때문에 걱정하여 백성들을 모아 들여 둔전을 짓게 하고 사람을 시켜 고기를 잡게 하며 소금을 굽고 질그릇을 만드는 일에 이르기까지 안 하는 일이 없었고 그것을 모두 배로 실어 내어 판매하여 몇 달이 안 되어 곡식 수만 석을 쌓게 되었다.
> ― 이분, 『이충무공 행록』

무술년(1598, 54세) 2월 17일에 고금도로 진을 옮겼다. 그 섬은 강진에서 남쪽으로 30여 리쯤 되는 곳에 있어 산이 첩첩이 둘려 지세가 기이하고 또 그 곁에 농장이 있어 아주 편리하므로 공은 백성들을 모아들여 농사짓게 하고 거기서 군량 공급을 받았던 것이다. 그리하여 군대의 위세가 이미 강성해져서 남도 백성들로 공을 의지해 사는 자들이 수만 호에 이르렀고 군대의 장엄함도 한산진보다 열 배나 더하였다.

　　— 『난중일기』

특히 고금도는 이순신이 매우 신경을 쓴 곳이었다. 이곳은 단지 군사들이 짓는 둔전과는 달랐다. 많은 피난 백성들이 민군합동으로 식량을 생산하고 있었기 때문이다. 신경(申炅, 1613~1653)은 「재조번방지(再造藩邦志)」에서 "(이순신이) 집을 지어 피난민들에게 팔아 살게 하니, 섬 안에서는 피난민들을 다 수용할 수 없을 정도"라고 했다. 그야말로 고금도는 하나의 독자 공동체 같았다. 물론 둔전 경영은 조선보 만호 겸 녹둔도 둔전관을 했기 때문에 가능한 일이었고, 정부에서도 이것은 인정했다.

『선조실록』(46권) 1593년(선조 26) 12월 30일 기록에 비변사에서 군량 마련을 위해 진주 홍선도 목장을 둔전으로 경작할 것을 청하면서 다음과 같이 말하기도 했다.

"지난번 전라수사 이순신이 해도(海島)에 둔전 설치하기를 청했는데 이는 매우 원대한 생각입니다. 가령 소득이 많지 않다고 하더라도 내지(內地)에서 운송해 가는 폐단을 감소시킬 수 있습니다."

군사지역에 필요한 쌀과 경비를 외부에서 운송 조달하려면 인력과 비용이 들어가게 된다. 군대의 장기 주둔에서 식량 문제는 매우 중요한 문제인데 둔전경영에 조정이 정말 관심 있는 것은 아니었다. 오로지 승전보였다. 조정에서 대치가 된 현실을 모르는 것은 아니었다. 『선조실록』(38권) 1593년(선조 26) 5월 29일 기록에 윤두수가 대치전을 벌이는 이유에 대해 언급한다.

"이순신의 「장계」를 가지고 온 사람이 '수전(水戰)을 할 때에는 반드시 왜적을 유인하여 바다로 나오게 한 뒤에야 공격할 수 있는데 지금은 아무리 유인하여도 나오지 않으니 공격할 만한 기회가 없다'고 했습니다."

뒤이어 이에 대해 선조가, 이억기의 「장계」를 보아도 역시 같았다고 한다. 조정에서도 상황은 보고 받았고 인지하고 있었다. 그러나 이순신이 대치상황을 너무 구실 삼는다고 생각했다.

이순신의 소신과 심지는 굳건했다. 견내량을 경계선으로 지키고 심지어 허락 없이 넘어가서 고기 잡는 이들도 처벌했다. 이순신에게도 해법은 없었다. 조선 육군이 독자적으로 왜군 진영을 공격할 수 없었다. 본질적으로 누가 봐도 해안 진지전은 수군에게 불리했다. 이러한 점은 부산포해전에서 정운(鄭運)이 어떻게 목숨을 잃게 되었는지 살펴보면 짐작할 수 있었다.

> 심충겸(沈忠謙)이 아뢰었다. "이순신 진중의 정운이라는 사람이 그 대포를 맞고 죽었는데 참나무 방패 3개를 관통하고도 쌀 2석을 또 뚫고 지나 정운의 몸을 관통한 다음 선장(船藏)으로 들어갔다고 하였습니다."
> — 『선조실록』(50권) 1594년(선조 27) 4월 17일

참나무 방패 3개, 쌀 두 가마니 그리고 사람의 몸을 뚫고 선박에 꽂혔다니 가공할만한 위력이었다. 물론 공격을 할 수는 있으나 완

전히 섬멸을 못하면서 아마도 조선 수군의 타격은 치명적일 가능성이 높았다. 또한 그들은 방어진지를 구축하고 있어서 하나하나 토벌해야 했다.

그렇게 치명적인 인명피해를 각오하고 공격하는 것은 올바른 장수로서 할 수 있는 일이 아니며 도리어 이순신이 처벌을 받을 수도 있었다. 아니 부하를 사랑하는 지휘관이라고 한다면 쉽지 않은 일이기도 하다. 육지로 공격할 수 있는 것은 명나라 군대지만, 명나라는 군사들의 희생을 더 이상 바라지 않았다. 이순신 수군에게 진격을 명하지만 수군으로 해결될 수 없다는 것을 이순신이 너무 잘 알기 때문에 움직일 수 없었다. 그렇기 때문에 이순신은 조정의 명령이 있을 때마다 나가지 못하면서 밤잠을 이루지 못했다. 다음 시는 이즈음에 지은 시가 아닌가 싶다.

무제 2
북쪽에서 오는 소식은 아득하고,
흰 머리의 외로운 신하 시절을 탓하네.
소매 속에는 적을 꺾을 비책 들어 있건만,
가슴 속엔 백성 구제할 방책이 없네…
천지는 어둑하고 갑옷엔 찬서리 내리고,
산하에는 피 비린내가 진동하는구나…
찬란한 해(종전승리) 뜨면 말은 임금께 돌려보내고,
두건 쓰고 돌아와 베개 만들며 시골에 살고 싶구나…

조선 육군은 육지에 있는 왜군을 공격할 수 없기 때문에 명나라 군사들이 해야 하는데 명나라 군사들은 뜻이 없고 빨리 강화회담을 종결하려고만 했기 때문에 북쪽에서는 소식이 없는 셈이 된다. 시간은 속절없이 흘러가는 중에 왜군을 척결하는 비책은 명확하지만 실제 이뤄지지 못하는 현실이 답답하기만 한 것이다. 방책대로 이뤄져 전략대로 왜군을 쓸어버리지 못하고 병장기는 서리만 맞고 있는데 피비린내 나는 백성들의 고통은 더욱 심해지고 있다. 전쟁을 빨리 종결시키고 초야에 묻히고 싶은 마음을 담아내고 있다.

그야말로 괴롭고 고통스러운 나날이었던 것이다. 이런 이순신의 고민은 『난중일기』에 많이 기록 되어 있다. 밤잠을 자지 못하니 저항력이 약해졌고 이질 등에 걸려 고생한다. 『난중일기』에 따르면 다른 어느 때보다 술을 자주 많이 마시니 더욱 몸은 좋지 않게 되었다. 조정은 이순신을 의심했고, 이순신은 포함한 류성룡 내각을 공격하는 이들은 선조에게 흠집을 냈다.

조정에서는 더 적극적인 태도를 보이라고 압박이 들어왔다. 조정에서 압박을 가하고 또한 수군이 적극적이지 않은 상황이라며 육군에 합류하라는 명령이 반복된다. 이순신은 이러한 상황 때문에 많은 마음의 부담감을 느끼게 되고 이 때문인지 『난중일기』에서 병증이 발견되기도 한다. 또한 괴로움 때문인지 술을 많이 먹는다. 특히, 원균이 경상도에 출진해야 한다는 주장을 많이 해서 더욱 더 고통을 받게 된다.

1594년 8월 29일 [양력 10월 12일] 「갑술」 맑으나 된바람이 세게 불었다.

원균 수사의 하는 일이 매우 해괴하다. 나더러 머뭇거리며 앞으로 나아가지 않는다고 하니, 천 년을 두고서 한탄할 일이다.

1594년 9월 초3일 [양력 10월 16일] 「무인」 비가 조금 내렸다.

새벽에 임금의 비밀분부(有旨)가 들어왔는데, "수군과 육군의 여러 장병들이 팔짱만 끼고 서로 바라보면서 한 가지라도 계책을 세워 적을 치는 일이 없다"고 하였다. 세 해 동안이나 바다에 나와 있는데 그럴 리가 만무하다. 여러 장수들과 맹세하여 죽음으로써 원수를 갚을 뜻을 결심하고 나날을 보내지마는, 적이 험고한 곳에 웅거하여 있으니, 경솔히 나아가 칠 수도 없다. 하물며 나를 알고 적을 알아야만 백 번 싸워도 위태하지 않다고 하지 않았던가!

1595년 8월 초7일 「정미」 비가 내렸다.

아침에 아들 울(蔚)과 허주(許宙) 및 현덕린(玄德麟)·우후(이몽 구)가 같이 배를 타고 나갔다. 저녁나절에 두 조방장·충청수사와 같이 이야기했다. 저녁에 표신을 가진 선전관 이광후(李光後)가 임금의 분부를 가지고 왔다.

"원수가 삼도 수군을 거느리고 바로 적의 소굴로 들어가라"는 것이었다. 그와 함께 이야기하며 밤을 새웠다.

이런 상황을 잘 이용한 것은 왜군이었다. '반간계'(反間計, 적의 첩자를 이용하여 적을 제압하는 계책)를 사용했고 이것이 선조의 분노를 터트리는 기폭제가 되었다. 반간계는 손자병법 삼십육계 가운데 제33계로 반목시키고 이간시키는 계략이다. 왜국에서 조선으로 왜장이 들어간다는 정보는 조정에서는 호재라고 생각할 수 있었다. 물론 이순신이 파악하기로는 허위 정보였지만, 조정의 생각은 달랐다. 대치전선이 있을 때 공격을 하지 않는 것은 용인했으나, 왜장이 들어가는 것은 해상 위에서 기회를 맞은 것이기 때문에 지나칠 수 없는 기회였다. 그러므로 이때 들이치지 않는다면 그간의 논리와 주장이 허구라는 점을 방증하는 것이라고 생각했던 듯하다.

> "선조가 다시 이르기를, '이순신은 처음에는 힘껏 싸웠으나 그 뒤에는 작은 적일지라도 잡는데 성실하지 않았고, 또 군사를 일으켜 적을 토벌하는 일이 없었기 때문에 내가 늘 의심했다. 동궁(광해군)이 남으로 내려갔을 때에 여러 번 사람을 보내어 불러도 오지 않았다"
> ─『선조실록』(76권) 1596년 6월 26일

이순신이 성실하게 전투하지 않는다는 선조의 말로 이순신은 위기에 몰린다. 광해군이 불러도 오지 않았다는 것은 광해군이 이순신을 육군으로 들어오라고 했는데, 수군을 버리고 육군으로 갈 수 없는 상황이었던 이순신은 광해군의 명령에 따르지 않는다. 당장에 수군을 버리면 왜군이 남해안을 거쳐서 서해안과 호남으로 침략할 것이기 때문이다. 선조는 당시의 수군이 갖는 상징적 실질적인 효과를 모를뿐더러 이순신이 조선 초기에 어떤 상황에서 전투를 벌여서 성공했는지 인식하지 못하고 있었다.

전투에서 멀리 있는 이들은 그렇게 생각하기 쉬웠다. 더구나 왜군들이 매우 전략적으로 조선 수군을 옥죄이고 있는 것조차도 몰랐다. 이순신은 전법의 핵심도 잘 알고 있었기 때문에 섣불리 움직일 수가 없었다. 흔히 전쟁에서 전투는 무조건 공격을 해야 싸우고 있는 것으로 생각하나 지키는 것, 이른 바 수성전도 중요한데 이를 대부분 간과하는 것이다. 그러나 이순신이 그의 소신을 굽히지 않는 것을 알아봐주는 이들도 있었다. 그 가운데 한 명이 도제찰사 이원익이었다. 선조는 이순신을 의심하면서 이원익에게 적의 동태와 민심 등에 대해 아뢰게 했다.

　선조가 이르기를, "통제사 이순신은 힘써 종사하고 있던가?" 하
니, 이원익이 아뢰기를, "그 사람은 미욱스럽지 않아 힘써 종사하고
있을 뿐더러 한산도에는 군량이 많이 쌓였다고 합니다" 하였다. 상
이 이르기를, "당초에는 왜적들을 부지런히 사로잡았다던데, 그 후
에 들으니 태만한 마음이 없지 않다 하였다. 사람 됨됨이가 어떠하
던가?" 라고 물었다. 이에 이원익이 아뢰기를, "소신의 소견으로는
많은 장수들 가운데 가장 쟁쟁한 자라고 여겨집니다. 그리고 전쟁을
치르는 동안 처음과는 달리 태만하였다는 일에 대해서는 신이 알지
못하는 바입니다" 했다.

　상(선조가) 묻기를, "절제(節制)할만한 재질이 있던가?" 하니, 이
원익이 아뢰기를, "소신의 생각으로는 경상도에 있는 많은 장수들
가운데 순신이 제일 훌륭하다고 여겨집니다. 그리고 이번에 계하(啓
下)한 일을 변통할 수는 없다 하더라도, 1~2년을 기한으로 매우 힘
든 요역은 호조로 하여금 견감하게 하여 민력(民力)을 조금이라도 여
유 있게 해준 뒤라야 그 일을 이룰 수 있을 것입니다. 대체로 소민들
은 저축이 매우 적어서 한 번 침징(侵徵, 구실삼아 거둠)하는 일이 있게
되면 즉시 가산이 패망하는 지경에 이르러 살아갈 수가 없게 되니,
매우 한심합니다. 근래에는 방비에 대한 일로 자주 침책(侵責, 트집 잡
아 징발)하기 때문에 더러는 유사(流徙, 피난 유랑)하기도 하고 사망하
기도 하니, 그 원망을 이루 다 말할 수가 없습니다. 적이 아무리 염
려스럽다 해도 민암(民嵒)의 두려움이야말로 적보다 심하다 하겠습
니까. 그리고 우리나라의 부고(府庫)는 양호(兩湖)이니, 소복시킬 방책
을 어디보다도 먼저 강구해야 할 것입니다. 호조에서는 그 절목(節

目)을 변통하기도 하고 수입을 헤아려 지출을 조절하기도 하여 부공(賦貢)을 대부분 감해주어 잔폐(殘廢)한 것을 소생시켜야만 전쟁 뒤에 외로이 살아남은 생령(生靈)들이 조그마한 은혜라도 입게 될 것입니다"라고 했다.

　— 『선조실록』(81권) 1596년 10월 5일

　조정과 선조는 이순신에게 공을 세우라고 재촉을 하는데 이순신이 충분히 능력이 있는데도 일부러 출전하지 않는 것으로 보았다. 이순신을 옹호하는 신하들은 이순신이 말하는 대치전선의 유지가 갖는 의미를 통해 지지했다. 이러한 갈등 상황을 가장 잘 활용하고 이익을 얻은 것은 왜군이었다. 그들은 반간계를 활용하여 이순신을 제거하고 유리한 상황을 끌어내고자 했다. 가토 기요마사(加藤淸正)가 이중간첩 요시라(要時羅)에게 시켜 경상우병사 김응서에게 가토가 왜선 300척으로 조선에 갈 것이라는 정보를 흘린다. 그러나 이순신은 이것이 거짓 정보라 하여 출진하지 않는다. 괴로운 나날을 보내야 했던 이순신은 시를 읊는다.

　　한산 섬 달 밝은 밤에 수로에 홀로 앉아
　　긴 칼 옆에 차고 깊은 시름하는 차에
　　어디서 일성호가는 나의 애를 끊나니

　서인들은 끊임없이 이순신의 행태를 비판하고 벌을 줘야 한다고 하던 차에 선조도 끝내 분노하고 만다. 부산에 웅거하는 것은 그렇다 해도 왜적이 해상 위에 있는데도 대응하지 않는 것은 분명 그동안 임금과 조정을 속인 것이라고 판단한 것이겠다. 『선조실록』(86권) 1597

년(선조 30) 3월 13일에 우부승지 김홍미(金弘微)에 전교하게 했다.

"조정을 속이고 임금을 무시한 죄, 적을 놓아주고 치지 않음으로써 나라를 저버린 죄, 심지어 남의 공로를 가로채고, 또 남을 죄에 몰아넣은 죄, 그 모두는 제멋대로 거리낌 없이 행동한 죄(欺罔朝廷, 無君之罪, 縱賊不討, 負國之罪, 奪人之功, 陷人於罪, 無非縱姿, 無忌憚之罪)"라고 했다. 특히 "신하로서 임금을 속인 자는 반드시 죽이고 용서하지 않는 것"이라고 했다. 이순신이 보기에 얼토당토 않는 죄목이었다. 이유 가운데 공적을 가로챘다는 것은 부산 방화였다.

1596년 12월 12일, 왜 진영에 불이 나서 가옥 1천여 호와 화약이 쌓인 창고 2동, 병기 등 군량 2만6천 여 섬이 든 창고가 한꺼번에 다 타고 왜선 20여 척과 34명이 불에 타 죽었다. 이순신은 안위 등 세 명의 장수의 공적이라고 했지만, 이조좌랑 김신국은 「장계」에서 체찰사 이원익의 휘하 수군인 허수석 등이 했다고 보고했다. 남을 죄로 몰아넣었다는 것은 장성한 원균의 아들을 가리켜 어린 아이가 모공(冒功) 즉 거짓 공을 만들었다고 계문(啓聞)했다는 것이다.

그러나 이러한 죄목은 새로 덧붙인 명분일 뿐이고 가장 핵심은 조선으로 넘어오는 왜선에 대응하지 않았다는 것이었다. 그간 못마땅했던 것이 터진 것이다. 임금을 속이고 나라를 저버린 짓이라고 하면서 서울로 압송을 했고, 국문을 하지만 죄가 있을 리 없다. 1597년 4월 11일에 통제사직에서 해임되고 한성으로 압송되어 4월 19일에 투옥되었다. 모진 고문이 지속되었다. 간신히 우의정 정탁(鄭琢)의 상소가 선조의 마음을 누그러뜨려 5월 16일에 사형을 면하고 도원수 권율 휘하에서 종군하라는 명령이 떨어진다.

1597년 4월 초1일 장수를 죽이기보다 공을 세우게 하는 것이 우선이라는 이유로 풀려난 이순신은 "옥문을 나왔다"고 말했다. 신경 (申炅, 1613~1653)은 「재조번방지」에서 '이순신을 한차례 고문하고 사형을 감해 삭탈관직하고 충군했다'라고 적었다. 충군(充軍)은 죄인을 전쟁터에 내보내는 조치로, 본래 죄를 지은 벼슬아치를 군역에 편입하고 죄 지은 평민을 천역군에 편입하는 것이다. 『경국대전』에 충군에 해당하는 죄인은 도 3년 장 100대의 형에 준한다라고 되어 있다. 도(徒)는 노역을 말했고 장(杖)은 볼기를 맞는 벌이었다. 도형에는 60대에서 100대까지 다섯 종류가 있는데 도(徒) 1년에 장(杖) 60대, 도 1년 반에 장 70대, 도 2년에 장 80대, 도 2년 반에 장 90대, 도 3년에 장 100대 등이 있어 이순신이 받은 것은 도형 가운데에서도 가장 무거운 단계의 벌이었다.

이순신이 일개 권관 수준으로 하락한 때, 삼도수군통제사에 올라 있던 원균은 칠천량에서 패한다. 조정에서 부산포를 치라는 명령에 주저하고 있던 원균은 정작 이순신 보고는 앞장서 나아가 왜군 진영을 격파해야 한다고 주장을 하면서 이순신을 공격했다. 이순신의 대치전 자체를 부정하면서 적극 공격을 실시할 것 같던 원균은 결국 나가지도 못했다. 당연히 조정에서나 도원수 권율의 압박은 계속 이어졌고 출진을 했으나 제대로 나가지 못했다. 이 상황에서 다시 왜적은 반간계를 사용한다. 다시 요시라는 가토가 부산에 들어간다는 밀서를 김응서에게 보낸다. 이에 조정과 도원수 권율은 원균에게 출진을 명령하지만, 원균은 다시 육군이 먼저 출전해야 수군이 응할 수 있다는 수륙연합작전을 요구했다.

이순신은 『난중일기』 6월 19일에 이렇게 적었다. "원수는 원균에 관한 일을 내게 말하는데, 통제사(원균)의 하는 일은 말이 아니다. 조정에 청하여 안골포와 가덕도의 적을 모조리 무찌른 뒤에 수군이 나아가 토벌해야 한다고 한다. 이게 무슨 뜻이겠는가? 질질 끌고 나아가지 않으려는 뜻이다"라고 했다. 아무리 보아도 육군이 그렇게 할 수 없다는 것은 분명하였다. 원균이 주저하자 권율은 곤장을 친다. 원균은 육군이 먼저 왜군을 소탕해야 수군이 진군할 수 있다고 주장했다.

이즈음 도원수 권율의 작전지역으로 가는 이순신은 고통의 시간이었다. 그는 사실상 수군으로 간 것이 아니라 육군지역에서 종군해야 했다. 또한 어머니도 돌아가시고, 일개 군관으로 이리저리 작전 지역을 쫓아다녀야 했다. 이순신은 『난중일기』 1597년 7월 10일에 "열과 변존서(卞存緖)를 보내려고 앉아서 날이 새기를 기다렸다가 일찍이 아침밥을 먹는데 정회를 스스로 억누르지 못해 통곡하며 보냈다. 내가 무슨 죄를 지었기에 이렇게까지 되었는가!"라고 했다. 이순신이 삼도수군통제사에 그대로 있었다면 두 사람 모두에게 문제는 전혀 없고 고통스런 시간이 있을 리 없었다. 한편 원균은 안절부절에 폭음을 하고 있었다. 무리한 욕망에 지위를 탐한 원균은 스스로도 감당하지 못하는 지경에 이른 것이었다. 권율은 원균이 억지 주장을 하고 있다는 것을 알고 있기 때문인지 원균을 계속 압박했다. 그런데 그 결과는 참혹했다.

결국 휘하의 장수들이 반대를 했지만 원균은 함대의 출전을 명령한다. 부산포로 출진하자 왜군은 천여 척의 배를 절영도 근처에 매복시켰다. 그리고 10여 척을 미리 보내 유인했다. 거짓 패퇴하는 척했다. 원균은 그것이 승기를 잡은 것으로 생각해 추격했다. 하지만 곧 왜선들의 대공격이 기다리고 있었다. 이에 조선 수군은 칠천량으로 후퇴해야 했다. 그러나 이미 칠천량에는 왜적 함대가 매복하고 있었다. 앞뒤로 조선 수군이 공격을 당하였다. 원균은 급히 육지로 올랐으나 이미 왜군이 기다리고 있어서 적군에 의해 참수당한 것으로 알려졌다. 평택에 있는 그의 묘에는 그의 시신이 없다. 실록에서 전하는 칠천량해전의 패전은 다음과 같았다.

적이 수군을 습격하여 깨뜨렸다. 통제사 원균이 패하여 죽고 전라수사 이억기, 충청수사 최호(崔湖) 등이 죽었으며, 경상우수사 배설(裵楔)은 도망하여 죽음을 면하였다. 당초 원균이 한산도에 도착하여 이순신이 세워 놓은 규약을 모조리 변경시키고 형벌에 법도가 없어, 군중의 마음이 모두 떠났다. 권율은 원균이 적을 두려워하여 머뭇거린다고 하여 불러 매를 쳤는데, 원균이 분한 마음을 품고 가서 마침내 수군을 거느리고 절영도(絶影島)에 이르러 제군을 독려하여 나아가 싸우게 하였다.

적은 아군을 지치게 할 계책으로, 아군의 배에 가까이 접근하였다가 문득 피하였다. 밤이 깊어 바람이 심하게 불어서 우리 배가 사방으로 흩어지자, 원균은 남은 배를 수습하여 가덕도(加德島)로 돌아왔는데, 사졸들이 갈증이 심하여 다투어 배에서 내려 물을 먹었다. 그러자 적이 갑자기 나와 엄습하니, 원균 등이 황급하여 어찌할 줄을 모르고 급히 배를 이끌고 퇴각하여 고성(固城)의 추원포(秋原浦)에 주둔하였는데, 수많은 적선이 몰려와 몇 겹으로 포위하였다. 원균은 크게 놀라 여러 장수와 더불어 힘껏 싸웠으나 대적해내지 못하고, 배설이 먼저 도망하자 아군이 완전히 무너졌다. 이억기와 최호 등은 물에 뛰어들어 죽고, 원균은 해안에 내렸다가 적에게 죽음을 당하고, 배설은 도망하여 한산도에 이르렀는데, 조정에서 명하여 주륙하였다.

―『선조수정실록』(31권) 1597년(선조 30) 7월 1일

이로써 남해안은 크게 뚫려 왜군은 거침없이 상륙했다. 그동안 이순신이 남해안을 지켜 철통같이 보호했던 지역들인 사천, 하동, 구례를 넘어 남원과 전주에 이르러 호남이 유린당하게 되었다. 전쟁의 양상은 크게 달라졌다. 이로써 정유재란이 본격화 되었다. 살육과 분탕질 그리고 조선 백성의 노예사냥 팔이를 위한 전쟁으로, 이런 궤멸적인 결과를 낳은 것이 원균의 칠천량 패전이었다.

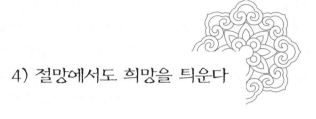

4) 절망에서도 희망을 틔운다

조선 수군이 대패했다는 소식은 이순신에게도 들렸다. 참담한 노릇이었다. 8월 초2일의 날씨를 이순신은 이렇게 적었다. "잠시 개었다" 그리고 "홀로 수루의 마루에 앉았으니 그리움을 어찌하랴! 비통할 따름이다. 이날 밤 꿈에 임금의 명령을 받을 징조가 있었다"라고 말했다. 그 다음날에 "이른 아침에 선전관 양호(梁護)가 뜻밖의 교유서를 가지고 왔다. 명령 겸 삼도수군통제사의 임명이다. 숙배를 한 뒤에 다만 받들어 받았다는 글월을 써서 봉하고, 곧 떠나 두치(豆恥)로 가는 길로 곧 바로 갔다"라고 적었다.

다시 이순신이 삼도수군통제사에 오른 것이다. 그러나 그에게는 배가 없었다. 수사 배설이 도망치며 가지고 나온 12척이 전부였고, 군사는 120명에 불과했다. 1만여 명의 수군과 100척의 판옥선은 사라졌다. 그럼에도 그는 다시 일어나 적선을 맞아 싸워야 했다. 그가 다시 삼도수군통제사에 올라 전열을 가다듬으려 할 때 그가 들른 곳에서 백성들은 환호했다.

『난중일기』 1597년 8월 5일에 "아침을 먹은 뒤에 옥과(곡성군 옥과읍) 땅에 이르니, 피난민이 길에 가득 찼다. 남자와 여자가 부축하고 걸어가는 것이 차마 볼 수 없었다. 울면서 말하기를 '사또가 다시 오셨으니 우리들은 이제야 살았다'고 했다"라고 한 대목에서 알 수 있다. 이순신은 『난중일기』 1597년 8월 9일에서 "점심을 먹은 뒤에 길을 떠나 십리쯤 오니, 길가에 동네 어른들이 늘어서서 술병을 다투어 바치는데, 받지 않으면 울면서 억지로 권했다"라고 했다. 민심은 천심이라고 했는데 백성들은 이미 본질이 무엇이며 누가 지켜줄 수 있는지 잘 알고 있었다. 그들은 왜군이 호남지역에 들이쳤기 때문에 임진왜란 때는 당하지 않을 화를 극심하게 당하고 있던 백성들이었다. 그렇기 때문에 이순신이 지켜주던 때와 그렇지 않던 때가 너무나 극명한 대비를 보여준 시점이었다. 『선조수정실록』(31권) 1597년(선조 30) 9월 1일에 "이순신이 진도에 도착해 병선을 수습하여 10여 척을 얻었다. 이때 배를 타고 피난해 있던 연해(沿海)의 사민(士民)들이 순신이 왔다는 말을 듣고는 기뻐하였다"라는 대목에서도 짐작할 수 있다.

견내량이 무너지고 한산도 통제영도 붕괴되어 왜적들은 서쪽으로, 서쪽으로 침략해 들어왔다. 드디어 전라도 바다까지 넘어왔다. 전라좌수영이 굳건하게 버틸 때는 상상도 할 수 없었던 일이었다. 그런데 조정에서는 이순신에게 이미 수군이 궤멸되었으니 육군에 합치라고 한다. 하지만, 이순신은 그렇게 할 수 없다고 말한다.

'신에게는 아직 12척의 배가 남아있나이다(今臣戰船 尙有十二)'라는 유명한 말을 하고 죽기로 싸워 수군과 바다를 지켜내면서 조선과 백성을 구하겠다고 맹세한다. 12척으로 수백 척의 왜선들과 싸운다는 말을 들으며 어느 누가 성공하리라 생각했을까. 『난중일기』에도 여러 차례 언급되었듯이 배설 같은 장수도 자신이 배를 끌고 왔음에도 불구하고 소극적인 행보를 보이다가 핑계를 대고 이순신 진영을 이탈한다. 그러나 이순신은 언제나 최선을 다하며 함부로 준동하지 않고 치밀한 계획에 따라 움직였다. 마침내 서쪽으로 오던 적선들은 드디어 이순신과 마주치게 된다. 1597년 8월 28일의 『난중일기』에서 이순신은 이렇게 적었다.

> 새벽 여섯 시쯤에 적선 여덟 척이 뜻하지도 않았는데 들어왔다. 여러 배들이 두려워 겁을 먹고, 경상수사(배설)는 피하여 물러나려 하였다. 나는 꼼짝하지 않고 적선이 바짝 다가오자 호각을 불고 깃발을 휘두르며 따라 잡도록 명령하니, 적선이 물러갔다. 뒤쫓아 갈두(葛頭: 해남군 송지면 갈두리)까지 갔다가 돌아왔다. 적선이 멀리 도망하기에 더 뒤쫓지 않았다. 뒤따르는 배는 쉰여 척이라고 했다. 저녁에 진을 장도(노루섬)로 옮겼다.

이때 이순신은 조선군의 문제가 적선들이 아니고 조선 수군들의 공포심인 것을 알아챘다. 칠천량에서 대패했기 때문에 그들은 왜선을 두려워하고 있었다. 이럴 때는 앞에 서는 지도자가 중요하다. 만약 통제사라는 지도자가 흔들린다면 걷잡을 수 없기 때문에 오히려 적극적인 공세가 필요하다. 이순신은 호각을 불고 깃발을 휘두르며 앞으로 치고 나갔다. 척후선일 수 있고, 일부러 유인하는 선박일 수도 있다. 왜냐하면 뒤따르는 배가 쉰여 척이기 때문이다. 이때 왜군들 사이에서는 이순신이 다시 통제사에 올랐다는 소문이 돌았고, 당연히 왜군 진영에서는 술렁임이 일었다고 한다.

다시 조선 수군의 기세가 살아났다. 그러나 칠천량에서 자신감을 얻은 왜군은 예전 같으면 퇴각했겠지만, 이미 조선 수군의 주력 부대가 궤멸되었다는 것을 알고 있었다. 무엇보다 그들은 서해로 나아가야 했다. 선박으로 병사와 물자를 실어 그동안 노략질하지 않은 서해연안을 효과적으로 침략하고 한양까지 위협을 할 수 있기 때문이다. 왜적이 이렇게 할 것이라는 점을 이순신은 당연히 예상하고 있었다. 왜성을 쌓고 해안가 주변에 웅거하던 왜군이 아니라 해상 위에 있기 때문에 이순신에게는 전투의 기회가 열린 것이기도 하다. 경계는 무너졌고 왜적은 기고만장하여 방심하여 치고 들어오니 더 이상 대치전을 벌일 이유가 없는 것이다. 왜군은 과연 다시 접근했는데 들이치지 않고 다른 방식을 계속 쓴다. 이순신은 9월 7일 이렇게 적고 있다.

탐망군관 림중형(林仲亨)이 와서 보고하기를, "적선 쉰다섯 척 가운데 열세 척이 이미 어란(해남군 송지면 어란리) 앞바다에 도착했다. 그 뜻이 우리 수군에 있는 것 같다"고 했다. 그래서 각 배들에게 엄중히 일러 경계하였다. 오후 네 시쯤에 적선 열세 척이 곧장 진치고 있는 곳으로 우리 배로 향해 왔다. 우리 배들도 닻을 올려 바다로 나가 맞서서 공격하여 급히 나아가니, 적들이 배를 돌려 달아나 버렸다. 뒤쫓아 먼 바다에까지 갔지만, 바람과 조수가 모두 거슬러 흘러[逆流] 항해할 수가 없어 복병선이 있을 것을 염려하여 더 쫓아가지 않고 벽파진으로 돌아왔다. 이날 밤에 여러 장수들을 불러 모아 약속하며 말하기를, 오늘 밤에는 반드시 아무래도 적의 야습이 있을 것 같으니, 미리 알아서 준비할 것이며, 조금이라도 명령을 어기는 일이 있으면 군법대로 시행할 것이라고 재삼 타일러 분명히 하고서 헤어졌다. 밤 열 시쯤에 적선이 포를 쏘며 기습으로 공격해 왔다. 우리의 여러 배들이 겁을 집어 먹는 것 같아 다시금 엄명을 내리고, 내가 탄 배가 곧장 적선 앞으로 가서 지자포를 쏘니 강산이 진동했다. 그랬더니 적의 무리는 당해 내지 못하고 네 번이나 나왔다 물러났다 하면서 포를 쏘아댔다. 밤 한시가 되니 아주 물러갔다. 이들은 전에 한산도에서 승리를 얻은 자들이다.

쉰다섯 척 가운데 열세 척이 조선수군을 찾아서 온 상황이었다. 당연히 이순신은 피하지 않고 적극적인 공세를 폈다. 왜군의 속셈은 13척으로 본함대들 사이로 유인하려고 했으나, 이순신은 풍랑이 심하기 때문에 다시 벽파진으로 돌아온다. 이순신의 통찰력으로는 그대로 포기할 왜선이 아니었다. 처음부터 목적이 조선 수군을 찾아 잡으려는 것이었기 때문이다. 더구나 본함대를 뒤에 두고 있기 때문에 그 함대와 같이 진군할 가능성이 있었다. 바람이 그치고 날씨가 좋아지고 있었다. 이순신은 이번에도 스스로 먼저 진두지휘를 하면서 전투를 이끌었다. 장수된 자들이 뒤에서 명령이나 지휘만 내리는 것과는 다른 것이다. 마치 2인자, 3인자가 돌격하는 행태를 본인이 하였기 때문에 휘하에 있는 장수와 병사들이 뒤에 있을 수는 없는 노릇인 것이다.

이것이 다시 복귀한 이순신이 치른 두 번째 해전인 어란포해전(於蘭浦海戰)이었다. 『난중일기』에는 벽파진해전(碧波津海戰)이라고 한다. 류성룡의 『징비록』은 이 부분에 대해 이순신이 당시 기습을 예언하여 휘하의 장수와 군사들이 신묘한 능력을 가진 것으로 알았다는 말을 적었다. 이때 왜군들은 조선의 함선이 13척 밖에 되지 않는다는 것을 알았고 이순신의 존재를 확인했다고 한다. 그들은 벽파진을 넘어서지 못했고 이순신은 그들을 끝까지 쫓지는 않았다. 따로 생각이 있어서였다. 조정에서는 승전을 원하고 있고, 만약 이순신이 공적만을 생각한다면 그들을 쫓아서 한 척이라도 잡고 왜군을 살상하려 했을 것이다. 이 해전은 이순신이 그들을 명량으로 유인하기 위한 전술의 일환이었다고도 한다. 13척의 배밖에 없다는 사실을 알게 되면 더욱 더 달려들 것이 예상되기 때문이다. 그러한 상황이라면 이순신은 자신이 유리하게 전투를 벌일 수 있는 지역으로 이동하여야 한다. 그것은 전라우수영 앞바다였다.

『난중일기』 1597년 9월 15일에는 "조수를 타고 여러 장수들을 거느리고 우수영 앞바다로 진을 옮겼는데, 벽파정 뒤에는 울돌목이 있는데 수가 적은 수군으로써 명량을 등지고 진을 칠 수 없기 때문이다"이라고 했다. 명량을 등지고 진을 칠 수가 없으니 반대로 앞에 진을 치고 적선들을 맞아 싸우겠다는 의미이다. 이미 명량을 염두하고 작전계획을 세웠다고 해도 지나침이 없는 것이다. 그리고 다음과 같이 말한다.

> "여러 장수들을 불러 모아 "병법에 '반드시 죽고자 하면 살고 살려고만 하면 죽는다'(必死卽生 必生卽死)고 했으며, 또 '한 사람이 길목을 지키면, 천 사람이라도 두렵게 한다'(夫當逕 足懼千夫)고 했음은 지금 우리를 두고 한 말이다. 너희 여러 장수들이 살려는 생각은 하지 마라. 조금이라도 명령을 어기면 군법으로 다스릴 것이다. 조금이라도 너그럽게는 용서하지 않을 것이다" 하고 재삼 엄중히 약속했다."

이순신이 여러 장수들에게 말한 바는 단순 명확하다. 죽을 각오로 싸워야 한다는 것이다. 왜군과 비교할 때 전력이 열세이기 때문에 절대 불리하다는 점을 말하는 것이기도 하다. 그렇기 때문에 죽을 위험이 더 크다는 것을 인정하고 있다. 하지만 그런 죽음의 위험에 닥칠 때 죽음을 두려워하고 피하면 더욱 죽을 위험은 더 커질 수 있다는 점을 말하고 있다. 죽음의 위험에 처할수록 그런 위험에 대한 불안과 공포를 멀리하고 분전하면 오히려 위험이 덜 할 수 있다는 점을 강조한다. 한 사람이 길목을 지키면 천 사람이라도 두렵게 한다는 것은 명량에서 벌어질 전투를 암시하는 말이다. 전력에서 왜군에 한참 뒤지기 때문에 무력감에 빠지기보다는 소수의 힘이 잘 사용될 수 있는 지점을 잘 파악하고 그곳을 활용하여 전쟁에서 승리할 수 있는 전술을 사용해야 한다는 점을 담고 있다.

이순신은 원칙주의자다. 원칙주의의 최후의 수단은 군법이다. 이순신은 휘하 여러 장수들에게 장수 본인이 혼자 살려고 할 경우에는 군법으로 다스리겠다고 말했다. 이순신은 전란 초기부터 도망하는 이들을 효수했다. 그를 미워해서가 아니라 진영을 유지하기 위한 방편이었다. 그들이 도망하는 것을 그대로 둔다면 다른 진중의 병사들에게도 영향을 미치기 때문이다. 그런데 장수가 자기 살길만을 도모한다면 그것은 그 휘하의 모든 병사들에게 크게 영향을 미치기 때문에 전열이 급속하게 무너지고 전투는 패배하게 된다. 전투에서 패배한다는 것은 죽음을 의미했다.

그렇다면 이순신은 정말 확실하게 알고 있었을까. 병법을 매개로 작전 계획을 세웠지만 그가 미래를 정확하게 예측할 수는 없다. "이날 밤 신인(神人)이 꿈에 나타나, '이렇게 하면 크게 이기고, 이렇게 하면 지게 된다'고 일러 주었다"라고 적었다. 그도 확실한 방법을 알고 싶었을 것이라는 점을 알 수 있는 대목이다. 어떻든 이순신은 열심히 최선을 다할 수밖에 없었다. 드디어 이순신은 명량을 앞에 두고 적선을 맞는다. 명량해전의 시작이었다. 장수들은 도망가지는 않았지만 다른 문제가 있었다.

9월 16일 「갑진」 맑다.

아침에 별망군이 나와서 보고하는데, 적선이 헤아릴 수 없을 만큼 많이 울돌목을 거쳐 곧바로 진치고 있는 곳으로 오고 있다. 여러 배에 명령하여 닻을 올리고 바다로 나가니, 적선 백서른세 척이 우리의 배를 에워쌌다. 대장선이 홀로 적진 속으로 들어가 포탄과 화살을 비바람같이 쏘아대건만 여러 배들은 관망만 하고 진군하지 않아 사태를 장차를 헤아릴 수 없게 되었다. 여러 장수들이 적은 군사로써 많은 적을 맞아 싸우는 형세임을 알고 돌아서 피할 궁리만 했다. 우수사 김억추(金億秋)가 탄 배는 물러나 아득히 먼 곳에 있었다. 나는 노를 바삐 저어 앞으로 돌진하여 지자총통·현자총통 등 각종 총통을 어지러이 쏘아대니, 마치 나가는 게 바람 같기도 하고 우레 같기도 하였다. 군관들이 배 위에 빽빽이 서서 빗발치듯이 쏘아대니, 적의 무리가 감히 대들지 못하고 나왔다 물러갔다 하곤 했다. 그러나 적에게 몇 겹으로 둘러 싸여 앞으로 어찌 될지 한 가진들 알 수가 없었다. 배마다 사람들이 서로 돌아보며 얼굴빛을 잃었다. 나는 침착하게 타이르면서, "적이 비록 천 척이라도 우리 배에게는 감히 곧바로 덤벼들지 못할 것이다. 일체 마음을 동요치 말고 힘을 다하여 적선에게 쏴라"고 하고서, 여러 장수들을 돌아보니, 그들은 여전히 물러나 먼 바다에 있었다.

— 이순신, 『난중일기』

명량에 쇄도한 왜함대는 이순신이 파악하기로 133척으로 늘어나 있었다. 왜군은 이순신 함대가 몇 척 안 된다는 사실을 잘 알고 있었다. 더구나 이순신 함대가 자신들의 전투선들을 끝까지 추적하지 않는 이유가 전력의 열세 때문이라는 점을 잘 알고 있었다. 그렇기 때문에 이렇게 많은 배들이 한꺼번에 조선수군을 깨기 위해서 추가로 도달해 있었던 것이었다. 이에 맞서는 이순신은 물러서지 않았다. '한 사람이 길목을 지키면, 천 사람이라도 두렵게 한다'(夫當逕 足懼千夫)는 말을 스스로 실천했다. 장수이기 때문에 살 생각을 하지 않고 전면에 나서서 적극적인 포격전을 벌였던 것이다. 그 포격전은 그냥 이뤄진 것이 아니라 조류를 이용한 포격이었다.

명량 울돌목은 조선에서 가장 물살이 센 곳으로, 세계적으로는 다섯 번째라고 한다. 이 수로를 통과해서 왜군은 서해로 빠져나가 육군과 합류하기로 했기 때문에 반드시 통과해야 했다. 이순신의 판옥선을 격파하면 전쟁은 이길 수 있었다. 왜군들에게 조류는 역류하고 있어서, 앞으로 나가기가 힘들었지만 이순신 함대는 조류가 흘러가는 방향을 마주하고 있었다. 그러므로 속도가 빨랐다. 능히 한 사람이 길목을 지켜도 공격을 통해 방어를 할 수 있는 곳이었다.

정작 문제는 장수들이 참여하지 않는다는 것이었다. 조류가 앞으로 빨리 가기 때문에 아마도 속도 때문에 겁난 것도 있었지만 왜군의 함대에 놀랐을 가능성이 높다. 이순신은 이를 예측하고 있었기 때문에 살 생각을 하지 말라고 했던 것이다. 이순신의 상황은 이 때문에 난처한 지경에 이르렀다. 도망가지는 않는데 전투에 참여하지 않고 있는 상황인 것이다. 정2품 통제사가 앞에서 싸우고 있는데도 말이다. 이런 최고 수장이 앞에서 진두지휘하기 때문에 왜의 함대가 당황하고 조심스러웠다는 지적도 있다. 대장만 적진에 뛰어든 상황은 어떻게 타개해야 하는 것일까.

나는 배를 돌려 군령을 내리자니 적들이 더 대어들 것 같아 나아가지도 물러나지도 못할 형편이었다. 호각을 불어서 중군에게 명령하는 깃발을 내리고 또 초요기를 돛대에 올리니, 중군장미 조항첨사 김응함의 배가 차차로 내 배에 가까이 오고, 거제현령 안위(安衛)의 배가 먼저 왔다. 나는 배 위에 서서 몸소 안위를 불러 이르되, "안위 야, 군법에 죽고 싶으냐? 네가 군법에 죽고 싶으냐? 도망간다고 해서 어디 가서 살 것 같으냐?"고 하니, 안위가 황급히 적선 속으로 돌입했다. 또 김응함을 불러 이르되, "너는 중군장으로서 멀리 피하고 대장을 구하지 않으니, 그 죄를 어찌 면할 것이냐? 당장 처형할 것이로되, 적세 또한 급하므로 우선 공을 세우게 한다"고 하니, 두 배가 곧장 쳐들어가 싸우려 할 때, 적장이 그 휘하의 배 두 척을 지휘하여 한꺼번에 개미 붙듯이 안위의 배로 매달려 서로 먼저 올라가려고 다투었다. 안위와 그 배에 탔던 사람들이 죽을 힘을 다하여 몽둥이로 치기도 하고, 긴 창으로 찌르기도 하고, 수마석 덩어리로 무수히 어지러이 싸우니 배 위의 사람들은 기진맥진하게 된 데다가, 안위의 격군 일고여덟 명이 물에 뛰어들어 헤엄치는데 거의 구하지 못할 것 같았다. 나는 배를 돌려 곧장 쳐들어가 빗발치듯 어지러이 쏘아대니, 적선 세 척이 얼추 엎어지고 자빠지는데 녹도만호 송여종(宋汝悰)·평산포대장 정응두(丁應斗)의 배가 줄이어 와서 합력하여 적을 쏘아 한 놈도 몸을 움직이지 못했다. 항복해온 왜놈 준사(俊沙)란 놈은 안골포의 적진에서 투항해온 자이다.

내 배 위에서 내려다보며, "저 무늬 있는 붉은 비단옷을 입은 놈이 적장 '마다시' 다"고 하였다. 나는 김돌손(金乭孫)에게 갈고리를 던져 이물로 끌어 올렸다. 그러니 준사는 펄쩍 뛰며, "이게 마다시다"고 하였다. 그래서, 곧 명령하여 토막으로 자르게 하니, 적의 기운이 크게 꺾여 버렸다. 이때 우리의 여러 배들은 적이 다시는 침범해오지 못할 것을 알고 일제히 북을 치며 나아가면서 지자총통·현자총통 등을 쏘고, 또 화살을 빗발처럼 쏘니, 그 소리가 바다와 산을 뒤흔들었다. 우리를 에워싼 적선 서른 척을 쳐부수자, 적선들은 물러나 달아나 버리고 다시는 우리 수군에 감히 가까이 오지 못했다. 그곳에 머무르려 했으나 물살이 무척 험하고 형세도 또한 외롭고 위태로워 건너편 포구로 새벽에 진을 옮겼다가, 당사도(무안군 암태면)로 진을 옮기어 밤을 지냈다. 이것은 참으로 천운(天運)이로다.

이 전투는 명량해전의 핵심에 해당한다. 여기에서 이순신의 영웅성을 부각할 수 있고 대부분 그렇게 해왔다. 그러나 이순신이 정말 바란 것은 그게 아니었을 것이다. 다른 장수들은 매우 불리한 싸움이라는 것을 알고 있었다. 배를 버리고 육군에 합류하자는 주장도 있었다. 이미 조정에서는 이를 명령했다. 다른 장수들도 이에 동의하고 있었다. 하지만 이순신은 반대했다. 이는 대단한 소신이었다. 그들에게는 소신이 아니라 고집으로 보였을 것이다. 고집보다 더한 아집이었을 것이다. 하지만 그는 조정의 명령 자체가 중요한 것이 아니라고 보았다.

이순신은 본질을 짚고 그것을 지키는 삶을 살아왔다. 바다가 중요하다는 것 그것이 뚫리면 나라 전체가 위험하다는 것은 진리에 가까웠다. 사실 수군이 육군에 합류한다고 해서 그렇게 도움이 되는 것도 아니었다. 병력이 너무 미미했기 때문이다. 아무리 적은 숫자라도 적재적소에 있으면 큰 힘을 발휘하는 법이고, 수군에서 중요한 역할을 제대로 할 수 있다는 것을 이순신은 잘 알고 있었다. 무엇보다 이순신이 직접 앞에서 전투를 하고 있었다. 그것은 모두를 살리기 위한 전투였다. 만약 그곳의 사람들을 죽이고 단지 공적을 위해서 전투에 몰아넣었다면 반란을 일으켰을 것이다. 이순신은 사심이 없었다. 그의 언행은 모두 공심에 바탕을 두었기 때문에 아무도 이의 제기를 하지 못했다. 그런데 뒤에 있으면서 부하들을 앞으로 밀어 사지로 넣고 있다면 몰라도 대장이 앞에서 끌어들이고 있는데도 군사들은 망설이는 것이다.

이순신에게 변수는 빠른 조류였다. 그것이 한 사람 당 많은 적군에 대응할 수 있는 방법이었다. 이순신은 이를 잘 알았지만 과연 빠른 조류를 활용하여 공격할 수 있을 것인가에 대해 다른 장수들은 처음에 반신반의 했을 것이다. 그러나 이 방법을 이순신이 시도해 보였고 효과가 있다는 것을 알게 되면서 점차 이순신의 명령을 듣기 시작했다고 봐야 한다. 눈으로 보이는 상황은 그래서 중요하고 그것을 이순신이 직접 보여주었다. 이순신의 배가 나아갔는데 포격을 당하고 공격효과도 없다면, 다가가지도 않았을 것이다. 조류를 이용한 공격에서는 조선 수군이 유리한 포격을 통해서 선제공격을 하는 것이 유리했다. 오전까지는 순(順)조류였고 40여 분을 대장선이 버티면서 포격을 했다. 조류가 바뀔 때까지 버텨야 했다. 역류가 되어야 왜군에게 불리했다. 대장선은 닻을 내리고 버텨내기 시작했다. 더구나 판옥선이 빠르고 격한 조류에서는 공격 능력이 뛰어났기 때문에 이런 점을 생각하여 전투를 벌이는 것이 당연했다. 가능성이 보이기 시작했을 때 군사들은 우리가 이길 수 있다는 희망을 갖게 되었다. 그런데 안위와 김응함의 배가 앞으로 나아갈 때, 해전에 능한 적장도 만만치 않았다. 『선조수정실록』(31권) 1597년(선조 30) 9월 1일에 "적장 마다시는 수전을 잘한다고 소문난 자인데, 2백여 척을 거느리고 서해를 범하려고 하여, 벽파정 아래에서 접전하게 되었다"라고 했다.

여기에서 왜군의 해군을 살펴야 이해가 될 수 있다. 본래 왜의 수군은 해적 출신들이다. 해적은 등선육박전에 강하다. 등선육박전은 갈고리를 배에 걸어 당겨 붙인 다음 배에 올라 살육전을 하는 것이다. 물론 조선 수군은 이러한 육박전에 약하다. 칼을 잘 쓰지 못하고 활이나 포에 익숙하기 때문이다. 이를 잘 알고 있는 적군의 장수는 안위의 배에 적장의 배를 갖다대고 등선육박전을 시도했다. 이순신의 대장선은 다른 판옥선보다 컸기 때문에 직접 상대하기는 어려운 점이 있어서, 안위의 배가 선택된 것인데 해적 출신들을 상대해야 하니 안위의 배에 있던 수군들은 당연히 어려움이 있었다. 안위의 배가 깨지면 다른 배들이 더 참여할 수 있는 여지가 줄어들기 때문에 반드시 살려야 했다. 그래서 이순신의 배까지 달려들어 구원에 나선다. 이런 때에는 왜선과 벌이는 거리를 줄이고 구원할 수밖에 없다.

이순신이 안위의 배를 구하자, 녹도만호 송여종·평산포대장 정응두의 배가 다시 참여하여 공격을 가하게 된다. 조선의 최고 수장이 앞에 나서니 왜군 수장도 자존심이 있었는지 직접 전투에 참가하게 되었고, 몇 척 안 되는 조선 수군은 능히 해치울 수 있을 것으로 생각했던 것 같다. 그런데 그 과정에서 왜장 마다시는 전사하게 된다. 여러 척의 배가 동시에 협공을 했기 때문이다. 만약 마다시가 해전에 능한 사실이 사전에 알려지고, 그것에 연연했다면 오히려 공포와 불안한 상황이 되었겠지만 그런 것에 신경 쓰지 않고 최선을 다해 분투했을 뿐이다. 적은 자신들의 수장이 죽었으니 사기가 꺾여, 다시 달라붙을 생각을 못하게 되었고, 조선 수군의 배들은 연이어 전투에 본격적으로 참여하게 되었다. 또한 살펴볼 것이 이순신 함대가 명량에서 전투를 하고 진을 물려 서해로 간다는 점이다. 이는 자신의 역량을 충분히 활용하고 뒤로 물러나는 것을 말한다. 무리하게 추격전을 벌여 자멸하는 무모한 전투를 하지 않는 이순신의 전형적인 정신과 태도가 그대로 드러나는 대목이었다. 그런데 실록에는 이 명량해전에 다른 내용들이 들어 있다.

　　삼도 수군통제사 이순신의 치계에 의하면 '한산도가 무너진 이후 병선과 병기가 거의 다 유실되었다. 신이 전라우도 수군 절도사 김억추(金億秋) 등과 전선 13척, 초탐선(哨探船) 32척을 수습하여 해남현(海南縣) 해로의 요구(要口)를 차단하고 있었는데, 적의 전선 1백 30여 척이 이진포(梨津浦) 앞바다로 들어오기에 신이 수사(水使) 김억추, 조방장(助防將) 배홍립, 거제 현령(巨濟縣令) 안위(安衛) 등과 함께 각기 병선을 정돈하여 진도 벽파정 앞바다에서 적을 맞아 죽음을 무릅쓰고 힘껏 싸운바, 대포로 적선 20여 척을 깨뜨리니 사살이 매우 많아 적들이 모두 바다 속으로 가라앉았으며, 머리를 벤 것도 8급이나 되었다. 적선 중 큰 배 한 척이 우보(羽葆)와 홍기(紅旗)를 세우고 청라장(靑羅帳)을 두르고서 여러 적선을 지휘하여 우리 전선을 에워싸는 것을 녹도 만호 송여종·영등 만호(永登萬戶) 정응두가 잇따라 와서 힘껏 싸워 또 적선 11척을 깨뜨리자 적이 크게 꺾였고 나머지 적들도 멀리 물러갔는데, 진중에 투항해온 왜적이 홍기의 적선을 가리켜 안골포(安骨浦)의 적장 마다시(馬多時)라고 했다. 노획한 적의 물건은 화문의(畫文衣)·금의(錦衣)·칠함(漆函)·칠목기(漆木器)와 장창(長槍) 두 자루다.' 하였는데, 이미 절차대로 자보(咨報)하고 사실을 확인하였습니다. 지금 앞서의 연유에 따르면, 한산도가 무너진 이후부터 남쪽의 수로(水路)에 적선이 종횡하여 충돌이 우려되었으나 현재 소방의 수군이 다행히 작은 승리를 거두어서 적봉(賊鋒)이 조금 좌절되었으니, 이로 인하여 적선이 서해에는 진입하지 못할 것입니다.
　─『선조실록』(94권) 1597년(선조 30) 11월 10일

우선 이진포 앞바다로 들어오기에 다른 장수들과 진도 벽파정에서 맞아 싸웠다는 대목을 보면 결국 명량으로 유도했다는 것을 알수가 있다. 명량 앞바다는 배가 다닐 수 있는 폭이 좁다. 그러므로 아무리 왜군의 배가 많다 하더라도 한꺼번에 전투에 참여할 수 없는 상황이었다. 수로를 잘못 벗어나면 암초에 부딪힐 수도 있었기 때문이다. 함부로 전투를 할 수 없어 등선육박전에 유리한 왜병들에게는 불리한 공간이었다. 대체로 적장 마다시는 구루지마 미치후사(來島通總)라고 알려져 있다. 구루지마는 각종 문헌에서 '내도수(來島守)', '마다시(馬多時)', '뇌도수' 등으로 나온다. 혼슈(本州)·규슈(九州)·시코쿠(四國)에 둘러싸인 내해(內海) 세토나이카이(瀬戸內海)를 지배한 무라카미(村上) 해적의 일족인 구루지마 가문 출신이다. 이순신에게 전사한 형 미치유키의 원수를 갚으려고 출정했다고 한다. 그 가문은 큐슈 정벌 후 도요토미 히데요시 측의 영주가 되었다고 하니 해전에서 공을 세운 것으로 짐작할 수 있다.

여하간 이 해전으로 이순신은 더 이상 벼슬을 높여줄 수 없는 사람이 되었다. 『이충무공 행록』에 "숭정대부(崇政大夫)로 승진시키려 하자 대간들이 공의 품계가 이미 높고 또 일이 끝난 뒤에 다시 더 보답할 것이 없이 되겠다고 아뢰어 중지하고 다만 부하 여러 장수들에게만 벼슬을 높여 주었다"라고 했다. 이순신이 자신의 공을 내세우며 뽐낼 수는 있었지만, 그는 그러지 않았다. 무엇보다 『난중일기』와 달리 이순신의 「장계」에서 알 수 있는 것은 자신의 휘하 장수들에 대해서 좋게 말하고 자신을 별로 내세우지는 않았다는 점이다.

초기부터 자신이 적극적으로 싸운 것과, 다른 장수들은 잘 참여하지 않은 상황을 아예 「장계」에 적지 않고 있다. 적선 중에 큰 배는 적장이 탄 배인데 그 배가 안위의 배에 달려들 때 자신이 우선 도왔

명량해전 후 이순신은 고금도에 수군통제영을 설치하고 녹둔도의 경험을 살려 둔전 경영을 하며 힘을 키우고 대규모 해전을 준비한다. 그리고 몸을 바쳐 승리한다. (노량 해전에서 전사 후 임시로 모신 고금도의 묘당 터)

고 나중에 다른 배들이 도왔다는 내용도 적지 않았다. 이는 부산 방화 공훈에서도 마찬가지였다. 그때도 부하 장수들의 잘한 점만 말한 것이며 그때도 안위가 있었다. 물론 그「장계」가 거짓이라는 모함을 받아 고초를 겪었지만 말이다.

　이순신은 한평생 초지일관으로 삶을 살았다. 그것은 마지막 순간에도 마찬가지였다. 그의 아들이 왜적의 손에 목숨을 잃었기 때문만은 아니고 어머니가 여수에서 아산으로 이동하는 가운데 돌아가셨기 때문만도 아니다. 그는 항상 자신의 본분에 맞게 생각하고 말했으며 행동했고, 소신을 지켰고 그 소신은 원칙과 보편적 가치에 바탕을 두었다. 그는 마지막 순간까지 사심을 버리고 공심으로 다했고, 양심을 지키고 나라와 공동체를 더불어 생각하였다. 적들이 도망간다고 봐주지 않고 바다 위에서 전투를 벌일 때는 최선을 다했다. 뒤에서 지휘하지 않고 앞에서 자신이 스스로 적을 격퇴했다.

이순신을 모신 사당 고금도 충렬사

이를 위해 끊임없이 연구하고 적용하며 계획을 세웠고 항상 능동적이며 주도적이었다. 상황은 언제나 다변했고 똑같은 상황을 두 번 허용하지 않았다. 잘못된 것은 잘못된 것이었다. 그것을 그냥 묵과하지 않고 타협하지 않는 것, 이는 영원한 청년정신이라고 할 수 있다. 그러면서도 미래의 꿈을 위해 나아갔다. 이 때문에 자신만이 아니라 다른 많은 사람들도 위험에서 구해냈다. 이에 수많은 사람들이 그를 위해 통곡했고 그리워했다. 아마도 우리나라 역사에서 이렇게 한 사람의 죽음을 슬퍼했던 경우는 드물다. 누가 시켜서가 아니라 스스로 느껴서 우는 것은 사례가 없을 정도이다.

유정(劉綖)이 순천의 적영(賊營)을 다시 공격하고, 통제사 이순신이 수군을 거느리고 그들의 구원병을 크게 패퇴시켰는데 이순신은 그 전투에서 전사하였다. 이때에 행장(行將)이 순천 왜교(倭橋)에다 성을

쌓고 굳게 지키면서 물러가지 않자 유정이 다시 진공하고, 이순신은
진인(陳璘)과 해구(海口)를 막고 압박하였다. 행장이 사천(泗川)의 적 심
안돈오(沈安頓吾)에게 후원을 요청하니, 돈오가 바닷길로 와서 구원
하므로 순신이 진격하여 대파하였는데, 적선(賊船) 2백여 척을 불태
웠고 죽이고 노획한 것이 무수했다. 남해 경계까지 추격해 순신이
몸소 시석(矢石)을 무릅쓰고 힘껏 싸우다 날아온 탄환에 가슴을 맞았
다. 좌우(左右)가 부축하여 장막 속으로 들어가니, 순신이 말하기를
'싸움이 지금 한창 급하니 조심하여 내가 죽었다는 말을 하지 말라'
하고, 말을 마치자 절명하였다.

　순신의 형의 아들인 이완(李莞)이 그의 죽음을 숨기고 이순신의 명
령으로 더욱 급하게 싸움을 독려하니, 군중에서는 알지 못하였다.
진인이 탄 배가 적에게 포위되자 완은 그의 군사를 지휘해 구원하
니, 적이 흩어져 갔다. 진인이 순신에게 사람을 보내 자기를 구해 준
것을 사례(謝禮)하다 비로소 그의 죽음을 듣고는 놀라 의자에서 떨어
져 가슴을 치며 크게 통곡하였고, 우리 군사와 중국 군사들이 순신
의 죽음을 듣고는 병영(兵營)마다 통곡했다. 그의 운구 행렬이 이르
는 곳마다 백성들이 모두 제사를 지내고 수레를 붙잡고 울어 수레가
앞으로 나갈 수가 없었다. 조정에서 우의정(右議政)을 추증했고, 바닷
가 사람들이 자진하여 사우(祠宇)를 짓고 충민사(忠愍祠)라 불렀다.
　―『선조수정실록』(32권) 1598년(선조 31) 11월 1일

"제몸을 죽여 절개를 지켰다는 말 예부터 있었으나
제몸을 죽여 나라를 살렸다는 것은 이분에게서 처음 본다.
(殺身殉節 古有此言 身亡國活 始見斯人)
　― 1707년, 숙종 '현충사' 편액

나가며 : 청년 이순신이
우리 시대 청춘들에게

당시 이순신 휘하에 800여 명이 넘는 병사가 모여들어 고금도(古今島)에 주둔하고 있었는데 군량이 부족한 상태였다. 그는 해로 통행첩을 만들라고 하고 명령을 내렸다.

"3도 연안 지방을 통행하는 모든 배 가운데 통행첩이 없는 배는 간첩선으로 간주하고 통행을 금지한다"

그러자 모든 백성이 와서 통행첩 발급을 요청했다. 이순신은 배의 크기에 따라 쌀을 받고 통행첩을 발급해 주었는데 큰 배는 세 석, 중간배는 두 석, 작은 배는 한 석을 받았다. 당시 피란을 떠나는 배들은 모두 양식을 싣고 다녔기 때문에 그 정도 쌀을 바치는 것은 어렵지 않았으며 오히려 안전하게 다닐 수 있음을 기쁘게 생각했다. 이순신은 100여일 만에 1만 여 석의 군량을 얻을 수 있었다.

또한 백성들이 가지고 있던 구리, 쇠를 모아 대포를 만들고 나무를 베어 배를 건조했다. 그가 추진하는 모든 일은 순조롭게 진행되었으며 먼 곳에 있던 사람들까지 그에게 의지하기 위해 모여들어 집을 짓고 막사를 만들어 장사를 하게 되자 그들을 수용하기에 섬이 모자랄 지경이었다.

— 류성룡, 『징비록』

절망일 때 희망을 말하는 사람, 그 희망은 혼자되지 않으며 또한 여러 사람이 있다고 반드시 되는 것도 아니다. 상호 호응을 해야 하며 그 호응에 앞장서는 사람이 있어야 한다. 그가 바로 이순신이었다. 이순신에게 희망이 그렇게 많지는 않았다. 절망이 많았다. 그는 절망을 희망으로 바꾸는 사람이었다.

이순신은 한양의 매우 좋은 가문에서 태어났다. 겉으로는 훌륭한 가문에서 태어났으나 그에 상응하는 생활을 하지 못했다. 집안 상황은 어쨌든 좋지 않았고, 자신에게 집안의 지원은 별로 없었다. 전통 사회에서는 장자 우선주의라서 셋째 아들인 자신에게까지 집중 지원이 이루어질 수 없었다. 그렇다고 해서 가만히 있을 수는 없었다. 그런데 남들은 성공을 위해 몰려드는 서울에서 그 집을 떠난다. 대대로 살던 한양에서 떠나 아산으로 이주했던 것이다.

더구나 독자의 집을 일구어 간 것이 아니라 어머니의 외갓집에 신세를 지게 되었다. 이순신의 아버지는 아내의 집에서 처가살이를 하게 되었다. 이순신도 마찬가지였다. 아예 이순신은 온양 방씨 집의 데릴사위가 되었다. 이런 상황에서 이순신은 자신의 길을 찾는다. 처가의 도움을 받아서 무과시험에 나서기로 한다. 대개의 사대부들 자제가 문과 시험에 응시하는 것과는 달리 이순신은 과감하게 무과에 도전하기로 했던 것이다. 그것도 장인과 아내의 도움을 받아서 말이다. 문과의 재질이 없던 것도 아니었던 이순신은 자신의 길을 찾아 먼 길을 떠난 것이다. 좀 늦은 22살에 무과시험에 보인 신분으로 준비하고 도전을 했기 때문에 어려움이 있을 수밖에 없었다. 그렇기 때문에 오히려 이순신은 더욱 진력을 다할 수밖에 없었다. 버드나무로 부러진 다리를 묶고 다시 시험을 끝내는 그의 정신은 매사에 최선을 다하는 그의 성품과 정신을 생각하게 만든다.

이순신의 특기는 자신을 열심히 할 수밖에 없는 상황에 놓이게 한다는 점이다. 꿈을 가지면 그것을 위해 진력한다. 전투에서도 마찬가지였다. 불확실한 상황을 마주하고 그것을 극복하기 위해 최선의 방안을 강구했다. 극단의 상황이 오히려 역전의 상황을 만들어낸다는 것을 믿었고 그것은 사람의 힘에서 비롯한다고 보았다. 다만 자신이 못하는 것을 무리하게 시도하지 않으며 항상 그 역량에 맞게 행동하였다. 그런 와중에 조금씩 역량의 근육이 커진다는 것을 알고 있었다. 많은 전투에서 얻은 전승(全勝)의 기록은 이 때문에 얻어진 것이다.

또한 오로지 그것에 집중하기 때문에 심지어 꿈에서조차 해법이 곧잘 등장하기도 했다. 공간은 새로운 씨앗을 틔우는 토대였다. 서울에서 아산으로 이주했어도 그곳에서 굴하지 않고 자신의 길을 열어가는 그였기에 비록 변방의 근무라고 해도 마다하지 않았다. 어느 상황에 떨어진다 해도 그곳에서 이순신은 뭔가 꿈을 꾸고 작을 지라도 성과를 만들어냈다. 다른 문벌과 고관의 자제들이 편한 근무처를 돌 때 이순신은 함경도를 오르락내리락했다. 그는 함경도 산악과 전라도 바다를 오가는 삼천여 리의 길을 마다하지 않았다. 그 가운데 자신의 역량을 축적하고 착실히 지도자로 성장해 간다. 편한 곳에 있으면 당장에는 좋지만 장기적인 시각으로 볼 때는 오히려 부정적인 결과를 낼 수밖에 없다. 쉽게 들어온 재물은 쉽게 나가듯이 쉽게 얻어진 지위는 쉽게 없어지고 치명적인 위험이 닥쳤을 때는 더욱 그럴 수밖에 없다.

그 가운데 지름길로 갈 수 있는 길을 마다하고 원칙에 따른 소신을 지키면서 탄압을 받기도 했지만 그것을 높이 평가하는 이들을 모아가면서 어려운 상황을 극복하고 좋은 결과를 낳을 수 있는 토대를 갖추었다. 수군을 폐하고 육군에 합류하라는 조정의 명에 맞서 끝내 수군을 지키고 나아가 바다를 지키며 나라와 백성을 지켜냈다. 그는 젊은 날부터 체득한 진리를 보았기 때문에 그렇게 주장할 수 있었고 이는 공감대를 얻을 수 있었으며 나중에 실제 전투의 승리로 돌아왔다.

이순신은 어려운 상황에서 새로운 것에 도전하고 길을 찾았으며 불확실한 상황에서 자신이 스스로 참여하고 분투하면서 결과를 만들어냈다. 이를 통해 지시명령만 하지 않는 실천적 행위의 결과를 통해 다른 이들의 협력을 이끌어내었다. 무엇보다 군림하지 않고 수평적인 연대의식 속에 공훈을 공정하게 평가하였다. 대신 잘잘못에 대해서는 명확히 판가름하고 잘못된 일에 대해서는 엄격한 재단을 가했다. 그것은 사심이 아니라 공심에 바탕을 두고 사익보다는 공익 그리고 공동체와 국가라는 다수의 구성원들을 우선 전제했기 때문이다.

이순신은 초지일관이었다. 젊은 날에는 뒤쳐져 보일지라도 그것이 어느 순간에는 활짝 만개하는 꽃과 같았다. 청년정신을 갖는 것은 누구나 할 수 있지만, 그것을 지속하는 것은 쉽지 않다. 그렇게 하려면 마음을 비워야 한다. 욕심이 없는 자가 세상에서 제일 무섭다는 말이 있다. 모든 정보와 지식 그리고 언로가 개방되고 소통되는 시기일수록 이순신의 이런 정신들은 더욱 각별한 가치를 가질 수밖에 없다. 당장에는 옥석이 구분되지 않는다 해도 곧바로 알려지는 투명과 개방사회에서 특히 리더가 할 수 있는 것은 사심을 버리고 위기에 도전하고 많은 이들의 고민을 해결하는 공심으로 초지일관하는 청년정신일 것이다.

그것이 영원히 이순신을 기억해야 할 이유이기도 하다. 언제나 영웅은 혼자 나아가지도 혼자 만들어지지도 혼자 존재할 수도 없다. 그것을 만드는 것은 서로 간의 상호상생이다. 지도자와 리더는 그 앞선 책무를 실현하는 사람이고 그에 따른 위험을 감수하기 때문에 권위가 부여되는 것이며 그 역할을 충실하게 할 때 사람들이 스스로 영웅으로 평가하는 것이며 스스로 영웅이 된다고 하여 되는 것이 아니다. 그것을 이순신은 젊은 날부터 잘 알았던 것이다.

피난민들에게 명령하여 배를 옮겨 적들을 피해 가라 하였건마는 그들은 모두 공을 떠나서 가려 하지 않았다. 그래서 명량 싸움에 공은 그 모든 배들을 먼 바다에 늘여 세워 마치 후원하는 배처럼 꾸며 놓고 공은 앞으로 나가 힘써 싸우므로 적들이 크게 패했으며 또 우리 수군이 아직도 왕성하다고 하면서 감히 다시 쳐들어오지 못했었다.

　　— 이분, 「이충무공행장」